DROGA DO RÓŻAN

D1375139

Bogna Ziembicka

DROGA DO RÓŻAN

WYDAWNICTWO
otwarte

Kraków 2012

Copyright © by Bogna Ziembicka

Projekt okładki: Katarzyna Bućko

Fotografie na okładce: © Miki Duisterhof / StockFood Creative /
Getty Images / Flash Press Media

Grafika na s. 411: © Steve Taylor / Photographer's Choice /
Getty Images / Flash Press Media

Redakcja: Maria Kula

Opracowanie typograficzne książki: Irena Jagocha

Ilustracje: Katarzyna Haduch

Adiustacja: Joanna Hołdys / Wydawnictwo JAK

Korekta: Anastazja Oleśkiewicz / Wydawnictwo JAK,
Joanna Hołdys / Wydawnictwo JAK

Łamanie: Andrzej Choczewski / Wydawnictwo JAK

ISBN 978-83-7515-179-4

WYDAWNICTWO
otwarte

www.otwarte.eu

Zamówienia: Dział Handlowy, ul. Kościuszki 37, 30-105 Kraków,
tel. (12) 61 99 569
Zapraszamy do księgarni internetowej Wydawnictwa Znak,
w której można kupić książki Wydawnictwa Otwartego: www.znak.com.pl

„Jestem za blisko, żeby mu się śnić.
Nie fruwam nad nim, nie uciekam mu
pod korzeniami drzew. [...]
        Ja jestem za blisko,
żeby mu z nieba spaść".

Wisława Szymborska
*** (*Jestem za blisko...*)

1

„Jak by się tu czuła? – Eryk rozejrzał się po salonie. – Na pewno by doceniła te thonetowskie meble. Towarzystwo mamy i Agnes. A moje?”

Miał już trzydzieści siedem lat i wiele kobiet. Młodszych, ładniejszych i o niebo lepiej wykształconych od Zosi. Co go w niej urzekło? Turkusowe oczy, kontrastujące ze smagłą cerą i czarnymi włosami? Cień niespełnienia? Staroświecki wdzięk?

Kiedyś nachyliła się nad jakimś kwiatkiem, zerwała go i uniosła obie ręce, by wpiąć go we włosy. Harmonia jej ruchów ścisnęła mu gardło.

Tak naprawdę jeszcze mu się nie udało namalować tej sceny, choć za *Carmen* dostał medal na biennale w Amsterdamie.

Trzeba przyspieszyć tutejsze sprawy i wracać, wracać.

„Teraz albo nigdy. Teraz albo nigdy". Słowa Kamila dudniły Krzysztofowi w głowie. Pewnie, że chciałby być bogaty. Każdy by chciał. Tak, Kamil ma rację, to interes życia. Fatalnie, że akurat teraz nie ma wolnej gotówki. Co mu pozostaje? Upomnieć się o stary dług?

Jednak czy warto? Co powie Zosia, co zrobi jej ojciec, gdy przyjedzie do Różan i zażąda zwrotu pożyczki?

Najchętniej poszedłby teraz do Judyty. Spojrzał na zegarek. Wpół do drugiej. Za późno. Czy kiedyś da mu klucze? On dał jej swoje. Nigdy z nich nie skorzystała.

Willa taka jak jej? Co jeszcze mógłby sobie kupić? Nic nie przychodziło mu do głowy. Tak naprawdę niczego mu nie brakowało. Lubił swoje mieszkanie. Lubił swoje życie. Lubił pracować. Lubił zarabiać.

Ale jest jeszcze firma. I przede wszystkim Kamil. Kamil, który kiedyś bez wahania dał mu wszystko, co miał. Pewnie, że mu się opłaciło, ale wtedy nie mógł tego wiedzieć. Zaufał mu. Zaufany wspólnik to skarb. Czy jeśli teraz odmówi, Kamil odejdzie z firmy? Możliwe.

„Teraz albo nigdy". Ulica była pusta. W świetle latarni asfalt błyszczał od deszczu.

2

Słowik śpiewał całą noc. Nad ranem dołączyła do niego pokrzewka. Cichy szczebiot i flecik w rytmie oberka. A może kujawiaka? Gdy Zosia chodziła do podstawówki, niania dwa razy w tygodniu prowadziła ją na zajęcia ogniska tanecznego. „A teraz nie odróżniam oberka od kujawiaka", uśmiechnęła się do siebie.

Ptaki nagle ucichły, potem odezwała się już tylko pokrzewka.

Marianna zapytała ją kiedyś, dlaczego ptaki milkną, gdy wschodzi słońce. I sama sobie odpowiedziała: „Nie są takie pewne siebie jak my. Czekają z zapartym tchem, czy cud wschodu powtórzy się i tego ranka".

W pokoju robiło się coraz jaśniej. Firanki lekko falowały, a poranny wietrzyk przynosił zapach mokrej po nocnym deszczu trawy, bzu i wczesnych jaśminów. Niedługo w ogrodzie zakwitnie lipa. *Tilia platyphyllos*. Królestwo: rośliny, podkrólestwo: naczyniowe, nadgromada: nasienne, gromada: okrytonasienne, klasa: *Rosopsida*, rząd: ślazowce, rodzina: lipowate, rodzaj: lipa, gatunek: lipa szerokolistna.

Dlaczego przyszła jej do głowy klasyfikacja Reveala? Profesor Garbarz, którego była ulubienicą, w grobie się przewraca. „Czy ktoś na ochotnika przedstawi nam klasyfikację *Tilia platyphyllos*? No tak, las rąk". Uśmiechnęła się na to wspomnienie. *Species plantarum*. Nieśmiertelne dzieło Linneusza, prywatna biblia profesora zwanego Grabarzem. Pogrzebał nadzieję niejednego młodego adepta ogrodnictwa na to, że można skończyć studia, nie liznąwszy łaciny.

Zadzwonił budzik. Zosia jednym ruchem odrzuciła kołdrę i wstała. Zdjęła nocną koszulkę w rozkoszne zwierzątka, prezent od niani, w sam raz dla wyrośniętego przedszkolaka. Nago stanęła przy oknie. Przez chwilę patrzyła na ogród.

Na tle grabowego żywopłotu zaprojektowała w zeszłym roku imitację łąki. W wysokiej niekoszonej trawie kwitły kępy niebieskich dzwonków i bladoróżowe maki o szarozielonych liściach błyszczących teraz od rosy. Bliżej, wśród nitkowatej kostrzewy, różowiły się drobne Lady Leitrim przypominające stokrotki. Tak, o taki efekt jej chodziło: subtelny róż rozjaśnił ten poważny zakątek.

Staw w dole ogrodu błyszczał w słońcu. Woda była już ciepła i Zosia pływała w nim co wieczór. Wśród paproci, kosaćców, trzcin, sitowia i lilii wodnych czuła się czasem jak nimfa wodna.

Zapowiadał się piękny dzień. Przypomniał się jej wiersz Osieckiej, który wczoraj powiedziała jej Marianna, i zanuciła na własną melodię:

Jak pięknie jest rano,
jeszcze nie wszystko się stało
i wszystko może się stać,
tylko brać, tylko brać.

Jak pięknie jest wiosną,
jeszcze nie wszystko wyrosło
i wszystko może się stać,
tylko brać, tylko brać.

Tanecznym krokiem weszła do łazienki. Płytki były zimne. Szybko się umyła, potem wbiła szczotkę w gęstwinę czarnych włosów i przeczesała je niedbale.

Zbliżyła do lustra twarz... zbyt trójkątną twarz. Może gdyby była blondynką... miała jaśniejszą cerę... większy biust... Stanęła bokiem i wypięła pierś. Nie na wiele się to zdało. Nawet niania, kucharka czarodziejka, nie zrobiłaby melonów z dwóch jajek sadzonych.

Wzruszyła ramionami i weszła do garderoby. Na jej strój roboczy składały się stanik z niezsuwającymi się ramiączkami, wygodne majtki, bawełniane podkolanówki, nieco wyciągnięty podkoszulek i stare sztruksy obcięte na wysokości kolan.

Boso zbiegła po schodach. Wszyscy jeszcze spali, ale w kuchni czekał na nią mały termos i smukły garnuszek do kakao malowany w różyczki. Lubiła tę starą sewrską porcelanę, a już do różyczek miała szczególną słabość. Odkręciła termos i marszcząc nos z obrzydzenia, ostrożnie zdjęła kożuch. Wolno piła gorące kakao, studiując leżącą na kuchennym stole listę.

Opłukała termos i garnuszek, wzięła listę, w ogrodowej sieni wyjęła z szafy gumowe buty i starą wiatrówkę.

Troj na jej widok zamachał ogonem. Wstał powoli z legowiska, wyciągnął przednie łapy, wypinając kudłaty zadek. Puścił głośnego bąka.

– Tylko mi tu nie kadź.

Punkt piąta wyszła przed dom, wiążąc chustkę na głowie. Na starej ławce czekały już na nią trzy młode kobiety, czwarta szybkim krokiem nadchodziła ścieżką.

– Dzień dobry!

– Dzień dobry – odpowiedziały chórem.

Otworzyła psu furtkę do ogrodzonego specjalnie dla niego kawałka ogrodu.

– Załatw tu swoje sprawy, a potem pójdziesz z panią na spacer.

Poklepała Troja po siwiejącym grzbiecie, zamknęła furtkę na haczyk i podeszła do czekających kobiet.

— Piękny dzień, prawda? Mamy dziś zamówienie na trzydzieści pęczków botwiny, czterdzieści wiązek rzodkiewek... — Zosia przerwała czytanie listy. — Nie wiem, czy z ostatnio posianych uda się już tyle zebrać. Pani Kornelio, może pani wybierze coś z tych wyrośniętych. Resztę trzeba będzie wyrwać. Zielony groszek w strączkach... sałata Królowa majowych... — wróciła do czytania listy.

Gdy o wpół do siódmej pod dwór podjechał wysłużony ford transit, owoce i jarzyny, starannie umyte, zważone lub policzone, zapakowane do kartonowych pudełek lub związane rafią, czekały w drewnianych skrzynkach.

Kierowca przywitał się z Zosią i wręczył jej listę na następny dzień. Kończył ładować skrzynki, gdy z domu wyszła pani Zuzanna, niania Zosi, z filiżanką kawy.

— Czym byłby dzień bez pani kawy? — powiedział kierowca, ze staroświecką galanterią całując ją w rękę.

Gdy samochód odjechał, Zosia poszła do ogrodu. Nie wróciła jednak do warzywnika. Podlewanie załatwił za nią nocny deszcz, a jej pomocnice na pewno same sobie poradzą z pieleniem. Przystanęła przy klombach z kwiatami do cięcia. Niektóre ostróżki, szałwie i lwie paszcze już przekwitły. Trzeba je przyciąć, by zakwitły jeszcze raz. Trzeba też zajrzeć do ogródka skalnego. Rojniki, macierzanka, rozchodniki i barwinek wymagają już przesadzenia. Poprawiła różową chustkę na głowie, włożyła rękawiczki i sięgnęła po sekator.

Gdy sadząc kłącza Purple Sensation, przypadkiem spojrzała na zegarek, od razu zerwała się na równe nogi. Otrzepała spodnie, zdjęła rękawiczki i szybkim krokiem ruszyła w stronę domu.

— Dobrze, że jesteś, skarbie — przywitała ją niania. — Śniadanie gotowe. Agatko, tu masz obrus.

Zosia chwyciła jedną tacę, Agata drugą. Nakryły obrusem ogrodowy stół i układały talerze, sztućce, garnuszki, postawiły koszyk z chlebem, półmisek z szynką i drugi z ciastem, miskę z sałatą.

Dzwon w kościele zaczął bić na *Anioł Pański*. Pochylone nad grządkami kobiety prostowały plecy, myły ręce pod pompą, zdejmowały chustki, poprawiały włosy. Zosia lubiła je, choć nie wszystkie jednakowo. Jej faworytką była najstarsza z nich, pani Kornelia. Trzymała w ryzach pozostałe, szczególnie te młodsze, przychodzące od czasu do czasu, gdy pracy było więcej. Mówiła bardzo cicho, nic nie umykało jej uwagi i była przykładem pracowitości.

— Pani Kornelio, jak tam pielenie? — zapytała Zosia, gdy już wszystkie usiadły przy stole.

— Chwasty zawsze najlepiej rosną... Potrzebujemy jeszcze jakiejś godziny jutro.

— Jutro trzeba posiać kabaczki i patisony. I rzodkiewkę. No i marchew, i cykorię na jesienny zbiór. Trzeba przygotować gnojówkę z pokrzyw... — wyliczała Zosia ze zmarszczonymi brwiami.

— Kocanki już prawie do zrywania. Krokosz też.

— Ma pani rację. Jeśli noc będzie ciepła, bez deszczu i mgły, to jutro będziemy ścinać kwiaty do suszenia. Aha, żebym nie zapomniała. Pani Jagoda kazała mi zapytać, czy mogłaby pani przyjść jutro po południu na trzy, cztery godziny. Ma zamiar sprzątać pokoje gościnne i potrzebuje pomocy.

— Przyjdę, pewnie, że przyjdę. O trzeciej może być?

— Świetnie!

— Słyszała pani, że Anka Krawczyk wychodzi za mąż? Będzie pani ubierać kościół? — zapytała Zosię Justyna Żurawska. Miała dziewiętnaście lat i najbardziej interesowały ją randki i śluby.

— Słyszałam. Kościół obiecałam jej ubrać do ślubu, gdy jeszcze chodziłyśmy do liceum.

— To już wtedy pani wiedziała, że będzie ubierać kościoły?

Zosia na szczęście nie była przeczulona na swoim punkcie.

— Gdy byłam całkiem mała, chciałam sprzedawać w sklepie spożywczym albo jeszcze lepiej w cukierni. Na następnym miejscu w moim rankingu wymarzonych miejsc pracy była kwiaciarnia. No i poszłam na ogrodnictwo.

Wszystkie, jedna przez drugą, zaczęły opowiadać, kim w dzieciństwie chciały zostać. Tylko drobniutka Ewa Wolska milczała. Zosia nieraz się zastanawiała, dlaczego ta dziewczyna tak często tu przychodzi. Nie dlatego, żeby jej nie lubiła. Jej rodzice byli najbogatsi w Różanach, pan Wolski świata nie widział poza swoją ukochaną córeczką. Poza tym mnóstwo czasu pochłaniały Ewie studia w Krakowie, a jednak każdą wolną chwilę poświęcała na pracę u Zosi. Pewnego dnia w ogrodzie pojawił się Eryk. Zosia spojrzała wtedy przypadkiem na Ewę i wszystko stało się jasne.

Po śniadaniu pomocnice poszły do domu, a Zosia wróciła do sadzenia irysów. Potem sprawdziła, czy wszystko zostało dziś zrobione, i spisała prace do zrobienia na jutro. Po trzeciej umyła gumowce pod pompą, boso weszła na górę, wrzuciła przepocone ubranie do kosza z brudami w garderobie i weszła pod prysznic. Teraz nie musiała się spieszyć. Umyła głowę, a potem jeszcze chwilę stała pod coraz zimniejszą wodą. Nasmarowała balsamem całe ciało. Wykręciła się przed lustrem i uważnie obejrzała uda i pośladki. Ścisnęła palcami lewy pośladek. Ani śladu cellulitu. Trzeba się cieszyć z małych cudów.

Wysuszyła włosy. Po chwili namysłu sięgnęła po kredkę i lekko podkreśliła oczy. Jeszcze trochę tuszu na rzęsy. Do tej odświętnej twarzy nie pasowały stare dżinsy, które sobie przygotowała. Przejechała ręką po rzeczach wiszących na wieszakach. Tak, to jest to. Szeroka zielona spódnica w niebieskie róże i turkusowy podkoszulek na ramiączkach. Obróciła się na pięcie. Spódnica miękko zafalowała. Nucąc pod nosem, Zosia zbiegła do jadalni.

Gdy nie mieli gości, obiad jadali we troje przy małym bocznym stole. Trzy lata temu, w osiemdziesiąte urodziny niani, Zosia wymogła na niej zgodę na przyjęcie na stałe kogoś do pomocy w domu. Jadwiga Radłowska, czyli pani Jagoda, przyszła z ogłoszenia i z dwunastoletnią córką Agatą, a mimo to okazała się prawdziwym skarbem. Znakomita kucharka, świetna organizatorka i dyplomatka. Zosia nieraz myślała sobie w duchu, że gdyby Ministerstwo Spraw Zagranicznych szukało ambasadora do jakiegoś wyjątkowo trudnego kraju, pani Jagoda byłaby wymarzoną kandydatką. Na szczęście ministerstwo szukało w innych kręgach i Zosia mogła spać spokojnie. No i delektować się takimi obiadami jak dzisiejszy: barszcz ukraiński był czystą poezją, a kurczę ze szparagami – kulinarnym poematem.

– Pani Jagodo, przeszła pani samą siebie – pochwalił pan Borucki.

– Pyszne – westchnęła Zosia.

– Szparagi, szczególnie te pierwsze, to samograj. – Pani Zuzanna była nastawiona najmniej entuzjastycznie. – Ale barszcz rzeczywiście wyśmienity. Nie wiem, czy nie lepszy od mojego.

– Co to, to nie – stanowczo odrzekła pani Jagoda. – Pani barszcz jest najlepszy na świecie i ani mi w głowie z panią na tym polu konkurować.

– Pani Jagodo, ja nie będę dziś pił kawy, muszę jechać do miasta. I tak jak mówiłem, nie będę na kolacji – powiedział pan Borucki.

– A ja się napiję. W biurze. Mam masę papierkowej roboty – westchnęła Zosia. – I tak jak mówiłam, nie będę na kolacji.

– Córko moja – z teatralną emfazą powiedział pan Borucki – jeśli będziesz mnie przedrzeźniać, zamknę cię w klatce. To dobre miejsce dla papug.

– Córki zwykle zamykało się w wieży. Pamiętasz, tatusiu, tę bajkę braci Grimm o Dziewicy Milenie?

– Właśnie, dziewicy – mrugnął do niej. – Ładnie wyglądasz. Idziesz na kolację do Eryka?

Zosia zaśmiała się nieco wymuszenie.

– Marianna mnie zaprosiła. Eryk jest w Monachium. Mówiłam ci.

– Prawda. No, na mnie już pora. Nie mogę pozwolić, by pan Krawczyński czekał.

– Jesteś z nim umówiony? Masz dla niego jakieś faktury? Nic mi nie mówiłeś.

Pan Borucki zmieszał się lekko.

– Wiesz, jak to jest z księgowymi. Zawsze mnożą problemy. Muszę mu wyjaśnić kilka spraw. – I nie dając córce dojść do głosu, szybko pocałował ją w czoło i wyszedł.

– Nianiu, o co chodzi?

Pani Zuzanna patrzyła przed siebie niewidzącym wzrokiem. Ogarnęło ją nagłe przeczucie nieszczęścia. Przypomniała sobie koszmar, który się jej dzisiaj przyśnił.

Brnęła piaszczystą drogą w prażącym bezlitośnie słońcu, niosąc na rękach dziecko. Buty miała pełne piasku. Dziecko, ciasno oplatające rękami jej szyję, ciążyło jej jak kamień. Szczypiący pot ściekał jej po twarzy, po plecach, po brzuchu. Nagle kątem oka zauważyła jakiś ruch. Gwałtownie się wyprostowała. Przy drodze wyrosły trzy lśniące wilgocią kopce czarnej ziemi, z wielkimi, rzucającymi cień krzyżami. Wiedziała, czyje to groby. Odskoczyła do tyłu i nagle wpadła w piaszczysty lej jak mrówka. Chciała krzyknąć, lecz piach zasypał jej usta. Wtedy się obudziła. Dyszała ciężko, a serce waliło jej, jakby chciało wyskoczyć z piersi.

— Nianiu? — powtórzyła Zosia. — Dlaczego tata umówił się z panem Krawczyńskim?

Pani Zuzanna z trudem wróciła do rzeczywistości.

— Nie wiem, skarbie, ale to pewnie nic ważnego. A może Staś umówił się z jakąś znajomą i nie wymyślił innego wykrętu? Nigdy nie był mocny w fantazjowaniu — powiedziała z uspokajającym uśmiechem.

— Nianiusiu kochana, na pewno masz rację, jak zwykle. — Zosia objęła ją. — No, muszę iść do swojej roboty, bo o ósmej mam być u Marianny.

— Tylko nie wracaj za późno. W twoim wieku powinnaś się wysypiać.

— Jestem zdrowa jak koń! — Otarła się o ramię pani Zuzanny niczym kotka.

— Idź już, idź. Jagoda przyniesie ci kawę do biura.

Gdy Zosia wychodziła z jadalni, pani Zuzanna zrobiła gest, jakby chciała ją zatrzymać. Może jednak powinna jej opowiedzieć o swoim śnie? W czasie wojny ten koszmar często ją prześladował. Potem przestał ją nękać, przyśnił się jej znów dopiero po latach, na kilka dni przed śmiercią matki Zosi, a później jeszcze dwa razy. Zawsze zapowiadał jakieś nieszczęście. I gdy już prawie o nim zapomniała, znów ją nawiedził i we śnie znowu brnęła przez piach, niosąc ciężar ponad siły.

Znaki, przeczucia, sny...

Choć popołudnie było ciepłe, przebiegł ją zimny dreszcz. Popatrzyła za swoją wychowanką. Ten turkusowy podkoszulek... Dokładnie taki jak oczy Zosi. Jak oczy Piotra.

3

To było podczas drugiego roku jej pobytu w szkole w Kornwalii. Na początku grudnia przyszedł z domu gruby list. Rodzice słali Zuzannie tysiące wskazówek dotyczących podróży, którą miała odbyć z ich znajomymi jadącymi z Londynu na święta do Krakowa. Babka Jadwiga pytała, co Zuzanna chciałaby dostać od aniołka pod choinkę. Justyna donosiła, że jej najserdeczniejsza przyjaciółka Hanka przyjęła oświadczyny Piotra Boruckiego – Zuzanna słyszała o nim pierwszy raz w życiu – i że zaręczyny odbędą się w sylwestra w podkrakowskich Różanach, ślub zaś w lipcu w kościele Mariackim. Na te uroczystości Hanka zaprosiła całą ich rodzinę. Obie siostry, Justyna i Zuzanna, miały być druhnami.

Ostatnia wiadomość zelektryzowała Zuzannę. Od razu odpisała babce, że marzy o nowej sukience, i dołączyła akwarelowy szkic wieczorowej kreacji. Wyobrażała sobie, jak na balu sylwestrowym tańczy w niej walca, lekko płynąc po wywoskowanej posadzce, a może nawet pije szampana.

Aniołek spisał się znakomicie. Gdy po wigilii Zuzanna rozpakowała prezent, na którym ręką babki Jadwigi było napisane

„Od Aniołka dla bardzo grzecznej Zuzi", z pudła z cichym szelestem wysunęło się turkusowe jedwabne cudo. Zuzanna podbiegła do babki i mocno ją uściskała.

– Babuniu, jest taka śliczna! Czy mogę ją przymierzyć? Bardzo proszę!

– Oczywiście, skarbie – odpowiedziała babka, udając, że nie widzi wzroku córki.

Gdy Zuzanna wystudiowanym krokiem wróciła do salonu, ojciec chrząknął, Justyna wysoko uniosła brwi, a matka załamała ręce.

– Dziecko, chyba nie zamierzasz pokazywać się komukolwiek w tej sukience?

– Wygląda pięknie – rzuciła babka od niechcenia.

– Ależ mamo, ona ma dopiero trzynaście lat!

– Prawie czternaście – powiedziała Zuzanna pod nosem.

– Co mówisz? – nie dosłyszała matka.

– Mamusiu, przecież mogę włożyć szal.

Justyna sięgnęła po swój, wiszący na oparciu fotela, i udrapowała go na dekolcie i prawie nagich ramionach siostry.

– Trochę lepiej – westchnęła matka. – Mimo wszystko nie uważam, by panienka w jej wieku... – znów westchnęła.

W nocy w swoim pokoju, przy nikłym świetle ulicznych latarni, Zuzanna na bosaka ćwiczyła kroki mazura, którego nie uczono na angielskich lekcjach tańca, i wypróbowywała różne taneczne układy, wdzięcznie unosząc rąbek zwiewnej sukienki.

Rano obudził ją ból gardła. Suchy kaszel niemal rozrywał jej klatkę piersiową. Wezwany natychmiast ojciec stwierdził ostre przeziębienie i kazał jej zostać w łóżku.

Zuzannie chciało się płakać. Ominą ją wszystkie wieczorki taneczne zaplanowane w okresie świątecznym i bal z okazji zaręczyn Hanki!

W sylwestra rodzice i Justyna pojechali do Różan. Babka została z Zuzanną, mówiąc, że nie chce się przeziębić w pełnym przeciągów i na pewno lodowatym wiejskim kościele, a na tańce i tak jest za stara.

Ledwo auto znikło za rogiem, babka przyniosła do sypialni Zuzanny tacę smakołyków. Chrupały ciasteczka i rozmawiały o szkole w Anglii, o berlińskich balach, na których bywała babcia Jadwiga, i o wakacjach, które Zuzanna miała spędzić we Włoszech.

Tuż przed północą babka poszła do siebie i po chwili wróciła z dwoma kieliszkami, butelką szampana ("Dobrze, że mama tego nie widzi!", przemknęło Zuzannie przez myśl) i podłużnym pudełkiem. Szampan, który Zuzanna piła pierwszy raz w życiu, rozczarował ją. Za to zawartość pudełka zachwyciła: babka dała jej w prezencie swoje perły i życzyła dużo szczęścia w nowym, 1934 roku.

Szampan i perły. Jak symbol grzechu i łez. Zuzanna nie była przesądna, czasem jednak, gdy po latach wspominała ten wieczór, nachodziła ją natrętna myśl, czy była to jakaś wróżba, znak.

Dwa dni po sylwestrze ojciec pozwolił Zuzannie wstać z łóżka. Siedziała w salonie i czekała na powrót Justyny, która została z Hanką w Różanach. W końcu usłyszała otwieranie drzwi i wyjrzała do przedpokoju.

– Szczęśliwego nowego roku! – Justyna i Hanka mocno ją uściskały.

Zuzanna przyjrzała się Hance. Te same ciemnobrązowe oczy, białe czoło i czarny warkocz upięty w koronę. Zaręczyny wcale jej nie odmieniły.

– Najlepsze życzenia z okazji zaręczyn.

– Chcesz zobaczyć pierścionek?

Hanka wyciągnęła rękę. Na serdecznym palcu miała platynową obrączkę z trzema brylantami.

– Słyszałam o twojej sukience – zachichotała. – Nic się nie martw, wystąpisz w niej na weselu.

– Chcesz ją zobaczyć?

– Naturalnie!

Zuzanna pobiegła do swojego pokoju i po chwili wróciła z sukienką. Przyłożyła ją do siebie i zrobiła kilka tanecznych *pas*.

– Bardzo dobrze tańczysz. I pewnie wiesz, że turkusowy to twój kolor – powiedziała Hanka.

– Teraz także twój – zaśmiała się Justyna. – Bo jej narzeczony – zwróciła się do Zuzanny – ma takie oczy jak ta sukienka.

Zuzanna nie uwierzyła. Ludzie nie mają takich oczu.

Gdy jednak ósmego lipca w kościele Mariackim spojrzała w oczy Piotra Boruckiego, zobaczyła, że niektórzy mają. Utonęła w nich jak w studni.

4

"Wszystkie udane wycieczki są do siebie podobne, każda nieudana jest nieudana na swój sposób", pomyślała i od razu zrobiło się jej lżej. Paulina Kishnick była miłośniczką powieści Tołstoja, a *Annę Kareninę* czytała chyba z dziesięć razy. Ogarnęła wzrokiem swoją grupę. Zaledwie siedem osób, a reprezentowały wszystkie typy uczestników wyjazdów organizowanych przez jej biuro.

Otto Weiner, trzymający się prosto, suchy jak oset sześćdziesięciolatek, cały czas starał się przejąć władzę. Znał się na wszystkim i zawsze był gotowy udzielać jej dobrych rad. Siedział obok *Fräulein* Heide Mielke, rudawej blondynki, która gubiła się w każdym mieście, a teraz cierpliwie słuchała jakiegoś jego wykładu.

Frau Jensen ściskała w ręce program. Śledziła program wyjazdu z żarłoczną drapieżnością, jakby czyhając na moment, gdy Paulina odstąpi od niego choćby na krok. Jej szwedzki mąż mówił coś do niej z łagodnym uśmiechem, który nie schodził mu z twarzy. Ciekawe, czy uśmiechał się także, gdy spał. Przy najmniejszym sporze był gotów do mediacji. Kolektyw zawsze miał u niego pierwszeństwo przed interesami jednostki. Może taki stosunek do życia wymuszają warunki życia na północy? Paulina niewiele wiedziała o Szwecji, ale tak to sobie wyobrażała. W dawnych czasach trzeba było kogoś wyrzucić z sań wilkom na pożarcie, by innym uratować życie...

Z początku Paulina myślała, że pan Jensen jest z Natalią Berg. Pasowali do siebie. Była tak szwedzka z wyglądu, że brakowało jej tylko wianka ze świecami na głowie. Niewiele mówiła, lecz gdy odrzucała na plecy blond włosy o pięknym popielatym odcieniu albo stawała pod słońce w cienkiej bluzce, przez którą prześwitywały wyjątkowo kształtne piersi, męska część wycieczki nie odrywała od niej oczu.

No i jeszcze Tina Kesler i Thomas Kross. Ciekawa para. On uroczy, dowcipny i przystojny inaczej, ona – prawdziwa piękność: gwiaździste, tak, to najwłaściwsze określenie, gwiaździste fiołkowe oczy ocienione firanką rzęs, długie jasne włosy, chyba kolorystycznie podrasowane przez znakomitego fryzjera, delikatny profil i drobna zręczna figurka. Można by ją postawić na półce i przykryć kloszem, jak cenny bibelocik. Nie, nie można by. Pod blond czuprynką miała mózg-kalkulatorek, który w ułamku sekundy liczył wszystkie zyski i straty i wybierał optymalne rozwiązanie. Ciekawe, czy on o tym wie.

Paulina spojrzała na Thomasa Krossa i wzięła do ręki mikrofon.

– Proszę państwa – powiedziała modulowanym głosem – mam dla państwa ważną informację. W Copernicusie, gdzie mamy zarezerwowane pokoje, doszło do niegroźnej awarii.

Sześć par oczu zmieniło się w znaki zapytania lub wykrzykniki. Tylko Natalia Berg nadal spokojnie obserwowała krajobraz.

Paulina nie mogła powiedzieć, że hotel jest właśnie przeszukiwany przez antyterrorystów, i ciągnęła dalej:

– Nie działa system wodociągowo-kanalizacyjny, nie można więc korzystać z łazienek ani z hotelowej restauracji.

„Swoją drogą ciekawe, jak hotel ukrył to przed mediami", przemknęło jej przez myśl. Przywołała się do porządku. To nie jej zmartwienie. Musi powiedzieć swojej grupie o zmianie planów i każdą niedogodność przedstawić jako nadzwyczaj szczęśliwy zbieg okoliczności. Miała w tym dużą wprawę. Fatalnie jednak, że tym razem trafiło akurat na Niemców. Wyjątkowo źle przyjmowali takie niespodzianki.

– Aby więc nie narażać państwa na niewygody, trochę zmienimy plany. W Copernicusie spędzimy następną noc. Cudowny widok na Wawel i Stare Miasto państwa nie ominie. Za to dziś przenocujemy w wyjątkowym miejscu: w Różanach, starym polskim dworze częściowo zamienionym na hotel i prowadzonym przez mieszkających w nim właścicieli. Dwór jest znany ze znakomitej kuchni i oczywiście ma swojego ducha.

Rozległy się pojedyncze okrzyki i śmiechy. Paulina pogratulowała sobie w myśli.

– Oj, panowie nie powinni się tak cieszyć, jeśli mają coś na sumieniu... – zawiesiła głos i uśmiechnęła się jeszcze promienniej niż zwykle. – To znaczy, jeśli kiedyś złamali serce jakiejś kobiecie. Tak właśnie zrobił pan Alkimowicz, właściciel dworu w Różanach. Ponad dwieście lat temu polował w swoich lasach i zabłądził w puszczy. Noc już była głęboka, gdy natknął się na małą chatę na polanie. Na progu, zwabiona tętentem konia, stanęła młoda kobieta niezwykłej urody...

Paulina zrobiła efektowną pauzę.

– Pana Alkimowicza szukano przez tydzień, a gdy już go niemal opłakano, jak gdyby nigdy nic wjechał na dziedziniec dworu. Wiózł kogoś przed sobą, szczelnie okrytego płaszczem. Kazał służbie przygotować kąpiel i suknie. Domyślono się więc, że pod płaszczem ukrywał kobietę. Mieszkała we dworze, jednak nikt nigdy jej nie widział, tylko nocny stróż po pijanemu przysięgał w karczmie, że kilka razy słyszał jej śpiew. Pewnego dnia pan Alkimowicz wezwał go do siebie i zagroził, że jeśli nie przestanie o tym gadać, zostanie wyrzucony ze służby. I od tej pory stróż milczał jak zaklęty. Gdy kilka lat później pan Alkimowicz zaczął przebudowę dworu, okazało się, że dwa zawsze zamknięte pokoje są puste. Nikt nie wiedział, co się stało z tajemniczą lokatorką. Jedni mówili, że umarła z tęsknoty za lasem i wolnością, drudzy, że pewnej nocy stróż na polecenie swojego pana wywiózł ją z powrotem w głąb puszczy, jeszcze inni, że umarła w połogu razem z dzieckiem.

Paulina umiała opowiadać. Nawet *Frau* Jensen odłożyła program i słuchała, a pan Weiner ani razu jej nie przerwał.

– Różański dwór był ponurym domostwem o grubych ścianach z piaskowca i malutkich oknach. Dwieście lat temu Leszek Alkimowicz gruntownie przebudował swoją siedzibę i na starych ścianach parteru postawił piętro otoczone lekkim drewnianym balkonem. Na belce tragarzowej w jadalni na parterze zobaczą państwo do dziś zachowany napis *Renovatum Anno Domini 1803 Die XX Martii*. Dwór stał się piękną wiejską rezydencją nie bez powodu. Kilka miesięcy później Leszek Alkimowicz ożenił się z Amelią Pisarzewską, córką niezwykle bogatego krakowskiego złotnika. Szczęście małżeńskie nie trwało jednak długo. Pewnej lipcowej nocy z sypialni dobiegł potworny krzyk. Zbiegła się służba. We wspaniałym łożu, które Amelia wniosła w posagu, leżał martwy Leszek obok nieprzytomnej żony. Gdy ją ocucono, przez łzy opowiadała, że do pokoju bezszelestnie weszła młoda, niezwykle piękna wieśniaczka, pochyliła się nad Leszkiem, pocałowała go, a potem zagłębiła rękę w jego piersi i wyciągnęła z niej serce. Oczywiście tę nieprawdopodobną historię uznano za wynik szoku. Lekarz stwierdził zgon na skutek ataku serca. Od tej pory jednak we dworze wiele razy widziano widmową postać pięknej wieśniaczki.

Zasłuchana *Fräulein* Mielke westchnęła głośno.

Paulina uśmiechnęła się do niej i ciągnęła dalej:

– Młoda wdowa sprzedała majątek męża i wróciła do ojca, do Krakowa. Dwór przechodził potem z rąk do rąk. Rodzina obecnego właściciela, pana Stanisława Boruckiego, kupiła go po parcelacji majątku, w latach dwudziestych. Niestety, tajemnicza zjawa nie obroniła dworu przed dewastacją po drugiej wojnie, gdy przejął go PGR. Rozkradziono całe wyposażenie, zabytkowe posadzki zalano smołą i zaklejono płytami z paździerza. Oszczędzę państwu drastycznych szczegółów, w każdym razie gdy w roku 1989 dom odzyskali prawowici właściciele, był on niemal ruiną. Dziś, po czternastu latach, wrócił do dawnej świetności, a ogród jest najpiękniejszy w całej historii dworu, bo opiekuje się nim córka właściciela, Zosia Borucka, która z wykształcenia i zamiłowania jest ogrodniczką. Proszę państwa, dojeżdżamy. Brama, którą państwo widzą, jest współczesną kopią bramy dziewiętnastowiecznej. A ta lipowa aleja szczęśliwie przetrwała wszystkie zawieruchy. I oto dwór w Różanach. W pokojach znajdą państwo foldery ze szczegółową historią tego miejsca. Teraz zapraszam na podwieczorek. Kolacja o ósmej. Naprawdę warto pofatygować się do jadalni, bo jak już mówiłam, tutejsza kuchnia jest znakomita. Jutro śniadanie zostanie podane o dziewiątej, o dziesiątej wyjeżdżamy do Krakowa. Mam nadzieję, że to miejsce na długo pozostanie w państwa pamięci.

Mercedes okrążył klomb, na którym rosły białe i czerwone róże, i zatrzymał się na wprost wejścia. Paulina pomachała do młodej kobiety stojącej na schodach.

– Opowiedziała nam pani tyle rzeczy o tym miejscu – usłyszała za plecami głos Thomasa Krossa – a nie powiedziała pani, że jego właścicielka jest taka piękna.

„A więc nie jest ślepo zapatrzony w Tinę", uśmiechnęła się w duchu Paulina.

Ona nie uważała Zosi za piękność, choć przyznawała, że ma dużo wdzięku, a połączenie jej jasnych oczu i ciemnych włosów jest wyjątkowo udane. Lubiła Zosię i to miejsce. Niestety, nieczęsto mogła tu przywozić swoje grupy, bo dwór był nieduży i niekorzystnie położony. Od Krakowa trochę za daleko, by mógł być wygodnym punktem wypadowym, a trochę za blisko, by można go reklamować jako polską wieś. Jednak sposób, w jaki traktowano tu gości, był jedyny w swoim rodzaju.

– Proszę państwa, przedstawiam naszą gospodynię: panna Zofia Borucka.

Paulina serdecznie uścisnęła ciemnowłosą kobietę.

– Tak się cieszę, że cię widzę – szepnęła jej po polsku do ucha.

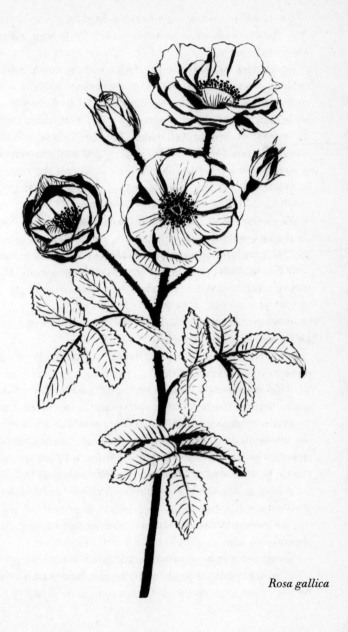

Rosa gallica

Zosia oddała uścisk i zwróciła się do gości.

– Bardzo nam miło państwa gościć. W jadalni zaraz podamy podwieczorek.

Na dźwięk płynnej niemczyzny z lekkim monachijskim akcentem goście wyraźnie się ożywili. Jeszcze większe wrażenie zrobiła na nich szybkość i sprawność, z jaką ich bagaże zostały wypakowane z auta i wniesione na górę, a oni sami zaproszeni do wygodnie urządzonych pokoi. Po chwili pojedynczo zaczęli schodzić do jadalni. Dwie dziewczyny podawały kawę i herbatę w cienkich starych filiżankach, a na stole czekały domowej roboty konfitury, miód, jeszcze ciepłe bułeczki, prawdziwy żytni chleb na zakwasie i truskawki ze śmietanką.

Zosia Borucka z każdym zamieniła kilka słów. Gdy podeszła do dwudziestokilkuletniej kobiety o pięknych popielatych włosach, ta, ku zdumieniu Zosi, odezwała się najczystszą polszczyzną:

– Nie ma pani pojęcia, jak się cieszę, że tu jestem. Wybierałam się do Różan jutro, z Krakowa, i zastanawiałam się, jak dojechać.

– Bardzo mi miło. Na naszej stronie internetowej jest mapka i dokładny opis dojazdu.

– Prawdę mówiąc, nie myślałam o dworze. W tej okolicy mieszka mój przyjaciel. Może go pani zna... Eryk Hassel.

– To mała wieś. Znam tu wszystkich. Eryka też – ostrożnie odpowiedziała Zosia, uważnie przyglądając się młodej kobiecie.

Miała wrażenie, że uśmiech, który pojawił się na twarzy pięknej blondynki, był triumfalny. Jej jasnoniebieskie, jakby przezroczyste oczy rozbłysły. O pół głowy niższa od Zosi, trzymała się bardzo prosto i wydawała się wyższa, niż naprawdę była.

– I jak tu nie wierzyć w szczęśliwe zbiegi okoliczności! – powiedziała. – Jak pani sądzi, czy mogłabym go odwiedzić?

Zosia zmusiła się, by odpowiedzieć jej uśmiechem. Myślała gorączkowo, kim ta obca kobieta jest dla Eryka.

Tamta zobaczyła jej wahanie i dodała szybko:

– No tak, przecież pani mnie nie zna. Nazywam się Natalia Berg. Przygotowywałam teksty do katalogu na wystawę Eryka.

Ach tak! Zosia nagle przypomniała sobie jeden z portretów w pracowni Eryka. *Srebrna Natalia*. Myślała, że to jakaś fantazja na temat poezji Gałczyńskiego, tymczasem miała przed sobą modelkę. Srebrnowłosa Natalia w zielonej sukience, wiotka i pachnąca. Brakowało jej tylko gałązki konwalii we włosach. Jak to dobrze, że Eryk jest jeszcze w Monachium!

– Szkoda, że pani do niego nie zadzwoniła. Nie ma go w Różanach, wyjechał do Niemiec. – Zosia zrobiła smutną minę. W duchu zacierała ręce.

– Nie jesteśmy tak zaprzyjaźnieni, by dzwonić do siebie prywatnie – przyznała Natalia, a Zosia od razu poczuła się lepiej. – Sądziłam, że uda mi się go spotkać tak... rozumie pani, przypa... przy okazji.

„A więc to jest ta Zosia – pomyślała Natalia, gdy Zosia odeszła porozmawiać z innymi gośćmi. – Inaczej ją sobie wyobrażałam. Nogi niezłe, fakt... I pięknie zarysowane brwi. Naturalne w dodatku. Ładnie trzyma głowę, ale bezbiuście okropne! I jaka naiwna... No i to idiotyczne imię. Jak on mógł się w niej zakochać?! Pszennożytnie dziewczątko z polskiego dworku! Że też coś takiego mogło się uchować!"

Rozmawiając z innymi gośćmi, Zosia ukradkiem patrzyła na Natalię. Podziwiała jej świetlistą cerę, piękny biust, ruchy pełne gracji. W jej portrecie było coś takiego... Powiedziała nawet Erykowi, że powinien zatytułować ten obraz *Zakochana kobieta*. Uśmiechnął się wtedy i odrzekł, że ta kobieta ma imię, że to jego srebrna Natalia.

5

Upewniwszy się, że żadnemu z gości niczego nie brakuje, Zosia wymknęła się z jadalni. Zapukała do pokoju Pauliny.

– Paulina? Przyjdziesz na herbatę?

– Pod warunkiem że wypijemy w kuchni – powiedziała Paulina, otwierając drzwi.

– Świetny pomysł.

– Jestem ci bardzo wdzięczna, że przyjęłaś moją grupę. Wiem, że dla ciebie jeden nocleg to żaden zysk...

– Ani tobie, ani Likusom się nie odmawia – zaśmiała się Zosia.

Weszły do kuchni. Paulina podbiegła do pani Zuzanny, a ta serdecznie ją uściskała. Lubiła Paulinę, która robiła wszystko, by na to zasłużyć. Ale nie tylko dlatego, że pani Zuzanna była w tym domu szarą eminencją. Z kieszeni żakietu dziewczyna wyjęła eleganckie pudełko i podała je starszej pani.

– A co to takiego?

– Drobne prezenty podtrzymują przyjaźń, a ja bardzo sobie cenię przyjaźń z panią – uśmiechnęła się Paulina.

Pani Zuzanna otworzyła pudełko i wyjęła czarny koronkowy szal.

– Byłam ostatnio w Mediolanie i gdy go zobaczyłam, od razu wiedziałam, że się pani spodoba. – Paulina z wyraźną przyjemnością patrzyła, jak pani Zuzanna głaszcze jedwabistą koronkę, a potem wkłada szal na głowę i przegląda się w małym okrągłym lustrze.

– Przepiękny. Nie powinna mi pani jednak kupować takich drogich prezentów.

– Prawdę mówiąc, kupiłam go na wyprzedaży. Wygląda w nim pani jak włoska *duchessa*.

– Nic dziwnego, jedna z praprababek niani była włoską hrabiną – wtrąciła się Zosia.

– Dziękuję, pani Paulino. Zosiu, poczęstuj panią herbatą, ja muszę przypilnować kolacji. Jagoda z Agatką poszły wyjmować chleby z pieca.

Pani Zuzanna starannie złożyła szal, schowała go do pudełka i wróciła do płukania szpinaku w wielkim zlewie.

– Co to będzie? – zainteresowała się Paulina.

– Babeczki z ciasta francuskiego ze szpinakiem. Pierwsze w tym roku ogórki też już zdążyliśmy zakisić. No i mamy świeżo uwędzoną szynkę.

– Ogórki... Mmm... – westchnęła Paulina z lubością. – Mogę dostać chleb z masłem, z solą i z ogórkiem?

– Pewnie. To sama potrafię przygotować – powiedziała Zosia.

Paulina uśmiechnęła się w duchu. Niezdolności kulinarne Zosi były powszechnie znane.

– Jak pani to robi, pani Zuzanno, że wszystko tutaj jest takie pyszne? Ten chleb... Ta chrupiąca skórka... Ja naprawdę z niejednego pieca chleb jadłam – zażartowała Paulina – ale takiego jak tu nie ma na całym świecie.

– Tak, to dobry chleb – przytaknęła pani Zuzanna. – Pieczemy go według najprostszego na świecie przepisu. Mąka, zakwas, woda i sól. Najprostsze jest najlepsze.

– Tylko mąka oczywiście od Wolskich, nasza źródlana woda, siła pani Jagody do ręcznego wyrobienia ciasta i nasz stary piec, w którym się mieszczą te wielkie bochny. – Zosia mrugnęła do Pauliny. – Jeśli masz to wszystko, sukces gwarantowany.

Roześmiały się wszystkie trzy.

– Żarty żartami, ale to prawda – zauważyła pani Zuzanna. – Dobre produkty to podstawa. Powinna pani kiedyś pokazać swojej wycieczce prawdziwy młyn. Szczotki czyszczące ziarna z pyłu, potem sita w wialni, kamienne żarna...

– Świetny pomysł! To bardzo ciekawe. Szkoda, że jesteśmy tu tak krótko, ta grupa na pewno byłaby zainteresowana.

– Nawet gdybyś była dłużej, w tym tygodniu i tak by się tego nie udało zorganizować. Młyn Wolskich działa od czasu do czasu. Mało kto jest zainteresowany mąką kosztującą trzy razy więcej niż ta w sklepie – powiedziała Zosia, podając Paulinie talerz z kanapkami.

– Za to trzy razy lepszą – wtrąciła pani Zuzanna.

Paulina, jedząc, mruczała jak kot i mrużyła oczy z zachwytu.

– Poezja! Pani Zuzanno, czy nie myślała pani, by otworzyć restaurację? Mogłabym być naganiaczem. Potem pierwsi goście opowiedzieliby innym o tych pysznościach i wieść błyskawicznie by się rozeszła pocztą pantoflową.

– Jestem za stara na takie zabawy. Poza tym w takim mieście jak Kraków na prawdziwej restauracji chyba trudno zarobić. Dobre zwykle jest drogie.

Paulina zaśmiała się w duchu. Pani Zuzanna powiedziała „Kraków" takim tonem, jakby sama, przynajmniej z racji urodzenia, nie należała do krakowskich centusiów.

– Byłaby pani mózgiem, nie rękami! – wykrzyknęła. – Na pewno pani słyszała o *slow food* i o jednodniowych restauracjach. Takich jak Uczta Babette.

– Słyszałam, ale tej nazwy nie znam. Czy to ma jakiś związek z tym opowiadaniem Karen Blixen? Bardzo je lubię. Ludzie tak rzadko doceniają wagę jedzenia. Ona to potrafiła.

– Ma pani rację. Była w tym świetna. Wie pani, że pod koniec życia, gdy prawie niczego nie mogła już jeść, żywiła się wyłącznie szampanem i ostrygami?

– Pasuje to do niej.

– Przejrzałam kilka jej książek – wtrąciła Zosia. – Ale prawdę mówiąc, do końca przeczytałam tylko jedną, tę o uprawie kawy.

– Masz zboczenie zawodowe. Pierwszy raz słyszę, żeby ktoś tak mówił o *Pożegnaniu z Afryką*. Wracając do jednodniowej restauracji... Byłam w takiej w Londynie. Gospodyni w każdy wtorek gotuje różne pyszne rzeczy i ma stały skład gości. Każdy z nich może przyprowadzić jednego znajomego. Za osiemdziesiąt funtów można jeść i pić do woli.

– Co pani jadła? – zainteresowała się pani Zuzanna.

– Fish and chips zawinięte w gazetę – rzuciła Zosia jadowitym tonem.

Pani Zuzanna machnęła ścierką w jej kierunku.

– Co ja mam z tą dziewczyną! Bardzo lubię angielską kuchnię i ona też, choć tak źle o niej mówi.

– Niania chodziła do szkoły w Anglii – wyjaśniła Zosia.

– O, nie wiedziałam!

– To było dawno temu, jeszcze przed wojną... Ale niechże pani lepiej powie, co było w tej specjalnej restauracji.

– Takie śmieszne jajka, ugotowane na twardo, wewnątrz czegoś przypominającego smażone pulpety...

– Jajka po szkocku. Prawdziwe można zjeść tylko na Wyspach, bo u nas nie ma w sprzedaży surowego mięsa kiełbasianego.

– Właśnie się zastanawiałam, z czego to było zrobione, bo smakowało inaczej niż nasze mielone. Była też świetna baranina z czosnkiem, purée z ziemniaków i drugie z czegoś żółtego, sałata z kilkunastu rodzajów zieleniny, z których znałam tylko szpinak, rukolę i kruchą sałatę... Co tam jeszcze? Aha, cobbler z morelami, prawdę mówiąc, taki sobie, i placek czekoladowy, mniaaam.

– Wiesz, nianiu, szkoda, że nie zaplanowałaś dziś na kolację fish and chips. Mamy tyle starych gazet... I zmywania byłoby mniej.

– Trudno zrobić rybę z frytkami z samych ziemniaków...

– Właściwie jak oni je robią? – zapytała Paulina. – Na przykład tę panierkę. Kilka razy próbowałam w domu, ale to nigdy nie było to.

– Cały sekret polega oczywiście na świeżych atlantyckich rybach. A zrobienie takiej panierki jest dziecinnie łatwe. Z dwóch rodzajów mąki: pszennej i kukurydzianej, pół na pół, i z wody, najlepiej mineralnej gazowanej, robi się ciasto podobne do naleśnikowego, tylko trochę gęściejsze. Do tego trochę roztopionego masła, sól i pieprz. I gotowe. Jest jeszcze lepsze, gdy zamiast wody użyje się piwa.

– Zaczynam żałować, że nie zamówiłam na dziś ryb – powiedziała Paulina. – Ślinka mi cieknie, gdy pani tak opowiada. Wszystko tutaj jest takie pyszne. Słyszałam westchnienia rozkoszy dobiegające z jadalni.

– No właśnie, Paulinko, powiedz, co to za ludzie?

– Ach, to nietypowa grupa. Z Verlag Horst Giesen z Monachium. Pani Jensen, z domu Giesen, ta bardzo wysoka, szczupła kobieta, jest jego właścicielką czy dyrektorką. Pozostali to menedżerowie wyższego szczebla tego wydawnictwa. Zajmują się między innymi książkami rolniczymi. Coś dla ciebie, prawda?

Zosia odruchowo skinęła głową. Zastanawiała się, jak skierować rozmowę na temat Natalii Berg.

– Podobno myślą o otwarciu filii w Polsce. Sądząc z programu, tak chyba jest i mamy do czynienia z czymś w rodzaju zwiadu. Byliśmy już na przykład na Targach Prasy i Książki Rolniczej i na Międzynarodowych Targach Książki w Warszawie – ciągnęła Paulina. – Pobyt służbowy postanowili połączyć ze zwiedzaniem. W tym zdali się na nasze biuro. Uwierzysz, że wszyscy po raz pierwszy są w Polsce? Nie, źle mówię, wyjątkiem jest Natalia Berg.

– Rozmawiałam z nią przed chwilą – szybko powiedziała Zosia.

– Trudno jej nie zauważyć, prawda? Gdy ją zobaczyłam, od razu pomyślałam, że nadawałaby się na okładkę folderu o Szwecji. Wiesz, taka dziewczyna w białej sukience i wianku z płonącymi świecami, prowadząca pochód w dzień świętej Łucji.

– To Szwedka? Świetnie mówi po polsku.

– Skąd, jest Polką. Od kilku lat mieszka w Monachium i od niedawna pracuje w tym wydawnictwie. Pewnie dlatego trzyma się trochę na uboczu. Mam wrażenie, że niezbyt pasuje do reszty i nie bardzo wiem, co robi w tym towarzystwie.

„Za to ja wiem", pomyślała Zosia.

– Dziękuję za pyszne kanapki – Paulina westchnęła z lubością. – Dobrze się gada, ale muszę wracać do pracy. Zosiu, mogę im pokazać twoje rosarium?

– Jeśli zamienimy się rolami i pozwolisz mi być przewodnikiem...

– Czytasz w moich myślach. – Paulina posłała jej całusa.

– Kolacja o ósmej?

– Tak. Sporo dziś zwiedzaliśmy i wszyscy są zmęczeni, a jutro mamy w planie Rynek, Drogę Królewską i Wawel, więc zapowiada się równie pracowity dzień. Wyjeżdżamy o dziesiątej, czy śniadanie może być na dziewiątą? Ja proszę o jajko na miękko, nie, o dwa jajka na miękko. I czy mogłabym dostać na drogę torebkę suszonych owoców? Głupio mi, że tak żebrzę, ale póki nie macie tu sklepu, muszę wyłudzać. Naprawdę, Zosiu, powinnaś pomyśleć o sprzedawaniu gościom różnych rzeczy. Na przykład takie dżemy albo bułeczki. Każdy chętnie by kupił.

– Widzę, że zmieniłabyś naszą manufakturę w wielkie przedsiębiorstwo produkcyjno-handlowe.

– Nigdy! To miejsce powinno pozostać niezmienione.

– Mówiąc serio, myślałam o tym, ale to wymaga sporych wkładów... Poza tym nie mamy aż tylu gości, żeby otwierać dla nich sklep.

Zosia posmutniała, więc Paulina szybko zmieniła temat.

— Zosiu, po kolacji przyjdę do ciebie i załatwimy sprawy papierkowe, dobrze?

— Dobrze. Będę czekała z fakturą i twoją ulubioną śliwówką.

— Masz zamiar mnie upić, a potem podsunąć mi do podpisania niebotyczny rachunek?

— Zgadłaś.

6

Zosia stanęła w uchylonych drzwiach gabinetu ojca.

– Jeszcze nie śpisz? – zapytał.

– Zaraz się położę.

– Chodź, chodź. Siadaj. Napijesz się? – Wskazał na karafkę.

– Nie, dziękuję. Piłam śliwówkę z Pauliną.

– Szkoda, że tak rzadko do nas przyjeżdża. Jej grupy to prawdziwy skarb: zamożni, spokojni...

– Tato...

– Tak?

– Przecież wiesz, o co chcę spytać.

– Nie mam pojęcia.

– Proszę, nie żartuj. Niania mi mówiła, że Krzysztof dzwonił.

– Dzwonił.

– No i co? Przyjeżdża?

– Niestety tak.

Zosia spojrzała na niego zaskoczona.

– Niestety? Tato – jej ton stał się błagalny – nie widziałam Krzysztofa od roku. Teraz zadzwonił i co powiedział?

– Zaczął od „dobry wieczór" – rzucił pan Borucki zgryźliwym tonem, ale na widok miny córki urwał. Lekko poklepał ją po ręce. – No co, chyba nie będziesz mi tu beczeć?

– Nie, nie. Po prostu jestem zmęczona. I... Krzysztof tak dawno u nas nie był.

– Teraz za to przyjedzie.

– Naprawdę?! – Oczy Zosi rozbłysły, tym razem nie od łez. – Kiedy? Na długo?

– Powoli, powoli... – Pan Borucki spojrzał na córkę. Nie było sensu kłamać. – Chciał przyjechać już w przyszłym tygodniu, ale poprosiłem go o zwłokę...

– Zwłokę? Jaką zwłokę?

– Zaraz ci wszystko powiem, jeśli nie będziesz mi co chwilę przerywać.

Starszy pan sięgnął po karafkę i nalał sobie do szklanki zielonozłotej wódki. Dolał wody, wsypał cukier i mieszał powoli.

Zosia już otwierała usta. Uciszył ją ruchem dłoni. Smakował swoją ulubioną Zieloną Wróżkę.

– Dobra. Anyżu dokładnie tyle, ile trzeba. Tak... Pamiętasz, jak Krzysztof był tu rok temu?

Pokiwała głową.

– Miał zostać tydzień, a wyjechał po jednym dniu. Powiedziałem ci, że wezwały go jakieś nagłe sprawy... Ale to nie było tak. Pokłóciliśmy się wtedy o te pożyczone pieniądze. Wiesz, co mi powiedział? Że jestem z epoki książeczki oszczędnościowej i nie mam pojęcia ani o prowadzeniu interesów, ani o tym, jak się odnaleźć w świecie kart kredytowych. Bardzo mnie to zabolało... Krzyś, którego znam od takiego... – zamyślił się na chwilę.

Zosia zacisnęła ręce na poręczach krzesła.

– Cóż – westchnął pan Borucki – miał rację. Ale wtedy nie przyjąłem tego do wiadomości. Poza tym bank chętnie mi pożycza. Krzysztof nie musi mi robić łaski.

– Tato... – jęknęła.

– Wiem, wiem... Ale trudno, stało się. A co się stało, to się nie odstanie.

– Ile mu jesteśmy winni?

— Dużo, niestety.

— Ile?

— Umówiliśmy się, że to ja prowadzę finanse, prawda? Jestem w końcu matematykiem, przepraszam, byłym nauczycielem matematyki.

— Teraz rozumiem, dlaczego pan Krawczyński tak mnie unika.

— Nic by ci nie powiedział. To rasowy księgowy.

— Tato, ile pożyczyłeś z banku?

— Za dużo, niestety.

— Myślałam... Myślałam, że...

— Ja też myślałem, że Krzysztof po prostu się z tobą ożeni i cały ten dług przestanie być długiem, i stanie się jego wkładem w rodzinny interes.

— Powiedziałeś mu to?

— Tak.

Ręce Zosi, zaciśnięte na poręczach krzesła, zbielały.

— Och, tato, jak mogłeś...

Łza spłynęła jej po policzku. Otarła ją ukradkiem. „Za późno na płacz. Najgorsze już się stało", pomyślała.

— I co teraz będzie?

— Dobre pytanie. Sam je sobie nieustannie zadaję. Jadę jutro do biura pana Krawczyńskiego. Umówił mnie z jakimś doradcą finansowym. Zobaczymy, co ten spec mi powie. Może nie jest tak źle. W końcu dwór ma wielką wartość. Na pewno większą niż obciążenie na hipotece. Raty spłacam regularnie, więc bank nie będzie się upominał o pieniądze. Gdyby tylko Krzysztof...

— Naprawdę mógłbyś mnie sprzedać?

— Od razu sprzedać... Nie dramatyzuj. W końcu mam oczy i widzę, że choć coraz częściej biegasz do Eryka, Krzysztof nadal nie jest ci obojętny.

— Nie jest. Ale to przecież tylko pogarsza sprawę... — głos się jej załamał.

Wstał i objął ją.

— Córeczko, chciałbym, żebyś była szczęśliwa. Myślałem, że tutaj... razem z Krzysztofem... Ale nie bój się, coś wymyślę.

Wejdę w rolę dziedzica i tak go będę gościł, aż zapomni, że przyjechał jako wierzyciel. – Uścisnął ją i pocałował w czubek głowy.

Oddała mu uścisk.

– Chodzi mi tylko o ciebie, przecież wiesz – dodał cicho. – Ja przez ostatnie trzynaście lat codziennie przekonywałem się o czymś, co dla starego głupca powinno być oczywiste: że powrót do miejsca z przeszłości nie cofa czasu. To nie obecnego życia mi żal, lecz dawnego. Ale ono już umarło.

Ból w głosie ojca był dla Zosi nie do zniesienia. Nie umiała go jednak pocieszyć.

– Pójdę już – powiedziała. – O piątej przychodzą kobiety... Jutro zbieramy agrest i porzeczki na konfitury. Muszę wszystkiego dopilnować. Dobranoc.

– Dobranoc, córeczko.

Cicho wyszła z gabinetu.

Wiedziała, że jeśli się teraz położy, długo będzie się przewracać z boku na bok. Lepiej zrobić coś pożytecznego.

Poszła do swojego małego biura. Włączyła komputer. Na biurku leżał stary zeszyt z przepisami niani. Pozwoliła jej wziąć przepis na naleśniki.

Zosia usiadła przy komputerze i zaczęła pisać:

Dzisiaj do Państwa pudełka dodałam kwiaty akacji. Są świeżo zerwane i najlepiej zjeść je od razu (można ostatecznie przechować przez jeden dzień w lodówce, bez wyjmowania z papierowej torebki). Proponuję na podwieczorek kwiaty akacji w cieście naleśnikowym.

Kwiaty trzeba umyć i rozłożyć na ręczniku papierowym na jakąś godzinę, by wyschły (w cieniu, bo inaczej zwiędną).

Od razu trzeba przygotować gęste ciasto naleśnikowe. Polecam przepis mojej niani Zuzanny Hulewicz.

2 jajka utrzeć z ½ torebki cukru waniliowego (najlepiej prawdziwego), dodawać stopniowo 1½ szklanki przesianej mąki i 2 szklanki mleka. Potem dodać ¼ kostki (5 dkg) roztopionego ostudzonego masła i kieliszek koniaku lub innego dobrego alkoholu. Mieszać przez minutę mikserem na najwyższych obrotach. Przykryć ściereczką i odstawić

na godzinę. Ciasto powinno mieć konsystencję gęstej śmietany. Jeśli jest za rzadkie, trzeba dodać trochę mąki. Jeśli za gęste – trochę mleka.

Rozgrzaną patelnię posmarować kawałkiem słoniny nabitej na widelec albo połową ziemniaka zamoczonego w oleju. Trzymając kwiaty za łodyżkę, zanurzyć je w cieście, tak żeby ciasto dokładnie je oblepiło. Położyć na patelnię i usmażyć z obu stron jak racuszki. Przełożyć na talerz i posypać cukrem pudrem. Przed zjedzeniem można usunąć łodyżkę (jest mniej smaczna niż kwiaty): przytrzymać widelcem ciasto i zdecydowanym ruchem pociągnąć za łodyżkę.

Akacja w cieście jest pyszna! Poza tym kwiaty zawierają olejki eteryczne, flawonoidy, cukry, kwasy organiczne, sole mineralne i inne związki. Działają żółciopędnie, moczopędnie, rozkurczowo i uspokajająco.

Z reszty ciasta, po lekkim rozrzedzeniu go mlekiem, można usmażyć cienkie naleśniki i nadziać je konfiturą, owocami lub białym serem. Ze wszystkim są znakomite.

Zofia Borucka

Przeczytała tekst dwa razy, poprawiła kilka literówek, potem zmieniła „Borucka" na „Doliwa". Długo patrzyła na ekran. Gdyby była żoną Krzysztofa... Co robiłaby teraz Zofia Doliwa? Na pewno nie siedziałaby przy komputerze. Wyobraziła sobie, jak jedzą razem kolację, Krzysztof o czymś opowiada, a ona niezauważenie zdejmuje buty i wsuwa mu stopę pod nogawkę spodni, jakby byli kochankami jedzącymi kolację w restauracji. On podnosi głowę, światło lampy odbija się w jego jasnych włosach i najpierw uśmiechają mu się szarozielone oczy, potem uśmiech pojawia się na ustach...

Potrząsnęła głową, przywróciła pierwotną wersję podpisu, wydrukowała list w dwudziestu ośmiu egzemplarzach i powkładała je do koszulek, żeby nie zawilgotniały od warzyw. Pojutrze oprócz zwykłych zamówień musiała przygotować dwadzieścia osiem pudełek sezonowych warzyw i owoców dla krakowskich odbiorców abonamentowych, jak ich nazywała. Płacili za miesiąc z góry i raz w tygodniu odbierali swoje paczki w sklepie ze zdrową żywnością na Krupniczej. Cenili sobie nie tylko to, że wszystko było świeże. Ważny był też element niespodzianki. Starała się, aby zawsze było tam coś ciekawego. Tak jak te kwiaty akacji.

Gdyby miała takich odbiorców nie dwudziestu ośmiu, ale dwustu osiemdziesięciu... To byłoby czternaście tysięcy brutto na tydzień... Gdyby otworzyła sklepik albo restaurację, taką, o jakiej mówiła Paulina...

Sprawdziła jeszcze pocztę. Same reklamy. Wyłączyła komputer i zeszła na dół. Zegar w sieni wybił jedenastą.

Przez kuchenne okno widziała ogród pełen tajemniczych cieni. Gwiazdy świeciły bardzo jasno. Mała chmurka wolno sunęła przez tarczę księżyca. Światło z dwóch okien pokoju niani odbijało się w błyszczących liściach różaneczników.

Nalała sobie soku i powoli piła. Potem opłukała szklankę, wstawiła ją do zmywarki i poszła w stronę drzwi prowadzących do ogrodu. Troj, śpiący w ogrodowej sieni, podniósł głowę i zamachał ogonem.

– Masz ochotę na spacer? – zapytała cicho i podrapała go za uszami. Miał wilgotną mordę. – Piłeś wodę czy byłeś z panią w ogrodzie? – Dotknęła sierści na jego łapach. Sucha. – Piło się wodę. Chodź, przejdziemy się kawałeczek.

Wzięła z szafy stary sweter i gumowe buty, potem założyła psu skórzaną obrożę i otworzyła drzwi do ogrodu. Wszystkie okna były ciemne. Świeciło się tylko u niani.

Cicho jak duch przeszła po trawniku i weszła do sadu. Zerwała garść czereśni. Kilka spadło na krótko przystrzyżoną trawę. Szukała ich po omacku i wtedy się zorientowała, że nie ma ani śladu rosy.

– Ty oszuście – pogroziła Trojowi. – Czemu nie mówiłeś, że jest sucho?

Zeszli nad staw. W półmroku błyszczały żółte kwiaty kosaćców. Zosia zanurzyła rękę w wodzie. Wierzchnia warstwa była ciepła jak w wannie.

– To co? – popatrzyła na psa. – Popływamy? Tylko cię uprzedzam, że nie wzięłam kostiumu.

Szybko się rozebrała, położyła ubranie na kępie paproci, gumką wygrzebaną w kieszeni spięła włosy na czubku głowy i weszła do wody. Troj nie odstępował jej ani na krok. Woda przy dnie była zimna i Zosia płynęła spokojną żabką, by jej nie mącić. Odbite w wodzie gwiazdy drżały poruszane drobną falą.

Pies znudził się po kilku nawrotach i wyszedł na brzeg. Stanął na trawie na szeroko rozstawionych łapach i otrzepał się z wody. Zosia uwielbiała ten widok. Jak on to robił? Zaczynał kręcić głową, potem w wibracje wpadał tułów, a na końcu fala drgań dochodziła aż do koniuszka kosmatego ogona.

Jeszcze kilka razy leniwie przepłynęła staw. Poczuła się lepiej. Troski, które ją obciążały, zawsze trochę rozpuszczały się w wodzie.

Przypomniała sobie, jak wyglądał ten staw, gdy go zobaczyła po raz pierwszy: śmierdzące bajoro pokryte grubym zielonym kożuchem. Porządnie się namachała grabiami i podbierakiem, zanim zebrała tony rzęsy i oślizłej skrętnicy.

Aksamitny warkocz moczarki przesunął się jej po brzuchu. Moczarka, zmora stawów hodowlanych, była jej sprzymierzeńcem: wytwarzała tlen, który zabijał algi. Drugim była *Nymphaea chromatella*, której liście, pokrywające staw, odcinały algom dostęp światła. Z wielu gatunków lilii wodnych, od śnieżnobiałych przez różowe do amarantowych, wybrała właśnie ten, o pięknym bladożółtym kolorze i zielonych liściach z brązowym marmurowym wzorkiem. Lilie, które kiedyś pozowały Monetowi.

Wyszła na brzeg i próbowała się otrzepać jak pies.

– Nauczyłbyś mnie tej sztuczki – powiedziała do Troja tarzającego się w trawie.

Wytarła się podkoszulkiem, który potem rozwiesiła na drzewie, by wysechł do rana. Włożyła sweter na gołe ciało.

Obeszli dom, potem nieużywane zabudowania folwarku. Tylko część była wyremontowana – ta, gdzie stał piec chlebowy i stara, cudem zachowana suszarnia do owoców. Zosia wyobraziła sobie rząd lśniących maszyn do robienia dżemów, konfitur... Maszyn bardzo sprytnych i bardzo drogich. Westchnęła.

Troj skręcił w lipową aleję. Poszła za nim. Głęboko wciągnęła powietrze. Czy jest coś piękniejszego niż zapach kwitnących lip? Objęła pień i przytuliła się do drzewa. Zamknęła oczy i głęboko oddychała.

Pies podbiegł truchcikiem i trącił ją nosem w udo.

– No co tam? Zatrzymać się nie wolno? To nie spacer na więziennym podwórku. – Potarmosiła pieszczotliwie psie uszy.

Wyjęła klucz z kieszeni i otworzyła boczną furtkę. Pies przepchnął się pierwszy i ruszył miedzą wzdłuż płotu.

Trawa na ścieżce była krótka i sprężysta. Błyszczały w niej białe gwiazdki stokrotek. Zosia podniosła wzrok na białą smugę Drogi Mlecznej i lekko drgające gwiazdy. Nagle zobaczyła maźnięcie światłem na atramentowym niebie. Spadająca gwiazda! Pożałowała, że nie zdążyła pomyśleć życzenia. A gdyby zdążyła, czego by sobie życzyła? Trzeba kupić stukartkowy zeszyt i zacząć je spisywać.

Troj grzecznie czekał przy dolnej furtce prowadzącej do warzywnika.

– Naspacerowałeś się, staruszku? – pogłaskała psa. – To wracamy. Tylko ścieżką, nie po grządkach.

Troj, wyszkolony przez nianię, biegł ścieżkami. Nagle zatrzymał się i szczeknął krótko, raz i drugi.

– Cicho, pobudzisz wszystkich, wariacie!

Zosia podbiegła do psa. Na ścieżce stał jeż. Nastroszył kolce, ale nie zwinął się w kłębek. Może znał Troja i wiedział, że nie ma co wpadać w panikę.

– To tylko jeż. Niech pozjada te wiosenne chrząszcze, nie będziemy mu przeszkadzać.

Chwyciła psa za obrożę i pociągnęła w stronę domu. W pokoju niani nadal paliło się światło. Zosia zdjęła psu obrożę, a on z westchnieniem runął na legowisko.

Schowała buty do szafy i boso poszła do siebie.

Dochodziła północ. Zapaliła lampę przy łóżku. Nastawiła budzik w komórce na wpół do piątej, poszła do łazienki, zrzuciła ubranie i weszła pod prysznic. Długo stała pod letnim strumieniem. Potem nalała trochę płynu o zapachu malin na frotową rękawicę. Maliny, jeden z ulubionych zapachów Krzysztofa. Nie, nie będzie o nim myśleć, bo nie zaśnie.

Włożyła nocną koszulę i siedząc na łóżku, szczotkowała włosy i patrzyła na ultramarynowe niebo. W końcu zasłoniła okno, zgasiła światło i położyła się. Po chwili jednak wstała i po ciemku poszła do garderoby. Otworzyła jedną z szuflad. Wyjęła z niej worek spięty klamerką do bielizny. Zdjęła klamerkę, lekko go otworzyła i przytknęła do nosa. Zamknęła oczy. Znała każdy centymetr jego zawartości... W środku był wypłowiały, używany podkoszulek. Po chwili starannie zamknęła worek. Rzadko pozwalała sobie na jego otwieranie, bo zapach był coraz słabszy. Jej ulubiony zapach. Zapach Krzysztofa.

7

Pani Zuzanna rozejrzała się po kuchni. Wszędzie panował idealny porządek. Troj hałaśliwie pił wodę z miski. Gdy skończył, wytarła mu mordę papierowym ręcznikiem. Umyła ręce i nalała sobie kieliszek metaxy.

— Chodź, piesku, idziemy spać.

Kiedyś spał w jej pokoju, ba, w jej łóżku, ale od jakiegoś czasu wolał legowisko w sieni. Psie pazury cicho stukały o kafle podłogi.

Postawiła kieliszek na stoliku w sieni i otworzyła drzwi. Troj przeskoczył próg i pobiegł ścieżką w dół ogrodu.

Czerwcowa noc była jasna i pachnąca. Kiedyś w taką ciepłą noc też stała tu, na tym progu, i patrzyła w gwiazdy, rozmarzona, szczęśliwa. Zakochana. Po raz pierwszy i ostatni. *Forever and ever*.

Pies zaszczekał w dole, na trawniku.

— Troj, wracaj tu, piesku! — zawołała cicho.

Przybiegł zziajany. Nie był już młody, o nie. Usiadł przy jej nogach i razem patrzyli na tańczące nad paprociami robaczki świętojańskie.

„Czy uroda świata kiedyś mi spowszednieje?", pomyślała.

Usiadła na progu i głaskała psa po kudłatej głowie. W końcu ścierpły jej nogi i z trudem się podniosła.

– Idziemy spać.

Sprawdziła, czy ma wodę w misce, a gdy ułożył się na posłaniu, cicho wyszła, zamykając za sobą drzwi do głównej sieni. Wzięła kieliszek i poszła do sypialni.

Kiedyś to był jego gabinet. Kazała pomalować ściany na ciemnozielono, jak wtedy. Poza tym nic nie przypominało o poprzednim właścicielu. Tylko ona pamiętała. Tu stało biurko. Pod ścianami mahoniowe szafy *art déco* pełne papierów i książek Piotra. Okrągły stół, nad nim fotografie w ramkach. Stary zegar na kominku.

Łóżko skrzypnęło, gdy na nim usiadła. Zrzuciła buty. Przybliżyła kieliszek do nosa i wdychała nikły zapach moreli. Na nocnej szafce leżał gruby niebieski zeszyt. W ciągu dnia obiecywała sobie, że narysuje Paulinę, napisze kilka zdań o dzisiejszych gościach, teraz jednak była zbyt zmęczona.

Zaczęła pisać dziennik jako kilkunastoletnia dziewczyna. Nagle poczuła ochotę, by wyjąć z dna szafy te najstarsze zeszyty zapełnione jeszcze dziecięcym, okrągłym pismem. Rozmowa z Pauliną obudziła dawne wspomnienia. Anglia...

Właściwie to miała pojechać do Berlina. Tam, na Friedrichstrasse, urodziła się i wychowała babka Jadwiga, matka jej mamy. Berlin! Zielone miasto parków, ogrodów i jezior. Latarnie na najmniejszej nawet uliczce. Luksusowe domy. Mnóstwo samochodów i coś, czego Zuzanna nigdy wcześniej nie widziała – światła na Potsdamer Platz pokazujące, kiedy można bezpiecznie przejść na drugą stronę. Sto kin. Niewiarygodne! Po prostu raj na ziemi. Zuzanna znała topografię Berlina równie dobrze jak swego rodzinnego Krakowa.

Bardzo kochała babkę Jadwigę. Jakże była inna od babek koleżanek! Zajmowała apartament przylegający do ich mieszkania na Stradomiu. Miał osobne drzwi z klatki schodowej, tuż przy drzwiach do gabinetu lekarskiego ojca, ale Zuzanna nigdy

ich nie używała. Przebiegała przez salon i mikroskopijny kory-
tarzyk, odsłaniała portierę, otwierała drzwi, zawsze zamknięte
tylko na klamkę, i już była u babki. Czasami zastawała ją w długich jedwabnych spodniach i luźnej bluzce – stroju do ćwiczeń
cielesnych. Bo babka Jadwiga dzień zaczynała od skłonów i przy-
siadów. Paliła papierosy i stawiała pasjanse. Eksperymentowa-
ła w kuchni i dopuszczała Zuzannę do tych eksperymentów. Nigdy się nie gniewała, gdy Zuzanna niechcący rozsypała mąkę
na podłogę albo rozbiła talerz. Pływały kajakiem po Wiśle, jeź-
dziły na rowerach do Lasku Wolskiego, robiły knedle z morelami, gadając przy tym bez przerwy i swobodnie przerzucając się
z polskiego na niemiecki i z powrotem.

Każda pora roku trwała niemal w nieskończoność i była cudownie przewidywalna. Wyjazdy do Poronina, lato na Helu. Ma-
jowa parada kawalerii na Błoniach, niedzielne wyprawy do cukierni po mszy u Świętej Katarzyny. Z góry wiadomo było także,
że Zuzanna pójdzie na pensję pani Zarembiny na Grodzkiej, tak
jak jej starsza siostra Justyna, a potem, gdy skończy dwanaście
lat, pojedzie do szkoły do Berlina.

Pewnego dnia, naciskając klamkę drzwi prowadzących do
mieszkania babki, Zuzanna usłyszała rozmowę. Była dobrze wy-
chowanym dzieckiem i nigdy nie podsłuchiwała rozmów doro-
słych. Jednak ojciec mówił zdenerwowanym tonem, co ją tak zaskoczyło, że zatrzymała się w pół kroku.

– Byłbym mamie bardzo wdzięczny, gdyby mama nie na-
bijała jej głowy Berlinem. Przecież mama wie, co się dzieje
w Niemczech. Pan Hitler...

Zuzanna nie wiedziała, kim jest pan Hitler, ale zrozumiała,
że dawno ustalony wyjazd może nie dojść do skutku.

Tymczasem życie toczyło się zwykłym trybem. Owsianka pospiesznie jedzona w kuchni, potem herbata u babki Jadwigi, która nie zgadzała się z opinią swojej córki, że dzieci powinny pić
tylko mleko albo wodę. No i lemoniadę latem. Za dwadzieścia dziewiąta do drzwi niecierpliwie pukała Justyna z płaszczy-
kiem Zuzanny w jednej i jej tornistrem w drugiej ręce. Była

w ostatniej klasie, miała swoje dorosłe tajemnice i prawie dorosłe koleżanki. Często po lekcjach nie wracały do domu, tylko razem z Hanką Mielke, najserdeczniejszą przyjaciółką Justyny, szły w drugą stronę, do Rynku. Tam, w Kamienicy Ludwikowskiej, Hanka mieszkała z wujem Rafałem Podoskim, starym kawalerem. Hanka była jedyną córką jego ukochanej młodszej siostrzyczki, która razem z mężem zaginęła w zawierusze rosyjskiej rewolucji.

Justyna i Hanka były nierozłączne. Nawet wakacje spędzały razem. Na jeden miesiąc pan Podoski zabierał je do Brogów, swojego majątku pod Mościskami, drugi spędzały z rodzicami Justyny i oczywiście z Zuzanną. Zuzanna nieraz cierpiała w milczeniu, gdy starsza siostra i jej przyjaciółka godzinami szeptały sobie coś, siedząc objęte wpół na ławce w ogrodzie, i nie zawsze chętnie dopuszczały ją do towarzystwa.

Był wczesny listopadowy zmierzch. Tym razem Zuzanna i Justyna wracały po lekcjach prosto do domu. Justyna była smutna i milcząca.

— Aniołek wziął z parapetu nasze listy do Świętego Mikołaja — przypomniała młodsza siostra, chcąc poprawić jej humor.

— Mój Boże, ty jeszcze wierzysz w Świętego Mikołaja! — zaśmiała się Justyna, ale jakoś niewesoło. — A w krasnoludki też?

Nie, Zuzanna nie wierzyła ani w jedno, ani w drugie, ale przyjemnie było sobie wyobrazić anioła, który miękko sfruwa na parapet, chowa listy do anielskiej torby i potem oddaje Świętemu Mikołajowi, by ten przeczytał je uważnie i dołożył odpowiednie prezenty do wielkiego worka.

— Dostałaś... złą ocenę? — Słowo „dwójka" nie przeszło Zuzannie przez gardło. Justyna była najlepszą uczennicą w szkole.

— Wiesz co, Zuza, jesteś jeszcze okropnie dziecinna... — urwała i dokończyła miękko: — Ale i tak jesteś moją ukochaną siostrzyczką i na pewno dostaniesz od Mikołaja lalkę z prawdziwymi włosami.

Dopiero przy obiedzie wyjaśniło się, dlaczego Justyna była w takim złym humorze.

– Justynko – powiedziała mama – jutro wróć do domu prosto po szkole, mamy przymiarkę u pani Miry.

– Nie będę potrzebowała tych sukienek, mamusiu – ponuro odrzekła Justyna. – Nie jadę z Hanką do Krynicy.

– Nie rozumiem... – Mama odłożyła sztućce. – Rozmawiałam z panem Podoskim...

– Pan Podoski złamał nogę i nie może pojechać. Spędzą ferie pod Krakowem, u jego przyjaciół w Różanach.

Wieść była tak nagła, że matka nie zwróciła uwagi na to, że Justyna jej przerwała.

– Muszę go odwiedzić, może czegoś potrzebuje... – głośno myślała matka. – Różany... Różany... Tak, opowiadał mi kiedyś. To jakaś daleka rodzina... No cóż, kochanie – czule poklepała Justynę po ręce – zobaczysz się z Hanią po Nowym Roku. Porozmawiam z jej wujem, na pewno pozwoli, by przeniosła się do nas na kilka dni.

– Dziękuję, mamusiu – Justyna odzyskała humor. – Będzie tip-top.

– A cóż to za nowe słowo? – zainteresował się ojciec.

– Tak mówi miss Wilson. To znaczy „doskonale".

Rodzice spojrzeli po sobie.

– Zuziu – powiedziała mama – może też byś chciała chodzić na lekcje do miss Wilson?

Zuzanna namyślała się przez chwilę.

– A czy angielski jest wymagany w tej berlińskiej szkole, mamusiu?

Rodzice znów porozumieli się wzrokiem.

– Wymagany? Nie, skarbie, ale jak powiedział Schiller, ile znasz języków, tyle razy jesteś człowiekiem.

Zuzanna znała ten ton. Decyzja już została podjęta. Tak mama mówiła o odrabianiu lekcji albo pójściu z nudną wizytą.

– Rano aniołek wziął mój list do Świętego Mikołaja. Mamusiu, czy jeśli szybko nauczę się angielskiego, Mikołaj przyniesie mi lalkę z prawdziwymi włosami?

– No cóż, nie powinno się ręczyć za innych, ale myślę, że grzeczne dzieci dostają to, o co proszą.

Babka Jadwiga coraz rzadziej wspominała Berlin i częściej zapraszała przyjaciółkę, która przez kilka lat mieszkała w Londynie i kochała Anglię. Justyna chodziła już do gimnazjum i było wiadomo, że pójdzie w ślady ojca i po maturze zapisze się na wydział lekarski. Czasy Marii Skłodowskiej, która aby studiować, musiała wyjechać za granicę, dawno minęły. Na Uniwersytecie Jagiellońskim były już nawet dwie kobiety mające tytuł profesora.

Zuzanna nie był prymuską. Jej ulubionymi lekcjami były lekcje gospodarstwa domowego, rysunków i tańca. Ojciec, gorący zwolennik kształcenia kobiet, nie bardzo wiedział, jak pokierować edukacją młodszej córki. Zwierzył się z tego kłopotu bratu Modestowi z zakonu bonifratrów, gdy odwiedzał chorych w zakonnym szpitaliku dla ubogich. Okazało się, że brat Modest słyszał o znakomitej szkole dla dziewcząt w Kornwalii, prowadzonej przez siostry karmelitanki. Nie minęły dwa tygodnie i profesor Hulewicz został zaproszony na herbatę do siostry przełożonej krakowskiego klasztoru karmelitanek.

Tak, tamta szkoła przygotowywała dziewczęta do roli nowoczesnej pani domu. Tak, kładła nacisk na sporty odpowiednie dla płci i wieku. Tak, klasztor w Penzance mógł przyjąć córkę znakomitego lekarza udzielającego się charytatywnie w placówkach bonifratrów.

Nazwa Penzance nic Zuzannie nie mówiła. Za to panna Wilson wpadła w zachwyt. Wyjęła mapę Anglii. Zuzannie kształt wysp zawsze się kojarzył z siedzącym psem. Penzance było na samym końcu jego ogona. Ostatnie miasto Anglii. Koniec świata.

Klasztor był położony kilka mil od miasta. Zuzannie, ku jej zaskoczeniu, od razu spodobały się łagodne wzgórza porośnięte wrzosami, palmy sucho szeleszczące na wietrze przynoszącym zapach oceanu, ale też szkoła i nauczycielki, które kładły nacisk na zajęcia praktyczne, mniejszy zaś na wiedzę książkową, niebędącą jej mocną stroną. I koleżanki. Dzieliła sypialnię z Włoszką o bardzo długim nazwisku i trzech imionach: Maria Grazia Carla, na którą mówiły Carla. Carla przez jakiś czas myślała o wstąpieniu do karmelitanek i namawiała do tego Zuzannę. Żeby się przygotować, wkładały brązowe sukienki mocno ściśnięte skórzanym paskiem, a głowę przykrywały czarną chustką udającą welon. Chodziły tak po sypialni, zerkając na swoje odbicie w oknie.

Pani Zuzanna uśmiechnęła się na to wspomnienie. Wstała z łóżka i podeszła do toaletki. Leżały na niej oprawione w srebro szczotki, kiedyś należące do jej babki, i mały turkusowy słonik. Spojrzała do lustra. Zamiast siebie trzynastoletniej zobaczyła osiemdziesięciotrzyletnią twarz. No nie, wygląda najwyżej na siedemdziesiąt osiem. Wzięła szal, który dostała od Pauliny, i zarzuciła go na głowę. Teraz można by jej dać maksymalnie siedemdziesiąt pięć i pół.

Nagle wydało się jej, że słyszy szczekanie Troja w ogrodzie. Czyżby któryś z gości zabłądził do ogrodowej sieni i wypuścił psa? Nasłuchiwała dłuższą chwilę i teraz wydało się jej, że trzasnęły drzwi od ogrodu. Odczekała jeszcze trochę i wyjrzała na korytarz. Cisza. Coś zazgrzytało i zegar w sieni powoli zaczął wybijać północ. Księżyc świecił prosto w dwa okrągłe okna, więc nie zapalając światła, boso ruszyła w stronę drzwi prowadzących do ogrodu. Nagle usłyszała zduszony krzyk. Zmartwiała, a serce zaczęło jej walić jak młotem. Drżącą ręką namacała kontakt. Sień rozbłysła światłem. Jedna z niemieckich turystek, w pikowanym szlafroku i różowych pantoflach, ze zbielałą ze strachu twarzą, stała nieruchomo na schodach, trzymając się za serce.

— *Herr Jesus*, myślałam, że zobaczyłam ducha — wyjąkała.

— To tylko ja. Wydawało mi się, że szczeka nasz pies. Może napije się pani zielonej herbaty albo melisy?

— *Nein, danke*. Pójdę do siebie.

— Dobranoc. Może pani spać spokojnie, tu nie ma duchów.

Pani Zuzanna z trudem opanowała śmiech. Gdy wróciła do sypialni, usiadła przy toaletce i śmiała się, patrząc na swoje odbicie w czarnym szalu na głowie. Nagle zamarła. Udzieliła fałszywej informacji. W tym domu był duch. Kiedyś sama go widziała.

8

I znowu stał się cud. Zosia była jego świadkiem wiele razy, nigdy jednak nie przestała się zdumiewać. Pseudonowoczesny kościół przeistoczył się w rajski ogród. Główny ołtarz tonął w powodzi róż. Lastrikowe kolumny, owinięte girlandami z różyczek i stokrotek, zmieniły się w czarowne trejaże. Na bocznych ołtarzach stały wąskie wazony z beżowymi, nakrapianymi zielono naparstnicami. Ich sztywność łagodziły aksamitne liście starca. Zosia jeszcze raz ogarnęła wszystko wzrokiem. „Jak to dobrze, że Ance udało się namówić siostrę Nereuszę, żeby zastąpiła te chorobliwie blade parafinowe świece woskowymi", pomyślała.

Poprawiła niesforną różyczkę, która się wysunęła z bukietu przypiętego do ławki, i powoli ściągnęła rękawiczki. Wrzuciła je do koszyka z sekatorami.

W drzwiach zakrystii ukazała się głowa kościelnego.

– Panie Mirosławie, może pan już zabrać drabinę i pogasić światła. Skończyłam.

– Ksiądz proboszcz prosił, żeby pani na niego zaczekała. Za pięć minut będzie w zakrystii.

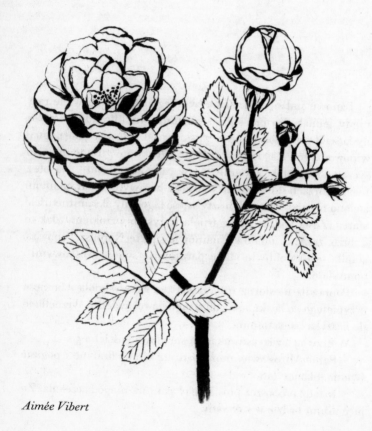

Aimée Vibert

– Zaczekam, oczywiście – odrzekła Zosia i wrzuciła do dużego foliowego worka ostatnie kawałki łodyg i kilka odciętych liści.

W tym momencie otworzyły się drzwi kościoła. Smuga jasnego światła padła na zdobiące przedsionek pęki jaśminu i dwie donice z pnącymi różami oplatającymi wejście do głównej nawy. W drzwiach stanęła Marianna, przyjaciółka Zosi.

– Zośka, jesteś czarodziejką! Ten brzydki kościół wreszcie jest podobny do ludzi! – zawołała.

Zosia stłumiła śmiech i nieznacznym ruchem głowy wskazała kościelnego.

– Chyba się pan nie obraził? Musi pan przyznać, że temu przybytkowi daleko do piękności. – Marianna nie zamierzała oszczędzać uczuć sługi Kościoła.

– Ja tam o piękności nic nie wiem. Ale jak już panna Zosia ołtarz ubierze... Nawet siostra Nereusza musi to przyznać.

– No, jeśli nawet siostra Nereusza tak twierdzi, to tak po prostu jest – zaśmiała się Marianna.

Na tle otwartych drzwi zarysowała się druga ciemna sylwetka.

– Jak widzisz, przyjechałam po ciebie z Erykiem. Uparł się, że musi zrobić kilka zdjęć. Chyba można, prawda? Przecież i tak na ślubie będzie tu szalał fotograf.

– Ja bym spytał księdza proboszcza – wyraził swoją opinię kościelny. – Na pewno już jest w zakrystii.

– Ma pan rację, zapytamy. – Eryk był jak zawsze uprzejmy.

– Módl się za nami grzecznymi. – Marianna przewróciła oczami.

Eryk uśmiechnął się do niej promiennie. Gdyby nie ona, nie zobaczyłby dziś Zosi.

– Zosiu, dzień dobry. – Objął ją i pocałował w policzek. – Muszę w końcu uwiecznić jedno z twoich dzieł. One są takie ulotne.

– Ksiądz proboszcz już na pewno czeka – wtrącił się kościelny.

– A ten swoje... – szepnęła do Zosi Marianna.

Zakrystia była ciemna i chłodna. Pęk lilii w różowym jak landrynka wazonie rozsiewał cmentarny zapach. Proboszcz, wkładający coś do wielkiej szuflady, odwrócił się na odgłos kroków.

– Niech będzie pochwalony Jezus Chrystus.

– Na wieki wieków – odpowiedział i ogarnął wzrokiem dziwnie niedobraną grupkę.

Zosia była jego ulubienicą. Wiedział, że od piątej rano pracowała w kościele, więc wybaczył jej poplamione płócienne spodnie i wygnieciony podkoszulek. Ale ta ubrana kolorowo jak papuga Amerykanka, jak jej tam, Marianna Milejko, powinna wiedzieć, że bluzka na ramiączkach nie jest odpowiednim strojem do kościoła. Ani do jej wieku. Czemu nie bierze przykładu ze swojego eleganckiego towarzysza?

– Ksiądz proboszcz chciał się ze mną widzieć – zaczęła Zosia. – A ja chciałam zapytać, czy Eryk... to znaczy pan Hassel może zrobić kilka zdjęć w kościele.

– Zosia stworzyła tam dzieło sztuki – powiedział Eryk, patrząc na nią błyszczącymi oczami – i chciałbym to utrwalić, jeśli ksiądz pozwoli.

– Pewnie, pewnie... Zosia to prawdziwa artystka. Pan, słyszałem, też artysta?

– Tak, jestem malarzem. – Eryk gładko przełknął odróżnienie artysty od prawdziwego artysty.

– Dobrze pan mówi po polsku.

– Bo jestem Polakiem. Mój dziadek był Polakiem, ojciec też urodził się w Polsce.

– Ale rodzice mieszkają w Niemczech?

– Matka. Ojciec zginął w wypadku kilka lat temu.

– Wieczne odpoczywanie racz mu dać, Panie... Oczywiście, niech pan robi zdjęcia. Nasz kościelny zapali panu światła.

– Bardzo dziękuję, księże proboszczu. – Eryk stał jeszcze chwilę, jakby czekając, aż któraś z kobiet się do niego przyłączy, w końcu wyszedł z zakrystii.

Ksiądz wskazał gościom krzesła.

– Moje dziecko – zwrócił się do Zosi – w poniedziałek złote gody obchodzą państwo Cyrańscy. Zamówili popołudniową mszę. Pani Cyrańska bardzo chciała, żebyś ubrała kościół, ale jej powiedziałem, że ubierasz na ślub w sobotę, więc nie będzie trzeba... No to prosiła, bym zapytał, czy możesz do niej wstąpić i porozmawiać. Myślę, że chce ci zapłacić.

– Wszystko powinno dotrwać do poniedziałku, ma ksiądz rację. Na wszelki wypadek wpadnę rano i sprawdzę. Umówię się z siostrą Nereuszą, żeby mi otworzyła kościół.

– I nie zapomnij wstąpić do pani Cyrańskiej.

– Oczywiście, tylko o żadnym płaceniu nie ma mowy. Te kwiaty to mój prezent ślubny dla Anki.

– No tak, jeszcze w liceum trzymałyście się razem. A teraz wychodzi za mąż... Kiedy ciebie, Zosiu, zobaczę tu w welonie?

– *À propos* welonu – wtrąciła się Marianna. Zosia spojrzała na nią z wdzięcznością, a ksiądz z zaskoczeniem. – Już dawno chciałam księdza o coś zapytać. Dlaczego w Różanach dziewczyna w ciąży nie może iść do ślubu w białej sukni i w welonie?

– Naprawdę panią to dziwi?

Marianna nie znosiła, gdy ktoś odpowiadał pytaniem na jej pytanie.

– Tak, i to bardzo – odrzekła z napastliwą nutą.

Zosia postanowiła interweniować.

– To stary zwyczaj. Ale ja się z nim zgadzam. Dziewiczy welon i biała suknia nie bardzo pasują do wyraźnego brzuszka, prawda? – powiedziała pojednawczo.

– A jeśli jeszcze go nie widać? Kobieta musi przedstawić zaświadczenie, że jest dziewicą? – Marianna nie poddawała się tak łatwo.

– Zapominasz, że to mała wieś. Wszyscy o wszystkich wszystko wiedzą...

– Zośka, proszę cię. Wiem, że to katolicki kraj i Polak musi odwiedzić prostytutkę trzy razy, zanim będzie się mógł z nią przespać, ale coś takiego?

Zosia o mało nie parsknęła śmiechem. Ksiądz jednak nie lubił takich żartów.

– Proszę pani – powiedział surowo – zdaję sobie sprawę, że wielu wiernych traktuje zasady wybiórczo. Na przykład nie uznaje współżycia przedmałżeńskiego za grzech. Czy to jednak powód, żeby przymykać na to oko?

— Oczywiście nie... — zaczęła Marianna.

Ksiądz jednak był szybszy.

— Przepraszam — powiedział — chętnie bym z panią podyskutował, ale wzywają mnie obowiązki.

Skinął im głową i wyszedł z zakrystii.

— Będziesz się smażyć w piekle! — Zosia chciała obrócić wszystko w żart.

— Dlaczego pozwalasz, by mówił do ciebie „moje dziecko"?

— Bo zna mnie od pieluch. Bo jest w takim wieku, że mógłby być moim ojcem. Bo go lubię. Wystarczy?

— Wystarczy — westchnęła Marianna. — Choć ja go nie polubiłam.

— Wykazał dużo tolerancji.

— Pewnie, przecież mógł mnie od razu kazać spalić na stosie.

Zosia westchnęła. Czasami dyskusje z Marianną nie miały sensu.

Weszły do rzęsiście oświetlonego kościoła. Eryk stał pod chórem i rozmawiał z kościelnym. Na ich widok szybko się pożegnał i ruszył w ich stronę. Zosia zauważyła, że wsunął banknot w dłoń pana Mirosława. Uśmiechnęła się pod nosem i podeszła do głównego ołtarza. Wyciągnęła z kieszeni kawałek bladoróżowego atłasu i przyłożyła do kwiatów.

— W tym świetle to jeszcze lepiej wygląda. Będą idealnie pasować do sukienki. Trochę się bałam, że są za ciemne.

— Brzuszek z tym różowym będzie się rozkosznie komponować. Nie to co z białym — zauważyła z przekąsem Marianna.

— Pewnie, tym bardziej że to chłopiec.

Zaśmiali się wszyscy troje.

— Żałuję, że nie mogę czytać intencji mszalnych — westchnęła Marianna. — Poprosiłabym, aby księdzu proboszczowi przyśniła się Matka Boska ze znaczkiem Partii Kobiet w klapie.

— Że też piorun nie spali tej bezbożnicy — teatralnym szeptem powiedział Eryk. — Zosiu, czy mógłbym ci zrobić zdjęcie na tle twojego dzieła? Nie tylko brzuszek świetnie się komponuje z różowym.

— Wyglądam okropnie, potargana i pomięta — broniła się Zosia.

— Wyglądasz uroczo.

Marianna przewróciła oczami.

— Pierwszy raz widzę ślepego malarza!

— Marzę o tym, żeby kiedyś zrobić dekorację z samych traw, chwastów i gałęzi — powiedziała Zosia, jeszcze raz ogarniając wzrokiem kościół.

— Znakomity pomysł — zachwycił się Eryk.

— Nie mój. Mojej guru, Constance Spry.

— Spry? To ona nie była kucharką? — zdziwiła się Marianna. — Mam jej książkę kucharską.

— Była wszechstronna, jeśli chodzi o gospodarstwo domowe. Ale to kwiaty były jej żywiołem. Miała niezwykłe pomysły. Kiedyś podobno udekorowała kościół na ślub wyłącznie trybulą leśną.

— Wyobrażam sobie miny gości i księdza proboszcza, gdybyś ty zrobiła coś takiego.

— Ta trybula taka brzydka? — zapytał Eryk.

— Skądże, tylko dość pospolita — wyjaśniła Marianna. — Rośnie przy drodze do ciebie. Nie sposób jej nie zauważyć, bo ma ponad metr wysokości. Ma taką zabawną rowkowaną łodygę, pierzaste liście podobne do paproci i urocze białe kwiatuszki w kształcie gwiazdek.

— Super ją opisałaś. Ja bym powiedziała, że ma liście krótko owłosione wzdłuż nerwów i baldach z kilkunastu szypuł.

— Fuj! — Marianna o mało nie splunęła na posadzkę. — Takie skrzywienie zawodowe to jakiś koszmar. Z drugiej strony masz, dziewczyno, talent. Kościół wygląda pięknie.

— W czerwcu to łatwe. Gdybyś zobaczyła, jak się gimnastykuję w grudniu... Jakie kwiaty kwitnące zimą pasują do świerków?

— Ciemnoczerwone poinsencje, głóg, złote chryzantemy... Przynajmniej w Ameryce — Marianna mrugnęła porozumiewawczo.

– Tak, do tego panna młoda w ciemnoczerwonej mini, zielonych pończochach i złotych szpilkach. Oczywiście wyłącznie w Ameryce. Najlepiej w Las Vegas.

– Ty byś wyglądała bosko w ciemnoczerwonej sukni i zielonych pończochach – powiedział Eryk. Nie mógł się powstrzymać. Pragnienie, które w nim budziła, niemal rozrywało mu serce.

– Wyobrażam to sobie. – Zosia przymknęła oczy. – Przez środek kościoła ułożony pas murawy, sprowadzonej oczywiście z Irlandii, wokół pęki ciemnoczerwonych goździków. Na tym tle ja, w zielonych pończochach. I goście, na przemian czerwoni i zieloni na twarzy.

– Chciałbym być przy tym.

– Jako pan młody? – nie wytrzymała Marianna.

Eryk poczerwieniał po korzonki rudych włosów.

– Przepraszam, żartowałam. Zresztą o co tyle zamieszania? Suknia, kwiaty, przyjęcie, a przecież chodzi o to, by ci młodzi mogli legalnie i oficjalnie z sobą sypiać. Czyli chodzi o seks. O ten niepoprawny politycznie seks.

– Niepoprawny politycznie? – Zosia z ulgą przyjęła zmianę tematu. Nawet na taki.

– Pewnie. Seks to przecież uwodzenie, manipulacja, walka o władzę...

– Ja z okazji ślubu wolę cytat ze świętego Pawła: „Miłość cierpliwa jest, łaskawa jest" – studziła Zosia zaczepność przyjaciółki. – Eryk, proszę, skończ z tymi zdjęciami. Wyglądam jak straszydło. Zrobię się na bóstwo dopiero na popołudnie.

– Szkoda, że my nie jesteśmy zaproszeni, co, Eryk? Co byś powiedział na pląsy z wiejskimi dziewojami na klepisku? Hu! Ha!

– Marianna, czy wszystko w porządku? Coś się stało? – Zosia nie poznawała przyjaciółki. Marianna nigdy nie była aż tak napastliwa.

– Nic... A właściwie tak. Jestem wściekła. O drugiej w nocy zadzwoniła moja matka. Nie zadała sobie trudu, by policzyć, która u mnie godzina. Przyjeżdża za trzy tygodnie.

– To fantastycznie! Urządzimy *garden party* na jej cześć.

– A ja namaluję jej portret. I nie zapomnijcie o dziewczyn-
kach w strojach krakowskich – dorzucił Eryk.

– Nie podniecajcie się tak. Chyba nie sądzicie, że spędzi tu
wakacje. Jedzie ze swoją chorą przyjaciółką do Lourdes. Chciała się ze mną umówić na kawę w Krakowie. Na wizytę tutaj nie
ma czasu.

– Skoro musi się opiekować chorą...

– Nie bądź taka Pollyanna! Nie w każdej rzeczy można znaleźć coś dobrego!

– Lepiej chodźmy, zanim nas stąd wyrzucą – powiedział
szybko Eryk i chwycił koszyk Zosi. – Ten wór też wziąć?

– Nie, nie. To resztki roślin. Na kompost. Siostra Nereusza
się tym zajmie.

– To są właśnie porządki w państwie Nieomylnego. Siostry
od Brudnej Roboty.

– Kobiety jako z natury nieczyste są predestynowane do roli
sprzątaczek – rzucił Eryk, zamykając drzwi kościoła.

– Zaraz cię zamorduję i pójdę do kryminału. – Marianna
uniosła pięść i otworzyła usta, by jeszcze coś dodać.

– Bić mnie możesz, ale weź głęboki oddech, zanim powiesz
coś nieprzemyślanego.

Ręka Marianny opadła i obie kobiety zgodnie się roześmiały.
Eryk otworzył samochód.

– Teraz się zemszczę i nie usiądę z tyłu – powiedziała twardo Marianna.

– Kocham cię bardziej niż telewizję kablową, a ty mi to robisz? – jęknął Eryk.

– Musisz wybrać jedną z nas – równie twardo rzekła Zosia.

– Dlaczego jedną? Mam wielkie serce i duże możliwości!

9

— Wierzysz w duchy?

— Właściwie to nie, tylko czasem się ich boję — szepnęła Zosia. — A ty?

— Oczywiście, że wierzę. Nie wiem, skąd przychodzą, ale przychodzą.

— Nie wszystko trzeba wiedzieć.

Szybko minęły zarośnięte zielskiem fundamenty z kawałkiem ściany sterczącej jak palec wskazujący na niebo. Wszyscy wiedzieli, że w tym miejscu straszy. Chmura przysłoniła księżyc i nagle zrobiło się bardzo ciemno. Leszczyny szumiały niespokojnie.

— Nie powinno się mówić na głos o duchach. Zwłaszcza w takim miejscu w nocy. — Zosia odetchnęła, gdy znów pokazał się księżyc i doszły do dróżki prowadzącej do domu Marianny. — A nawet w dzień. Kiedyś Eryk ubrał mnie w starą suknię, którą trzyma w pracowni. Była dziwnie ciężka... dusząca... miała w sobie jakąś złą energię.

— Nie strasz mnie. Lepiej chodź na herbatę. Chyba nie masz zamiaru spać w noc świętojańską.

Czerwcowa noc była piękna. Gwiazdy świeciły na wysokim niebie. Głośno grały świerszcze. Trawa była sucha i chłodna. Pachniało sianem.

Z daleka usłyszały szczekanie psa, potem strzęp jakiegoś walca. Zosia zrobiła kilka tanecznych kroków, objęła Mariannę i zakręciła w tańcu. Zanuciła półgłosem:

> Kiedy noc się w powietrzu zaczyna,
> wtedy noc jest jak młoda dziewczyna,
> wszystko cieszy ją i wszystko śmieszy,
> wszystko chciałaby w ręce brać.
> Idzie krokiem tanecznym przez ogród,
> i tak tańczy i śpiewa nam:
> Ja jestem noc czerwcowa,
> jaśminowa królowa...

Urwała zasapana.

– Nie wiedziałam, że lubisz Gałczyńskiego.

– To, że znam, nie znaczy, że lubię – przekornie uśmiechnęła się Zosia. – To ukochany poeta Franki, czyli pani Frankowskiej, mojej polonistki z podstawówki. Katowała nas nim – dodała i zrobiła jeszcze kilka tanecznych kroków.

– Nie dość ci tańców? – zapytała Marianna. – Nie wytańczyłaś się na weselu?

– Oj, kiedy to było. Już zapomniałam.

– Ech, młodość, młodość – zaskrzeczała Marianna, przygięła plecy i udawała, że podpiera się laską.

– Dobra kobieto, dokąd to idziecie? Może was odprowadzić? – troskliwie zapytała Zosia, biorąc ją pod rękę.

– A odprowadź, dziecko, odprowadź. Mam tu blisko chatkę na kurzej nóżce, cała jest z piernika, poczęstuję cię. A gdy cię trochę podtuczę, to pokażę ci mój piec chlebowy – mówiła cicho, trzęsącym się głosem. – Od środka! – wrzasnęła nagle, chwytając Zosię za ramię.

– Oszalałaś?! – krzyknęła Zosia. – Kiedyś przez takie żarty dostanę zawału.

– Jesteś zdrowa jak koń. Dożyjesz setki. Pod warunkiem że będziesz się dobrze odżywiać. Zalecam mój placek brownie, herbatę z cynamonem i whisky.

– Mmm, brownie, trzeba było od razu tak mówić. – Zosia przystanęła przy furtce i przyciągnęła do twarzy gałąź jaśminu. – Życie jest takie piękne. Masz rację, to grzech spać w taką noc.

– Ja zawsze mam rację.

– Pewnie, jesteś nie tylko bardzo mądra, ale i bardzo skromna.

Marianna otwarła furtkę. Jej obcasy zastukały na wyłożonej kamiennymi płytami ścieżce.

– Może zostaniemy na werandzie? – zaproponowała Zosia.

– Świetny pomysł. Zapal świeczki, a ja zrobię herbatę.

Marianna weszła do domu. Zosia sięgnęła pod trzcinowy szezlong, wysunęła spod niego pudełko i wyjęła zapałki i świeczki, które włożyła do stojących na stole świeczników i zapaliła. Potem z poczuciem spełnionego obowiązku zrzuciła sandały i wyciągnęła długie nogi na poduszkach szezlonga.

Z werandy roztaczał się rozległy widok. Piaszczysta droga pod lasem lśniła w świetle księżyca jak płynne srebro. Ciemny rząd drzew po lewej znaczył miejsce, gdzie płynęła rzeka. Dalekie stawy ginęły w popielatej mgle. Powiew wiatru przyniósł stłumione kumkanie żab. Poruszyły się krzewy jaśminu przy płocie, zafalowała wysoka trawa w dzikiej części ogrodu. Noc odebrała kwiatom kolory, dając im w zamian zapach. Maciejka, rezeda, róże, piwonie, jaśmin, lipa. Zosia zamknęła oczy i wdychała woń wczesnego lata.

– Śpisz? – Marianna postawiła na stole wielką tacę.

– Wącham.

– Powąchaj to.

– Mmm... – Zosia chwyciła kawałek ciasta i ugryzła wielki kęs. – Pycha... Kiedyś myślałam, że kuchnia amerykańska jest okropna.

– Okropne są tylko fast foody. Reszta jest w porządku. Wiesz, gdy przyjechałam do Ameryki, najbardziej smakowały mi hot dogi. – Marianna pochyliła się nad stołem, nalewając herbatę do filiżanek. – I lody. Orzechowe i pomarańczowe. A nie tylko bambino śmietankowe, owocowe albo kawowe.

– Bambino?... Pamiętam! Były też w czekoladzie.

– W czekoladzie? Chyba nie za moich czasów.

– W którym roku wyjechałyście?

– Pojechałyśmy osobno – sprostowała Marianna. – Matka w sześćdziesiątym ósmym, zaraz po tym, jak tata umarł, a ja w siedemdziesiątym drugim. Miałam dziesięć lat. Ciebie jeszcze na świecie nie było. W sumie dobrze zrobiła: poznała tam Johna, pobrali się i żyją długo i szczęśliwie.

– A przez te lata, gdy tak żyli, ty...

– A przez te cztery lata, sześć miesięcy i dwadzieścia jeden dni ja mieszkałam z ciotką, siostrą mojego ojca, w Wadowicach. Nagle ciotka dostała zawału i po prostu umarła, wtedy mama sprowadziła mnie do Detroit. Nie miała innego wyjścia. Choć nie, jestem niesprawiedliwa. Mogła mnie przecież oddać do domu dziecka.

– Nigdy mi o tym nie opowiadałaś...

– I teraz też nie zamierzam. Gdy o niej myślę, wcześniej czy później wpadam we wściekłość. Tak jak wtedy w kościele. Proboszcz na pewno nigdy mi tego nie wybaczy. I trudno mu się dziwić. Ale dość o tym. Napijesz się?

– Z tobą zawsze.

Marianna ręką wrzuciła lód do szklanek i nalała whisky.

– Obym trafiła do nieba godzinę przed tym, gdy diabeł się zorientuje, że umarłam – powiedziała i uniosła szklankę.

– Piękny toast. I bardzo dobra whisky.

– Byle czym bym cię nie częstowała. A to nie toast, tylko irlandzka mowa pogrzebowa.

– Świetna. Krótka i treściwa. Lubię takie. Dziś musiałam wysłuchać dłuższej, choć, przyznaję, równie treściwej.

– Tatuś palnął ci mówkę? Czy pani Zuzanna przejrzała wreszcie na oczy i zobaczyła, że z jej wychowanki dobre ziółko?

– Niania i wymówki? Mówisz, jakbyś jej nie znała. Spotkałam po prostu naszego proboszcza. Ostrzegał mnie przed tobą.

Boi się, że wywrzesz na mnie zgubny wpływ. Gdyby zobaczył, jakim przyjemnościom oddaję się w twoim towarzystwie... – Uniosła szklankę.

– Kościół i przyjemności nigdy nie pozostawali w nadmiernej przyjaźni... Och, jak mnie wkurza ta męska chęć kontrolowania kobiet! I to najprymitywniejszymi metodami. Arystoteles napisał, że jeśli kobieta się puszcza, to trzeba jej zrobić dziecko. Jeśli to nie pomoże, zrobić jej drugie. W końcu przestanie, bo nie będzie miała czasu. Zresztą nie tylko starożytni to zauważyli. Jak brzmi to powiedzonko? „Na lato zrób babie dziecko, a w zimie zabierz jej buty". Proste i skuteczne. – Marianna spojrzała z ukosa na przyjaciółkę i dodała: – Oczywiście czasy się trochę zmieniły i niektóre kobiety wiedzą, jak używać przyjemności i unikać przykrych konsekwencji. Na przykład ja. I ty chyba też.

– Co ja? – Zosia była szczerze zdumiona.

– Nie udawaj, że nie wiesz, o czym mówię. Myślałaś, że nie zauważę, jak Eryk na ciebie patrzy? – Spojrzała na Zosię. – No, no, tylko bez rumieńców. Stale się czerwienisz, a w twoim wieku to już nie najlepiej wygląda.

Zosia sięgnęła po szklankę i upiła porządny łyk.

– Dobry wybór – ciągnęła Marianna. – Przystojny, jeśli się lubi rudych, bogaty... i świata za tobą nie widzi. Gdyby był głupszy, byłby idealnym kandydatem na męża. Ale uważaj, on jest prawdziwym mężczyzną i rozumie kobietę nawet wtedy, gdy ona sobie tego nie życzy.

– Nie wiem, o czym mówisz.

– Naprawdę? Nie bardzo umiesz kłamać, więc nie powinnaś tego robić. Przecież widzę, jak się ostatnio zmieniłaś. Chodzisz z głową w chmurach, uśmiechasz się sama do siebie. Jesteś zakochana, no przyznaj się.

Zosi łzy stanęły w oczach. Zbyt gwałtownym ruchem odstawiła szklankę. Whisky prysnęła na stół. Chciała być stanowcza, ale jej głos zabrzmiał żałośnie:

– Wiesz, czasami jesteś taka... taka obcesowa...

Marianna nagle wstała bez słowa i zniknęła w głębi domu. Zosia dolała sobie whisky. Wypiła niemal duszkiem. Nie wiedziała, czy ma szukać Marianny i ją przeprosić, czy lepiej wrócić do domu. Noc nie była już piękna. Księżyc zakryły chmury. Świerszcze chyba poszły spać, bo grali tylko pojedynczy maruderzy. Może niektóre świerszcze też cierpią na bezsenność.

Z otwartych na werandę drzwi salonu dobiegł nagle słodkogorzki, narkotyczny głos Niny Simone. Po chwili ukazała się w nich Marianna. Niosła dwa szale. Podeszła do Zosi i otuliła ją jednym. Drugi narzuciła sobie na ramiona.

– Przepraszam... – zaczęła Zosia.

– Nie masz za co. To ja cię sprowokowałam. W dodatku się pomyliłam. Poza tym zdrowo myślącego człowieka nie obraża byle co. Dziesięciolatek się podnieci, gdy zobaczy na płocie słowo „cipa". A mnie do tego potrzeba karła z pytonem.

Zosia roześmiała się z ulgą.

– Jestem od ciebie o jedenaście lat starsza – ciągnęła Marianna. – Metrykalnie. Bo naprawdę to o całe wieki. Bardzo, bardzo cię lubię i czasami się o ciebie martwię.

– Nie postarzaj się. I nie martw się o mnie. Wszystko będzie dobrze.

– A coś jest źle?

– Nie to miałam na myśli... To znaczy, martwiłam się... – plątała się Zosia. – Wiesz, miałam sen...

– Jakbym słyszała Martina Luthera Kinga.

– Nie żartuj! Śniło mi się dziś coś dziwnego, prawie koszmar, ale obudziłam się spokojna i z poczuciem, że to dobry sen.

– Co ci się śniło? Mówiłam ci, że ten tydzień jest najbardziej magiczny w całym roku. Sny, przeczucia, wróżby mają teraz wielkie znaczenie.

Zosia szczelniej otuliła się szalem. Patrzyła na ćmę krążącą wokół szkła otaczającego świecę.

– Śnił mi się ogień.

– Żywy, jasny, czerwony?

– Tak.

– To dobry sen. Świadczy o aktywności, zdecydowaniu. O namiętnej naturze.

– Właściwie to był pożar.

– Chyba nie myślisz, że skoro ogień może znaczyć namiętność, to pożar oznacza orgię.

– Pożar to zły znak? – zaniepokoiła się Zosia.

– To zależy. Opowiedz mi wszystko dokładnie.

– No więc szłam przez nasz ogród. Byłam... no, byłam naga. Ale nie bardzo się tym przejmowałam, bo niosłam ogromny bukiet maków i wiedziałam, że całą mnie zasłania. Szłam bardzo szybko, bo na ścieżce był śnieg i było mi zimno w nogi. I nagle zobaczyłam, że dom się pali. Chciałam coś uratować, ale ręce miałam zajęte tymi makami. Chwyciłam jakiś obrazek i wyniosłam na zewnątrz. Biegałam tak kilka razy, aż mi brakło tchu. Pomyślałam, że to dlatego, że jestem boso. Głupie, no nie? Spojrzałam na swoje stopy i zobaczyłam, że jakiś mężczyzna wkłada mi ciepłe pantofle. Wiedziałam, że są wyszywane prawdziwymi perłami. Śmieszne, prawda? Obudziłam się z przekonaniem, że on zajmie się wszystkim, ocali dom i mnie.

– Kto to był?

– Nie wiem, miał spuszczoną głowę i nie widziałam jego twarzy.

– Ale jak myślisz?

– Przypominał mi... pewnego znajomego. Kogoś z dawnych czasów.

– Coś kręcisz.

– Myślisz, że ten sen coś znaczy? Gdy go opowiadam, brzmi trochę jak koszmar, ale obudziłam się taka... taka beztroska.

Mariannie ścisnęło się serce.

– Maki to tęsknota za miłością – powiedziała.

Zosia zaczerwieniła się. Miała nadzieję, że Marianna tego nie zauważyła.

– Marzysz, by w twoim życiu pojawił się ktoś, kto je odmieni. A cały bukiet maków świadczy, że wiele możesz temu komuś dać. Ogród to też dobry znak. Wprawdzie przykryty śniegiem może znaczyć, że nie wszystko gładko się układa, ale komu wszystko się udaje? Dom w snach często jest obrazem naszej psychiki. Jesteś silna. Zresztą dobrze to wiem. Nie opuszczasz rąk, tylko pracujesz, a we śnie ratujesz, co się da. Może jednak czujesz, że potrzeba ci pomocy, wsparcia? Pożar może zwiastować ważne wydarzenia. Myślę, że czekają cię jakieś duże zmiany, a ważną rolę odegra w nich ten tajemniczy mężczyzna, który się tobą zaopiekował.

Zosia była wniebowzięta.

– Nic ci nie mówiłam, ale niedawno zadzwonił do nas pewien stary znajomy.

– Do nas, to znaczy do kogo?

– Do taty właściwie...

– No i?...

– I... – Zosia zamilkła, jakby się zastanawiała, od czego zacząć, a może, czy w ogóle zaczynać.

Marianna też milczała. Tylko głos Niny wibrował namiętnie:

> I've put a spell on you, because you're mine.
> I can't stand the things that you do.
> No, no, no, I ain't lyin'.
> No. I don't care if you don't want me.
> 'Cause I'm yours, yours, yours anyhow.
> Yeah, I'm yours, yours, yours.
> I love you. I love you.

– Lubię tę piosenkę. Miłość powinna być silniejsza niż duma, no nie?

Marianna uznała to pytanie za retoryczne i milczała.

– Wiesz, że na ślubach zawsze jest czytany fragment ze świętego Pawła? – Lód zagrzechotał w szklance, gdy Zosia się napiła. – Miłość „nie pamięta złego... Wszystko znosi, wszystkiemu wierzy, we wszystkim pokłada nadzieję, wszystko przetrzyma. Miłość nigdy nie ustaje".

– I ty w to wierzysz?

— Ja to wiem. — Zosia skrzyżowała ręce, dłońmi objęła ramiona. I pod wpływem tej nocy, a może whisky, nagle zaczęła opowiadać. — Masz rację. Jestem zakochana. Ja... Znam go od zawsze. Mieszkaliśmy w tej samej kamienicy, chodziliśmy do tej samej podstawówki. Razem bawiliśmy się w dom i w Indian. A zimą zjeżdżaliśmy na sankach ze skarpy nad Wisłą. Był dla mnie jak starszy brat. Dopóki pewnego dnia nie zauważyłam, że w słońcu jego rzęsy są złote. Gdy do mnie podchodził, nogi miałam jak z waty, włoski na rękach stawały mi dęba i robiło mi się gorąco...

Sama sobie nalała, pociągnęła łyk i zapatrzyła się w noc.

— I nagle któregoś dnia tata powiedział, że odzyskaliśmy dwór i że się przeprowadzamy. Wcześniej często mówił o Różanach, ale myślałam, że to tylko takie nierealne plany... Potem miałam nadzieję, że remont będzie się ciągnął latami. Że Krzysztof zdąży skończyć studia, bo został mu już tylko rok, pójdzie do pracy i... no, ożeni się ze mną. Tymczasem ojciec błyskawicznie wyremontował parę pokoi, nawet zdążył mnie przenieść do innego ogólniaka, żebym miała bliżej. Razem z nianią pakowali rzeczy w jakimś amoku...

— A ty?

— Snułam się po domu i płakałam ukradkiem. Zaczęły się wakacje, nie miałam czym się zająć. I... ale nie będziesz się śmiała?

— No co ty.

— Myślałam, czy się nie zabić. Wyobrażałam sobie piękny pogrzeb, na którym on rzuca się z płaczem na moją trumnę i mówi, że nigdy nie pokocha żadnej innej dziewczyny...

— Na szczęście się nie zabiłaś.

— Może nie miałam pewności, że tak się zachowa? — niewesoło zaśmiała się Zosia.

— Mądra dziewczynka. I co było dalej?

— Zepsuł się samochód.

— Jaki samochód?

— Żuk. Ojciec pożyczył go od znajomego do przewożenia rzeczy.

Zosia patrzyła na ogród niewidzącym wzrokiem. Duchem była w dudniącym echem, pustym mieszkaniu. Pamiętała każdą plamę na gołych ścianach.

– Siedziałam na kanapie ze spakowanym plecakiem, kartonowym pudłem z płytami i drugim, z gramofonem, i myślałam, że w ten ostatni dzień nawet się nie pokazał. I że wszystko, co ważne, pojechało do Różan: książki ojca, albumy ze zdjęciami, obrazy. Nawet pies. Została stara kanapa, moje płyty, gramofon i ja. Skrzypnęły drzwi, więc szybko wytarłam oczy, żeby tata nie zobaczył, że płakałam. Tymczasem to był Krzysztof. Niania zadzwoniła do jego rodziców, on odebrał i wtedy mu powiedziała, że auto się zepsuło, i poprosiła, by się mną zajęli. Rozśmieszał mnie, naśladując głos niani: „Zosieńka sama jak palec, kruszynka"... Zresztą nieważne, co mówił. Był. Wyobraź sobie, że wyjęliśmy z pudeł gramofon i płyty, on skoczył do siebie po czekoladki, które jego matka tonami dostawała od pacjentów, siedzieliśmy na podłodze i słuchaliśmy muzyki. Potem zaczęliśmy tańczyć... on świetnie tańczy... wiesz, jest ode mnie o głowę wyższy... Ja się znów rozryczałam... On mnie pocieszał. I nagle, nie wiem, jak to się stało, zaczęliśmy się całować i moje majtki znalazły się na podłodze. Uwierzysz, że od pierwszego razu było mi dobrze?

– Szczęściara – miękko powiedziała Marianna.

– Wpadał potem do Różan, ja jeździłam do niego... Wystarczyło, żeby dotknął mnie palcem... Nie mogłam złapać tchu, wszystko w środku mi drżało, serce waliło jak oszalałe... A jego zapach... To chore, no nie?

– A on?

– Jakoś się nadzwyczajnie nie bronił.

– No myślę. Próbowałaś go jakoś zatrzymać tu na stałe?

– Czy próbowałam? Milion razy zrobiłam z siebie idiotkę.

– Nie jesteś już nastolatką i chyba wiesz, że do stałego związku mężczyznę trzeba jakoś przymusić. Zawsze.

– On... on jest w stałym związku.

– Ma żonę? I może pięcioro dzieci? Zośka, czyś ty oszalała?

– Nie, nie żonę. Jest taka pisarka. Judyta Załuska.

– Nigdy o niej nie słyszałam.

– Bo nie czytasz polskich kryminałów.

– Ona jest Żydówką?

– Żydówką? Nie mam pojęcia. Skąd ci to przyszło do głowy?

– Bo Judyta to po hebrajsku Judejka, czyli Żydówka.

– Naprawdę? Pierwsze słyszę.

Marianna uznała, że nie czas na etymologiczne wywody, i wróciła do interesującego ją tematu.

– Mieszka z nią? – zapytała.

– Nie.

– Ona jest mężatką?

– No coś ty. On nie jest taki.

– A jaki?

– Sama już nie wiem. Wiele razy obiecywałam sobie, że skończę z tym albo że postawię mu ultimatum, wyjaśnię całą historię... i nic. Nie widziałam go od roku. Ale... nie mogę przestać go kochać.

– Zosiu, posłuchaj... – Marianna urwała. Co mogła jej powiedzieć?

– Dzwonił, że przyjeżdża. Za dwa tygodnie. – Nie dodała, że nie do niej, tylko po pieniądze. Może zresztą do niej też...

– I co masz zamiar zrobić?

– Prawdę mówiąc, nie wiem. A co powinnam?

Marianna się zamyśliła. Rady to niebezpieczny prezent. I jeszcze ten sen...

– Chcesz, żebym ci postawiła karty? – zapytała w końcu.

– Tak. Nie. Nie wiem – roześmiała się.

– Lepiej szykuj drobne, a ja idę po karty. I po świeżą herbatę.

Świeczki powoli się dopalały. Zosia wstała i wyjęła nowe z pudełka. Wylała na trawę wodę z roztopionego lodu. Starła stół papierową serwetką. Te proste czynności przywróciły jej równowagę. Pogrzebała w kieszeni dżinsów i znalazła dwa złote. Zawsze ją śmieszyło, że Marianna żądała zapłaty za stawianie tarota. Mówiła, że to przecina nić między nią i jej wróżbą.

– Idzie świeża herbata. – Marianna w jednej ręce niosła dzbanek, w drugiej talię kart zawiniętą w czarny jedwab.

Zosia przeniosła się z szezlonga na fotel, nalała herbatę i popijała ją małymi łykami.

Marianna swoją wypiła duszkiem. Tasując karty, starała się wyrzucić z myśli wszystkie złe znaki, które zobaczyła w śnie Zosi: zasypany śniegiem ogród, płonący dom, pantofle z perłami.

– Czego chciałabyś się dowiedzieć?

– Czy przyjedzie.

– To już przecież wiesz.

– No to, czy o mnie myśli. Czy... czy kocha tę pisarkę. Czy kiedyś będziemy razem.

Marianna powoli tasowała karty, powtarzając w myśli pytania. Dlaczego narodził się ten związek? Na jakim etapie jest teraz? Dokąd zmierza?

Nie spieszyła się. Dopiero gdy poczuła, że karty, ona sama i Zosia tworzą wyraźny krąg, rozłożyła talię i kazała Zosi wyciągnąć trzy karty. Przyjrzała się im uważnie. Zosia, trochę zdenerwowana, pochyliła się nad stołem.

– To było – Marianna pokazała na kartę z lewej – to jest, a to będzie. Pierwsza karta to Trójka Buław. Wasz związek zaczynał się od euforii. Wiązałaś z nim wielkie nadzieje i plany. To wszystko okazało się nietrwałe – wskazała na drugą kartę, z wyobrażeniem siedmiu kielichów. – Typowe zamki na lodzie. Ale nie wszystko stracone. Trzecia karta, Szóstka Mieczy, jest dobrą wróżbą. Będziesz mogła wszystko zacząć od nowa i spełnią się twoje życzenia. Żeby jednak coś nowego mogło się rozpocząć, stare musi umrzeć. To może boleć, ale kurczowe trzymanie się przeszłości przyniesie ci tylko smutek.

Zosia westchnęła mimowolnie.

– Trójki w tarocie to działanie, Buławy zaś to ogień. Niebezpieczna mieszanka. Inicjatywa w jakiś sposób wyszła od ciebie. To ty byłaś siłą sprawczą tego związku. Może przez swoje zakochanie. Wykazałaś się odwagą, odrzuciłaś rady autorytetów. Wprowadziłaś Krzysztofa na nową drogę. Może zanim był na to gotowy. Ta karta to znak braku porozumienia przy podejmowaniu decyzji. Ty działałaś, on się dostosowywał. Trójka Buław to także karta mocnych wrażeń. Karta żeglarzy i odkrywców. Oboje byliście gotowi narazić się na niebezpieczeństwo, by postawić stopę na nowym lądzie.

Zamilkła na chwilę i dotknęła drugiej karty.

– To dzień dzisiejszy. Charakterystyczne, że wybrałaś Puchary, poświęcone życiu uczuciowemu. Siódemka Pucharów jest znakiem miłości wprost nieziemskiej. Twoje uczucie nie jest zwykłą miłością, ale oddawaniem czci boskiej. Powinnaś dla niego pisać sonety, a żyć z kimś innym. Prawdziwym. Masz w głowie idealny obraz człowieka, który z nim nie ma nic wspólnego. Wyidealizowałaś go i w takim wizerunku się zakochałaś. Jesteś jak w narkotycznym transie. Musisz się ocknąć, bo popadniesz w jakąś chorobę.

Marianna podniosła wzrok na przyjaciółkę. Zosia słuchała w skupieniu. Była poruszona, może nawet odrobinę przestraszona. Czy jednak rozumiała, co Marianna starała się jej przekazać?

– I Szóstka Mieczy. Jak ci już powiedziałam, to bardzo dobra karta. Szóstki to karty spełnienia. Miecze zaś są związane z intelektem. Całość wróży błyskotliwe pomysły, ale też chaos wynikający z zupełnie nowej sytuacji. Przed tobą nowe drogi, nowe miejsca. Zmiana może nadejść nagle. Będziesz się bać, ale poradzisz sobie ze wszystkim.

Marianna zebrała karty i starannie owinęła je jedwabiem. Potarła w dłoni dwuzłotówkę, którą dała jej Zosia.

– A jest chociaż przystojny? – zapytała nagle.

– Bardzo – westchnęła Zosia.

– Nie jest to wprawdzie niezbędne, ale zawsze lepiej, niż gdyby był brzydki jak grzech śmiertelny.

Marianna owinęła się szalem i patrzyła na dalekie stawy oświetlone wąskim sierpem księżyca. Nocny wietrzyk przyniósł aż tu zapach łopianów i mokrej wikliny.

– Mężczyzna jest dość prymitywnym mechanizmem. Najważniejsze to dostarczyć mu w odpowiednich proporcjach poczucia bezpieczeństwa i dreszczyku emocji. Niech myśli, że to on pociąga za sznurki. Nigdy nie dopuść do tego, by poczuł się złapany w pułapkę. To, jak mówił Talleyrand, gorsze niż zbrodnia, to błąd.

Co jeszcze mogła powiedzieć? Jak natchnąć wiarą w siebie tę młodą kobietę, nad której głową zbierały się chyba czarne chmury?

Postanowiła wpaść jutro do pani Zuzanny i pociągnąć ją za język. A potem zebrać tyle informacji o tym Krzysztofie, ile się da. Oby tylko jego i Zosi historia nie była jedną z tych banalnych, gdy facet zyskuje absolutną władzę nad kobietą i wszystko się zmienia! Czy on też ją kocha, czy tylko pozwala się kochać? Jakkolwiek jest, nie da się siłą woli zapanować nad marzeniami, szczególnie miłosnymi. „Stara miłość nie radość", westchnęła w duchu. Pocieszała się tylko tym, co wiele razy powtarzała: że jednak miłość to najlepszy afrodyzjak.

10

Była pierwsza w nocy, gdy dojechał do Różan. Światła wydobyły z mroku szeroko otwartą bramę, potem lipową aleję i okrągły klomb, a w końcu białe ściany dworku. Krzysztof nigdy nie myślał o tym domu jako dworze. Dla niego był to dworek. Przyznawał jednak, że dom, choć niewielki, miał świetne proporcje. Ciemna gontowa dachówka, ciemnobrązowy, prawie czarny drewniany balkon okalający piętro i szare kamienne przypory pięknie harmonizowały z białymi ścianami. Po obu stronach szerokich drzwi błyszczały dwa okrągłe okienka. Zawsze przywodziło mu to na myśl domy hobbitów.

W kilku oknach paliło się światło. Mimo późnej pory czekano na niego.

Zaparkował z boku domu. Wysiadł z auta i przeciągnął się. Strzeliło mu w stawach. Lipcowa noc, rozświetlona księżycem w pełni, była chłodna i wilgotna po deszczowym dniu. Odetchnął głęboko. Pachniało jaśminem, lipą i czymś jeszcze. Po prostu Różanami.

Wyjął walizkę z bagażnika i wszedł na szerokie schody. W tym momencie otworzyły się drzwi i stanęła w nich jakaś postać. Światło z sieni zalśniło na ciemnych włosach.

– Zosia!

Zapomniał o zmęczeniu i o całej misternie ułożonej strategii. Jednym susem pokonał schody, postawił walizkę i chwycił w ramiona młodą kobietę. Ciągle używała tych samych perfum.

– Puść mnie, wariacie! Pobudzisz wszystkich! – Niby się gniewała, ale w jej oczach płonęła radość.

Wypuścił ją z objęć. Nie miał prawa do takiego powitania. Nie przybywał tu jako stary przyjaciel, lecz jako wierzyciel.

– Przepraszam, że przyjechałem tak późno, ale zatrzymał mnie ważny klient.

– Nic się nie stało. Po twoim telefonie namówiłam ojca, żeby się położył, nianię też, choć bardzo chciała czekać na ciebie z kolacją...

– No i co dobrego przygotowała kochana pani Zuzanna, najlepsza kucharka na świecie? – W jego głosie zabrzmiało niemal dziecięce zaciekawienie.

Roześmiała się.

– Apetyt dopisuje ci jak zawsze. Jak to robisz, że nie tyjesz?

– To raczej ja ciebie powinienem zapytać, jak to robisz, że jesteś coraz ładniejsza. Powinnaś się przecież postarzeć przez tych kilka miesięcy.

– Nie widzieliśmy się prawie rok.

Zaklął w duchu. Piękny początek! I pomyśleć, że uchodził za zręcznego negocjatora! Z drugiej strony ta jej drobiazgowość... Czyżby straciła poczucie humoru?

– Przygotowałam ci tę sypialnię co zawsze.

– Świetnie. Daj mi dwie minuty. Wniosę walizkę i już jestem z powrotem.

Wbiegł na schody, pokonując po dwa stopnie na raz. Zosia stała w sieni i wachlowała ręką rozpaloną twarz. Przyjechał! Był tu! Był!

Usłyszała, jak schodzi na dół, i zrobiła obojętną minę. Gdy jednak poufałym gestem objął ją ramieniem, nie mogła powstrzymać westchnienia szczęścia.

W jadalni na małym stole stała taca nakryta białą serwetą. Zosia sięgnęła do niej, zawahała się jednak i zapytała niepewnie:

– Zimno dziś... Może wolisz zjeść przy kominku?

Zamiast odpowiedzieć, chwycił tacę i przez wielkie dwuskrzydłowe drzwi wszedł do salonu. Światło księżyca ślizgało się po błyszczącym parkiecie. Zosia dosunęła mały stolik do jednego z dwóch foteli stojących przed kominkiem. Postawił na nim tacę.

– Nie zasłaniaj – poprosił, gdy podeszła do wychodzących na ogród okien. – W tym świetle ogród wygląda nieziemsko... Pamiętasz to? „Ja jestem noc lipcowa, babilońska królowa..."

Spojrzała na drzewa oblane światłem księżyca i nagle przypomniał się jej inny wiersz Gałczyńskiego. „Pyłem księżycowym być na twoich stopach... Przeszyć cię jak nitką, otoczyć jak przestwór, być porami roku dla twych drogich oczu i ogniem w kominku, i dachem, co chroni przed deszczem..."

Całą siłą woli powstrzymała się przed powiedzeniem tego na głos. Przywołała na twarz figlarny uśmiech i odwróciła się do Krzysztofa.

– Wszystko pokręciłeś – zajęczała. – To była noc czerwcowa i jaśminowa królowa.

– Jakbym słyszał panią Frankowską. Pamiętasz, jak mnie przepytywałaś z tego wiersza? Za nic nie mogłem go zapamiętać. Dała mi wtedy dwóję.

– A pamiętasz, jak potem chodziłeś po korytarzu i na jej widok śpiewałeś: „Ech, Franka, Franka, powiedzże, Frania, co z nami będzie względem kochania"?

– Jak mógłbym zapomnieć? Tłumaczyłem dyrektorowi, że to do Franki Musialik z ósmej ce, ale i tak wezwał matkę. Dwa tygodnie szlabanu na telewizję – mówił, zapalając świece stojące na kominku. Sprzymierzone z księżycem dawały tyle światła, że nie trzeba było zapalać lampy.

Zosia ułożyła kilka szczap na palenisku, zręcznie obłożyła je grubszymi polanami. Wyjęła z pudełka brązową rozpałkę. Patrzył, jak ogień, ogarniający najpierw drobne szczapy, a później grube polano, wywołuje rumieńce na jej policzkach.

Pozwolił się obsługiwać. Jadł ze smakiem cienkie kromki pieczonego w domu chleba z kruchą szynką, świeżo ukiszone ogórki, chrupiącą sałatę, ser z różowawymi pasami śmietanki... Dopiero gdy sięgnęła po karafkę z winem – kto dziś przelewa wino do karafki! – wyjął ją z jej ręki i poprosił:

– Napij się ze mną.

Zawahała się, wstała jednak i przyniosła z kredensu drugi kieliszek.

– Za nasze spotkanie.

Wiedziony nagłym impulsem ujął jej lewą dłoń i pocałował ją w rękę. Poczuł, jak napięły się jej mięśnie, i przez jedną straszną chwilę bał się, że wyszarpnie dłoń z jego uścisku. Ale nie zrobiła tego. Co przeważyło: pamięć o dawnych dobrych dniach czy uprzejmość w stosunku do gościa? Dużo by dał, by się tego dowiedzieć.

Dołożył do ognia. Potem podszedł do odtwarzacza i nastawił płytę. Pokój wypełnił głos Elli Fitzgerald.

Skorzystał z okazji i nie wrócił na fotel. Usiadł na podnóżku u jej stóp.

– A pamiętasz... – zaczęli jednocześnie i zaśmiali się.

– Pamiętasz, jak wróciłeś z Rzymu, siedzieliśmy właśnie tutaj i opowiadałeś? Od tamtej pory ile razy myślę o Rzymie, czuję zapach porannej kawy i widzę dziewczyny w rozwianych spódnicach, śmigające na vespach...

Pili wino i on opowiadał. O podróżach, o powrotach do pustego mieszkania, w którym nie ma nawet kota. Zosia chłonęła jego obecność. Był tu. Patrzyli w ogień i jak kiedyś, dawno temu, słuchali razem płyty Elli Fitzgerald.

– *I can't give you anything but love, baby...* – zanucił razem z Ellą.

Serce jej zadrżało. Czarował, a ona poddawała się jego czarom. Chciała, by czas się zatrzymał. Całą siłą woli stłumiła pragnienie zanurzenia ręki w jego sypkich włosach, które pachniały tak jak kiedyś.

Zegar w sieni powoli wybił drugą. Odstawiła kieliszek.

– Na pewno jesteś zmęczony.

Zamiast odpowiedzieć, wziął jej rękę i wtulił wargi we wnętrze dłoni. Zamarła. Muskał wargami jej dłoń, delikatnie ssał palce. Po kręgosłupie przebiegł jej słodki dreszcz, miednica zaczęła rozkosznie pulsować.

Ukląkł u jej stóp. Nie przestając ustami pieścić dłoni, głaskał jej łydkę. Potem powoli zdjął jej sandałki i postawił jej stopy na swoich udach. Jego dłoń posuwała się coraz wyżej. Z jękiem odrzuciła głowę do tyłu.

Wsunął ręce w wycięcie jej sukienki. Jej dłonie zaczęły niecierpliwie rozwiązywać mu krawat, potem rozpinać koszulę. Szybko zdjął spodnie i bokserki. Odsunął jej majtki i nie zdejmując ich, wszedł w nią jednym ruchem.

11

Obudziło go pukanie do drzwi.

– Krzysiu, śpiochu, śniadanie dawno ci wystygło – poznał głos ojca Zosi.

– Już wstaję, proszę mi dać dwadzieścia minut.

Dokładnie po dwudziestu minutach, wykąpany i ogolony, w jasnych spodniach, niebieskiej koszuli i włoskich mokasynach, których kolor był idealnie dobrany do koloru paska u spodni i paska od zegarka, zszedł do jadalni. Na białym obrusie leżały dwa nakrycia, a w wielkim fotelu czekał ojciec Zosi.

– Dzień dobry – powiedział Krzysztof. Miał nadzieję, że szybko się pozbędzie starszego pana i zje śniadanie sam na sam z Zosią.

Pan Borucki zerwał się z fotela.

– Witaj, witaj, mój drogi! – Przycisnął go do piersi niemal jak syna marnotrawnego, który po latach wrócił do domu. – Tak się cieszę, że cię widzę!

Krzysztof, zdumiony i zakłopotany, najpierw poczuł wyrzuty sumienia, że z tym przemiłym starszym panem będzie musiał rozmawiać o pieniądzach, a po chwili ogarnęła go irytacja. Jeśli myśli, że tym sposobem go zmiękczy, to się grubo myli!

Pana Boruckiego znał od zawsze. I niestety zawsze był dla niego małym Krzysiem o bardzo małym rozumku.

„Tak, Krzysiu, sam widzisz, że to doskonały interes. Koszty żadne, bo odzyskałem dwór, zrobi się mały remont, a potem trzeba się będzie kijem oganiać od letników. Każdy z tych świeżo wzbogaconych mieszczuchów będzie chciał spędzać wakacje w prawdziwym dworze, w dodatku z dziedzicem. No, sam powiedz − przekonywał go przed kilku laty. − Ciebie oczywiście dopuszczę do interesu, pożyczysz mi parę złotych, nie będę przecież po bankach z biznesplanem latał".

I Krzyś pożyczał. Bo interesy szły coraz lepiej i stać go było na ten gest. Bo czuł się winny, że zostawił Zosię. Na szczęście pieniądze i poczucie winy nie do końca odebrały mu rozum i pożyczał na hipotekę. Teraz jednak potrzebował gotówki. Jadąc tu, powtarzał sobie, że musi być twardy, że to w końcu obcy ludzie. Pożyczył, i to bez procentu, a teraz po prostu odbierze swoje i tyle. Koniec zobowiązań. W ogóle najlepiej by zrobili, gdyby sprzedali ten dwór. Dwór, dobre sobie! Co najwyżej dworek. A Zosia? Haruje od rana do nocy i co z tego ma? Tylko długi. No właśnie, dług muszą oddać. Żadne sztuczki nie pomogą.

− Jaką miałeś podróż? Zosia mówiła, że jedziesz z Poznania. Co, Kraków już na interesy za mały?

− Dziękuję za troskę. Jazda nocą po tych wiejskich drogach...

− Patrzcie go. Kiedyś lubiłeś do nas przyjeżdżać o każdej porze dnia i nocy − z przekąsem zauważył dziedzic Borucki.

− Przepraszam, że wczoraj przyjechałem tak późno. Ale nie jestem panem swojego czasu. Praca, praca i jeszcze raz praca. Interesy...

− Nie, mój drogi, w niedzielę nie rozmawiam o interesach. Odpoczniesz, rozejrzysz się, a jutro pogadamy.

Krzysztofa zatkało. Planował, że jeszcze dziś wróci do Krakowa. Judyta ma wieczór autorski. Prawdę mówiąc, nie zaprosiła go, zwykle nawet raczej go zniechęcała niż zachęcała do udziału w takich imprezach. On jednak uwielbiał patrzeć, jak unosiła brwi, słysząc pytanie z sali, a potem puszczała w ruch swój cięty język. Z drugiej strony chętnie by trochę pobył w towarzystwie Zosi, jednak nie ta chęć przeważyła. W głosie jej ojca usłyszał stanowczą nutę. Ucho wyćwiczone przy wielu stołach negocjacyjnych wychwyciło ją niezawodnie i zareagował odruchowo.

– Chętnie zostanę do jutra. – Czasem trzeba zrobić krok do tyłu, zanim się ruszy do ataku.

– No, chłopcze, toś zuch! Zrobisz staremu wielką przyjemność. A i Zosia się ucieszy.

– Właśnie, gdzie Zosia?

– W kościele. W tej chwili nie mamy żadnych gości...

„W ogóle nie macie żadnych gości", poprawił w myśli Krzysztof.

– ... to może chodzić na dziesiątą. Z ludźmi trzeba żyć. Bywać u nich, rozmawiać i żyć jak oni. No, ale ja gadam, a tyś pewno głodny. Pani Jagodo!

– Dzień dobry, tatku. Witaj, Krzysiu.

Do jadalni weszła Zosia. Miała na sobie błękitny lniany kostium, o dwa tony ciemniejszy od koszuli Krzysztofa, i białe lakierowane sandałki. Biała torebka dopełniała stroju panienki z dobrego domu. Grzecznie spięte włosy i niesforne loczki na czole, a pod nimi roziskrzone radością lazurowe oczy.

– Tak, z ludźmi trzeba żyć, zaprosiłam więc na obiad Eryka i Mariannę. Idę się przebrać, a po drodze poproszę panią Jagodę, by podała wam śniadanie.

Wizja śniadania sam na sam z Zosią rozwiała się jak dym. Krzysztof, z trudem hamując irytację, burknął:

– Goście? Zosia ma za mało roboty?

Pan Borucki nie zwrócił uwagi na jego ton.

– Jak mówiłem, z ludźmi trzeba żyć... Poza tym Marianna to bardzo miła kobieta. Czy ty jej rok temu u nas nie spotkałeś? – zamyślił się. – Nie, nie, ona wtedy była w Paryżu. W szkole dla kucharek! Pół roku! Dasz wiarę? Jej matki też nie mogłeś poznać, bo była tu tylko raz, ale powiadam ci, takiej pięknej kobiety w życiu nie widziałeś. Oczywiście jest w pewnym wieku, ale szyk... paryski! No więc jej matka, pani Milejko, bodajże

Hartman po obecnym mężu, po śmierci pierwszego męża wyjechała do Stanów i wydała się za Amerykanina. Trzy lata temu przywiozła tu córkę. Podobno były z nią jakieś problemy, chorowała czy wdała się w jakiś romans... Ludzie różnie mówili... No, w każdym razie kupili dom starej Mareckiej, pamiętasz, tu, po sąsiedzku. Sama pani Hartman musiała wracać do męża do Stanów. A córka jest, jak to się teraz mówi, bizneswoman. Od razu się zaprzyjaźniła z Zosią i z Erykiem. Prawda, ty nie znasz Eryka. Pamiętasz tę drewnianą chałupę pod lasem? Kupił ją dwa lata temu, a zachodu z tym było...

– Stasiu, zagadasz na śmierć tego biedaka. – Pani Zuzanna weszła do jadalni w towarzystwie pani Jagody niosącej tacę. – Dzień dobry, Krzysiu. Świetnie wyglądasz. Dawno cię nie widziałam – zawiesiła głos. – Zosia mówiła, że smakowała ci wczorajsza kolacja.

Krzysztof, nieco zmieszany, podziękował za przyjęcie.

– Jedz, póki ciepłe. Kawa świeżo zmielona, tak jak lubisz. A jajka dzisiejsze, z rana. W Krakowie takich nie dostaniesz.

– Siadajmy, siadajmy. – Pan Borucki też był głodny i zagarnął Krzysztofa do stołu. – A wracając do starszej pani Milejko...

Krzysztof musiał wysłuchać zachwytów gospodarza, a potem obejść z nim cały dom, ogród i sad. Wcześniej się tym nie interesował, dopiero teraz spostrzegł, jak wiele się tu zmieniło.

„Sporo to musiało kosztować – liczył w myślach. – Moje pieniądze na to nie wystarczyły. Obciążyli hipotekę?" Postanowił zaraz w poniedziałek posłać kogoś do ksiąg wieczystych. „Inni wierzyciele? To nie byłoby dobrze..."

W ogrodzie kwitła lipa. Stał pod nią duży stół z wyglądającymi na wygodne krzesłami. Część ogrodu oddzielono wysokim żywopłotem i szpalerem róż. Krył się za nimi ogromny warzywnik z równymi grzędami pietruszki, buraków, pomidorów i innych jarzyn, z których wielu Krzysztof nie potrafił nazwać. Tyczki z fasolą odgradzały warzywnik od dużego klombu z kwiatami do cięcia.

– Są już papierówki?

– Są. Zosia nie pozwala ściąć tej starej jabłoni, choć rachityczna i niewiele rodzi...

Weszli do sadu. I tu widać było gospodarską rękę.

– Kto się tym wszystkim zajmuje? – Krzysztof wbił zęby w soczyste jasnozielone jabłko.

– Zosia. Przychodzą też kobiety ze wsi, żeby jej pomóc. Ona sobie to sama organizuje. Świetnie, że kobiety nas odciążają, nie uważasz? Niech biorą odpowiedzialność – mrugnął do Krzysztofa. – Ja z panem Krawczyńskim zajmuję się finansami i w ogóle mam oko na wszystko. No takie ogólne kierownictwo.

Krzysztof pomyślał, że wie, jak wygląda to „kierownictwo".

– Teraz, mój drogi, musisz skosztować mojej naleweczki. Usiądź sobie tutaj, a ja zaraz...

Niemal siłą posadził Krzysztofa przy stole pod lipą, a sam poszedł w stronę domu. Krzysztof zamknął oczy. Brzęk pszczół był hipnotyzujący. Czyżby w głębi duszy tęsknił za takim sennym letnim południem na wsi? Zapragnął zobaczyć Zosię. Podnosił się z krzesła, gdy usłyszał:

– Nie wstawaj, nie wstawaj, już niosę.

Na ścieżce pojawił się pan Borucki z karafeczką w ręce. Za nim szła pani Jagoda z tacą, na której brzęczały kieliszki, szklanki i karafki.

„Jakież to »niosę« jest dla niego charakterystyczne!", pomyślał Krzysztof.

– Proszę to postawić tutaj, ostrożnie, o tak. Świetnie!

Dziedzic Borucki był w swoim żywiole. Nalewał, częstował i opowiadał.

– Piołunóweczka, cymesik, co? A ta orzechówka ma już trzy lata. Miód!

Krzysztof pił i chwalił. Co innego mu zostało? Po czwartym kieliszku nabrał odwagi i zapytał:

– A ten Eryk to kto?

– Eryk? Malarz, mówiłem ci. Przyjechał do nas na tydzień, został miesiąc. Włóczył się po okolicy ze sztalugami, robił zdjęcia... No i okazało się, że pasjami lubi kosić trawę. Pomagał Zosi, do dziś zresztą często wpada... Ale co to ja... A, tak! Mówią tu o nim, że Niemiec. Jaki on tam Niemiec! Jego ojciec wyjechał z rodzicami do NRF w pięćdziesiątym ósmym... a może w sześćdziesiątym... – pan Borucki zamyślił się. – Ożenił się tam podobno z bardzo bogatą kobietą. Już zresztą nie żyje, zginął w jakiejś katastrofie... Zostawił Erykowi i jego siostrze cały majątek. Tak... Eryk zakochał się w tej okolicy. Kupił rozwaloną chałupę, za grosze, prawda, teraz to podobno bombonierka, Zosia mi mówiła, bo ja tam nie chodzę. Za daleko. I o czym miałbym z nim rozmawiać? Wolałbym do pań Milejko, szkoda tylko, że matka Marianny tu nie przyjeżdża! Nie uwierzysz, co to za urocza kobieta!

– A ten Eryk – Krzysztof wrócił do tematu – cały czas tu mieszka?

– Nie, nie, ciągle gdzieś jeździ, ostatnio miał wystawę w Amsterdamie, a zimą często wraca do siebie, do Bawarii. Ale choć jeden dzień świąt albo sylwester obowiązkowo z nami. W zeszłym roku dał Zosi pod choinkę naszyjnik ze szmaragdami. Platynowy. Nie chciała przyjąć, ale ją namówiłem, i tak sobie myślę, może następnym razem będzie pierścionek. – Z ukosa spojrzał na Krzysztofa.

– Znakomita ta nalewka, z czego to? – zapytał szybko Krzysztof.

– Z tarniny. Bo widzisz, mój drogi, jak już tarnina przemarznie na krzaku...

Gdy o wpół do drugiej do ogrodu weszła Marianna prowadzona przez panią Zuzannę, ta ostatnia jednym rzutem oka oceniła sytuację. Gdy tylko pan Borucki przedstawił Mariannie Krzysztofa, natychmiast zgarnęła starszego pana do domu. Po chwili do ogrodu przyszła Zosia z rudym niebieskookim dryblasem.

„To pewnie ten Eryk". Krzysztof przyjrzał mu się uważnie. Jakieś metr dziewięćdziesiąt wzrostu, bródka i wąsy... były tu w robocie nożyczki bardzo dobrego fryzjera. Oczywiście doskonale ubrany. Elegancki luz. Zawsze tego zazdrościł malarzom. Może choć ręce ma poplamione farbą? Piękny schaffhausen... chyba pilot, tak, pilot... i nieskazitelny *manicure* – co za pech!

– Poznajcie się – Zosia poufale ujęła Eryka pod ramię. – To nasz sąsiad Eryk Hassel, sławny malarz.

– Jeszcze nie sławny, ale nie tracę nadziei.

Polski Eryka był nienaganny. Kolejny pech.

– A to Krzysztof Doliwa, stary przyjaciel rodziny.

„Przede wszystkim twój, złotko! Co to, pamięć zawodzi? Wczoraj nie byłaś taka oficjalna".

– Jak było w Amsterdamie? – zapytała Marianna, wskazując Erykowi miejsce koło siebie.

Krzysztof spojrzał na nią z wdzięcznością i wspaniałomyślnie wybaczył jej bluzkę na zbyt wąskich ramiączkach wrzynających się w pulchne ramiona i krople potu nad górną wargą. Jego wdzięczność rozwiała się jednak jak dym, gdy Eryk zaczął opowiadać. Bo opowiadać umiał. Obie kobiety patrzyły na niego z zachwytem, a on patrzył tylko na Zosię.

W końcu Krzysztof nie wytrzymał.

– Piękny zegarek – powiedział tonem towarzyskiej pogawędki. – To oryginalny pilot czy współczesna kopia?

– Mam go po dziadku – odrzekł Eryk. – Jeden z pierwszych z tej serii.

– Słyszałem, że są znakomite. Odporne na wibracje, skoki temperatury i działanie pola magnetycznego. Tarczę wzorowano na zegarach z kokpitu ówczesnych samolotów. Bo też wyprodukowano je dla lotników. Głównie niemieckich. W 1939 roku.

Zapadła cisza.

– Mój dziadek Henryk Hassel-Zawistowski bardzo się interesował lotnictwem. Marzył o lataniu na szybowcach. Niestety wybuchła wojna, którą spędził w oflagu, a potem komuniści odebrali mu majątek i latanie pozostało w sferze marzeń. Nigdy jednak nie wyrzekł się dewizy wyrytej na mechanizmie tego zegarka. Pokazywał mi ją wiele razy. *Probus scafusia*. Duma z jakości wykonania. Trochę to staromodne i górnolotne. Ja wolę inne określenie schaffhausena: prawie tak skomplikowany jak kobieta, ale się nie spóźnia.

Wszyscy prócz Krzysztofa się roześmiali.

– Przepraszam, muszę... muszę zadzwonić. – Krzysztof wstał gwałtownie.

Nikt nawet na niego nie spojrzał. Eryk podjął swą opowieść, a Zosia znów zwróciła na niego zachwycone oczy.

Krzysztof szybkim krokiem wszedł do domu. Pokonał schody kilkoma susami. Jednym szarpnięciem zdjął koszulę, aż prysnęły guziki. Wskoczył pod prysznic. Te naleweczki...

Ubrał się bardzo starannie, skropił perfumami. Wyglądał doskonale i wiedział o tym. Nie będzie gorszy od tego... od tego... Niemca.

Gdy schodził na dół, nagle zobaczył Zosię. Stała w sieni przy małym stoliczku. Popołudniowe światło sączące się przez okrągłe okno otaczało ją jak aureola. Smagłą dłonią poprawiała cynobrowe maki w błękitnym wazonie ze starego szkła. Nagle zauważył, jak ślicznie wygląda w prostej niebieskiej sukience. Nawet ta ciemnawa sień, wyłożona starymi kaflami o rdzawej barwie, harmonizującej z kolorem maków, naraz wydała mu się czarująca.

– A tuś mi się, rybko, skryła! – Do sieni od strony ogrodu wszedł Eryk. – Nie, nie ruszaj się, *mein Schatz*. Chciałbym cię taką namalować... – Oparł się o futrynę i patrzył na nią. – Ale się nie zgodzisz, więc chcę cię taką zapamiętać.

– Racja, nie zgodzę się. Zgodziłam się już sto razy i była to bardzo ciężka praca. Zawsze myślałam, że życie modelek malarzy to miody. Poza tym wątpię, czy znajdziesz kupca na te wszystkie moje portrety.

– Nawet nie będę szukał. Zawsze będziesz moja... przynajmniej na płótnie.

Zosia się zaśmiała. Gardłowo, erotycznie, jak ocenił Krzysztof. Nacisnął deskę na schodach, tak że głośno zaskrzypiała, i powoli zszedł do sieni.

– Krzysiu, martwiłam się, tak nagle wybiegłeś z ogrodu...

– Moc nalewek pana Boruckiego jest powszechnie znana – zażartował Eryk.

Krzysztof rzucił mu niechętne spojrzenie.

– Po prostu musiałem zadzwonić. Przypomniało mi się, że umówiłem się z kilkoma współpracownikami jutro na dziewiątą, a ponieważ zostaję do jutra, poprosiłem sekretarkę, żeby przełożyła to spotkanie na popołudnie.

– Zostajesz? – zachwyt w głosie Zosi był niekłamany.

– Tak, muszę porozmawiać o interesach z twoim ojcem, a on, jak mi oświadczył, w niedzielę o takich rzeczach nie mówi.

Uśmiech na twarzy Zosi zgasł, jakby ktoś zdmuchnął świeczkę. Teraz Eryk rzucił mu wrogie spojrzenie.

– Racja, załatwianie interesów w święty dzień to grzech śmiertelny – powiedział lekkim tonem, ale z niepokojem patrzył na ściągniętą twarz Zosi. – Zosiu, może ci w czymś pomóc? Jesteś zmęczona?

– Nie, nie, wracajcie do ogrodu, ja tylko zajrzę do kuchni i sprawdzę, co z obiadem. – I znikła w kuchennych drzwiach.

Nie pozostawało im nic innego, jak ramię w ramię wrócić do Marianny.

– No i zguby się znalazły. I to w jakiej dobrej komitywie – zakpiła, gdy z grobowymi minami usiedli przy stole. – Telefon w sprawach służbowych, jak sądzę? – ciągnęła. – Czy to praca nadaje sens pana życiu?

– A co...

Marianna uśmiechnęła się tak promiennie, jakby wiedziała, że ciąg dalszy brzmiał „pani do tego". Powściągnął kipiącą w nim złość. Niczego w ten sposób nie osiągnie.

– A co pani myśli na ten temat?

– Ja? Etap pracoholizmu mam już za sobą. Teraz robię wyłącznie to, co lubię.

– Długi urlop w Polsce? Słyszałem od pana Boruckiego, że kupiła pani dom w okolicy.

– Po sąsiedzku. Nasze ogrody się stykają. Oczywiście mój nie jest taki piękny jak ten, ale grzebanie w ziemi zawsze mnie pociągało, a pod kierunkiem Zosi zrobiła się ze mnie niezła ogrodniczka. Pan zajmuje się handlem, prawda?

– Tak.

— I słusznie. Jak to mówią, lepsze deko handlu niż kilo roboty. Sieć hurtowni farmaceutycznych, nieprawdaż?

— Tak. Leki, także parafarmaceutyki, niektóre kosmetyki. Specjalizujemy się w produktach dla niemowląt i małych dzieci. Ostatnio także dla kobiet w ciąży. Może dlatego, że żona mojego wspólnika spodziewa się dziecka.

— Cóż, takie czasy, że do wszystkiego trzeba się brać. Byle pracować uczciwie, żadne zajęcie nie hańbi człowieka — powiedział pan Borucki, który z Zosią nadszedł od strony domu.

Marianna i Eryk wybuchnęli śmiechem. Krzysztof nie wytrzymał i też się roześmiał. Spojrzał na Zosię. Opaloną rękę wsunęła ojcu pod ramię. W wycięciu sukienki widać było niebieskie ramiączko. Zawsze lubiła niebieską bieliznę. Kiedyś przywiózł jej taki komplet z Nowego Jorku...

Popatrzyła na niego, uśmiechnęła się, jakby czytała w jego myślach, i powiedziała:

— Prosimy do stołu.

— Eryku — oficjalnym tonem rzekła Marianna — idź przodem. Należy przestrzegać zasad precedencji.

— Tak? To chyba kobiety przodem? Albo czcigodni profesorowie — Eryk skłonił głowę przed panem Boruckim. — Albo może rekiny aptecznego biznesu — spojrzał na Krzysztofa.

— Kobiety pierwsze to do szalup, gdy okręt tonie. Wiesz, że cesarz Karol V podniósł pędzel, który upadł Tycjanowi? Sztuka zawsze ma pierwszeństwo, idzie przed władzą i pieniędzmi — powiedziała Marianna, popatrzyła na Krzysztofa i dodała w duchu:

„Tak, Krzysiu, nie jesteś już jedynym kogucikiem na podwórku. A to jeszcze nie koniec. Zabawa dopiero się zaczyna".

12

— Kawy napijemy się w salonie — powiedziała pani Zuzanna.
Rozległ się cichy stukot odsuwanych krzeseł, pan Borucki ceremonialnie podał ramię pani Zuzannie i uroczyście poprowadził ją do salonu. Eryk, naśladując go wiernie, ucałował dłoń Zosi, nisko schylając głowę, i ruszył w ślad za starszą parą. Krzysztofowi nie pozostało nic innego, jak towarzyszyć Mariannie.

— Nie odpowiedział mi pan na pytanie.

— Jakie? — Naprawdę nie pamiętał.

— Czy to praca nadaje sens pana życiu?

W salonie usiadła tak, aby móc patrzeć na ogród, ale teraz patrzyła na Krzysztofa. Wyraźnie była zainteresowana jego odpowiedzią, więc choć początkowo chciał ją zbyć jakimś żartem, odparł z namysłem:

— Sens życia? Prawdę mówiąc, rzadko się zastanawiam nad kwestiami egzystencjalnymi. To, co w liceum spędza człowiekowi sen z powiek, po trzydziestce staje się już mało ważne. Dziwne, prawda?

— Jesteś po prostu zapracowany — ruszyła mu na odsiecz Zosia. — Pijecie kawę czy herbatę?

— Ja proszę kawę — powiedziała Marianna. — Czarną i bez cukru.

– Ja też. A wracając do sensu życia – Krzysztof nie miał zamiaru chować się za Zosiną spódnicą – to chyba faktycznie jest nim praca. Właśnie „praca", nie „kariera", jak się dziś mówi. Codzienna, czasem ciężka praca. Daje mi ogromną satysfakcję. Nie potrafiłbym pracować bez przyjemności, tylko po to, żeby zarobić na chleb i dach nad głową.

– Jest pan uprzywilejowany.

– Wiem. Ale wszystko zawdzięczam sobie. Nic od nikogo nie dostałem, więc nic nikomu nie jestem winien. Wie pani, ja zaczynałem od zera. Już na studiach harowałem jak wół. Nie wiedziałem, co to święta czy wakacje. Jeśli gdzieś jechałem, to w interesach.

– A jak jest dziś?

Oczy wszystkich skierowały się na Krzysztofa. Tylko pan Borucki nie przysłuchiwał się rozmowie: miał zamknięte oczy i wyraźnie walczył z ogarniającą go sennością.

– Dziś?

„Co, do diabła, mam odpowiedzieć? Żadne z nich nie ma pojęcia, co to znaczy być przedsiębiorcą".

– Dziś mam wspólnika i staram się nie pracować w niedziele.

„Nawet Mosad zbierał o tobie informacje i pewnie sporo wie – pomyślała Marianna, chłodno patrząc na Krzysztofa. – Ale ja poświęciłam dużo swego cennego czasu, by wiedzieć więcej niż oni. Wiem, ile pieniędzy przelali ci na konto rodzice z Maroka, tobie, który nic od nikogo nie dostał, i ile zawdzięczasz swemu wspólnikowi, ty pyszałku, który nikomu nic nie jesteś winien. Prześledziłam twoje balansowanie między strachem a chciwością, kiedy grałeś na giełdzie. Umiałeś przejrzeć innych graczy, wykorzystać ich zachłanność lub arogancję. Byłbyś znakomitym pokerzystą. Nie, hazard cię nie pociąga. Wolisz ścisłe zasady, wzory matematyczne. Można ci pozazdrościć dyscypliny emocjonalnej. Zobaczymy jednak, czy prostej czterdziestoletniej kobiecie, której nie raczyłeś zaszczycić uważniejszym spojrzeniem, uda się wytrącić cię z równowagi".

– Niech mi pan pokaże rękę... Lewą... Tak... – Marianna chwyciła jego dłoń, pochyliła się nad nią i po chwili zaczęła mówić jak w transie. – Pana wspólnik nazywa się Kamil Kurpisz. To pana kolega z roku. Świetny student, zdobył dyplom z wyróżnieniem. Zaproponowano mu pracę na uczelni, na co przystał. Przez trzy lata pracował, jednocześnie robiąc doktorat, ale po jego obronie wyjechał do Kanady. Studenci byli niepocieszeni, bo był znakomitym wykładowcą. Wrócił po kilku latach i gdy chciał zainwestować zarobione tam pieniądze, poprosił pana o radę i w ten sposób został współwłaścicielem firmy, która potem rozwinęła skrzydła.

Krzysztof w osłupieniu patrzył na Mariannę.

– Takie kobiety palono na stosie. Uważaj, Marianno, te twoje sztuczki kiedyś źle się dla ciebie skończą – powiedział Eryk. – Ja też miałem taką głupią minę, gdy wyrecytowała mi mój życiorys – zwrócił się do Krzysztofa. – To czarownica. Brakuje jej tylko miotły i czarnego kota.

– Miotłę mam, a nad kotem się zastanawiam.

– Pracuje pani w jakiejś wywiadowni gospodarczej? – Krzysztof wepchnął dłoń do kieszeni spodni, jakby się bał, że Marianna jeszcze coś z niej wyczyta.

– Ciepło, ciepło... Jestem headhunterką.

– I mieszka pani tutaj? Kogóż tutaj można złowić?

– Ja łowię w sieci.

– Rybaczka! – parsknęła śmiechem Zosia, a Eryk jej zawtórował.

– W internecie, jak na każdym śmietnisku, można znaleźć prawdziwe skarby. Przepraszam za ten żart z czytaniem z ręki. Widzę jednak, że nie zdaje pan sobie sprawy, ile wiadomości o każdym z nas jest upublicznianych. Wrzucić coś do sieci to prawie jak dać ogłoszenie w gazecie.

– Chyba nie chce mi pani wmówić, że to wszystko wie pani z netu. Na przykład, że Kamil jest dobrym wykładowcą albo że prosił mnie o radę w kwestii inwestycji.

– To pierwsze wiem z forum, na którym studenci prowadzą prywatny ranking wykładowców. A tego drugiego się domyśliłam. To nie było trudne.

– Marianna jest z wykształcenia psychologiem – powiedziała Zosia. – I studiowała jeszcze, no... kierowanie ludźmi. A komputer ma w małym palcu.

– Chyba zarządzanie zasobami ludzkimi – poprawił ją machinalnie Krzysztof, nie zauważając, jak się zaczerwieniła.

„Palant", pomyślała Marianna.

– Mimo wszystko nie bardzo sobie potrafię wyobrazić, jak można, jak to pani nazwała, łowić w sieci. Zatrudniam parę osób, nigdy jednak nie przyszło mi do głowy, żeby ich szukać w internecie.

– To dobrze, bo dzięki temu ja mam zajęcie. Bardziej mi się do tego przydaje psychologia niż zarządzanie zasobami ludzkimi, jak pan to pięknie określił. Nawiasem mówiąc, lepiej byłoby to nazwać kierowaniem ludźmi i uznać za dziedzinę pomocniczą jakiejś prawdziwej nauki, psychologii na przykład – w głosie Marianny zadźwięczała nuta ironii. – Pracuję dla kilku amerykańskich firm, które mają swoje oddziały w Polsce.

– I co konkretnie pani robi, jeśli można wiedzieć?

– Na przykład firma szuka dyrektora finansowego. Powinien to być Polak, bo najlepiej zna przepisy, ludzi, teren i tak dalej. Na takim stanowisku nie może też pracować nowicjusz. Robię więc przegląd już zatrudnionych w różnych miejscach i spełniających wymogi opisu stanowiska pracy. Potem z informacji, które są w internecie, staram się stworzyć portret osobowościowy każdego kandydata. Przeglądam portale zawodowe i społecznościowe... Nasza Klasa i Facebook są tu niezastąpione... Szukam prywatnych stron tych osób, blogów, śledzę różne fora. W końcu robię listę najlepszych kandydatów i dołączam do niej wszystkie informacje, także o zainteresowaniach, marzeniach... jednym słowem, o wszystkim, co zastąpi wstępną rozmowę kwalifikacyjną i pozwoli zaproponować kandydatowi warunki najlepiej dopasowane do jego oczekiwań.

– Trudno mi uwierzyć, że w necie można znaleźć coś, co pozwoli podkupić konkurencji dyrektora finansowego.

– Zdziwiłby się pan, ile sieć daje możliwości w tym względzie. Na przykład ktoś, kogo wytypowałam, pisze w blogu, że marzy o nurkowaniu na Karaibach. Można mu wtedy zaproponować dłuższą wizytę w oddziale firmy w Meksyku czy w Stanach i przy okazji zorganizować taką wyprawę. Czasem wystarczy komuś zaoferować pracę w mieście, w którym bardzo chciałby mieszkać, albo zaproponować pracę również żonie...

– Sprytne.

– To nie wszystko. Jeśli ktoś na przykład na jakimś forum opowiada, jak oszukuje firmę, albo gdy czytam o piciu w pracy, narkotykach, mobbingu, molestowaniu, od razu skreślam takiego delikwenta i wpisuję go sobie na czarną listę.

– A zatem jest pani nie tylko headhunterką, ale także hakerką.

– O nie! Nigdzie się nie włamuję, korzystam tylko z tego, co jest udostępnione publicznie.

„A jeśli nawet, to nic ci do tego".

– Myślałem, że to o molestowaniu...

– Nie uwierzyłby pan, jakie rzeczy ludzie potrafią wypisywać o sobie albo o znajomych i beztrosko wrzucać to do sieci. I do tego dodawać zdjęcia.

– Rzeczywiście, niektóre zdjęcia, na przykład z imprez, są kompromitujące – pokiwał głową Krzysztof.

„O święta naiwności", westchnęła w duchu Marianna, a głośno powiedziała:

– Nie tylko takie. Wystarczy odrobina spostrzegawczości i wiele można się dowiedzieć z niewinnego na pozór zdjęcia. Gdy widzę, że ktoś ważny z firmy A na zdjęciu zrobionym w letnim domku kosi trawę w podkoszulku firmy B, która jest konkurentem A, uruchamia mi się ciąg skojarzeń. Który później pracowicie sprawdzam.

Marianna urwała i skarciła się w myśli: „Co za dużo, to niezdrowo, kochana. Przecież nie chcesz, żeby się ciebie bał, wystarczy, że czuje przed tobą respekt".

— Marianno, jeszcze kawy? A ty, Krzysiu? — Zosia podeszła z dzbankiem.

— Nie, dziękuję. — Marianna spojrzała przez okno. — Jest tak ładnie. Może się przejdziemy?

Eryk natychmiast zareagował.

— Zapraszam państwa do siebie na podwieczorek — powiedział.

— Dziękuję — odrzekła pani Zuzanna — ale idźcie sami. My zafundujemy sobie małą drzemkę. — Poklepała pana Boruckiego po ramieniu.

— Świetny pomysł! — zgodził się, z trudem otwierając oczy.

— Chodź, Zosiu, przypudrujemy nosy. Panowie — Marianna odwróciła się do Eryka i Krzysztofa — zbiórka przed domem za piętnaście minut.

13

– A co nadaje sens pani życiu?

Szli wąską trawiastą miedzą wśród pól. Ciężkie kłosy żyta pochylały się na ścieżkę z jednej strony, z drugiej rozciągało się pole kwitnących na biało i niebiesko ziemniaków. Cierpko--korzenny zapach kartofliska mieszał się ze słodką wonią kwitnących traw i rosnących na miedzy stokrotek, jaskrów i koniczyny. W zbożu czerwieniały atłasowe maki obok kosmatych fioletowych kąkoli i srebrno-niebieskich bławatków. Słońce już się zniżyło i upał zelżał. W przezroczystym powietrzu monotonnie brzęczały owady, a ze stawów niosły się pojedyncze, jeszcze nieśmiałe rechoty żab. Gdyby Krzysztof nie wiedział, nigdy by nie uwierzył, że do rogatek Krakowa jest stąd niecałe trzydzieści kilometrów.

Marianna schyliła się i zerwała kilka kwiatków. Zamiast odpowiedzieć, wyciągnęła je w stronę Krzysztofa i zapytała:

– Wie pan, jak się nazywają?

– Nie mam pojęcia.

– To jest podróżnik, to bodziszek, wyka, a to rdest – wskazywała po kolei.

Zręcznie związała kwiatki źdźbłem trawy i założyła je sobie za ucho. Jej lśniące ciemnorude włosy i jasna cera były dobrym tłem dla tego prostego bukieciku. Krzysztof dopiero teraz się jej przyjrzał. Jak na jego gust była trochę za pulchna i za bardzo piegowata, podobały mu się jednak jej lekko skośne jasnoniebieskie oczy i delikatne dłonie.

Mimo upału na bluzkę na ramiączkach narzuciła jedwabną koszulę z długim rękawem, śmiesznie za elegancką na to otoczenie. Perłowe guziczki zapięła pod samą szyję. Widząc jego spojrzenie, powiedziała:

— Nie mogę się opalać. To znaczy, w ogóle się nie opalam, robię się tylko czerwona jak burak, a potem schodzi mi skóra i znów jestem biała jak mleko.

Od rzeki zawiał wiatr. Uniósł jej długie włosy i odsłonił szyję. Rzeczywiście była biała jak surowe ciasto.

— Czuje pan?

— Co?

— Zapach wierzb i łopianów.

Dopiero teraz poznał. Zapach lata. Wakacje na wsi. Kapelusze z twardych parasolowatych liści. Płytka woda błyszcząca na kamykach. Zielone zakole rzeki z tajemniczą głębią.

— A wie pan, co to znaczy?

— Znaczy? Że niedaleko jest rzeka?

— Nie. Że wieczorem będzie padać.

„Znów się popisuje, jak z tym internetem".

Uśmiechnęła się, jakby usłyszała jego myśli, i powiedziała:

— Trzy lata temu, gdy tu przyjechałam, tak jak pan nie miałam pojęcia, że te kwiatki w ogóle mają jakieś nazwy i że zapach wiatru może coś znaczyć...

— Uważa pani zarządzanie zasobami ludzkimi za pseudonaukę — dość obcesowo wrócił do poprzedniego tematu. — Czy pani wie, że wielu ludzi tak samo myśli o psychologii?

— Wiem.

— Czy psycholog w ogóle może komuś pomóc? Znam kilka osób, które chodziły na terapię i nic z tego nie wyszło.

– A zna pan kogoś, kto chodził na korepetycje i nie zdał matury? – Spojrzała na niego z ukosa.

– Nie znam – uśmiechnął się. – To chyba nie najlepsze porównanie.

– Powiem więc inaczej. Jeśli pan złamie nogę, mimo bólu godzi się pan, by chirurg ją nastawił, a potem przez kilka tygodni znosi pan niewygody związane z gipsem i przez kilka następnych miesięcy rezygnuje z roweru albo nart czy z biegania, chodzi na rehabilitację i tak dalej.

– Co w tym dziwnego?

– Nic. Jeśli jednak lekarz duszy, a o takim tu mówimy, rozpoczyna terapię, uprzedzając, że może ona długo potrwać i być bolesna, niektórzy pacjenci zniechęcają się po kilku miesiącach, ba, po kilku spotkaniach, i proszą o przepisanie jakichś tabletek. Czy przyszłoby im do głowy poproszenie chirurga o lekarstwo na błyskawiczne zrośnięcie się nogi?

– Nie przekonała mnie pani.

– Nie miałam takiego zamiaru. Chciałam pana zabawić rozmową, a tymczasem pana znudziłam. O, niech pan patrzy, machają do nas.

Rzeczywiście, Zosia i Eryk, którzy sporo ich wyprzedzili, zatrzymali się i wymachiwali do nich rękami.

– Są już maliny! Chodźcie szybko! – Zosia niemal podskakiwała z podniecenia.

– Nie nudziłem się ani przez chwilę w pani towarzystwie – szczerze powiedział Krzysztof. – A do pytania o sens życia jeszcze wrócimy – zagroził żartobliwie.

Weszli w cień drzew. Ścieżka ginęła gdzieś wśród strzelistych sosen. Listki niskich osik drżały lekko. Skraj lasu wabił chłodnymi poduszkami jasnozielonego mchu. Gdzieniegdzie strzelały w górę dorodne kępy borowin, na których czerniły się kulki borówek. Wstępu do lasu bronił w tym miejscu splątany gąszcz malin.

– Pyszne! Najlepiej smakują prosto z krzaka! – Zosia zrywała maliny raz jedną, raz drugą ręką i od razu wkładała do buzi.

Eryk nazbierał garść i przesypał Zosi na rękę. Kilka najdorodniejszych włożył jej wprost do ust.

Krzysztof odwrócił wzrok. Skubnął kilka jagód, mimo woli zerkając na Zosię i Eryka, którzy ze śmiechem karmili się malinami. Odetchnął z ulgą, gdy w końcu ruszyli dalej skrajem lasu.

– Dużą część domu musiałem zbudować na nowo, bo była do niczego – opowiadał Eryk. – Ale na przykład ganek wymagał tylko odnowienia...

Krzysztof jak przez mgłę pamiętał koślawe drzwi z zardzewiałą kłódką, dziurawy dach i pokrzywy kryjące tę ruinę. Tymczasem za zakrętem piaszczystej ścieżki zobaczył uroczy stary dom otoczony niskim plecionym płotem. Ciemne bale były gęsto przetykane nowymi, znacznie jaśniejszymi. Okna chyba powiększono i dodano im niebieskie okiennice. Antracytowa dachówka wyglądała tak, jakby zawsze pokrywała ten dach. Na ażurowym ganku oplecionym ciemnoczerwonymi i białymi różami stały trzcinowe fotele z kolorowymi poduszkami i duży okrągły stół. Z boku domu, na tle winorośli, różowiał szpaler malw i floksów, a między dwiema starymi czereśniami wisiał płócienny hamak w żywe meksykańskie wzory.

– Oto i moje gospodarstwo. – Eryk gościnnie podsuwał fotele, poprawiał poduszki, a potem razem z Zosią zniknął we wnętrzu domu.

Krzysztof nie wytrzymał, zerwał się z fotela i ostrożnie zajrzał do kuchni.

– Można?

Eryk nalewał wodę do jakiegoś supernowoczesnego czajnika, a Zosia wyjmowała filiżanki z kredensu i ustawiała na stole. Wyraźnie czuła się tu jak u siebie w domu.

– Oczywiście – zaprosił go Eryk.

Za plecami Krzysztofa pojawiła się Marianna i oboje weszli do środka.

Krzysztof rozejrzał się zaskoczony. Spodziewał się bielonego pieca, pęków ziół i sznurów czosnku zwisających z sufitu, tymczasem kuchnia, nie licząc starego, pomalowanego na niebiesko kredensu i szerokich desek podłogi, była ultranowoczesna. Krótszą ścianę zajmowała zwarta zabudowa kuchenna, biała ze stalowymi wykończeniami. Na środku, wokół dużego prostokątnego stołu, stały proste drewniane krzesła oraz plastikowe siedzisko, przypominające fotelik dziecięcy, na dziwnych nóżkach, które skojarzyły się Krzysztofowi z nóżkami statywu.

– Piękne wnętrze – powiedział. – Ale plastik w takiej kuchni? – zawiesił głos.

Eryk powściągnął uśmiech. Jak to miło, gdy rywal sam się podkłada!

– To projekt Ray i Charlesa Eamesów, mistrzów designu. Kupiłem okazyjnie na Allegro. Ludzie nie wiedzą, co dobre. Jest bardzo wygodne.

Krzysztof zaklął w myśli.

– Może chce pan zobaczyć dom? – ciągnął Eryk niewinnym tonem.

– Bardzo chętnie... Ale czy moglibyśmy przejść na „ty"?

„Łatwiej mi będzie ci dogryzać", dodał w duchu.

– Świetny pomysł!

– To i ja się dołączę – powiedziała Marianna. – W paszporcie mam Maryann, ale dla przyjaciół Marianna.

– Krzysztof albo Krzysiek, jak wolisz.

– Eryk. I proszę bez zdrobnień. Eryczek brzmi okropnie.

Dom był wyremontowany starannie, choć bez nadzwyczajnego pietyzmu. Podniesiono sufity, powiększono okna i drzwi. Tylną część zajmowała duża pracownia. Jedna jej ściana i kawałek dachu były przeszklone.

Obraz na sztalugach był zasłonięty płótnem. Inne stały pod ścianami, ale większość była odwrócona plecami.

– Zawsze tak robię – powiedział Eryk. – I uprzedzając pytanie, które zwykle pada, zacytuję słowa Pauli Rego, jednej z moich ulubionych malarek: „Malowanie jest ryzykowne i zawstydzające, bo przecież wszystko widać".

Krzysztof wskazał na wiszącą na ścianie akwarelę. Łoś w zimowym pejzażu.

– To też twoje? – zapytał lekko drwiącym tonem. Słowo „kicz" wisiało w powietrzu.

– Niestety nie. To Fałat. Taka przynajmniej jest sygnatura i tak napisano w papierach z antykwariatu. Mówi się jednak, że Fałat namalował trzy tysiące obrazów, z czego do naszych czasów zachowało się sześć tysięcy.

Krzysztof nie przyłączył się do chóralnego śmiechu. Był wściekły. To z niego się śmiali. Gdyby popatrzył uważniej, zobaczyłby, jak ten głupi łoś jest namalowany. Nie był przecież idiotą.

– A mówiąc serio, nie mam wątpliwości, że to oryginał. – Eryk zlitował się nad pognębionym rywalem i podszedł do akwareli. Zosia i Marianna podążyły za nim. – Wyobraźcie sobie, że chcecie namalować łosia. Na pewno nie da się namówić na pozowanie – Eryk mrugnął do Zosi. – Trzeba wiedzieć, jak łoś idzie przez śnieg, jak światło układa się na jego sierści, jaki efekt daje blask śniegu i cień drzew. Fałat był wyśmienitym myśliwym i to widać w tym obrazie. Akwarelista musi być właśnie jak myśliwy: mieć bystre oko, pewną rękę, szybko podejmować decyzje. Bo zwierzyna ucieknie albo farba wyschnie. Popatrzcie na ten śnieg.

– Teraz widzę, że on wcale nie jest biały – powiedziała Marianna ze zdumieniem.

– Bo wśród farb wodnych nie ma białej – wyjaśnił Eryk. – Tam, gdzie ma być biel, zostawia się niezamalowaną powierzchnię. A to daje zupełnie inny efekt niż na przykład biel na obrazie olejnym. Takie miejsce świeci swoim blaskiem.

– Eryk mi opowiadał, że gdy Fałat studiował w Krakowie, był taki biedny, że żywił się kotami, które własnoręcznie łapał i piekł.

– Brrr! – wzdrygnęła się Marianna. – Żal mi go na równi z tymi kotami.

– Potem jednak został nadwornym malarzem cesarza Wilhelma i dyrektorem krakowskiej Szkoły Sztuk Pięknych. Zupełnie jak w bajce, prawda?

Wracając na ganek, przechodzili koło otwartych drzwi do pomalowanego na niebiesko pokoju. Sypialnia. Krzysztof nie mógł się powstrzymać i zajrzał do środka. Łóżko było ogromne. Nie wyglądało na kawalerskie. Na ścianie na wprost wezgłowia wisiało duże zdjęcie. Zza szerokich drzwi było widać tylko ramę i kawałek wiklinowego koszyka pełnego żółtych i czerwonych jabłek, przewieszonego przez rękę w zielonym rękawie. Krzysztof dużo by dał, żeby zobaczyć, co jest na tym zdjęciu. Na co Eryk patrzy, gdy leży w łóżku.

Pod oknami kwitły róże. Szerokie ciemnoczerwone kwiaty wyglądały jak zrobione z aksamitu. Sypialnia była wypełniona ich słodkim, jaśminowo-cytrynowym zapachem.

— Widzę, że jest pan... że jesteś także zapalonym ogrodnikiem — powiedział nieco cierpko Krzysztof.

— Przeceniasz mnie. O ogrodnictwie nie mam zielonego pojęcia. Te róże to zasługa Zosi. Zosiu, one się tak ładnie nazywają, ale nie pamiętam.

— Crimson Glory. Stara, piękna odmiana. W dodatku kwitną do późnej jesieni.

— A ta biała przy ganku? — zapytała Marianna. — Myślałam, by sobie taką kupić.

— Dobry pomysł. Jest łatwa w uprawie. Zwróciłaś uwagę, że prawie nie ma kolców? A jakie piękne liście! Nazywa się Aimée Vibert.

— Prawdę mówiąc, zwróciłam uwagę na niezwykły układ płatków i jej świeżość. Wygląda tak, jakby Pan Bóg stworzył ją przed chwilą.

— Tymczasem ten gatunek ma prawie dwieście lat.

— Zosia zna wszystkie sekrety róż — powiedział Eryk z taką dumą, jakby był jej mentorem.

— Z rodologii miałam piątkę — zaśmiała się Zosia. — Poza tym to moje herbowe kwiaty. Nasz herb, Rola, ma, cytując heraldyków, „w polu czerwonym różę srebrną".

Krzysztofa olśniło. To stąd tutaj te czerwone i białe róże! Od razu przestały mu się podobać.

— To chyba niezdrowo spać w otoczeniu pachnących kwiatów — zauważył sucho.

Crimson Glory

Eryk uśmiechnął się pod wąsem.

– Z natury jestem dyskretny. Zamykam okiennice na noc. Żeby ani róże, ani nic innego mi tu nie zaglądało.

– W herbie Doliwa też są róże. Trzy, czerwone – Zosia zawsze wiedziała, co powiedzieć, by Krzysztofowi poprawić humor. – Myślę, że to *Rosa gallica*, zaraz wam ją pokażę.

Usiedli na ganku. Zosia wskazała na kilka krzewów przy schodkach prowadzących do domu. Karminowe kwiaty pachniały oszałamiająco.

– Ma długą historię. Przybyła do Europy z krzyżowcami powracającymi z Ziemi Świętej, mniej więcej w połowie trzynastego wieku. Najpierw była stosowana jako lekarstwo. Nazywano ją nawet różą aptekarzy. Potem zauważono, że jej płatki pachną nawet po ususzeniu, i zaczęto jej używać do wyrobu perfum. Wiecie, że wymienił ją już Pliniusz Starszy w swojej *Historia naturalis*? Nazywał ją różą z Miletu.

– Myślałam, że z Miletu jest tylko Tales – powiedziała Marianna. – Poza tym my tu gadu-gadu, a obiecany podwieczorek gdzie?

Zosia i Eryk zerwali się na równe nogi. Krzysztof znów poczuł irracjonalną złość. Zosia powinna się zachowywać jak gość, nie jak gospodyni!

Marianna obserwowała go spod oka. Mogła powiedzieć coś uspokajającego, ale po pierwsze, nie była jego nianką, a po drugie, uważała, że odrobina zazdrości jeszcze nikomu nie zaszkodziła. A może by tak dolać oliwy do ognia?

– Mogę nastawić jakąś płytę? – zawołała w stronę kuchni.

– Pewnie! – odkrzyknęła Zosia.

Krzysztof jeszcze bardziej się nachmurzył.

Gramofon stał w sieni przy drzwiach. Marianna ostrożnie wyjęła z koperty czarną płytę.

– Lubisz Minnie Riperton? – zapytała Krzysztofa.

– Pierwszy raz o niej słyszę – odburknął.

– Może nie znasz nazwiska, ale jej piosenki na pewno słyszałeś. Puszczę ci ulubioną Zosi i Eryka. Tytuł albumu też pasuje do sytuacji: *Come to my garden*.

Włączyła gramofon.

Lovin' you is easy 'cause you're beautiful.
Makin' love with you is all I want to do.
Lovin' you is more than just a dream come true,
And everything that I do is out of lovin' you.
La la la la la...

Gdy po „la la la la la" nastąpiło zmysłowe westchnienie, Krzysztof zacisnął zęby. Kpiła sobie z niego? Chciał coś powiedzieć, tak żeby raz na zawsze odechciało się jej takich żartów. Nic jednak nie przychodziło mu do głowy. Miał wrażenie, że wysoki głos piosenkarki wwierca mu się w mózg.

— Miejscowi nie mają kłopotów z twoim imieniem? Maryann, Marianna, nie myli ci się to? — powiedział w końcu zaczepnie.

— Miejscowi, jak ich nazywasz, trzymają się na dystans. Nie marzą wcale, żeby się ze mną zaprzyjaźniać. Przeciwnie, mają mnie za lekko stukniętą. A co do obcego imienia... Był kiedyś taki aktor, Ludwik Benoit.

— Tak, nie żyje już, teraz w filmach grywa jego syn. — Nie rozumiał, do czego zmierza.

— Podobno wstawionego Benoit zatrzymał patrol. Milicjant go wylegitymował i pyta: „Jak nazwisko?". „Benuła". „Aleś się pan upił, w dowodzie jest Benoit".

Krzysztof się uśmiechnął. Trzeba jej było przyznać, że nie zapominała języka w gębie.

— Pojedynek na dowcipy? — zapytała Zosia, wchodząc na ganek.

— Nie, tak sobie gadamy. I lepiej nie proponuj. Jeszcze ktoś się zakrztusi piernikiem — odrzekła Marianna, patrząc na talerz, który trzymała przyjaciółka.

— Nie za bardzo dostosowany do pory roku, za to prawdziwy norymberski. Przepyszny — zachwalała Zosia.

— Może zagramy w *scrabble*? — zaproponował Eryk, wchodząc na ganek z herbatą.

– Nie, nie – zaprotestowała Marianna. – Wiem, że wydam się wam starą ciotką, ale zagrajmy w skojarzenia. Grałam w to sto lat temu, jeszcze w podstawówce. Zasady są proste. Każdy po kolei mówi coś, co się kojarzy z zadanym słowem. Na przykład słowem „róża". Jakąś ciekawą informację, historię, przysłowie, cytat, coś takiego. Jeśli nic nie powie, odpada. Zwycięzca ma prawo zadać każdemu z obecnych po jednym pytaniu i każdy będzie musiał na nie szczerze odpowiedzieć. Najlepiej na piśmie.

– Z pisaniem jest za dużo zachodu – zgłosił poprawkę Eryk.

– To głosujmy. Kto jest za pisaniem? – I Marianna podniosła rękę.

Zosia zawsze zgadzała się z przyjaciółką, więc od razu podniosła swoją.

Krzysztof się zawahał. Chciałby zobaczyć minę Eryka, gdyby mu zadał pytanie w rodzaju: „Czy nie uważasz, że czterdziestolatek mieszkający sam w lesie to dewiant?". Nie był jednak zbyt mocny w grach, a w coś takiego nigdy nie grał i mógł się spodziewać, że to jemu ktoś zada głupie pytanie. Podniósł rękę.

– No to pytania i odpowiedzi na piśmie. Eryk, przynieś kostkę, jakiś notes i coś do pisania. Kto wyrzuci najwięcej oczek, zaczyna – zakomenderowała Marianna.

„Ta kobieta lubi rządzić", pomyślał Krzysztof.

Zosia wyrzuciła szóstkę.

– Gromada: okrytonasienne, klasa: dwuliścienne, podklasa: *Rosidae*, rząd: różowate, podrodzina: *Rosoideae*, rodzaj: róża.

– Nie mamy z nią szans – jęknęła Marianna. – Co mnie podkusiło, by wybrać akurat różę? – zapytała, choć doskonale znała odpowiedź.

– W starożytnym Egipcie róże były poświęcone bogini Izydzie i malowano je na ścianach grobowców – powiedział Eryk.

– Nie, Krzysiek, już po nas, możemy zbierać nasze zabawki i szukać innej piaskownicy – lamentowała Marianna. Zaraz jednak zacytowała Gertrudę Stein: – „Róża jest różą, jest różą, jest różą".

– „Rozkwitały pąki białych róż, wróć, Jasieńku, z tej wojenki już! Wróć, ucałuj, jak za dawnych lat, dam ci za to róży najpiękniejszy kwiat" – zanucił Krzysztof.

– Brawo, brawo! – Dostał porządną porcję oklasków.

– Perski poeta i matematyk Omar Chajjam uznał różę za symbol doskonałości i wybrał na swój grób takie miejsce, by wiatr mógł na niego nawiewać płatki róż – powiedziała Zosia.

– Jakie to ładne – westchnęła Marianna.

– Czerwone róże są w chrześcijańskiej ikonografii atrybutem męczenników, szczególnie takich jak święta Filomena. Znacie jej historię? – zapytał Eryk.

– Szkoda, że rodzice tak mi nie dali na imię. Urocze. – Zosia oparła brodę na ręce i zapatrzyła się na Eryka.

– Pasowałoby do ciebie. Znaczy „córka światła" – uśmiechnął się do niej Eryk. – Urodziła się w pogańskiej rodzinie, która doczekała się dziecka dopiero za sprawą modłów chrześcijan. Rodzice uznali to za cud i ochrzcili się. Gdy dorosła, cesarz Dioklecjan chciał z niej zrobić swoją nałożnicę, lecz mu odmówiła. Uwięziono ją więc i skazano na śmierć przez biczowanie. Przeżyła jednak, dzięki cudownemu uzdrowieniu, ale wtedy powieszono jej kotwicę u szyi i wrzucono do Tybru. I tym razem Bóg ją ocalił. Podobnie było wtedy, gdy oddział łuczników przeszył ją gradem strzał. W końcu kat toporem ściął jej głowę. Wówczas Bóg się nad nią zlitował i pozwolił jej umrzeć. Jej szczątki znaleziono w rzymskich katakumbach dokładnie tysiąc pięćset lat po jej śmierci.

– Straszne – wzdrygnęła się Zosia.

– *What's in a name? That which we call a rose, by any other name would smell as sweet* – powiedziała Marianna. – Szekspir, *Romeo i Julia*, ale znam to tylko po angielsku, a poezji nie odważę się przetłumaczyć.

– „Róża? Jak wygląda róża? Czy to kwiat, a może kamień?" – zaśpiewał Krzysztof, usiłując naśladować głos Ewy Demarczyk.

– No proszę, jaki talent wokalny nam się tu objawił – łaskawie skomentowała nieco fałszywe nuty Marianna.

– „Rodos" to po grecku „róża". Nazwa wyspy pochodzi od plantacji róż, które na niej były.

– Brawo, Zosiu, za to trochę mniej profesjonalne skojarzenie! To i ja odejdę od swojej sztuki i wymienię *Die Rose von Stambul*, wiedeńską operetkę – powiedział Eryk.

– A zanucisz nam jakąś arię? – zapytał Krzysztof.

– Śpiew to twoja domena – odciął się Eryk.

– Cisza, cisza, ja będę śpiewać. – Marianna zaczerpnęła tchu i zanuciła: – Gdzie strumyk płynie z wolna, rozsiewa zioła maj, różyczka rosła polna...

– No i odpadasz! – zawołała Zosia.

– Jak to?!

– Bo to piosenka o stokrotce.

– Niemożliwe!

– Możliwe, możliwe.

– No popatrz, byłam pewna, że skoro polna, to różyczka. Człowiek całe życie się uczy. Teraz Krzysztof.

– Ja też zrezygnuję ze swojej specjalności, to znaczy śpiewania, i powiem wierszyk. – Krzysztof wstał, ukłonił się jak na szkolnej akademii i wyrecytował: – „Nie rusz, Andziu, tego kwiatka, róża kole, rzekła matka. Andzia mamy nie słuchała, ukłuła się i płakała".

– Sam to ułożyłeś? – zapytał Eryk.

– Skądże, to Słowacki, nie poznajesz? – dość zjadliwym tonem odrzekł Krzysztof.

– *Pierścień i róża*! – triumfalnie zawołała Zosia. – Historia księcia Lulejki zakochanego w złej księżniczce Angelice i w końcu żeniącego się ze skromną służącą Rózią, która okazuje się królewną Różyczką.

– Bardzo jasno to wytłumaczyłaś – miękko powiedział Eryk i popatrzył na nią tak, że Krzysztofowi, który przypadkiem pochwycił to spojrzenie, zrobiło się gorąco.

Sypiali z sobą, nie ulegało wątpliwości. Przypomniał mu się plaster antykoncepcyjny na pośladku Zosi. Znów ogarnęła go złość. Miał ochotę wrzasnąć, przewrócić stół, przerwać jakoś tę głupią zabawę, w którą dał się wciągnąć. Usłyszał głos Eryka:

– Wojna Dwóch Róż, czerwonej Lancasterów i białej Yorków.

– *Wojna i pokój* – powiedział automatycznie – Lwa Tołstoja.

Ryknęli śmiechem, a Krzysztof patrzył na nich pytającym wzrokiem. Dopiero po chwili zrozumiał i skrzywił się niechętnie.

– Ktoś tu nie lubi przegrywać – zauważyła Marianna.

Właściwie było mu to na rękę. Niech myślą, że ta ponura mina to na temat przegranej.

– Proponuję uznać, że Zosia i Eryk zajęli *ex aequo* pierwsze miejsce i mają prawo zadać nam każde pytanie, jakie im przyjdzie do głowy – ciągnęła Marianna.

– To ja proponuję, żeby Eryk zapytał o coś ciebie, a ja Krzysztofa – poparła jej pomysł Zosia.

Eryk zgodził się od razu. Miał pytanie, które chciał zadać Mariannie. Nie był z nią bardzo zaprzyjaźniony, widywali się zawsze we troje, a było to coś, o co nie mógł zapytać w obecności Zosi. Wziął kartkę i napisał: „Kim on dla niej jest?". Gdy zobaczył to czarno na białym, pytanie wydało mu się bezwstydne, niemal prostackie. Lecz Marianna już przechyliła się przez stół i wyjęła mu kartkę z ręki.

Zosia wykorzystała moment, gdy wszystkie oczy skupiły się na Mariannie. Nieznacznie wsunęła kartkę, na której napisała „Czy ty ją", pod serwetkę i na nowej nakreśliła szybko: „Kiedy znowu przyjedziesz?". Podała kartkę Krzysztofowi.

– Świetne te czereśnie. – Marianna, zamiast pisać odpowiedź, nałożyła sobie na talerzyk całą garść lśniących owoców i raczyła się nimi dość hałaśliwie.

– Szpaki w tym roku były wyjątkowo łaskawe i trochę mi zostawiły – powiedział Eryk.

Krzysztof machinalnie sięgnął po czereśnie.

– Znakomite – powiedział, nie czując wcale smaku.

A więc nie wiedziała, po co przyjechał. Ucieszyło go to, choć wcześniej też był pewien, że w jej zachowaniu nie było cienia wyrachowania. Dlaczego jednak od niego miała się dowiedzieć o prawdziwym powodzie jego przyjazdu? Od czego miała ojca? „Chciałbym jak najszybciej" napisał i podał jej kartkę.

Zosia rozwinęła ją niecierpliwie i twarz jej pojaśniała.

Nie miał wyrzutów sumienia. Napisał prawdę. Jeśli jutro pan Borucki ustali datę spłaty, zjawi się u niego z wielką radością choćby pojutrze.

Marianna wypluła pestkę, wytarła palce w serwetkę, napisała coś na kartce i podała ją Erykowi.

„To skomplikowane. Przyjdź do mnie jutro na obiad. O 3".

Pokiwał głową i bezgłośnie powiedział: „Dziękuję".

Marianna spojrzała na zegarek.

– Zasiedziałam się. Muszę zadzwonić do matki i ojczyma. Zawsze do nich dzwonię w niedzielę koło południa. Mam na myśli ich południe.

Zosia zrobiła taki ruch, jakby chciała posprzątać ze stołu.

– Zostaw – zaprotestował Eryk. – Będę przynajmniej miał się czym zająć. Odprowadzę was. – Ujął Zosię pod ramię.

Odprowadził ich spory kawałek. Gdy wrócił do domu i zaczął zbierać naczynia, znalazł pod serwetką zapomnianą kartkę. Przeczytał „Czy ty ją" i zamyślił się.

Wracali przez pola, śmiejąc się i żartując. Kiedy Eryk zniknął z ich pola widzenia, Krzysztof odzyskał dobry humor. Wziął pod ręce obie kobiety. Chciał poczuć gładką skórę Zosi.

Odprowadzili Mariannę do jej furtki, a potem, ciasno objęci, szli lipową aleją i całowali się w cieniu słodko pachnących drzew.

Kolacja w towarzystwie pana Boruckiego i pani Zuzanny ciągnęła się w nieskończoność. Krzysztof próbował bawić towarzystwo rozmową, ale myślał tylko o jednym: czy Zosia przyjdzie do niego w nocy.

Niepotrzebnie się bał. Przyszła.

14

Tej nocy Zosia nie zmrużyła oka. Gdy Krzysztof zasnął, owinęła się kocem, usiadła na łóżku i patrzyła na niego. Pasma jasnych włosów na poduszce, szerokie brwi, długie, niemal dziewczęce rzęsy rzucające cień na wklęsłe policzki, rozchylone wydatne wargi. Rozczuliła ją nitka śliny spływająca mu z kącika ust na poduszkę. Szczupłe ramię z jasnymi włoskami, takie same kręcone włoski na podnoszącej się i opadającej miarowo piersi. Długa, wąska stopa wystająca spod kołdry.

O wpół do piątej zgasiła nocną lampkę i cicho wróciła do swojego pokoju. Był już poniedziałek, zwykły dzień pracy. Nie mogła sobie pozwolić na leniuchowanie.

Krzysztof obudził się i po omacku wyciągnął rękę. Miejsce obok było puste. Otworzył oczy i spojrzał na zegarek. Dochodziła dziewiąta. Zaklął i usiadł na łóżku. Z ogrodu dobiegał śpiew jakiegoś ptaka. Szeleściły liście. Gdzieś daleko wrzaskliwie gdakała kura.

Po szybkim prysznicu spakował rzeczy i sięgnął po telefon.

– Tu Doliwa. Pani Joanno, będę za jakieś dwie godziny. Bardzo proszę wysłać kogoś do ksiąg wieczystych, by sprawdził stan hipoteki. Proszę zapisać dane...

Dyktując, podszedł do okna. Powietrze po nocnym deszczu było świeże i przejrzyste. Wszystko błyszczało jak nowe.

Na ścieżce okolonej niskim żywopłotem ukazała się Zosia. W płaskim koszyku, jakie widział tylko w filmach kostiumowych, niosła bukiet kwiatów. Wyglądała tak... dziecinnie. Może dlatego, że była w kolorowych gumowcach, a może z powodu różowej chustki na głowie. Zobaczyła go w oknie, uśmiechnęła się szeroko i pomachała mu ręką, w której trzymała sekator.

Schował telefon do kieszeni, wziął walizkę i zbiegł po schodach. Zosia weszła do domu od strony ogrodu. Postawiła koszyk, zdjęła chustkę, zrzuciła gumowe buty. Podbiegła boso i przytuliła się do niego. W tym momencie zobaczyła walizkę.

– Chyba jeszcze nie jedziesz? – zapytała.

– Niestety, muszę. Porozmawiam tylko z twoim ojcem i będę się zbierał.

– Nie puszczę cię bez śniadania.

Nos jej błyszczał, na czole miała kropelki potu, rękaw rozciągniętego podkoszulka był pobrudzony ziemią i trawą. Odruchowo się cofnął. Miał na sobie biurowy garnitur, nie chciało mu się jechać przebierać do domu.

– Przepraszam, że mnie rano nie było, ale wcześnie wstaję... – I żeby nie pomyślał, że się skarży albo nad sobą użala, szybko dodała: – Chciałam ściąć dla ciebie trochę kwiatów, żebyś wziął do Krakowa... Wiem, że lubisz goździki... Te chińskie mają taki piękny zapach... Jeszcze mieczyki i maki... Krzysiu... Idź do jadalni, a ja się przebiorę i będę za dziesięć minut. Poproszę, żeby pani Jagoda podała ci śniadanie.

Wręczyła mu bukiet, odwróciła się na pięcie i pobiegła na górę.

Pił kawę, gdy Zosia weszła do jadalni. Niewiarygodne, ale dziesięć minut naprawdę jej wystarczyło. Włosy miała jeszcze wilgotne. Pachniała szamponem i malinami.

— Przyjemna praca, zrywać rano kwiaty w ogrodzie — powiedział, nakładając sobie na talerz wielką porcję białego sera.

— Powinnam była raczej, jak Mickiewiczowska Zosia, zbiec po desce w białej sukience i karmić kury. To dopiero by była romantyczna scena.

— Nie lubię kur. Są brudne i śmierdzą. Poza tym poranne chóry drobiu doprowadzają mnie do szału. Ten miód chyba nie jest ze sklepu? Znakomity! — Jadł z apetytem, a Zosia patrzyła na niego zachwycona. — Szkoda, że mnie rano nie obudziłaś.

— O wpół do piątej?

— Co? O której ty wstajesz?

— Latem o wpół do siódmej przyjeżdża samochód po jarzyny. Muszą być świeżo zerwane. Logo Różany na skrzynkach zobowiązuje. No i pozwala uzyskać naprawdę dobrą cenę. Za to zimą się wysypiam.

— Za ciężko pracujesz.

— Jak wojsko nie ma co robić, to myśli o dezercji — zażartowała. — Napij się soku. To z naszych warzyw.

— Na pewno jest pyszny.

— Nie, ale zdrowy.

Nie uśmiechnął się. Jadł szybko, a ona wyłamywała palce rąk ukrytych pod stołem, gorączkowo myśląc, jak przerwać ciężką ciszę.

— Ta Marianna... skąd ona się tu wzięła? — zapytał w końcu.

— Rodzice, to znaczy jej matka i ojczym, kupili dla niej dom pani Mareckiej. Pewnie go pamiętasz, ten uroczy, stary dom z ogrodem tuż obok.

— Tak, wiem, twój ojciec mi mówił. Ale jak to się stało, że się zaprzyjaźniłyście? Jest od ciebie starsza o ładnych parę lat.

— Niecałe jedenaście. Ale wcale tego nie czuję.

— Rzeczywiście, czterdziestu bym jej nie dał. Myślałem, że jest mniej więcej w moim wieku. Pyszna kawa.

– A z tym poznaniem to zabawna historia. – Zosia rzuciła się w wir opowieści, jakby chciała zatrzymać czas i Krzysztofa na zawsze przy tym stole. – Gdy pani Marecka umarła, dom przez ponad rok stał pusty. Miałam klucz do tylnej furtki, bo przychodziłam do niej prawie codziennie. Tak kochała swój ogród, do ostatniego dnia przycinała, nawet podlewała... I nagle po prostu umarła. – Zosia strzepnęła z rzęs pojedynczą łzę. – Jej córka mieszka w Krakowie, niby tak blisko, ale nie chciała się tu przenieść. Zresztą wiesz, jak tu jest jesienią. Pusto, ciemno, nie ma pizzy na telefon ani kablówki. Tak mi to przynajmniej tłumaczyła. I wystawiła dom na sprzedaż. Gdybym miała pieniądze, sama bym go kupiła... – urwała i znów zapadła niezręczna cisza.

– Czasem, rzadko, przyjeżdżał pośrednik z jakimiś ludźmi – podjęła opowieść Zosia. – Ogrodem nikt się nie zajmował. Wydawało mi się, że pani Marecka patrzy z góry i nawet w niebie nie jest szczęśliwa. Któregoś dnia poszłam tam i zobaczyłam, że jej ulubione Apricot Beauty ledwie widać z trawy. Obok White Triumphator i Spring Green walczą o życie, zagłuszone przez mlecze.

– A róże są najbliższe twojemu sercu.

Chciała powiedzieć, że najbliższy jej sercu jest on sam, lecz w świetle dnia, przy śniadaniu, nie przeszło jej to przez gardło.

– To tulipany. Choć Apricot Beauty rzeczywiście pachną jak róże i są herbaciane. Spring Green za to są chłodne, piękne, kremowo-zielone. To stare odmiany, jednak rzadko u nas uprawiane...

– I jak cię znam, zakasałaś rękawy i wzięłaś się do roboty – wrócił do tematu, bo nie miał czasu na słuchanie wykładu o rodzajach tulipanów.

– Nie miałam innego wyjścia. Poza tym nie wyobrażasz sobie, jak wspaniale się czułam, gdy siadałam wieczorem na jej werandzie i patrzyłam, jak kwitną wiśnie, potem stara jabłoń, a potem lipa. Jak żonkile następują po przebiśniegach, a astry po malwach. Czułam wyraźnie, że w drugim fotelu siedzi pani Marecka, patrzy na ogród i uśmiecha się.

– Oj, Zosiu... – westchnął.

Spring Green

– Tak samo wzdychała niania. Dowiedziała się we wsi, że domem interesuje się jakaś Amerykanka. Bardzo stara i bardzo bogata. „Dom zburzą, postawią nam za płotem jakieś paskudztwo z betonu", mówiła. Ale to nie powód, żeby zaniedbać ogród, no nie? Miałam w nim sporo pracy, a że mogłam tam iść, dopiero gdy skończyłam u siebie, to czasem byłam trochę zmęczona... Pod koniec września siedziałam na werandzie, pachniała świeżo skoszona trawa, róże, rumianki, nasturcje, astry... Na chwilę zamknęłam oczy i sama nie wiem, kiedy zasnęłam. Nagle poczułam, że ktoś dotyka mojego ramienia. Od razu pomyślałam o pani Mareckiej. Okropnie się wystraszyłam, nie wiem czemu, bo wiedziałam, że nawet jako duch nie zrobi mi krzywdy. Otwieram oczy i co widzę? Na werandzie z głupią miną stoi pośrednik, a obok dwie kobiety, starsza i młodsza, i ta młodsza mówi: „Przestraszyłam panią. Przepraszam. Jestem Marianna Milejko. A to najpiękniejszy ogród, jaki w życiu widziałam". Czy po takim wstępie mogłyśmy się nie zaprzyjaźnić?

– Tak, tak, Amerykanka, a tak ceni tradycję – powiedział pan Borucki, wchodząc do jadalni. – Nawet meble sobie zostawiła. Zosia nauczyła ją chodzić koło kwiatków i ogród jest teraz wypielęgnowany nie gorzej niż za życia pani Mareckiej.

Serdecznie uściskał Krzysztofa. Zosia, która także wstała, nerwowo mięła zwisający brzeg obrusa.

– Powinniśmy brać z niej przykład – ciągnął pan Borucki. – Tradycja i więzy rodzinne ponad wszystko. Mówi się, że Amerykanie wszystko przeliczają na pieniądze. Tymczasem nawet oni wiedzą, co w życiu najważniejsze.

– Ci, których na to stać, na pewno – mruknął Krzysztof pod nosem.

Pan Borucki miał dobry słuch.

– Nie bądź cyniczny – powiedział surowo. – Nie wierzę, że interesy są dla ciebie ważniejsze niż rodzina, na przykład my.

Krzysztof miał na końcu języka: „Przecież nie jesteśmy spokrewnieni". Nie powiedział tego głośno, jednak pan Borucki wyczytał to w jego oczach.

– Krzysiu! Znam cię od urodzenia! – zawołał.

– To jeszcze nie znaczy, że jesteśmy rodziną.

– Zawsze możemy się nią stać, prawda? Myślisz, że nie wiem, co się dzieje pod moim dachem? – Pan Borucki spojrzał znacząco. – Bierz Zosię i nie mówmy już więcej o pieniądzach.

Zosia zaczerwieniła się aż po białka oczu. Nie było jej z tym do twarzy.

– Pozwoli pan, że porozmawiamy na osobności – grzecznym, lecz chłodnym tonem powiedział Krzysztof.

– Skoro tak, to zapraszam do gabinetu.

Pod Zosią ugięły się nogi. Opadła na krzesło. Bała się, że zemdleje. Upokorzenie mieszało się z gniewem, wstyd z rozpaczą.

Do jadalni zajrzała pani Zuzanna. Gdy zobaczyła swoją wychowankę z oczami pełnymi łez, podeszła, objęła ją i kołysała w ramionach jak kiedyś w dzieciństwie.

– Cicho, dziecko, cicho. Krzyś nie jest taki, żeby cię... żeby nas skrzywdzić.

– Nianiu, to wyglądało tak, jakby ojciec chciał mnie sprzedać... Teraz on... odjedzie... i nigdy nie wróci!

Po twarzy Zosi spłynęła łza. Potem druga i trzecia. Przytuliła się do niani i płakała tak, jakby nigdy nie miała przestać.

15

Zawsze lubił ten plac. Nobliwe, zadbane, świadczące o pozycji domy, wypielęgnowane ogrody za płotami lub murami, spokój, solidność, mieszczański dostatek.

Minął skwer przy kościele Świętego Szczepana. Na trawniku bawiły się dwa małe psy. Ich właścicielki gawędziły na ławce. Zachodzące słońce błyszczało czerwono w oknach domu naprzeciwko. Dochodziła ósma. Przyspieszył kroku. Może Gabrysia nie będzie jeszcze spała. Miał dla niej prezent: misia od Bukowskiego. Miękkiego jak aksamit, z zabawną mordką. Mała będzie zachwycona.

Skręcił w boczną uliczkę. Jeszcze kilkanaście kroków i nacisnął dzwonek w kształcie słoneczka przy ażurowej furtce.

– Tak? – W domofonie rozległ się głos pani Ilony, gospodyni Judyty.

– Krzysztof Doliwa. Dobry wieczór.

Furtka otworzyła się z brzękiem. Gospodyni stanęła w drzwiach domu.

– Dobry wieczór panu! Może pomóc z tym pakunkiem?

– Dziękuję, poradzę sobie. To prezent dla Gabrysi.

— Mała już śpi.

Aż się zdziwił, jak go to rozczarowało. Nie będzie pisku radości na jego widok.

— Jak się czuje?

— Dobrze. Jest bardzo podekscytowana wyjazdem. Widzi, że się pakujemy. Od razu wie, o co chodzi.

— A Judyta?

— Pracuje w gabinecie. Kolacja będzie o wpół do dziewiątej.

— To świetnie. Jestem głodny jak wilk. Od śniadania nic nie jadłem. Pójdę do niej.

Zostawił pudełko z misiem w przedpokoju i zapukał do gabinetu.

— Proszę!

Judyta siedziała przy wielkim biurku zarzuconym papierami. Miodowe włosy lśniły w miękkim świetle lampy. Podniosła głowę i zdjęła okulary. Miała okrągłe niebieskie oczy, które ujmowały jej lat.

— Jak się ma moja ulubiona pisarka? — zapytał Krzysztof, podchodząc do niej.

— Masz na myśli Konopnicką?

— Zgadłaś — zaśmiał się. — Piękny kolor — powiedział, całując ją i gładząc po głowie.

— Mnie też się podoba. Znudziły mi się rudości i brązy. Postanowiłam wrócić do mojego prawdziwego odcienia. Lepiej mi się będzie opowiadało dowcipy o blondynkach.

Wręczył jej bukiet.

— Przepiękny! — Była szczerze zachwycona. — Tyle rodzajów i kolorów, a jaka harmonia. I ten zapach! Pamiętałeś, że lubię maki i goździki. Dziękuję!

— Chińskie goździki są koloru chińskich kredek, zauważyłaś? Miałem kiedyś takie i nie znosiłem ich. Czerwona nie była naprawdę czerwona, ani zielona zielona. Nawet czarna była jakaś bura.

— Pamiętam je — uśmiechnęła się Judyta. — Też ich nie lubiłam. — Spojrzała na zegarek. — Weź sobie coś do picia. Skończę tylko sprawdzać ten rozdział i zaraz do ciebie przyjdę.

Umył ręce, poprawił włosy przed lustrem. Potem poszedł do salonu, nalał sobie sherry, usiadł w fotelu i sięgnął po gazetę.

Na kolację był sznycel wiedeński z młodymi ziemniakami, fasolą szparagową, marchewką i brokułami. Judyta, niewielka amatorka mięsa, poprzestała na jarzynach. Piła białe wino, on czerwone.

– Jak twój wczorajszy wieczór autorski? – zapytał.

– Och, zawsze sobie powtarzam, że mogło być gorzej. Przeczytałam kawałek nowej powieści. Kiedy wyjęłam gruby plik kartek, przez salę przeszedł jęk. Jak ja to lubię! Złapałam się na tym, że drukuję tekst coraz większą czcionką nie tylko po, by czytać bez okularów. W ogóle nie rozumiem, jaki jest sens czytania kawałka kryminału, ale mój wydawca się upiera, że tak musi być.

Krzysztof wiedział, że tak naprawdę uwielbiała te wieczory. Męczyło ją głośne czytanie, jednak zgadzała się to robić, jeśli taka była cena spotkania z ludźmi, którzy czytali jej książki. Nie byłaby jednak sobą, gdyby opowiedziała o tym zwyczajnie: musiała być anegdota i trochę krwi. Była w końcu autorką kryminałów. Krzysztof nigdy nie wiedział, co w tych historiach jest prawdą, a co zmyśleniem, zawsze jednak go zachwycały.

– Szkoda, że mnie tam nie było. Chętnie bym posłuchał.

– Tak ci się tylko wydaje. Gdy skończyłam, w sali panowała martwa cisza. Okazało się, że prawie wszyscy zasnęli. Może powinnam się przerzucić na pisanie bajek dla niegrzecznych dzieci?

– Wykluczone! No i co było dalej? Obudziłaś ich czy po angielsku wymknęłaś się do domu?

– Już po cichu podnosiłam się z krzesła, gdy przypomniałam sobie, że powinnam przecież rytualnie dodać: „Czy ktoś z państwa ma jakieś pytania?". Choć powiedziałam to szeptem, z pięciu osób, które w trakcie czytania nie usnęły, dwie mnie o coś zapytały.

– Ciekawe o co.

– Pani z pierwszego rzędu, z fryzurą przypominającą mop, świdrowała mnie wzrokiem, gdy czytałam. Zastanawiałam się, po co przyszła, jeśli tak jej się nie podoba to, co piszę. Co innego, gdyby padało albo gdyby to był wernisaż z winem i kanapkami...

– Powiedziała, że się jej nie podoba?

– Skądże. To byłoby za proste. Powiedziała: „Oczywiście nie jestem pisarką, jednak uważam, że pani opisy mogłyby być bardziej malownicze. Pisze pani: Zmierzchało. Kropka. I zanim sobie to wyobrażę, akcja już się toczy".

– Ciekawe spostrzeżenie – zaśmiał się. – Co jej powiedziałaś?

– Zawsze w takich momentach przypomina mi się zasada ojca Bocheńskiego, który podobno codziennie sobie powtarzał: „Innocenty, bądź brutalny!". Uśmiechnęłam się jak barrakuda i zapytałam, jak się jej podoba coś takiego: „Zachodzące słońce malowało na niebie pąsowe smugi ciągnące się aż po horyzont. W gorącym powietrzu unosił się słodki zapach mimozy i heliotropów. Śpiew słowika cichł stopniowo w koronie stuletniego platanu. Inspektor Nowak przystąpił do opracowywania szczegółów planowanej akcji. Miał za mało ludzi i zastanawiał się, z obserwacji których podejrzanych może zrezygnować. I jak to w razie niepowodzenia wytłumaczy na odprawie". Bardzo się jej spodobało.

– Nie wątpię.

– Potem zrobiło się zamieszanie, bo wielki facet, wiesz, taki nieszkodliwy wół, ciągnął za rękaw kobietę, wyraźnie próbując ją odwieść od zadania mi pytania. To rozpaliło moją ciekawość do białości i zapytałam słodkim głosem: „Pani na pewno ma jakieś ciekawe pytanie?". Facet się spłoszył, puścił rękaw babona, który wstał i powiedział, że owszem, ma. „Jest pani taka ładna i szczupła i na pewno ma pani wielkie powodzenie u mężczyzn, czemu więc pisze pani kryminały, a nie romanse? Taka brutalna literatura na pewno źle wpływa na pani psychikę i życie rodzinne". No, tego mi było trzeba! Już myślałam, że to stracony wieczór, a tu taka okazja! Uśmiechnęłam się à la Martha Stewart i powiedziałam, że pisaniem zajmuję się tylko od czasu do czasu, bo najbardziej to lubię smażyć naleśniki, cerować ojcu skarpetki i bawić się z piątką dzieci sąsiadki, którym do snu czytam moje kryminały. A co do powodzenia i szczupłości, to najlepiej zilustrują to dwa dowcipy. Tu wszyscy się ożywili, mając nadzieję, że wreszcie będzie śmiesznie. „Do baru wchodzi viagra i mówi: »Stawiam wszystkim«". I zanim się zdążyli roześmiać albo oburzyć, opowiedziałam drugi: „Do apteki wchodzi gruba baba i pyta: »Ma pani jakiś skuteczny środek na odchudzanie?«. »Tak, plastry«, odpowiada farmaceutka. »Świetnie, biorę. A gdzie się je nakleja?« »Na usta«".

Krzysztof głośno się roześmiał.

– Kilka osób zaczęło tak rechotać, że obudziło dużą część śpiącej publiczności i jakiś facet, gwałtownie wyrwany ze snu, wstał, myśląc pewnie, że to już koniec tego okropnego wieczoru. Wszyscy zamilkli i gapili się na niego, więc uznał, że musi coś powiedzieć. Otworzył usta i poruszał nimi jak ryba. Gdybym miała pod ręką tłuczek, bez wahania skróciłabym jego męki. W końcu wydusił z siebie: „Nie zgadzam się ze słowami krytyki pod pani adresem. Lubię pani książki, szkoda tylko, że na zdjęciu w ostatniej wygląda pani na rudą zarozumiałą okularnicę. A przecież nie jest pani ruda i okularów też pani nie nosi. Powinno się coś z tym zrobić".

– No i co ty na to?

– Dawno się przekonałam, że ludzie mają lepsze rzeczy do roboty niż słuchanie odpowiedzi na pytania, które zadali. Spokojnie mogłam powiedzieć: „Ja pana też bardzo lubię". Albo: „Noszę okulary, bo bez nich jestem ślepa jak kret", albo: „Rudą perukę mam w torebce". Obok jednak drzemał przedstawiciel wydawcy i w każdej chwili mógł się obudzić, no i zawsze na sali może być jakiś dziennikarz i jeśli powie się coś zaskakującego, jest szansa, że mu się spodoba i zacytuje. Oczywiście w myśl starej zasady, że nieważne, czy napisze dobrze czy źle, byle wymienił nazwisko.

– I co powiedziałaś? Że wydawca się pomylił i na okładce jest ta zarozumiała zołza, twoja siostra bliźniaczka?

– Niestety nie przyszło mi to do głowy. Powiedziałam: „Dziękuję za komplement. Staram się nie zadzierać nosa, bo mi wtedy spadają okulary". Uff, na szczęście mam to za sobą. Kto to widział organizować spotkanie w mieście w wakacje, do tego w taki piękny niedzielny wieczór. Cud, że w ogóle ktoś przyszedł. Nalej mi brandy i chodźmy do salonu.

Wziął kieliszki i poszedł za nią. Nastawiła płytę i wyciągnęła się na kanapie. Z głośników płynął anielski głos Marii Callas.

— Co to za pakunek w przedpokoju? — zapytała po chwili.

— Prezent dla Gabrysi. Miś. Szkoda, że nie zdążyłem jej dać.

— Dasz jej rano. Bo chyba zostaniesz?

— Miałem nieśmiałą nadzieję, że mi pozwolisz.

— A prezent dla mnie?

— Och, byłbym zapomniał! A więc mąż wraca do domu nad ranem. „Gdzie byłeś?", pyta żona. „Na rybach". „I złapałeś coś?" „Mam nadzieję, że nie".

— Dobre. A ty coś złapałeś?

— Nie mieszam interesów z przyjemnościami.

— Spałeś z nią.

To nawet nie było pytanie.

— Nie żartuj.

— Kłamiesz z dużą wprawą i wdziękiem. A bez kłamstwa prawda skonałaby z nudów i rozpaczy, jak powiedział bodajże Anatole France.

— Pojechałem tam po pieniądze.

— Nos ci się wydłużył.

— To chyba ze zmartwienia, bo wróciłem z pustymi rękami.

— Jak to?

— Zrobili remont kapitalny. Kupili masę antycznych mebli. Dokupili ziemi. Tymczasem dom ledwie zarabia na bieżące utrzymanie. Mają same długi.

— Skąd wiesz?

— Kazałem sprawdzić w księgach wieczystych. Nie tylko ja siedzę im na hipotece.

— I co teraz? Naślesz na nich komornika?

— Potrzebuję tych pieniędzy. I to szybko. W sądzie sprawa może się ciągnąć latami. Jedyna droga to sprzedać dług. Trochę na tym stracę, ale jeśli się uda, pieniądze będą od ręki.

– A co się stanie z nimi?

„Nie interesuje mnie to", pomyślał ze złością.

– Cóż, chyba będą musieli sprzedać dworek. Zostanie im dość pieniędzy na mniejszy dom. Albo na mieszkanie w Krakowie. Ten dom to tylko kula u nogi. Zosia haruje jak wół, żeby jej ojciec mógł się bawić w dziedzica. Zapomnieli o jedenastym przykazaniu: nie żyj ponad stan.

Milczała przez chwilę.

– A co o tym myślą twoi rodzice?

– Nie sądzisz chyba, że się ich radzę w interesach.

– A Kamil?

– To nie jego sprawa. Dotyczy go tylko o tyle, że utopiłem tam swoje prywatne pieniądze, które teraz są mi w firmie bardzo potrzebne.

– Jak bardzo?

– Bardzo, bardzo.

– Zgodnie z zasadą, że kasa świadczy o pozycji menedżera?

– A nie świadczy? Językiem biznesu są pieniądze.

– Słowo „kapitalizm" pochodzi od *caput*, „głowa", nie od „kapitał". Nie chcę się wtrącać, może jednak powinieneś wymyślić coś innego. Poradź się kogoś.

– To zły dłużnik, nie ciężko chory. Nie będę zwoływał konsylium. Sam wiem, co robić.

– Pewnie. Dżyngis-chan też się nie konsultował.

W milczeniu słuchali, jak Callas śpiewa habanerę.

– Co jej powiedziałeś? Nie musisz mi mówić, jeśli nie chcesz.

Zawahał się. W gruncie rzeczy nie był z siebie dumny.

– Zapomnij o mnie i bądź szczęśliwa.

– Żartujesz.

– Nie.

– Dlaczego właśnie coś takiego?

– Bo to dobrze brzmi.

– Jeszcze jedna taka kwestia i uwierzę, że Amerykanie mają rację.

– Nie rozumiem.

– Ich badania dowodzą, że serca kobiet najłatwiej zdobywają wybuchowi, narcystyczni faceci ze skłonnością do wykorzystywania innych.

Gdy szli na górę do sypialni, Judyta nuciła arię z *Carmen*:

L'amour est enfant de bohême,
Il n'a jamais connu de loi;
Si tu ne m'aimes pas, je t'aime,
Et si tu m'aimes, prends garde à toi*.

---

* Bo miłość jak cygańskie dziecię:
Ani jej nie ufaj, ani wierz.
Gdy gardzisz, kocham cię nad życie,
Lecz gdy pokochasz, to się strzeż!
(Georges Bizet, *Carmen*, akt I, przeł. Feliks Schober)

16

Wakacje w Łebie stanowiły coroczny rytuał. Rodzice Judyty zbudowali tam letni dom w czasach, gdy Łeba składała się z plaży, wielkiego poligonu, poniemieckiego pensjonatu-zameczku, małego portu i kilkudziesięciu rybackich domów skupionych przy paru wąziutkich uliczkach. Duża działka położona w sosnowym lesie, tuż przy wydmach, kupiona lata temu za grosze, teraz była warta majątek.

Dom był stary, lecz dobrze utrzymany. Na dole mieściła się kiedyś wielka kuchnia z jadalnią, pokój dzienny i dwie malutkie sypialenki dla gości, ze wspólną mikroskopijną łazienką. Na górze były trzy obszerne sypialnie, łazienka i garderoba.

Gdy ujawniła się choroba Gabrysi, rodzice Judyty przerobili parter. Kuchnia została zmniejszona, stół z jadalni przestawiono do pokoju dziennego, sypialenki połączono drzwiami i powiększono, tak samo jak łazienkę.

Judyta z Gabrysią, nianią i bardzo często z panią Iloną przyjeżdżały tu co roku, już w maju, żeby uniknąć tłumów. Rodzice Judyty wpadali z Warszawy na weekendy, a często spędzali tu z córką i wnuczką cały czerwiec. Ten rok jednak był inny: stan zdrowia Gabrysi nie pozwolił na wyjazd z Krakowa w maju.

Krzysztof spojrzał na pana Mayera. Ojciec Judyty zachował wojskową postawę, choć już dawno przeszedł w stan spoczynku. Wkładał właśnie ostatnią walizkę do przepastnego bagażnika swojego ML 320. Potem podszedł do Krzysztofa.

– Jestem panu bardzo wdzięczny, że zaopiekuje się pan nimi przez ten tydzień. – Mimo nieśmiałych propozycji Krzysztofa, nigdy nie zwracał się do niego po imieniu. – Będziemy z powrotem w poniedziałek, punkt jedenasta – dodał tonem stratega pochylonego nad mapą sztabową.

Krzysztof o mało nie stanął na baczność i nie wykrzyknął: „Tak jest, panie generale!".

Z domu wyszła matka Judyty. Miała niemal tak doskonałą figurę jak jej córka, a siwe nitki w blond włosach dodawały jej dystynkcji. Krzysztof z uznaniem spojrzał na jej kupioną pewnie w Mediolanie albo Londynie sukienkę w naturalnym kolorze lnu i eleganckie szpilki. I pomyśleć, że gdy przyjechał, przywitała go w starych bojówkach i flanelowej koszuli z podwiniętymi rękawami!

Za nią ukazała się Judyta z Gabrysią na rękach. Podszedł i wziął od niej dziecko. Pulchne ramionka od razu oplotły mu szyję. Jedwabiste jasne loczki, między którymi prześwitywała różowa skórka, łaskotały go po szyi. Gdy czasem ją czesał, choćby najdelikatniej, na szczotce zostawały długie pasma. Ze skurczem serca pomyślał o garści leków, które codziennie musiała zażyć.

Państwo Mayerowie wsiadali do auta. Rozległ się zwyczajny w takich chwilach chór pożegnań, ostatnich dobrych rad i życzeń. Mercedes powoli przejechał przez bramę, jeszcze przez chwilę matka Judyty machała i posyłała całusy, aż samochód zniknął za zakrętem.

– Idziemy, mo-rze, szszszszsz... – Gabrysia pokazywała rączką w kierunku plaży.

Przytulił ją delikatnie i pokazał na gałąź, na której jak na zawołanie pojawiła się wiewiórka.

– Popatrz, tam jest wiewiórka. Wie-wiór-ka.

– Wie-rrr-ka – powtórzyła.

– Wiewiórki mieszkają w dziuplach. To takie domki w środku drzewa. Zwijają się w kłębek i przykrywają ogonkami, żeby im było ciepło. Pokazać ci, jak to robią?

– Tak.

Krzysztof pocałował ją w czubek głowy i wniósł do domu.

Gdy wrócił po kwadransie, Judyta siedziała na leżaku pod sosną. Na ziemi koło drugiego leżaka stała szklanka wypełniona lodem i whisky.

– Ty się nie napijesz? – spytał.

– Nie. Zasnęła?

– Tak. Honorata jej pilnuje.

– Jak się obudzi, wezmę ją na spacer nad morze. To pora kolacji, plaża jest wtedy pusta. Pójdziesz z nami?

– Pewnie.

Judyta zamknęła oczy. Ręce zwisały jej bezwładnie z poręczy, lecz wiedział, że nie śpi. Po prostu była u kresu sił. Tak powiedział jej ojciec, gdy przedwczoraj do niego zadzwonił i poprosił, by Krzysztof tu przyjechał.

Krzysztof przyjechałby na każde wezwanie, nawet bez takich dramatycznych akcentów, choć załatwiał właśnie sprawę Różan i powinien siedzieć w Krakowie jak pies przy budzie. W błyskawicznym tempie zakończył najważniejsze sprawy, resztę przekazał Kamilowi. To była dobra strona prowadzenia firmy z przyjacielem: nie musiał mu niczego tłumaczyć. Odebrał zamówioną przez sekretarkę zabawkę dla Gabrysi – komplet foremek do piasku w kształcie różnych zwierząt, zapakowany do czerwonego wiaderka razem z zieloną łopatką i niebieskimi grabkami, spakował dwie walizki, rzucił się na łóżko i zasnął jak kamień. Obudził się przed czwartą, zanim zadzwonił budzik. Prysznic, kawa i o wpół do piątej wsiadł do auta. Szybko przemknął przez śpiące miasto. Na autostradzie było luźno. Zatrzymał się dopiero za Łodzią. Pospiesznie zjadł śniadanie w jakimś motelu. Między jajecznicą a kawą zadzwonił do Judyty, że jest w drodze. Po drugiej był na miejscu. Czekali na niego z obiadem.

Teraz dochodziła piąta. Sączył whisky i czuł, jak rozluźniają mu się napięte mięśnie karku. Powietrze pachniało solą, rybami, żywicą, sam nie wiedział czym, po prostu – wakacjami nad morzem. Korony sosen poruszały się leniwie na tle błękitnego nieba. Przymknął oczy, lecz zaraz je otworzył, bo bał się, że zaśnie. Odstawił szklankę i zdjął sandały. Piasek był ciepły.

– Może położysz się na chwilę? – Judyta poprawiła się na leżaku.

– A ty?

– Muszę zajrzeć do Gabrysi.

Wstał i pomógł jej się podnieść z leżaka.

Gabrysia spała w swoim łóżeczku. Oparta o nie Honorata czytała grubą książkę. Dookoła leżały rozrzucone notatki.

– Wszystko w porządku – powiedziała cicho, gdy stanęli w drzwiach. – Uczę się do egzaminu – dodała, widząc jego pytające spojrzenie.

– Zrobimy sobie krótką sjestę. Obudź nas, gdyby co – szepnęła Judyta.

Honorata pokiwała głową i wróciła do nauki.

Schody na górę skrzypiały. Judyta otworzyła drzwi do swojego pokoju i weszła, nie zamykając ich. Uznał to za zaproszenie i wszedł za nią. Ciężko opadła na łóżko. Ukląkł i zdjął jej fioletowe aksamitne balerinki. Wysypał się z nich piasek. Masował jej stopy, potem łydki. Kolana zdradzały jej wiek bardziej niż wypielęgnowana twarz. Przypomniał sobie gładkie kolana Zosi i natychmiast odsunął od siebie tę myśl. Jakby chcąc się ukarać, przeniósł ręce na jej ramiona i delikatnie je masował. Czuł, jak Judyta stopniowo się odpręża. Przesunął dłonią po jej kręgosłupie. Nagły przypływ pożądania zaskoczył go i trochę zawstydził. Odwróciła się do niego, jakby to wyczuła.

– Uwiedź mnie – powiedziała.

Pragnął jej, ale smutek, którym tchnęła, sprawił, że kochali się melancholijnie, bez zwykłego ognia. Potem, sam nie wiedząc kiedy, zasnął.

Gdy się obudził, nie było jej przy nim. W łazience ochlapał się zimną wodą i zszedł na dół. Honorata właśnie sadowiła Gabrysię w sportowym wózku. Judyta wiązała na głowie jedwabną apaszkę od Hermèsa.

– Chodź, napijemy się kawy w namiocie na plaży – powiedziała na jego widok.

Gabrysia zamachała do niego rączkami i zapiszczała z radości, podskakując w wózku. Jej niebieskie oczy lśniły jak szafir w pierścionku matki.

Szli ubitą ścieżką między sosnami. Gdy piasek stał się zbyt grząski, wyjął dziewczynkę z wózka i wziął ją na ręce. Judyta przeciągnęła wózek przez wydmy i plażę. Zasapani dotarli w końcu do twardego kawałka brzegu, obmywanego falami. Krzysztof postawił Gabrysię na piasku. W milczeniu patrzyli na szarozieloną wodę.

– Mo-rze... szszsz... mo-mo-rze, szszszsz – cieszyła się Gabrysia, kołysząc się na grubiutkich nóżkach.

Na plaży było niewiele osób: najwytrwalsi wielbiciele smażenia się powoli zbierali się do domu, a czas podziwiania zachodu słońca i wieczornych spacerów z psami jeszcze nie nadszedł. Dwa wejścia dalej w stronę miasta stał biały namiot na drewnianym podeście. Ruszyli w jego stronę. Gabrysia szła sama, kołysząc się na boki. Choć miała osiem lat, wyglądała najwyżej na trzy. Od dawna nie urosła ani centymetra. To, co z początku wydawało się czystym nieszczęściem, miało dobrą stronę: nikogo nie dziwiło jej zachowanie, nieporadność, ubogie słownictwo.

Został z Gabrysią na plaży, gdy Judyta poszła kupić kawę. Wypił swoją kilkoma łykami. Potem z siatki przy wózku wyjął wiaderko i uczył dziewczynkę robić babki. W końcu włożył zmęczone dziecko do wózka i ruszyli plażą na wschód. Nieliczni idący w przeciwną stronę spacerowicze mijali ich obojętnie. Szli w milczeniu, tylko Gabrysia opowiadała sobie coś, mamrocząc pod nosem.

Z przeciwka zbliżał się wysoki siwy mężczyzna z korpulentną kobietą opasaną wzorzystym pareo. Towarzyszył im duży pies.

Gdy przebiegał koło wózka, Gabrysia nagle wyciągnęła rączkę. Pies zawarczał i wyszczerzył zęby. Dziecko krzyknęło przestraszone, pies przygiął przednie łapy, uniósł zad i zaczął głośno szczekać. Podbiegli właściciele.

– Nie bój się, to dobry piesek. Na pewno cię nie ugryzie – zagruchała starsza pani i nachyliła się nad wózkiem.

Gabrysia, przestraszona tym nagłym ruchem i obcą twarzą, krzyknęła jeszcze głośniej. Jej prawa rączka zacisnęła się kurczowo na pareo. Zaskoczona kobieta odsunęła się i pareo zostało w rękach dziecka. Stała w białych obcisłych majtkach, wałek tłuszczu wylewał się nad gumką. Jej towarzyszowi udało się wreszcie uspokoić psa.

Judyta klęczała przy córeczce, gładziła ją uspokajająco, przemawiając czule. Piąstki powoli się rozwarły i pareo upadło na piasek. Krzysztof podniósł je i omijając wzrokiem obfite uda, podał kobiecie. Ta już otwierała usta, kiedy towarzyszący jej mężczyzna szepnął jej coś i mamrocząc: „Bardzo przepraszamy", pociągnął ją za sobą.

Poszli dalej, jakby nic się nie stało. Tylko zaciśnięte usta Judyty świadczyły o tym, jak bardzo dotykał ją każdy taki incydent.

Gabrysia chwilami gaworzyła, chwilami drzemała. Po jakimś czasie zawrócili i ruszyli w stronę domu.

– To dlatego nie lubię tu być w lipcu czy w sierpniu. Za dużo ludzi, za dużo spojrzeń – odezwała się nagle Judyta. – Wczoraj jakiś babon krytycznym spojrzeniem zmierzył Gabę i zauważył, że takie tłuste dziecko powinno biegać, a nie jeździć w wózku. A jej towarzyszka, by zagadać jej nietakt, zapytała: „To chłopczyk czy dziewczynka?". „Samo zdecyduje, gdy dorośnie. To wolny kraj", odpowiedziałam.

Krzysztof się roześmiał.

– To mi coś przypomina. Przyjechałeś z pustymi rękami czy masz dla mnie jakiś dowcip?

Nie miał. Rozejrzał się, jakby szukając pomocy albo inspiracji. Majaczący w oddali biały namiot przypomniał mu coś.

– Pewnie, że mam. Koń wchodzi do baru i zamawia piwo. Barman podaje mu kufel i mówi: „Bardzo proszę. Piętnaście złotych". Koń płaci i powoli sączy piwo. Barman w końcu nie wytrzymuje i zagaduje go: „Nieczęsto tu widujemy konie". „Nie dziwię się. Piwo po piętnaście złotych..."

– Kawał z wielką brodą. Poza tym tu piwo po piętnaście złotych nawet konia by nie zdziwiło.

Gdy doszli do swojego wejścia na plażę, ostrożnie wyjął z wózka śpiącą Gabrysię. Westchnęła, na moment otworzyła oczy i ufnie objęła go za szyję. Judyta szła przodem, ciągnąc wózek przez piasek. Mijali ich spacerowicze idący podziwiać zachód słońca. W lesie Judyta się zatrzymała. Ale nie włożył śpiącego dziecka do wózka. Niósł Gabrysię na rękach do samego domu, choć nie była lekka i z buzi wtulonej w jego szyję spływała gęsta ślina. Zanim dotarli do domu, miał mokrą koszulę.

Dni mijały powoli, wypełnione stałymi zajęciami. Codziennie rano widział z łóżka zielone korony sosen na tle szafirowego nieba. Po kawie szli z Gabrysią na plażę. Wracali o dziewiątej. Opiekę nad dziewczynką przejmowała wtedy Honorata. Brał szybki prysznic, przebierał się i szedł do miasta po pieczywo i gazetę. Późne śniadanie jedli na małej werandzie. Potem Judyta pracowała, a on odbywał telefoniczne konferencje z klientami lub z Kamilem, a później szedł popływać. Obiady jadali w pobliskim pensjonacie. Wracali spacerem plażą albo przez las. Czasami wstępowali na lody, czasami całowali się, siedząc na wydmach. Honorata po południu miała wolne, więc bawił się z Gabrysią, huśtał ją w hamaku, opowiadał bajki, śpiewał piosenki. Zaskakiwało go, jak dużo wierszyków i rozmaitych historyjek był w stanie odszukać w pamięci. Pod wieczór, jeśli dziewczynka nie była bardzo zmęczona, szli jeszcze raz na plażę. Często zasypiała już w drodze powrotnej. Judyta nie budziła jej wtedy. Przy pomocy Honoraty ostrożnie ją rozbierała, myła wilgotną ściereczką, zakładała pampersa i układała w łóżeczku.

Koniec lipca był upalny. Krzysztof leżał nago na łóżku. Obok spała Judyta. Przez otwarte okno zasłonięte tylko siatką chroniącą przed komarami dochodził szum sosen. Wstał ostrożnie, narzucił szlafrok i wyszedł na korytarz, cicho zamykając za sobą drzwi. Judyta lubiła się budzić sama. W Krakowie wiele razy wracał w środku nocy do siebie. Na palcach jednej ręki mógł policzyć poranki, gdy budził się w jej łóżku. Nigdy nie widział, jak rano się maluje, siedząc przed lustrem w bieliźnie. Nawet tu spotykali się dopiero przy kawie, gdy była już ubrana i z perfekcyjnym makijażem. Niemal obsesyjnie pilnowała swojej prywatności, co w równym stopniu pociągało go i irytowało.

Chciało mu się pić. Ostrożnie zszedł po skrzypiących schodach. Otworzył lodówkę. Przy padającym z niej świetle nalał sobie szklankę wody. Skoro już był na dole, postanowił zajrzeć do Gabrysi. Spała spokojnie. Stojąc przy jej łóżeczku, widział przez otwarte drzwi pokój Honoraty. Leżała na boku, tyłem do niego. Krótka niebieska koszula nocna podciągnęła się jej do góry. Widział wyraźnie opalone udo i gładki jasny pośladek. Widok tej młodej skóry, a może niebieskiej bielizny, przywiódł mu na myśl Zosię.

Właśnie tego dnia odbył z Kamilem długą rozmowę na temat Różan. Kamil chyba znalazł kupca na jego wierzytelności. „Byłoby świetnie, gdybym się pozbył tego strupa. Będę czekał jutro na telefon".

Zrobiło mu się nieprzyjemnie, gdy to sobie przypomniał, a jeszcze bardziej, gdy sobie uświadomił, co by było, gdyby Honorata się obudziła albo gdyby na dół zeszła Judyta. Cicho wrócił do swojej sypialni.

Nazajutrz jego telefon zadzwonił zaraz po śniadaniu. Judyta właśnie miała iść do siebie i pisać, lecz gdy usłyszała słowo „Różany", dolała sobie kawy i została na werandzie. Krępowało go to, ale nie mógł odłożyć tej rozmowy ani nie chciał rozmawiać po kryjomu. W końcu nie robił nic złego.

– Tak, doskonale pana pamiętam... Ja też... Giełda? Chyba wszyscy przez to przeszliśmy. To jak choroba wieku dziecięcego... Oczywiście, znam ten schemat: bierze się kredyt, kupuje akcje, spłaca odsetki z dywidendy, a gdy spółka wchodzi na giełdę, ma się minimum dwukrotne przebicie. No chyba że giełda się załamie albo spółka na nią nie wejdzie... Ma pan rację, jednak kto ma dostęp do takich informacji... Tak, tylko nieruchomości, ja też nie mam zaufania do wirtualnego pomnażania pieniędzy... Kamil mi mówił, że pokazywał panu papiery i zdjęcia... Tak, jest ujęty w wojewódzkiej ewidencji zabytków... Chyba by pan nie zburzył pamiątki przeszłości narodowej... Ochronie konserwatorskiej podlega tylko bryła budynku i układ kompozycyjny elewacji. Poza tym można go wydrążyć jak dynię i włożyć do środka, co się chce... Cóż, szkoda by było, bo ogród jest ładny, ale sam pan zdecyduje... Myślę, że bankowe wierzytelności wykupi pan bez trudu... Ma pan rację, ale też nigdy nie jest tak drogo, żeby nie mogło być drożej... Kot w worku? Zapewniam, że to kot z rodowodem... Znakomicie, we wtorek o dziewiątej u mnie w biurze.

Z ulgą zakończył rozmowę i zwrócił się do Judyty:

– Przepraszam cię. Musiałem odebrać. Jak słyszałaś, chyba mam kupca. Ach, byłbym zapomniał! W piekarni stanął za mną jakiś facet i głośno gadał przez komórkę. Słyszałem nawet jego rozmówcę, który powiedział: „Żeby zmniejszyć rachunki za ten telefon, mogę panu jedynie zasugerować zmniejszenie ilości wykonywanych połączeń". Facet na to: „Aha. A na czym to polega?".

– Zaraz to sobie zapiszę. Dziękuję. A co do tej rozmowy...

Westchnął mimowolnie.

– Krzysztof, nie chcę moralizować. Ale nasuwa mi się staroświeckie powiedzenie: pieniądze to nie wszystko.

– Ja też znam wiele różnych powiedzonek. „Ucinaj straty szybko, a zyskom pozwól rosnąć" albo „Chciwość to dobra rzecz" – próbował obrócić wszystko w żart.

Na chwilę zapatrzyła się w dal.

— Jak to powiedział Orwell o tym, w jaki sposób człowiek utwierdza władzę nad innym człowiekiem? Coś w rodzaju: Posłuszeństwo nie wystarczy. Każe mu cierpieć. — Wstała. — Wracam do kieratu. Wymyśliłam tytuł dla mojej nowej książki: „Trumna nie ma kieszeni". Inspirujesz mnie.

17

— Stołówka studencka? Musisz aż tak oszczędzać? — zrzędliwym głosem zapytała Marianna.

— Nie marudź. Wiesz, skąd się wzięli Szkoci?

— Nie mają pól kapusty ani bocianów, więc zapewne znajduje się ich na wrzosowiskach.

— Nie zgadłaś. To krakowianie wygnani z miasta za rozrzutność.

— Nie mam siły się śmiać. Nóg nie czuję.

— To dwa kroki stąd. Musisz to zobaczyć. Chodziłam tam na obiady w studenckich czasach. Stołówka rolnicza.

— I czym tam karmią? Sianem? A poza tym są wakacje i będzie zamknięta.

— Nie, zamykają tylko na tydzień, żeby pomalować.

— No to nas nie wpuszczą. Ja na pewno nie wyglądam na studentkę. Niestety. Chyba nie sądzisz, że cię pamiętają?

Wbrew obawom Marianny nikt nie żądał legitymacji studenckich. W środku było niewiele osób. Marianna zauważyła menu wywieszone na ścianie i skierowała się w tamtą stronę.

— Szkoda czytać, bierzemy zestaw — zarządziła Zosia.

Kobieta przy kasie spojrzała na nie. Podejrzliwie, jak się wydało Mariannie.

– Panie studentki – powiedziała bezbarwnym tonem. Widocznie z góry uznała pytanie za retoryczne. – Pięć pięćdziesiąt.

– Niewiarygodne – szepnęła Marianna, gdy z tacami usiadły przy stoliku. – Zupa wygląda nadzwyczaj apetycznie.

Rzeczywiście, grzybowa była prawie tak dobra jak ta, którą gotowała niania Zosi: aromatyczna, o pięknym złotawym kolorze i ze sprężystymi łazankami. Kasza z gulaszem i surówką też ich nie rozczarowała.

– Jak kiedyś zbankrutuję, to będę tu stale jadać – oświadczyła Marianna, gdy wyszły. – Och, Zosiu, przepraszam, jestem taka bezmyślna!

– Coś ty. Powiedziałaś prawdę: jedzenie jest okej, a ja jestem bankrutem.

– Nie dramatyzuj. Sytuacja jest wprawdzie niewesoła, ale ma też dobre strony.

– Tak? Wymień trzy.

– Po pierwsze, nie macie już długów. Po drugie, macie dość pieniędzy na urządzenie się w Krakowie. Po trzecie...

– Tak?

– Po trzecie, pan Doliwa pokazał swoje prawdziwe oblicze. Twój rycerz na białym koniu przybył po to, żeby cię wyrzucić z domu... Ojej, chyba nie będziesz płakać?

– Na pewno nie – Zosia pociągnęła nosem.

Już za dużo nocy przepłakała.

– Wiesz co, zagrajmy w totolotka. Może trafimy szóstkę?

– Marianna, nie bądź dzieckiem. Poza tym niania mnie nauczyła, że się nie gra w niesprawiedliwe gry.

– To znaczy jakie?

– W których wszyscy przegrywają, by jeden mógł wygrać.

– Zawsze powtarzam, że to bardzo mądra kobieta. Nie istnieje sposób na wygranie, ale na nieprzegranie już tak: wystarczy nie grać.

– Pewnie, lepiej się w nic nie angażować. Niczego się nie straci. Złudzeń, na przykład.

Taka gorycz nie pasowała do Zosi. Marianna rzadko nie wiedziała, co powiedzieć, i to był właśnie taki moment.

Przed dość ponurą kamienicą czekał na nie pośrednik. Zosia podpisała papier dotyczący prowizji i zobowiązanie, że nie kupi pokazanego jej mieszkania za plecami biura nieruchomości.

Marianna się rozejrzała. Naprzeciwko był szpital. Onkologiczny. Miała nadzieję, że mieszkanie okaże się brzydkie, bo nie było to dobre sąsiedztwo.

Pośrednik nacisnął przycisk domofonu i odezwał się męski głos. Weszli na schody. Mogłyby się na nich rozgrywać końcowe sceny filmu, w którym bohater ginie, spadając z ostatniego piętra. Marianna odruchowo odsunęła się od stanowczo za niskiej poręczy. Na drugim piętrze miała ochotę przywrzeć plecami do ściany i dalej iść z zamkniętymi oczami, a jeszcze lepiej zawrócić. Zerknęła na Zosię. Ta spokojnie rozmawiała z pośrednikiem, który perorował, zachwalając mieszkanie, jakby chciał odwrócić jej uwagę od otoczenia. Gdy Marianna z całych sił starała się opanować, by z wrzaskiem nie zbiec na dół, schody uległy gwałtownej przemianie. Na jeszcze gorsze. Niska poręcz i ziejąca między schodami ogromna czarna dziura zostały w tyle. Schody kończyły się podestem, z którego pod kątem prostym odchodziły mniejsze schodki, klaustrofobicznie wąskie i strome. Kiedyś musiały prowadzić na strych. Na końcu zajaśniało ostre dzienne światło: gospodarz otworzył drzwi i czekał na nich.

Dalej już było tylko lepiej. Wielki salon połączony z kuchnią, oświetlony nie tylko dzięki ogromnym drzwiom balkonowym, ale i oknom w dachu. Trzy duże sypialnie, wysoka łazienka z oknem i widokiem na okoliczne dachy. Dwa balkony z wiklinowymi meblami, zarośnięte dzikim winem.

– No i co myślisz? – cicho zapytała Zosia.

– Ja mogłabym lądować na miotle bezpośrednio na balkonie, ale co będzie z twoim ojcem i panią Zuzanną? A twoich mebli na pewno nie uda się tu wnieść.

– Nie jest tak źle – zaoponował właściciel, który usłyszał ostatnią kwestię. – Nie takie rzeczy jak meble wciągaliśmy tu na linach bezpośrednio z podwórza.

– Chodźmy stąd – szepnęła Marianna, choć myśl o zejściu schodami napawała ją grozą. – Pomyśl, jaki tu wieczorem będzie upał, gdy dach się nagrzeje.

Zosia jeszcze raz spojrzała na mieszkanie i pokiwała głową. Obiecała właścicielowi i pośrednikowi, że się zastanowi i do jutra da im znać. Konieczność uzyskania zgody nieobecnego ojca była znakomitą wymówką.

– Przecież możesz powiedzieć po prostu, że ci się nie podoba – złościła się Marianna, gdy szły oglądać następne mieszkanie. – Po co się tłumaczysz? To twoje pieniądze i to ty tam będziesz mieszkać.

– Wiem, ale nie chcę sobie zamykać żadnych dróg. Co będzie, jeżeli nie znajdę nic lepszego?

– Zamieszkasz w psiej budzie, bo musisz się wyprowadzić z domu? Mówiłam ci sto razy, że możecie się przenieść do mnie. Miejsca jest dość.

– Jestem ci za to bardzo wdzięczna. Kocham twój dom jak własny. Ale nie wiem, czy potrafiłabym tam mieszkać, patrzeć na swój stary i nie móc do niego wejść.

– Wiem. – Marianna objęła ją ramieniem. – Szlag mnie trafia, gdy myślę o tym wszystkim. Ten cały Krzysztof. To świnia!

– Nie mów tak. Ma prawo upominać się o swoje pieniądze. Pożyczył ojcu bez procentu, kilka razy godził się na przesunięcie terminu spłaty. Naprawdę zrobił więcej, niż można by się spodziewać.

– To, że moja matka odmówiła pożyczki, to mnie nie dziwi, ale...

– Marianna, proszę cię. Nie wzięłabym pieniędzy od nikogo. Ani od ciebie, ani od Eryka. Nigdy nie udałoby mi się ich zwrócić. Może nie jestem szczególnie lotna, ale liczyć umiem.

Marianna uścisnęła ją mocno.

– Zosiu, jesteś odważna, silna, wspaniała, dobra. Umiejętność liczenia jest bardzo ważna, ale to ostatnia z długiej listy twoich zalet.

Obejrzały jeszcze dwa mieszkania. Jedno gorsze od drugiego, jak oceniła Marianna. Zmęczone usiadły na Plantach w kawiarnianym ogródku. Zamówiły mrożoną herbatę. Zosia wyjęła listę mieszkań i odfajkowała dzisiaj obejrzane, opatrując każdą pozycję krótkim komentarzem.

– Nie zapomnij przy tym z Garncarskiej dać uwagi o konieczności kupienia helikoptera w pakiecie – powiedziała Marianna. – Napiłabym się czegoś konkretnego – dodała z wahaniem.

– Zamów sobie coś, ja mogę prowadzić.

Marianna zamówiła deskę serów, szarlotkę i karafkę wina.

– Ile jeszcze dziś oglądamy?

– Dwa – odrzekła Zosia. – Niedaleko stąd. W grę wchodzi tylko centrum. Wiesz, że ojciec nie mógłby mieszkać w blokowisku. Prawdziwy Kraków to małe miasto. Szkoda, że nie możemy wrócić do naszego starego mieszkania na Stradomiu.

– Pokaż mi opisy – poprosiła Marianna.

Czytała przez chwilę, a potem ze zdziwieniem spojrzała na Zosię.

– Czemu nie zaczęłyśmy od tego?! – wykrzyknęła. – Chodzimy już któryś dzień po mieście w okropnym upale, oglądając jakieś nory, a taką ofertę zostawiasz na koniec?

Zosia się zaczerwieniła. Nie udało się jej niczego wymyślić, więc powiedziała prawdę.

– Bo to na Lea.

– To co? To jakaś ruchliwa arteria? Nieciekawe sąsiedztwo?

– Nie, nie. Tylko na sąsiedniej ulicy mieszka Krzysztof. A niedaleko Judyta Załuska.

Szybko sięgnęła po szarlotkę i jadła ją pilnie, nie podnosząc oczu.

– A więc zgadłam. Nieciekawe sąsiedztwo.

Marianna piła wino. Sery, których żadna nie tknęła, smętnie obsychały na desce poznaczonej plamami tłuszczu.

– Dzięki tym wyprawom przynajmniej lepiej poznam Kraków – powiedziała w końcu Marianna. – No, komu w drogę...

Zosia uśmiechnęła się niewyraźnie w odpowiedzi. Była spięta i wyglądała, jakby w duchu modliła się żarliwie, by mieszkanie okazało się okropne.

Nie tylko Mariannie ten opis się spodobał. Ojciec przestudiował listę i dwa razy podkreślił ten adres. Sąsiedztwo Krzysztofa uznał za zaletę mieszkania.

– Będzie mógł wpadać jak za dawnych lat i wszystko jakoś znów się ułoży. Byłem na niego wściekły, teraz jednak myślę, że może miasto na stare lata to nie taki zły pomysł. Żyliśmy tu trochę jak pustelnicy. Odnowię stare znajomości... A że tracimy dwór... Trudno, nie takie straty ponosił nasz ród. – Mrugnął do Zosi. – Trzeba będzie zmienić styl życia, ale potrafimy i to. Już Długosz pisał, że ród Rola to „mężowie prości, gustujący w umiarze". I tobie się coś należy od życia. Będziesz mogła gdzieś wyskoczyć, choćby z Krzysztofem, mówił mi nieraz, że za ciężko pracujesz.

Ku rozpaczy Zosi mieszkanie okazało się najlepsze ze wszystkich, które oglądały. Zajmowało całe piętro w porządnej jednopiętrowej oficynie. Okna wychodziły na sąsiednią cichą uliczkę i na zadbane podwórze z dużą lipą i klombami, na których kwitły fioletowe floksy i michałki, różnokolorowe cynie, nasturcje i astry.

– Nie ma balkonu – kręciła nosem Zosia. – Marzyłam o balkonie z dzikim winem i skrzynkami kwiatów.

– Z drugiej strony po ścianie pnie się dzikie wino – powiedział pośrednik. – A na parapetach zmieszczą się skrzynki z kwiatami.

– Wymaga remontu.

– Dlatego cena jest dużo niższa niż innych mieszkań w tej okolicy. To prawdziwa okazja. Właściciel chce je szybko sprzedać. Nie ma czasu czekać, aż kupujący dostanie kredyt. A pani mówiła, że dysponuje gotówką... Oficyna jest z przełomu lat czterdziestych i pięćdziesiątych. Porządna cegła, przedwojenna wysokość mieszkania... Nad nim jest tylko strych. Gdyby kiedyś potrzebowała pani większego metrażu, można go kupić i zrobić drugi poziom. Jest też duża piwnica. Pokazuję to mieszkanie dopiero od tygodnia. Jeszcze nikt się nie zdecydował, oczekuję jednak ofert w każdej chwili. Jeśli się pani podoba, radziłbym szybko podjąć decyzję.

Zosia bezradnie spojrzała na Mariannę. Mieszkanie było piękne, świetnie położone, nawet konieczność remontu była zaletą: można je było przystosować do różnych potrzeb trojga przyszłych lokatorów.

Marianna przejęła inicjatywę.

– Czy mogłybyśmy tu pobyć godzinkę i się zastanowić?

Pośrednik zawahał się, ale po krótkim namyśle kiwnął głową.

– Tylko kluczy nie mogę paniom zostawić, nie jestem do tego upoważniony.

– To nie jest konieczne.

– W takim razie wracam za godzinę.

Po wyjściu pośrednika Zosia jęknęła:

– Co teraz będzie? Nie mogę sama podjąć decyzji!

– Wiem. Zadzwoń do ojca i poproś, żeby tu przyjechał z panią Zuzanną. Nie dyskutuj, tylko dzwoń.

Zosia zadzwoniła do domu. Potem ciężko usiadła na starym stołku, jedynym meblu w całym mieszkaniu.

Tymczasem Marianna spacerowała po pokojach. Po chwili wróciła do Zosi.

– Gdy się kupuje, zawsze jest za drogo – powiedziała sentencjonalnie. – Można kupić trzy razy taniej w Nowej Hucie, ale po co. – Przez ostatnie tygodnie pilnie śledziła krakowski rynek nieruchomości i wiedziała, co mówi. – Zosiu, to świetne mieszkanie za naprawdę dobrą cenę. – Gestem wskazała pokój. – Wyjątkowo ustawny – oceniła. – Tu możesz postawić kanapę i fotele. Ta ściana świetnie się nada do powieszenia obrazów z salonu. Stół tutaj. Kuchnia jest za duża. Sama zobacz. Trzeba przestawić

Blue Heron

tę ścianę. Dzięki temu wygospodarujesz dodatkową łazienkę dla niani i dla siebie, pod warunkiem że zajęłabyś tę sypialnię, a pani Zuzanna tę. A ta łazienka byłaby dla twojego ojca i dla gości. – Wyciągnęła ją na schody. – Zobacz, jakie ładne. I czyste. A na półpiętrze możesz przechowywać rośliny przez zimę. Na wiosnę pięknie by tu wyglądały skrzynki z Blue Heron.

Blue Heron... Zosia ujrzała w wyobraźni swój ogród. W marcu pod starą jabłonią kwitły białe zawilce i liliowe psie zęby o nakrapianych liściach. Potem małą skarpę pokrywały kępy żonkili, czerwono-żółtych tulipanów i pomarańczowych laków. Wśród srebrzystolistnej bylicy i białych bratków posadziła perłoworóżowe tulipany Esther oraz Blue Heron o postrzępionych liliowych płatkach. Już nigdy ich nie zobaczy.

18

Nigdy nie kupili psa. Same się znajdywały, wybierały ich i zostawały na zawsze.

Pierwszy był As. Zosia, która chodziła wtedy do pierwszej klasy, znalazła go na skwerze koło domu w ponury listopadowy dzień. Miał zmierzwioną i pozlepianą błotem sierść. Siedział skulony pod ławką i nie miał siły uciekać ani się bronić, gdy go spod niej wyciągała. Ważył coś tylko dlatego, że jego sierść była nasiąknięta wodą. Niosła go w ramionach, szepcząc mu do ucha, że się nim zaopiekuje.

Weszła do domu, ociekając brudną deszczówką. Pani Zuzanna już otwierała usta, by kazać jej odnieść psa, tam gdzie go znalazła, gdy ze zmierzwionego kłębka wyjrzały przeraźliwie smutne brązowe oczy. Druga para oczu, niebieskozielonych, patrzyła na nią błagalnie.

As wyrósł na wesołego, wyjątkowo brzydkiego psa, trochę podobnego do przerośniętego jamnika szorstkowłosego, trochę do pudla, trochę do teriera i jeszcze do paru ras. Rozpieszczany, kochał wszystkich domowników, ale świata nie widział poza Zosią. Pięć lat później, podczas wakacji w Białce, zaraził się jakąś chorobą od miejscowych kundli i umarł mimo wysiłków wete- rynarza. Pochowali go w pobliskim lesie. Zosia chodziła tam co- dziennie z bukiecikiem. Opłakiwała go rzewnymi łzami i powta- rzała, że już nigdy nie chce mieć innego psa.

Nie minęły dwa lata, gdy w rodzinie pojawił się Troj. Pojechali na zimowe ferie do Bukowiny. Po podwórku gaździny, u której wynajmowali pokoje, plątały się dwa chude kundle. Ku irytacji gospodyni goście z miasta regularnie je dokarmiali. Pani Zuzan- na odbyła z nią zasadniczą rozmowę, tłumacząc i prosząc, by na- prawiła dziurawy dach nędznej budy, w której mieszkały psy. Ko- bieta nie rozumiała, o co chodzi. Dla niej to były tylko psy.

Pani Zuzanna, mrucząc pod nosem coś o okrutnych dla zwie- rząt góralach, obeszła wieś i znalazła inny pokój. Jednak i tam nie mieli spokoju. Pies za płotem ujadał i wył niemal bez prze- rwy. W końcu doprowadzona do ostateczności pani Zuzanna wy- brała się do sąsiadów z wizytą-wizytacją.

– Hej, pani – uśmiechnął się góral, prezentując poważne bra- ki w uzębieniu – co jo mom z tym psem. Nic ino by zorł. Pozy- tku z niego zodnego. Trza bedzie siekiere broć... – wykonał su- gestywny gest.

– To jeszcze młody pies. Nie szkoda panu?

– Podoba się? To niech go bierze. Jo mom miękie syrce i za- bijać nie lubie.

Pani Zuzanna przypomniała to sobie, gdy zawijała w kocyk zimne ciało Troja. Zosia zarządziła już wykopanie dołu w kącie ogrodu. Przygotowała też krzak róży o rdzawobrązowych kwia- tach, w kolorze sierści Troja, który chciała posadzić na jego grobie.

Był stary. Ile mógł mieć lat? Siedemnaście, może nawet osiem- naście... Był z nimi, z nią, poprawiła się w myślach, przez szesna- ście lat. Dał jej tyle radości... Zostanie tu na zawsze.

Stali we troje nad grobem Troja. Pani Zuzanna i Zosia jaw- nie szlochały, obejmując się ramionami. Pan Borucki ukradkiem ocierał łzy. Płakali z powodu utraty domownika, ale także nad sobą. Świadomość, że nigdy tu nie wrócą, przytłaczała ich ser- ca jak kamień.

Sierpień stał się miesiącem pożegnań. Pani Radłowska znalazła pracę w Krakowie – u znajomych pana Boruckiego i z jego polecenia. Umówiła się z Zosią, że będzie przychodzić na Lea dwa razy w tygodniu, żeby posprzątać i pomóc w gospodarstwie. Agata, jej córka, rozpłakała się, gdy wsiadała do wozu meblowego.

Pan Borucki nadzorował prace w nowym mieszkaniu.

– Na szczęście remont robi były uczeń taty – opowiadała Mariannie Zosia. – Jakiś czas temu liceum, w którym uczył, obchodziło jubileusz. Odnowił wtedy stare znajomości i nazbierał masę wizytówek: architekt, prawnik, lekarz, wicedyrektor urzędu miejskiego. Przede wszystkim jednak właściciel firmy remontowo-budowlanej, pan Jacek Chałasiński. Wspólnie z architektem, też byłym uczniem ojca, opracowali plan.

Zosia rozłożyła na stole arkusz papieru.

– Jak widzę, nie tylko w Dniu Nauczyciela fajnie jest być nauczycielem – powiedziała Marianna i pochyliła się nad planem. – Co jest tu, przy drzwiach?

– Mała garderoba, a obok spiżarnia. Nie dało się jej wygospodarować przy kuchni, ale niania i tak jest zadowolona. Popatrz – pokazała palcem – podsunęłam im twój pomysł i będę miała wspólną łazienkę z nianią. Ma wejścia z naszych pokoi. Tak jak wymyśliłaś, goście będą korzystać z łazienki ojca.

– Kuchnia jest otwarta na jadalnię?

– Skądże. Niania się nie zgodziła. Mówi, że to dobre tylko w tych domach, w których odgrzewa się w mikrofali obiady kupione na tackach w supermarkecie.

– Ma rację – uśmiechnęła się Marianna.

– Powiedziała, że jeśli chcemy jeść bigos i placki ziemniaczane, drzwi muszą być. No i będą, z matowego szkła, żeby w jadalni było dzienne światło.

– Dobry pomysł. To mi przypomina, że upiekłam dziś babeczki. Spróbujesz?

– Pewnie.

Marianna weszła do domu, a Zosia wyciągnęła się na fotelu, zamknęła oczy, słuchała brzęczenia owadów i wdychała nieporównywalny z niczym zapach świeżo skoszonej trawy.

– Wyglądasz jak wtedy, gdy pierwszy raz cię zobaczyłam – powiedziała Marianna, wracając na werandę. Postawiła na stole porcelanowe garnuszki z herbatą i koszyk z babeczkami. – Te są z czekoladą, te z wiśniami, a to marchewkowe.

– Trzy lata temu – westchnęła Zosia. – A wydaje mi się, że znam cię od zawsze.

– Pamiętasz, jak siedziałyśmy tu w noc świętojańską?

– Wywróżyłaś mi wtedy, że będę mogła wszystko zacząć od nowa i spełnią się moje marzenia. Trochę inaczej to sobie wyobrażałam.

– W amerykańskiej szkole wpajano mi, że dobre uczynki i ciężka praca są gwarancją szczęścia, które należy się każdemu. No jedz. To nasze chwilowe szczęście.

Zosia zapatrzyła się w dal.

– Gdy byłam mała, uwielbiałam oglądać z ojcem albo z nianią albumy ze starymi zdjęciami. Zawsze gdy dochodziliśmy do zdjęć dworu w Różanach, czekałam na pytanie: „Chciałabyś tam mieszkać?", i zawsze odpowiadałam tak samo: „Tak. A kiedy to będzie?". „Jeszcze nie teraz, ale kiedyś na pewno". Wierzyłam w to wtedy bez zastrzeżeń. Szczególnie lubiłam zdjęcia ogrodu: stara altana z kratkami, po których pięły się glicynie, elegancko wygrabione ścieżki okolone niskimi bukszpanowymi żywopłotami, dziadek siedzący na wiklinowym krześle pod lipą, babcia w koronkowych rękawiczkach i kapeluszu z szerokim rondem ścinająca róże... Nie wiedziałam oczywiście, że z tego wszystkiego została tylko lipa. Gdy niania mi czytała *Tajemniczy ogród*, miałam przed oczami tamte widoki. Wyobrażałam sobie siebie w moim własnym zaczarowanym ogrodzie.

– Zrobiłaś z niego prawdziwe cudo – cicho powiedziała Marianna.

– Jakie to dziwne – ciągnęła Zosia, jakby jej nie słyszała. – Gdy się przeprowadzaliśmy, nie pamiętałam o tych dziecięcych marzeniach. Byłam nieszczęśliwa, bo to oznaczało rozłąkę z Krzysztofem. Sama nie wiem, kiedy... kiedy tak się przywiązałam do tego miejsca.

Głos się jej załamał. Spuściła głowę, a gdy ją podniosła, w oczach miała łzy.

– Gdzie zrobiłam błąd? – zapytała. – Czy nie pracowałam dość ciężko? Dlaczego straciłam dom? Człowiek bez domu egzystuje, ale nie żyje.

– Masz nowy dom.

– Łatwo ci mówić. Przyjechałaś tu i od razu byłaś jak u siebie. Nie każdy tak szybko się aklimatyzuje. Ja nie chcę zaczynać od nowa. Nie potrafię się nie przywiązywać. Cenię trwanie. Niczego nie chcę się pozbywać. Chcę mieć to, co mam, i móc się o to troszczyć. Wiedzieć, że to jest raz na zawsze.

Marianna objęła ją ramieniem i kołysała lekko. Co mogła powiedzieć? Nie pocieszyłaby Zosi, mówiąc, że jej samej ojczym kupił dom i odkąd wyjechała, płaci jej wysoką pensję, a w zamian chce tylko jednego: aby trzymała się z daleka.

– Dużo bym dała, żeby nic się nie zmieniło. Żebyś wpadała na herbatę tak jak dziś. Ale, Zosiu, ty już dokonałaś wyboru. Nie trać czasu na rozpacz, ciesz się tym, co wybrałaś.

– Cieszyć się? Jestem przerażona! Śmiertelnie przerażona!

– Czego się boisz?

– Boję się... wszystkiego. Spędziłam tu całe swoje świadome, dorosłe życie! Jak to będzie, kiedy mnie tu nie będzie?

„Chciałabyś żyć w krainie wiecznego teraz, bez przeszłości i bez jutra – pomyślała Marianna. – Jesteś jeszcze dzieckiem".

Wiedziała jednak, że filozofowanie nie pocieszy przyjaciółki. Lepiej zastosować coś doraźnie przytępiającego ból.

– Napijesz się? – zapytała. – Oczekuję, że odpowiesz „z tobą zawsze".

– Z tobą zawsze.

Marianna poszła po whisky.

Piły w milczeniu.

– Były dziś u ciebie dzieci? – Zosia postanowiła nie użalać się więcej nad sobą.

– Tak. Te babeczki to resztka porannego wypieku godnego sieciowej piekarni. Schowałam je w spiżarni i tylko dlatego ocalały.

– I jak akcja „Pies też człowiek"?

– Dziękuję, dobrze, jestem biedniejsza o sto osiemdziesiąt złotych. Siedem psów było przyzwoicie traktowanych przez cały miesiąc, a jak wiesz, płacę dychę od sztuki.

– A pozostałe sto dziesięć złotych?

– To premie. Wypłacam co miesiąc tym, w których domu zrezygnowano z trzymania psa na łańcuchu.

– Jak długo masz zamiar to robić?

– Będę płacić, dopóki będą się do mnie zgłaszać po obiecaną nagrodę. Przestanę, gdy zrozumieją, że porządna buda bez łańcucha, woda w misce i dobre traktowanie należą się psu jak chłopu ziemia.

Zosia pomyślała o Troju. I szybko odsunęła od siebie tę myśl. Tylko tego brakowało, żeby się tu rozryczała.

– Może szybciej by to szło, gdybyś porozmawiała z ich rodzicami? – zmusiła się do kontynuowania rozmowy.

– Żartujesz? Ich rodzice to ci z klubu dyskusyjnego na ławce przed sklepem. Praca z nimi byłaby gorsza niż robota przy azbeście. Gdy jednemu zwróciłam uwagę, że pies powinien mieć stale świeżą wodę w czystej misce, popatrzył na mnie jak na wariatkę i warknął: „Psy nie piją".

– Niemożliwe!

– Oj, możliwe, możliwe. Rozmowa z nimi o dobrostanie zwierząt to jak dyskusja z eunuchami o seksie.

Zosia nawet się nie uśmiechnęła. Marianna gorączkowo myślała, czym by ją rozbawić.

– Skoro mowa o seksie, to wczoraj, pijąc szklankę zimnej wody przed snem, przypomniałam sobie angielskie powiedzenie, a może to jakiś cytat, że namiętność jest dobra dla nastolatków i cudzoziemców, i ułożyłam listę pożytków z samotnego spania. Wiesz, my, Amerykanie – mrugnęła do Zosi – uwielbiamy robić listy.

– No i co na niej masz?

– Nie muszę sypiać w tych niewygodnych koszulkach z koronkowymi ramiączkami, które w nocy wrzynają się w ciało. Mogę wieczorem zmyć makijaż. Nie muszę myć głowy wieczorem, jeśli wolę umyć rano. Mogę po przebudzeniu puścić bąka.

– Nie muszę trzymać pod poduszką gumy do żucia, żeby mieć świeży oddech – dodała Zosia.

– Mogę czytać w łóżku, nawet do rana.

– Nie muszę się zastanawiać, czy przypadkiem nie chrapałam.

– Nie muszę gwizdać przez pół nocy, żeby on przestał chrapać.

– Nie muszę... Nic mi już nie przychodzi do głowy – przyznała Zosia.

– Nic dziwnego. W twoim wieku... No to wypijmy za to.

Wypiły. Powoli zapadał zmierzch. Na ultramarynowym niebie pojawiła się zamglona złota kreseczka księżyca, a po chwili powoli zrobił się z niej cienki złoty rożek.

– Czujesz? – zapytała Zosia. – Rzeka, łopiany i wiklina. Jutro będzie padać.

– Nie mam zwyczaju przejmować się jutrem.

– Spróbuję brać z ciebie przykład.

Zosia zamknęła za sobą furtkę ogrodu Marianny. Nie chciała, by przyjaciółka ją odprowadzała. Szła powoli ścieżką, jak setki razy przez ostatnie trzynaście lat, najpierw od pani Mareckiej, potem od Marianny. Znała tu każdy kwiatek i każdą trawkę.

Niedługo trzeba posadzić cebule narcyzów, krokusów, hiacyntów, szachownicy... Rozsadzić barwinki i bodziszki... Czy mieczyki i dalie przetrwają zimę, jeśli nikt ich nie wykopie? Czy ktoś wiosną posieje nagietki i rudbekię na rabatach, które przygotowała?

Weszła do rosarium. Zerwała jedną ze swoich ulubionych: damasceńską różę La Ville de Bruxelles. Podniosła ją do twarzy i wdychała jej oszałamiający zapach.

Ruszyła w dół trawnikiem. Mogłaby zasuszyć tę różę. Ogrodu jednak zasuszyć się nie da.

Stanęła nad grobem Troja.

– Piesku, byliśmy tu szczęśliwi, prawda? Pilnuj ogrodu. Dobry, kochany pies.

Nie mogła sobie pozwolić na płacz. Na to jeszcze będzie czas. Teraz musi widzieć wszystko wyraźnie i wszystko zapamiętać.

19

Zosia obudziła się jak zwykle o wpół do piątej. W pokoju było całkiem ciemno.

„Jak dobrze – pomyślała. – Jesień. Nie trzeba wstawać".

Odwróciła się na drugi bok i wtedy przypomniała sobie, że nie jest w Różanach. Z trudem powstrzymała łzy. Niania od razu by poznała, że płakała, i jak zawsze w takich chwilach zrobiłaby się smutna, bo nie miała zwyczaju gderać.

Dni, które dotąd mijały za szybko, zrobiły się okropnie długie. Zosia rzadko wychodziła z domu. Najchętniej spędzałaby całe dnie zwinięta w kłębek, z kołdrą naciągniętą na głowę. Ale ojciec i niania tego nie rozumieli...

– Zosiu, może pójdziesz ze mną do państwa Krajewskich. To bardzo mili ludzie. Mają córkę trochę od ciebie młodszą. Właśnie kończy liceum...

– Tatku, o czym ja bym rozmawiała z kilkunastoletnim dzieckiem. Zawiozę cię, a potem zadzwoń, to po ciebie przyjadę. Ja sobie poczytam w domu. Zawsze mówiłeś, że za mało czytam.

– Zosiu, może pójdziesz na spacer albo przejdziesz się po sklepach i coś sobie kupisz? Nie możesz tak wiecznie siedzieć w domu.

– Nianiu, nie ciągnie mnie do miasta. Poczytam sobie.

Zosiu, to, Zosiu, tamto... Książki były dobrym parawanem. Brała z półki po kolei *W pustyni i w puszczy*, *Rok 1984*, *Dumę i uprzedzenie*, *Przybysza z Narbony*, *Nad Niemnem*, *Czarnoksiężnika z Archipelagu*, *Lalkę*, *Władcę pierścieni*, *Wodnikowe Wzgórze*... Ojca wprawdzie nieco zaskakiwał wybór, nie mógł jej jednak wypytywać o treść *W pustyni i w puszczy* czy *Lalki*, więc mogła przewracać kartki, nie widząc liter. Gdy nagle zaczynały jej płynąć łzy, mówiła do niani, udając, że śmieje się sama z siebie:

– W życiu bym nie przypuszczała, że febra Nel tak mnie wzruszy.

Nauczyła się układać pasjansa w komputerze i spędzała godziny, grając. Dawała sobie spokój, dopiero gdy od ściskania myszki całkiem ścierpła jej prawa ręka.

Naciągnęła kołdrę na głowę i podciągnęła kolana pod brodę. Mocno zacisnęła powieki. Po kilku minutach poddała się: wiedziała, że już nie zaśnie. Nie chciała zapalać lampy, bo niania w łazience albo ojciec w przedpokoju mogliby zobaczyć smugę światła pod jej drzwiami. Po omacku znalazła latarkę w szufladzie małej komody stojącej koło łóżka i sięgnęła po leżące na podłodze *Dzieje sztuki polskiej*. Włożyła poduszkę pod plecy, latarkę wzięła do lewej ręki, a prawą odwracała kartki. Pominęła tekst i oglądała wyłącznie obrazki.

Urna z Grabowa Bobowskiego. Człowieczek w kształcie gruszki, z uszami, małymi oczkami i nosem, ozdobiony norweskim wzorem jak sweter, w kapelusiku jak naparstek. Wyobraziła sobie taką urnę w meleksie jadącym alejką cmentarza Rakowickiego. Powaga żałobników byłaby wystawiona na ciężką próbę.

Osada w Biskupinie. Nigdy nie była w Biskupinie. Podobno wszystkie domy są tam jednakowe. Warsztat tkacki, palenisko i posłanie. Praca, jedzenie, sen. Jej życie też tak wyglądało. Może powinna tam pojechać i przekonać się na własne oczy, że ludzie tak żyli od początku świata. Że to nic nienormalnego.

Święta Maria Magdalena z kościoła w Wilnie. Wykwintna dama w pięknej sukni i perłach. Loki miękko opadające na długą szyję. Pociągła twarz. Drobne usta, wydatny biust. Fajnie byłoby tak wyglądać.

Męczeństwo świętej Apolonii. Jak umarła święta Apolonia? Nie miała zielonego pojęcia. Przypomniała się jej historia świętej Filomeny, opowiadana przez Eryka. Czy to możliwe, że od tamtego dnia minęły zaledwie dwa miesiące, a nie dwa wieki? Marianna miała w kuchni figurkę świętego Wawrzyńca męczennika. Stał się patronem kucharzy, bo torturowany przypiekaniem na gorącym ruszcie, podobno poprosił, by go odwrócić na drugą stronę, gdyż z tej jest już upieczony. Marianna twierdziła, że modli się do niego o to, żeby zawsze miała dla kogo gotować.

Zosia zamknęła książkę. Wstała, włożyła szlafrok i podeszła do okna. Odsunęła zasłonę. Szarzało. Na podwórzowym klombie mogła już rozróżnić fioletowe michałki i nasturcje we wszystkich odcieniach żółci i oranżu. Odegnała natrętną myśl o swoim ogrodzie i starała się przypomnieć sobie nazwiska malarzy malujących nasturcje. Wyspiański! No pewnie.

Na palcach poszła do salonu. Sama układała książki na półkach i bez trudu znalazła album poświęcony Wyspiańskiemu. Wróciła do łóżka i powoli przewracała strony. Ależ miał dużo adresów. Biedak, stale się przeprowadzał. Autoportret z roku 1894. No tak, Eryk jest trochę do niego podobny. Tylko bardziej rudy. Róże, bratki i nasturcje namalowane u Franciszkanów. Bardziej się jej podobały niż witraże, na których temat autor albumu piał z zachwytu. Cóż, widocznie jest profanką.

Usłyszała, że niania weszła do łazienki. Ona też wcześnie się budzi.

Zosia wytrzymała w łóżku jeszcze dwadzieścia minut. O wpół do ósmej uznała, że może wstać, nie narażając się na dociekliwe pytania albo uważne spojrzenia.

Myjąc zęby, przyjrzała się swojej twarzy w lustrze. Oczy dziadka. Wierzyła niani na słowo. Umarł na długo przed jej urodzeniem, nie została po nim żadna kolorowa fotografia. Oczy na szczęście były w porządku, ani śladu zaczerwienienia. Nos też nie zdradzał jej smutku.

Dłuższą chwilę stała pod prysznicem. Ciepła woda przyjemnie rozluźniała jej mięśnie. Noce stawały się chłodne, a do sezonu grzewczego było kilka tygodni. Przypomniała sobie łazienkę Marianny: kremowa wanna zrobiona według starego wzoru, na złotych lwich łapach, ustawiona na środku, po lewej wynaleziony w jakimś antykwariacie i pieczołowicie odnowiony ciemnoniebieski szezlong, na nim kolorowe wałki i poduszki, a po prawej otwarty kominek. Płatki róż unoszące się na wodzie. Książka i kieliszek wina na specjalnym stelażu założonym na brzegi wanny. Stara angielska drabinka do ogrzewania ręczników postawiona przy kominku.

„Jak będę bogata, to też sobie zrobię taką łazienkę", pomyślała.

Wytarła się, nasmarowała balsamem, wysuszyła włosy. Ogarnęła łazienkę, żeby niania nie musiała po niej sprzątać, i poszła się ubrać.

– Dzień dobry – powiedziała, wchodząc do kuchni.

– Dzień dobry, skarbie – niania uśmiechnęła się do niej promiennie.

Zosi nagle zrobiło się wstyd. Ona użala się nad sobą nieustannie, a niania, która miałaby prawo uważać się za pokrzywdzoną przez los, jest zawsze w dobrym humorze, nie narzeka i jeszcze ją pociesza. Podbiegła do pani Zuzanny i mocno ją uścisnęła.

– Nianiu, czy mówiłam ci kiedyś, że jesteś najwspanialszą nianią pod słońcem?

– Dzisiaj jeszcze tego nie słyszałam. Zawsze miło sobie przypomnieć – zaśmiała się pani Zuzanna.

– Co tu tak wesoło? – Do kuchni zajrzał pan Borucki, w piżamie i szlafroku. – Mamy jakieś święto? O czymś zapomniałem?

– Ależ skąd! – powiedziały jednocześnie.

– Żartujecie sobie ze mnie.

– Ależ skąd!

Pokiwał głową i poszedł do łazienki.

– Skoczę po gazetę i do piekarni – powiedziała Zosia. – Co kupić?

– Może pół pytlowego albo kilka bułek. Tyle co na śniadanie. Zapowiedziała się dziś Ewunia Wolska, więc będziemy mieć dobry chleb.

Ktoś z rodziny Wolskich odwiedzał ich co tydzień. Najczęściej Ewa, która studiowała germanistykę w Krakowie. Przyjeżdżała zwykle po południu, na – jak mówiła pani Zuzanna – angielsko-niemiecki podwieczorek: angielską herbatę i niemiecką konwersację. Dzięki tym wizytom wiedzieli, co słychać na wsi, a ich spiżarnia była zaopatrzona w chleb, domowe wędliny i sery. Zosia nie mogła się przemóc i pojechać do Różan do sklepu Wolskich.

Wrześniowy ranek był rześki. Na skwerku rósł kasztanowiec, teraz całkiem brązowy. Na chodniku leżały kolczaste łupiny. Zaszurały liście i pod nogi Zosi spadła kolczasta kulka. Zielona łupina pękła z trzaskiem i wytoczył się z niej kasztan. Zosia schyliła się i wzięła go do ręki. Był nietknięty, nowy jak świeżo stworzony świat. Błyszczący, śliski i jedwabisty w dotyku, z ciemniejszymi prążkami na rudej skórce. Idąc, zamyślona obracała go w dłoni.

Po raz pierwszy od przeprowadzki Zosia z apetytem zjadła śniadanie. Pijąc herbatę, zastanawiała się, jak sformułować to, co chciała powiedzieć.

– Jesteście kochani, że wytrzymaliście ze mną... – zaczęła.

– Nie przesadzaj, córciu. Trochę ciężej niż my zniosłaś tę sytuację i tyle – przerwał jej pan Borucki.

– Staś ma rację – dodała pani Zuzanna. – Cieszmy się, że najtrudniejsze za nami.

– Jesteście tacy kochani... – głos Zosi niebezpiecznie zadrżał. Przygryzła wnętrze policzka. Najlepszy sposób, by się opanować.

– Czy mówiłem wam, że wczoraj spotkałem Krzysztofa?

Oczywiście, że nie. Zosia mocniej przygryzła policzek. Poczuła w ustach metaliczny smak krwi.

– Niemal wpadliśmy na siebie w Rynku. W pierwszej chwili myślałem, że tylko wymienimy „dzień dobry", ale zapytał, jak się urządziliśmy, jak się czujemy i czy nie potrzebujemy jakiejś pomocy. Podziękowałem mu za troskę. Wyglądał na szczerze przejętego. To nie jest zły chłopak. – Pan Borucki ukradkiem spojrzał na Zosię, która pochyliła głowę nad filiżanką. – Pomyślałem, że nie będziecie miały nic przeciwko temu, żebym go do nas zaprosił. Niestety, na razie jest zbyt zajęty. Dzisiaj pojechał do Poznania. Potem ma brać udział w jakiejś dyskusji w Radiu Kraków. Coś o zmianach w systemie refundowania leków. Potem znowu gdzieś jedzie.

Pani Zuzanna i Zosia milczały.

– Źle zrobiłem?

Spojrzały po sobie.

– Wcześniej czy później i tak go spotkamy. To nie jest duże miasto – trzeźwo zauważyła pani Zuzanna. – Może jednak lepiej tego nie przyspieszać. Dajmy sobie trochę czasu.

– Ja powinnam poszukać pracy – powiedziała nagle Zosia.

– Córeczko, do niczego nie czuj się zobowiązana. Ciężko pracowałaś przez ostatnie lata. Może zrobiłabyś sobie wakacje i gdzieś się wybrała? Na przykład z Marianną.

– Ona na pewno by teraz nie mogła. Wrzesień to najgorętszy okres w jej branży. Ma mnóstwo zleceń. Poza tym od kilku tygodni nic nie robię. Rozchoruję się z tego leniuchowania.

– Tfu! Na psa urok! – zawołała niania.

Wspólny śmiech nieco rozładował atmosferę.

– A co ty o tym myślisz? – pan Borucki zwrócił się do pani Zuzanny.

– Skoro Zosia sama chce... Na gospodynię raczej jej nie wykieruję – uśmiechnęła się – a przecież nie może przejść na wcześniejszą emeryturę. Tylko jaka to miałaby być praca?

– Dobre pytanie. Zosiu, masz na myśli coś konkretnego?

– Myślałam, żeby poradzić się Marianny.

– Świetny pomysł. Dobrze się składa, bo jestem dziś umówiony z kilkoma moimi byłymi uczniami. Jacek Chałasiński się uparł, że zorganizuje takie spotkanie. Nie bardzo miałem ochotę, ale trudno było odmówić. Znakomicie sobie poradził z remontem i jestem mu naprawdę wdzięczny. Poza tym to miłe, że chcą zobaczyć starego belfra. Niektórzy z nich to ludzie na stanowiskach.

– Tym lepiej. Nie bardzo wierzę, żeby pracę można było łatwo dostać bez znajomości. Przynajmniej w Krakowie – powiedziała pani Zuzanna. – No chyba że przy kopaniu rowów.

– Kopanie rowów, tłuczenie kamieni, sprzątanie i gotowanie z góry wykluczam – zażartowała Zosia.

Pan Borucki zatarł ręce.

– Dziewczyna z twoim wychowaniem, wykształceniem, znajomością języków... Pracodawcy powinni się o ciebie bić – powiedział całkiem serio. – Może już dziś na spotkaniu uda mi się coś załatwić.

– Tatku, pamiętaj, że liczy się także praktyka, a ja nigdy nie pracowałam w żadnej firmie. Nie mogę jechać na punktach za pochodzenie – mrugnęła do niego porozumiewawczo.

– Dobrze, że mi przypomniałaś. Zapomniałem o twojej inteligencji i poczuciu humoru. Pójdę do miasta na piechotę i będę sobie układał w myślach listę twoich zalet.

Pan Borucki zapowiedział, że obiad zje w mieście. Wziął telefon i zniknął w swoim pokoju.

Zosia sprzątała po śniadaniu, a pani Zuzanna włożyła okulary i przeglądała gazetę.

– Jest bardzo dużo anonsów dotyczących pracy – powiedziała, studiując ogłoszenia drobne. – Niestety, większość nieciekawa albo nie dla ciebie. Parę podejrzanych albo dziwnych. Co to na przykład może znaczyć „praca dyskretna"?

– Myślę, że dom publiczny.

Pani Zuzanna uniosła brwi.

– Takie ogłoszenia można zamieszczać? Do czego to doszło!

Gdy pan Borucki wyszedł, Zosia zaczęła krążyć po mieszkaniu. Marszczyła brwi, mruczała coś do siebie, głęboko zamyślona.

W końcu pani Zuzanna nie wytrzymała.

– Nie mogę się na niczym skupić, jak tak chodzisz. Pojecha-
łabyś na Kleparz po jarzyny. Jest większy wybór i są tańsze niż
na naszym placu.

Zosia kiwnęła głową, ale pomyślała: „A więc do tego już doszło. Dziewczynka na posyłki".

– Pojadę autobusem, bo tam nie ma gdzie parkować. Co
mam kupić?

– Tu masz koszyk, listę i pieniądze.

Zosia wyszła z mieszkania, myśląc, że rzeczywiście najwyższa
pora się usamodzielnić. Nie może jak dziecko biegać po zakupy
z kartką i nie swoimi pieniędzmi.

Przeszła przez park Krakowski, a potem zamiast wsiąść do
autobusu, ruszyła piechotą w stronę Nowego Kleparza.

Co powinna teraz zrobić? Nie, złe pytanie. Co chce osiągnąć?
Dokąd dojść?

Ogólnie mówiąc, chciałaby, jak wszyscy, po prostu być szczęśliwa. „Po prostu", dobre sobie! Co jest do tego potrzebne? Powrót do Różan. Zła odpowiedź. Nawet gdyby mogła cofnąć czas,
stopniowe pogrążanie się w długach na pewno by jej nie uszczęśliwiło. A co by ją uszczęśliwiło? To, co każdego. Miłość. Trzeba
spojrzeć prawdzie w oczy. Wszystko inne to produkty zastępcze.
Niedługo skończy trzydzieści lat. Kobiety w jej wieku mają dom,
dzieci. Przede wszystkim są z mężczyzną, którego kochają, dla
którego bez żalu opuściły dom rodzinny.

Myśli kłębiły się jej w głowie, nawet gdy wybierała marchew,
płaciła za pomidory, a potem wsiadała do autobusu.

Oddała zakupy niani, która je obejrzała i pochwaliła.

– Umyj ręce, napij się czegoś i odpocznij, skarbie. Obiad
będzie za dwie godziny.

– Może pomogę? – Jak szybko weszła w rolę grzecznego
dziecka!

– Nie, nie, poradzę sobie.

Zosia napiła się soku i poszła do siebie. Stanęła przy oknie
i układała plan. W końcu wiedziała, co ma robić.

Poszła do przedpokoju po telefon.

– Zadzwonię do Marianny i zapytam, co myśli o mojej pracy! – zawołała do niani, która krzątała się w kuchni.

Niania pokiwała głową i dalej coś kroiła na desce.

Zosia skarciła się w myśli. „Po co się tłumaczę?! To dopiero jest podejrzane!"

Numery do Krzysztofa znała na pamięć. Dom, praca. Wystukała na klawiaturze ten drugi.

– Dzień dobry, firma Doliwa i Kurpisz, przy telefonie Joanna Szczęśniak, czym mogę służyć? – usłyszała w słuchawce miły głos.

Serce waliło jej jak szalone, głos uwiązł w gardle.

– Dzień... uhmm... przepraszam... Dzień dobry. Dzwonię z Radia Kraków. Pan Krzysztof Doliwa ma wziąć udział w naszej audycji. Chcielibyśmy zrobić próbę mikrofonową. Czy mogłaby mnie pani z nim połączyć? Chciałabym ustalić termin.

„Boże, a jeśli mnie połączy?" Pod Zosią ugięły się nogi.

– Próba mikrofonowa? – Kobieta po drugiej stronie zawiesiła głos. – Wydaje mi się, że o niczym takim nie informowali państwo pana prezesa.

Zosia poczuła zimną strużkę potu spływającą wzdłuż kręgosłupa.

– Tego niestety nie wiem. Polecono mi tylko skontaktować się z panem Doliwą i zapytać, jaki możliwie najbliższy termin by mu odpowiadał. Sprawa jest dosyć pilna.

– Rozumiem. Niestety dziś ani jutro nie będzie to możliwe. Czy zechciałaby pani zadzwonić pojutrze około czternastej?

– Oczywiście zadzwonię, dziękuję, do widzenia – powiedziała szybko i rozłączyła się, słysząc, jak kobieta na drugim końcu linii bierze oddech, by jeszcze coś powiedzieć. Na przykład zapytać ją o nazwisko.

Wytarła mokrą od potu słuchawkę i bez sił padła na łóżko. Dopiero teraz przyszło jej do głowy milion rzeczy, o których wcześniej nie pomyślała.

„Czy sekretarka zapisała numer, który na pewno się jej wyświetlił? Czy jeśli pojutrze nikt się nie odezwie, zadzwoni pod ten numer albo do radia? Może powinnam zatelefonować jeszcze raz, na przykład jutro, i powiedzieć, że próba jest odwołana? Nie, to byłoby jeszcze gorsze".

Jaki jest najczarniejszy scenariusz? Sekretarka zapisała numer, powie Krzysztofowi o tej rozmowie, a gdy nikt nie zadzwoni, sama zatelefonuje najpierw pod ten numer i dowie się, że to mieszkanie prywatne, a potem do radia, gdzie jej powiedzą, że nikt do nich nie dzwonił. Czym to jej, Zosi, grozi? Po namyśle uznała, że niczym. Krzysztof nie znał ich nowego numeru, a w radiu na pewno pracowało mnóstwo ludzi i zawsze się mogło zdarzyć, że ktoś przez pomyłkę wykonał taki telefon. A jeśli się okaże, że coś takiego jak próba mikrofonowa nie istnieje? Trudno, co się stało, to się nie odstanie.

Nagle zamarła. A jeśli nagrywają rozmowy? I pojutrze Krzysztof usłyszy, jak jąka się i kłamie. Nie, niemożliwe, musieliby o tym uprzedzać. Przypomniała sobie formułkę, którą czasem słyszała przez telefon: „Uprzejmie informujemy, że w trosce o jakość obsługi wszystkie rozmowy są nagrywane". Uff!

Pojutrze o czternastej. Wcześniej Krzysztofa nie będzie w firmie. To by się zgadzało. Dzisiaj miał jechać do Poznania. Ile to kilometrów? Znalazła w kalendarzu tabelę odległości. Trzysta osiemdziesiąt dziewięć. Liczmy czterysta. Nie miała pojęcia, jak wygląda droga z Krakowa do Poznania. Założyła, że to jakieś sześć godzin jazdy. Mówił jej kiedyś, że w dłuższe trasy stara się wyruszać wcześnie, by uniknąć miejskich porannych korków, ale za dnia, bo nie bardzo lubi jeździć nocą. Mógł wyjechać dziś o szóstej. Wtedy koło południa, może o pierwszej, byłby na miejscu. Całe popołudnie i następny dzień na załatwienie spraw, powrót do Krakowa też jakieś sześć godzin, czyli pojutrze koło południa będzie z powrotem. Na pewno wstąpi do domu, by się odświeżyć i przebrać, potem pojedzie do biura. Na drugą. Tak.

Gdyby pojutrze przypadkiem spotkali się koło jego domu, nie pozostawałoby mu nic innego, jak chwilę z nią porozmawiać. Wtedy powie to, co od dawna myślała. Że kocha go nad życie, że oddałaby diabłu duszę, żeby z nim być. Czemu była taka głupia i milczała? Gdy się kochali, szeptała mu czułe słówka, ale czy je słyszał i brał na serio? Pora przestać wierzyć w telepatię i powiedzieć mu to wprost.

Zadzwonił telefon. Zesztywniała, przerażona. Co powie tej kobiecie o miłym głosie, która dzwoni do niej, myśląc, że to radio?

Musi odebrać, bo niania na pewno słyszy dzwonek i zaraz tu będzie, żeby sprawdzić, co się dzieje.

Odebrała, wykrztusiła do słuchawki: „Pomyłka, to mieszkanie prywatne", i szybko się rozłączyła.

Poczuła się jak przestępca i o mało się nie rozpłakała ze złości, wstydu i rozpaczy.

Telefon zadzwonił ponownie.

Musi coś zrobić, zanim niania wkroczy z interwencją.

Odebrała, ale przez zaciśnięte gardło nie przedostał się żaden dźwięk.

— Skąd wiesz, że pomyłka, jeśli się jeszcze nie odezwałam? — usłyszała w słuchawce głos Marianny.

Kamień spadł jej z serca z takim hukiem, że Marianna musiała to usłyszeć na drugim końcu linii.

— Nie, nie, wiesz... ja... — zaczęła się jąkać. W głowie miała pustkę.

— Bierzesz udział w jakimś głupim konkursie? Przyznaj się.

— Konkursie?

— No, gdy ci, co się zgłoszą, muszą się witać w określony sposób, bo inaczej odpadają z gry. Na przykład: „Kocham ptasie radio, najlepsze w naszym małpim gaju". Albo „Witają cię sery pełnotłuste, zrobione z chudego mleka naszych medalowych wiewiórek".

Zosia trochę przyszła do siebie i nawet udało się jej roześmiać.

— Nie, nie, to tylko natrętny akwizytor. Myślałam, że to znowu on.

— Naprawdę? — Ton Marianny nie pozostawiał wątpliwości, że nie wierzy w to ani trochę.

Przez chwilę obie milczały. Marianna poddała się pierwsza.

– Jak tam Big Brother? – zapytała.

– Co?

– Mówi się „proszę". Zośka, ty jeszcze śpisz? Zawsze był z ciebie ranny ptaszek. – Marianna, ledwo to powiedziała, zaklęła w duchu. I żeby naprawić gafę, dodała łagodniejszym tonem: – Mówię o drzwiach do łazienki. Przywieźli je w końcu?

– Tak, przedwczoraj. W ramach przeprosin za opóźnienie obniżyli cenę.

– O ile?

– A wiesz, że nie wiem... Ojciec z nimi rozmawiał.

– No, w końcu to jego łazienka... – Z Zosią wyraźnie działo się coś złego. – Wiesz... tak sobie myślę... może wpadniesz do mnie? Ugotuję coś pysznego.

Cisza.

– Przepraszam, głupia jestem. Chyba jeszcze za wcześnie na to, żebyś oglądała swój dom wyłącznie z zewnątrz...

Marianna urwała. Mocno uszczypnęła się w rękę. Lepiej, żeby się dziś w ogóle nie odzywała. Brnęła jednak dalej, sztucznie radosnym tonem:

– Użyłam dziś wiadomego klucza i rano wyprawiłam się do twojego ogrodu. Obeszłam wszystkie kąty, przemoczyłam buty, ale możesz spać spokojnie, Marianna czuwa. Jeśli będą tu chcieli coś zepsuć, najpierw będą musieli mnie zabić. Przy okazji nazbierałam orzechów. Pyszne. Właśnie przed chwilą się przekonałam, jaka jestem silna. Nie uwierzysz, ale złamałam dziadka do orzechów! Może wystąpię w telewizji jako *strong woman*?

– Nie pilnują?

– Pilnuje taki jeden. Postanowiłam się z nim zaprzyjaźnić. Na razie zwierza mi się ze swojego planu dnia i dzięki temu wiem, kiedy mogę spokojnie buszować w ogrodzie.

– Orzechy najlepiej zjeść, jak są świeże. Może coś zostanie i zrobisz tort?

– Zamówienie przyjęte. Jutro znów idę na grandę, zdobyć podstawowy produkt. Co powiesz na tort orzechowy z masą prowansalską?

– Twój tort leczy rany duszy.

Znów cisza w słuchawce.

– Zosiu, muszę kończyć, bo niedługo Ameryka zacznie się budzić, a powinnam się jeszcze przygotować do kilku rozmów. Gdybyś mnie potrzebowała, do czegokolwiek, na przykład wbicia gwoździa w ścianę albo zrobienia ci kanapki, zaraz daj znać. Nie bacząc na ograniczenia prędkości, będę u ciebie w ciągu pół godziny. Całuję bardzo, bardzo mocno.

– Dzięki za telefon, pa.

Zosia po raz pierwszy w historii ich znajomości z ulgą się rozłączyła. Nie mogła się teraz rozpraszać. Najważniejsze było spotkanie z Krzysztofem.

Niania delikatnie zapukała do drzwi. Zawsze pukała, odkąd Zosia pamiętała.

– Rozmawiałaś z Marianną?

„Jak to dobrze, że zadzwoniła, bo co bym teraz powiedziała".

– Tak.

– I co myśli o twojej pracy?

Zosia westchnęła. Masz babo placek! A raczej tort.

– Gadałyśmy o różnych rzeczach i na śmierć o tym zapomniałam. Jutro do niej zadzwonię.

Niania przytuliła ją na chwilkę, pocałowała i wyszła z pokoju.

Zosia poczuła się jak oszustka.

20

W filmach naprzeciwko domu śledzonego człowieka zawsze
jest kawiarnia, w której detektyw może wygodnie usiąść i pijąc kawę, obserwować okna albo drzwi przez dziurkę zrobioną
w gazecie. W pobliżu mieszkania Krzysztofa nie było kawiarni
ani sklepu czy choćby punktu ksero, skąd Zosia widziałaby bramę jego domu.

Przedpołudnie było zimne. Niebo stopniowo zasnuwały niskie, ciemne chmury, z których w końcu zaczął siąpić drobny
deszczyk. Zosia w sklepie za rogiem kupiła parasolkę. Chińską,
bardzo tanią i wyginającą się przy każdym mocniejszym podmu-
chu wiatru. Po godzinie spacerowania tam i z powrotem po ulicy miała przemoczone buty, mokry płaszcz i sine dłonie. Czemu
nie pomyślała o rękawiczkach?!

Ulica była jednokierunkowa, co ułatwiało zadanie, ale zasta-
wiona ciasno autami, co nie pozwalało zgadnąć, gdzie Krzysztof
zaparkuje. Powinna była przyjechać samochodem, zatrzymać się
blisko jego domu i czekać wygodnie, słuchając radia. Gdyby jednak ją zauważył, pewnie nie uwierzyłby w historyjkę o przypad-
kowym spotkaniu.

Starała się znaleźć jakieś dobre strony swojego opłakanego stanu. Idąc szybkim krokiem, żeby się trochę rozgrzać, wyobrażała sobie, jak na jej widok mięknie mu serce, jak się rozczula, troskliwie prowadzi ją na górę, zdejmuje jej płaszcz, klęka i ściąga przemoczone buty, masuje jej lodowate stopy, potem łydki...

A jeśli się nie spotkają? Wstrząsnął nią dreszcz. Całą noc przewracała się z boku na bok, modląc się, żeby nie pojechał prosto do firmy albo do Judyty i żeby nic nie zatrzymało go po drodze.

Z któregoś z uchylonych okien dobiegały dźwięki hejnału. Trąbka, trzask zamykanego okienka, kroki, potem znów głos trąbki. Południe! Rozejrzała się. Nie nadjeżdżał żaden samochód, żaden z nielicznych przechodniów nie był nim.

Przeszła jeszcze kawałek, zawróciła, minęła jego dom, jeszcze kilka kamienic i znów zrobiła w tył zwrot. Zlustrowała zaparkowane w okolicy samochody. Jego auta nie było. A jeśli teraz jeździł innym? Nie, niemożliwe, żeby miała aż takiego pecha.

Dwadzieścia po dwunastej. Było coraz zimniej. Mocno zaciskała szczęki, żeby nie dzwonić zębami. Gdy minęła bramę jego domu, nagły podmuch po raz setny wywrócił jej parasolkę na drugą stronę. Stanęła plecami do wiatru, opuściła parasolkę i walczyła z nią przez chwilę. Za mocno szarpnięty drut pękł i parasol żałośnie oklapł z jednej strony.

„Poddaję się", pomyślała, złożyła parasolkę, na próżno usiłując naprostować sterczący na bok drut. Podniosła głowę i wtedy go zobaczyła.

Deszcz lśnił na jego jasnych włosach. Postawił kołnierz płaszcza, lewą rękę schował głęboko do kieszeni, w prawej trzymał małą walizkę. Szedł bardzo szybko. Był coraz bliżej. Ich oczy na moment się spotkały.

Skręcił do bramy, otworzył ją kluczem i wszedł. Drzwi powoli się zamknęły.

Zosia wypuściła z ręki parasolkę i zgięła się wpół, jakby dostała cios w żołądek. Po chwili wyprostowała się z trudem. Na ulicy nie było żywego ducha. Miała ochotę położyć się na chodniku i umrzeć.

Rozpadało się na dobre. Deszcz spływał zimnymi strugami za kołnierz jej płaszcza, mokre kosmyki włosów oblepiły twarz.

Zrobiła krok na drżących nogach. Potem drugi. Jak lunatyczka ruszyła przed siebie. Na chodniku została czarna parasolka ze złamanym drutem.

21

Ktoś głaskał ją po dłoni. Otworzyła oczy.

Leżała w swoim łóżku, a obok siedziała niania i trzymała ją za rękę.

– Leż, kochanie, leż spokojnie. Wszystko jest w porządku – powiedziała i uśmiechnęła się do Zosi.

Nie było w porządku. Zosia czuła się okropnie. Bolało ją całe ciało, pękała głowa. Zamknęła oczy i pogrążyła się w niebycie.

Obudziła się z wrażeniem, że jej ciało płonie. Chciała zrzucić z siebie kołdrę, ale nie miała siły.

Zasłona przy oknie była do połowy zaciągnięta. Zapadał zmrok. Powoli odwróciła bolącą głowę i rozejrzała się po pokoju. Była sama. Usłyszała jakiś ruch w przedpokoju, ktoś uchylił drzwi i zobaczyła nianię, za nią obcego mężczyznę, a w tle ojca.

– Nie śpisz, kotku, to dobrze, bo przyszedł pan doktor – niania mówiła do niej jak do dziecka.

„Pan kotek był chory i leżał w łóżeczku, i przyszedł kot doktor: »Jak się masz, koteczku!«".

Chciała powiedzieć to na głos, gdy nagle zaszczękały jej zęby i ogarnęła ją fala dreszczy. Pot na czole zmienił się w lód.

Przysięgłaby, że słyszy, jak kulki lodu z chrzęstem toczą się na poduszkę.

– Ma wysoką gorączkę, czasem dreszcze i jest bardzo osłabiona. Panie doktorze, widywałam takie przypadki, a przed wojną przeszłam kursy pielęgniarskie... Czy to... czy to początek zapalenia płuc? – Niania była zdenerwowana i zapomniała, że Zosia słyszy każde słowo.

– Proszę się nie martwić – niskim, miłym głosem odezwał się lekarz. – Jeśli nawet, to dziś nie jest to choroba zagrażająca życiu.

Zmierzył Zosi temperaturę, zbadał puls, wyjął z torby stetoskop i dokładnie ją osłuchał. Zajrzał jej do gardła. Poddawała się jego dotykowi biernie, w milczeniu.

– Czuje pani ból w klatce piersiowej?

Chciała odpowiedzieć, ale słowa nie przechodziły jej przez gardło. Przecząco potrząsnęła głową.

– Duszności?

Znów potrząsnęła głową.

– Bolą panią mięśnie?

– Bardzo – wreszcie udało się jej wydobyć głos.

– A głowa?

– Jeszcze bardziej.

Lekarz uśmiechnął się lekko. Nie był już młody, na pewno dobiegał pięćdziesiątki, ale był bardzo zadbany. Miał wypielęgnowane dłonie... Świetnie ostrzyżone, gęste, lekko szpakowate włosy, małe uszy przylegające do kształtnej czaszki, ładną opaleniznę... Ciekawe, gdzie spędził wakacje. Może na Bora-Bora albo na Seszelach?

– Był pan na Bora-Bora?

Naprawdę powiedziała to na głos? Nie wierzyła własnym uszom.

Spojrzał na nią zaskoczony.

– Przepraszam – wychrypiała. Miała ochotę naciągnąć kołdrę na głowę i nigdy się spod niej nie wychylać. – Jestem głupia. Gadam bzdury.

– Jest pani przede wszystkim chora. – Uśmiechnął się szeroko, prezentując piękne białe zęby, których blask mógłby oświetlić średniej wielkości miasteczko. – Cieszę się, że pani przemówiła.

Wstał i zwrócił się do ojca, który cały czas stał w drzwiach:

– Panie profesorze, czy pana córka chorowała ostatnio na grypę albo była przeziębiona?

„A więc to były uczeń ojca... Mój Boże, gdybym umierała, ksiądz z ostatnim namaszczeniem też okazałby się jego uczniem".

– Zosia to okaz zdrowia. Nic jej nigdy nie dolega.

– Wyszła rano pochodzić po mieście, zrobić jakieś zakupy – wtrąciła się niania – i wróciła przemoczona do suchej nitki, skostniała, wręcz sina z zimna.

– Wspólnymi siłami położyliśmy ją do łóżka, bo leciała z nóg – dodał pan Borucki.

– Co się stało? – Tym razem lekarz zwrócił się do niej.

Zastanowiła się.

– Nie wiem... – odrzekła z wahaniem. – Chodziłam po ulicach, padał deszcz... – Starała się przypomnieć sobie jakieś szczegóły, ale pamiętała tylko przenikliwe zimno i krzywy chodnik, na którym kilka razy się potknęła.

– Proszę leżeć spokojnie, za kilka dni znów będzie pani zdrowa jak ryba. Na razie proszę to zażyć. – Podał jej szklankę wody i trzy pastylki.

Przełknęła je z trudem.

– A co do pani pytania, to byłem na Mazurach. Trochę żegluję. Do widzenia.

Wyszli wszyscy troje.

Przez chwilę słyszała, jak rozmawiają, potem głosy ucichły. Zamknęła oczy.

Gdy znów je otworzyła, przy łóżku siedziała niania.

– Która godzina? – zapytała Zosia.

– Dochodzi dziewiąta.

– Rano czy wieczór?

– Wieczór. – Niania poruszyła się niespokojnie. – Jak się czujesz, skarbie?

– Lepiej. Co powiedział lekarz?

– Że to tylko przeziębienie. Podobno jest świetnym diagnostą i na pewno ma rację. Przyjdzie jutro z wizytą.

– Dobrze – Zosia trochę bez sensu pokiwała głową. – Chce mi się pić.

– Chcesz usiąść, skarbie?

– Tak.

Niania zręcznie pomogła się jej podnieść i wsunęła jej poduszkę pod plecy. Zosia zobaczyła, że na komodzie, obok fotografii jej mamy, dziadków i przedwojennego widoku Różan stoją słoiczki z lekarstwami, garnuszek, szklany dzbanek z wodą.

Drżały jej ręce i bała się, że wypuści kubek. Niania od razu to zauważyła i pomogła jej. Lekko dotknęła ręką jej czoła.

– Temperatura ci spadła.

– Nianiu, byłaś pielęgniarką? Nigdy mi o tym nie opowiadałaś.

– Stare dzieje. Zresztą nigdy nie praktykowałam, skończyłam tylko kursy... Potem, w czerwcu trzydziestego dziewiątego, zapisałam się na uniwersytet, na wydział lekarski. Chciałam iść w ślady ojca.

– I siostry, prawda?

– Tak. – Pani Zuzanna nie miała ochoty o tym mówić. Choroba Zosi wystarczająco ją przygnębiła.

Zosia wyczuła jej nastrój.

– Nianiu, ty wszystko umiesz – powiedziała.

Pani Zuzanna uśmiechnęła się lekko.

– Wszystko, czego się człowiek w życiu nauczy, prędzej czy później się przydaje. Czy to będzie język Indian Nawaho, czy wyszywanie na kanwie.

– Trzeba więc bardzo uważać, czego człowiek się uczy.

– Brawo! – Pani Zuzanna lekko klasnęła w ręce. – Widzę, że naprawdę czujesz się lepiej.

Zosia odstawiła pusty garnuszek i poczuła, że musi iść do toalety.

Niania czytała w jej myślach.

– Co byś powiedziała na kąpiel i lekką kolację? Prawie nic dziś nie jadłaś. Doktor Chober kazał ci dużo spać. Choć jestem tylko pielęgniarką bez praktyki – niania mrugnęła do Zosi – też bym ci to zaleciła. Sen to najlepszy lekarz.

Otworzyła drzwi do łazienki, pomogła Zosi włożyć szlafrok i dojść do sedesu. Potem odkręciła wodę, wyregulowała jej temperaturę, wlała do wanny trochę sosnowego olejku do kąpieli.

– Zostawię cię, dziecko, na chwilę, dobrze? Pójdę zagrzać zupę i prześcielę ci łóżko.

Zosia z wdzięcznością pokiwała głową.

Dłuższą chwilę siedziała na sedesie. Każda czynność, nawet tak prozaiczna jak urwanie kawałka papieru toaletowego, jest skomplikowana, gdy drżą ręce i wszystko wydaje się ponad siły.

Niania pomogła jej wejść do wanny, umyć się i wytrzeć. Zosia znów poczuła się jak mała dziewczynka, która siedzi w wannie i bawi się żółtą kaczuszką, a niania myje jej głowę szamponem, który nie szczypie w oczy.

Pokój był wywietrzony, przepocona pościel zmieniona.

Zosia z ulgą oparła się o wysoko ułożone poduszki.

– Poradzisz sobie? – zapytała niania, stawiając na kołdrze tacę z miseczką zupy.

– Tak. – Zosia nie wyobrażała sobie, że ktoś miałby ją karmić. Wszystko ma swoje granice.

Pani Zuzanna wzięła ręcznik, który miała przewieszony przez rękę, i zawiązała go na szyi Zosi jak śliniak. Zosia poczuła się okropnie. Niania wiedziała jednak, co robi. Gdy Zosia skończyła jeść zupę, ręcznik był upstrzony kawałkami jarzyn i makaronem.

Połknęła tabletki podane przez nianię, nie pytając, co to i na co.

– Zostawię uchylone drzwi, dobrze? Zawołaj, gdybyś czegoś potrzebowała – powiedziała pani Zuzanna.

Zosia pokiwała głową.

– A jeśli będziesz chciała sama wstać, rób to bardzo powoli. Najpierw trzeba się lekko unieść, oprzeć o łóżko, posiedzieć tak chwilę, potem powoli spuścić na podłogę jedną nogę, potem drugą. Znów chwilę odpocząć i powoli wstać, trzymając się łóżka. Będziesz pamiętać?

– Tak.

– Dobranoc, skarbie.

Pani Zuzanna zgasiła lampę przy łóżku. Zostawiła zapaloną tylko małą lampkę w rogu pokoju. Wyszła cicho.

Zosia zamknęła oczy. I natychmiast zapadła w sen głęboki jak studnia.

– Tak jak przypuszczałem, to tylko silne przeziębienie – powiedział doktor Chober.

Był jasny dzień. Świeciło słońce i po wczorajszym deszczu nie było śladu. Gdyby nie dziwna słabość i drżące ręce, Zosia myślałaby, że to był tylko zły sen.

– Powinna pani jeszcze przez kilka dni zostać w łóżku. Proszę zażywać wszystkie przepisane leki. Dużo spać, pić i odpoczywać. Dobrze byłoby postawić bańki. Czy ma pani coś przeciwko temu?

– Nie. – Głos miała jeszcze słaby.

Marzyła, by sobie poszedł. Trudno jej było spojrzeć mu w oczy po tym, jak się wczoraj wygłupiła.

Lekarz tymczasem chyba dobrze się bawił, widząc jej zmieszanie.

– Zatem bańki – powiedział. – Potem proszę się dobrze przykryć i przynajmniej przez kilka godzin nie wstawać.

Jeszcze raz popatrzył na nią przenikliwie. Potem przeniósł wzrok na fotografie stojące przy łóżku.

– To pani matka, prawda? – powiedział, wskazując jedną z nich.

– Nie, to moja babcia. To jest zdjęcie mamy. – Wyciągnęła rękę i przesunęła do przodu fotografię w srebrnej ramce. To dziwne, ale dopiero teraz zauważyła, jak bardzo na tych zdjęciach były do siebie podobne.

— Pomyliłem matkę z córką — uśmiechnął się lekko.

— To jest babcia Hanka, to znaczy mama mojego taty, nie mamy. Pan... pan znał moją mamę? Nie tylko tata pana uczył, mama też? — zapytała z nadzieją w głosie.

Nie mogła pamiętać matki, która umarła kilka dni po jej urodzeniu, mimo to — a może właśnie dlatego — nigdy nie miała dość opowieści o niej.

— Tak, uczyła mnie angielskiego. Była świetną nauczycielką, choć dopiero co skończyła studia. Często miałem wrażenie, że mówi tylko do mnie, a przecież była nas w klasie trzydziestka. Trochę się rozczarowałem, gdy okazało się, że inni odnosili podobne wrażenie... Nikogo nie faworyzowała, nigdy nie podnosiła głosu. Autentycznie cieszyła się z naszych postępów i to dodawało skrzydeł największym tumanom — zaśmiał się cicho.

— Niech mi pan jeszcze coś opowie — patrzyła na niego błagalnie.

— Na pewno to zrobię, ale innym razem. Muszę wracać do szpitala, a pani powinna się zdrzemnąć. — Wstał. — Zajrzę do pani jutro. Do widzenia.

— Do widzenia. I dziękuję.

— Jak się pani czuje? — zapytał następnego dnia.

— Jak wielka biedronka.

Dlaczego w jego obecności wygadywała takie głupoty?!

Zachichotał. Nie, nie przesłyszała się. Zachichotał, jakby był w kinie na dobrej komedii, a nie przy łóżku ciężko chorej pacjentki.

Uważnie obejrzał i ostukał jej plecy.

– Rzeczywiście, imponujące kropy.

– Niech mnie pan nie dobija, panie doktorze. Czy to samo zejdzie, czy trzeba użyć wybielacza?

Chyba coś było w tych tabletkach, które jej kazał łykać. Nigdy tak nie rozmawiała z lekarzem.

– No cóż... – zawiesił głos. – Można spróbować wyszorować plecy szczotką ryżową, jak pokład.

– Mój Boże – jęknęła Zosia. – Czuję się jak tonący stary żaglowiec. Czy to zgodne z etyką lekarską, panie doktorze, tak pogrążać pacjentów?

– Żeglowała pani kiedyś? – Patrzył na nią błyszczącymi oczami. Miał bardzo ładne piwne oczy w ciemnej oprawie.

– Raz, dawno temu, jeszcze na studiach.

– Na studiach czy dawno temu?

Trudno to było nazwać wyrafinowanym komplementem, ale dała mu w myślach punkt.

– Na studiach. Byłam w Puszczy Piskiej na obozie naukowym dla botaników i pewnego dnia w Mikołajkach jacyś żeglarze zaprosili nas na pokład. Pamiętam... tak, to była duża żaglówka... Nazywała się... To znaczy, to był taki rodzaj łódki...

– Omega?

– Tak! – ucieszyła się. – Omega! Płynęliśmy długim wąskim jeziorem do Rucianego...

– No to najpierw Jeziorem Mikołajskim, a potem przez Bełdany. Pierwszy raz byłem tam sto lat temu, gdy Mazury były jeszcze dzikie i ciche, jachty nie miały silników i ciągnęło się je brzegiem kanałów na burłaka.

– To musiał być piękny widok! Był tam kanał czy śluza, a potem chyba most... tak, nawet dwa mosty, wtedy zrzucali żagle i kładli maszt... A potem, tak, pamiętam – uśmiechnęła się – Jezioro Nidzkie.

– Podobało się pani?

– Bardzo! Pogoda była piękna. Woda miała niemal szafirowy kolor. Pachniała wodorostami i świeżością. Łódź płynęła bezszelestnie. Słychać było tylko lekki chlupot wody i czasem szuranie jakiejś liny. Miałam wrażenie, że lecę, a ona unosi się nad fala-mi... – Zosia urwała, nieco zawstydzona.

– I nie miała pani ochoty tego powtórzyć?

– Miałam, i to wielką – powiedziała szczerze. – Niestety, już nigdy potem nie byłam na Mazurach. Czasem mi się śni-ły... A gdy widzę w sklepie ogrodniczym *Nymphaea alba* czy *Nuphar lutea*, przypomina mi się to jezioro. Stary sosnowy bór na wysokim brzegu, a po drugiej stronie małe zatoczki, trzciny, grzybienie, a może lepiej powiedzieć nenufary – uśmiechnęła się marząco.

Doktor Tomasz Chober nie był skłonny do romantycznych wzruszeń. Jeśli jednak kiedyś wyobrażał sobie nimfę wodną, to miała właśnie takie oczy, lazurowe jak jezioro w słoneczny dzień, włosy tak miękko układające się na ramionach, szczupłe ciało, lekko kołyszące się w rytm opowiadania jak wąska brązowa tra-wa rosnąca w spokojnej wodzie.

Spojrzał na fotografie stojące przy łóżku. Profesor Borucka. Dla niego jednak zawsze Marta Francesca Fiorino. Jakże był szczęśliwy, gdy poznał jej drugie imię i nazwisko panieńskie. Chodził na fakultatywne lekcje włoskiego, które prowadziła, i kiedyś pożyczyła mu książkę z włoskimi baśniami, podpisaną na pierwszej stronie dziecinnym charakterem pisma: „Własność Marty Franceski Fiorino". Dowiedział się, że to nazwisko wywo-dzi się od nazwy złotej papieskiej monety, jednak wolał myśleć, że pochodzi od *fiore*, „kwiat". Jego nauczycielka z liceum – daw-na miłość, o której zapomniał – patrzyła na niego ciemnobrązo-wymi oczami ze starej fotografii.

22

– Nie patrz tak intensywnie na planszę, bo wypalisz dziurę oczami. – Marianna szturchnęła Eryka. – Dokładasz czy coś wymieniasz?

– Nic nie mogę wymyślić – westchnął Eryk. – Jakie słowo składa się z ź, ę i dwóch en?

Grali w *scrabble*. Zosia, ku swej wielkiej radości, prowadziła.

– Trudno, nic innego nie przychodzi mi do głowy – powiedział Eryk i ułożył DNO.

– Tak, to prawdziwe dno. Masz podwójną premię słowną, całe osiem punktów, no, no! – kpiła Marianna, notując wynik. – A ja dam tak: UKORZ, żeby cię upokorzyć, też z premią, ale za szesnaście punktów.

Zosia, nucąc pod nosem ragtime, ułożyła ŻĄDŁO.

– Szesnaście i podwójna słowna! – zawołała Marianna. – Pięknie nas wyprzedziłaś! Zanuć to jeszcze raz, Sam – poprosiła. – Uwielbiam muzykę z tego filmu.

Eryk przedłużał chwilę namysłu, by Zosia nie przestała śpiewać. Miała miły, choć niewielki głos. Mógłby jej słuchać do rana.

— Dzień dobry. Widzę, że moja pacjentka całkiem wróciła do zdrowia. — W drzwiach stał doktor Chober z panią Zuzanną.

— Dzień dobry — odpowiedzieli zgodnym chórem.

Marianna trąciła Eryka.

— Ty to masz szczęście. Znów dodatkowy czas do namysłu — powiedziała teatralnym szeptem.

Eryk wstał.

— Chodź, Marianna, nie będziemy przeszkadzać.

— Nie idźcie jeszcze — poprosiła Zosia. — Już prawie kończymy.

— To potrwa tylko chwilkę — powiedział doktor Chober.

— Zapraszam potem na herbatę, jeśli ma pan czas, panie doktorze.

— Bardzo dziękuję, z przyjemnością. — Lekarz uśmiechnął się do pani Zuzanny.

— To my, jeśli pani pozwoli, pomożemy w kuchni — zaofiarowała się Marianna w swoim i Eryka imieniu.

Zdjęła z kołdry planszę, woreczek i stojaki z płytkami, przy okazji zerkając, jakie litery mają przeciwnicy.

Lekarz zbadał Zosię, choć jej uśmiech, błyszczące oczy i sprężyste ruchy wyraźnie mówiły, że całkowicie wróciła do zdrowia.

Zrobił poważną minę.

— Jeśli pacjent się uprze, aby żyć, medycyna jest bezsilna — powiedział i z uśmiechem dodał: — Jest pani zdrowa. Proszę jednak na siebie uważać, nie przemęczać się i dużo spać.

— Dziękuję, panie doktorze.

W uchylonych drzwiach pojawiła się Marianna.

— Jest pan proszony na herbatę do salonu, panie doktorze — powiedziała.

— A pani i pani... towarzysz?

— My wypijemy tu, z Zosią.

— Czy mógłbym popatrzeć, jak państwo grają?

— Lubi pan *scrabble*? To możemy zagrać od początku, razem z panem.

— Nie, nie. Ale chętnie bym pokibicował.

— To proponuję najpierw herbatę, a potem skończymy tę partię.

– Zobaczy pan, jak ich ogrywam – powiedziała Zosia.

– Niedoczekanie! Jeszcze nie powiedziałam ostatniego słowa. Przestanę się z wami cackać – wojowniczo oświadczyła Marianna.

Doktor Chober pił herbatę w salonie razem z panią Zuzanną i panem Boruckim. Udawał jednak tylko, że uczestniczy w rozmowie, tak naprawdę wytężał słuch, by usłyszeć, co się dzieje w pokoju Zosi. Pani Zuzanna szybko to zauważyła.

– Słyszał pan, panie doktorze, jak Zosia nuciła ragtime z *Żądła*? – zapytała.

– Tak, ma piękny głos.

– Piękny to chyba przesada – zaoponował pan Borucki – ale jest bardzo muzykalna.

– Ma świetny słuch. Po włosku mówi lepiej ode mnie, choć nigdy nie była we Włoszech. Znakomicie łapie melodię języka – powiedziała pani Zuzanna.

Z pokoju Zosi dobiegł głośny wybuch śmiechu. Doktor Chober nerwowo poprawił się na krześle.

– Marianna mi mówiła, że chce pan zobaczyć, jak grają. Niech pan do nich idzie, bo zaczną bez pana.

Doktor Chober spojrzał na nią z wdzięcznością i wstał.

– Dziękuję za herbatę. Ciasto było przepyszne.

– To dzieło Marianny. Rzeczywiście, świetnie piecze – z uznaniem powiedziała pani Zuzanna.

Drzwi do pokoju Zosi były otwarte. Eryk właśnie zbierał na tacę puste filiżanki, a Marianna przenosiła na kołdrę stojaki z płytkami i planszę. Ukradkiem odwróciła do Zosi stojaczek Eryka, żeby mogła zobaczyć, jakie wylosował litery, i obie zachichotały.

– Już po nim – mruknęła Marianna.

Zosia przyjrzała się planszy i zaczęła coś nucić pod nosem.

– Wiesz, że podczas jakiegoś turnieju zdyskwalifikowano brydżystę, który pogwizdywał „serduszko puka w rytmie cza-cza"? – zapytała Marianna.

– Czekaj, czekaj – Eryk przenosił wzrok ze swoich płytek na planszę i z powrotem. – Film? Kobieta? Nie mam takich liter...

Doktor Chober poprawił się w fotelu, by lepiej widzieć Zosię. Nuciła motyw przewodni z filmu *Kobieta i mężczyzna*. Jej ciemne włosy rozsypały się na biało-niebieskiej poduszce, którą miała pod plecami. Sięgający łokcia rękaw piżamy, zakończony śmiesznymi ząbkami, ukazywał szczupłą rękę. W świetle stojącej na komodzie lampy wyglądała krucho i niemal dziecięco.

– MĘŻCZYŹNI! – triumfalnie zawołał Eryk. – Liczcie i drżyjcie! Podwójna premia literowa za ce, to w sumie dwadzieścia osiem punktów. I dwie potrójne premie słowne! Dwieście pięćdziesiąt dwa! To mój życiowy rekord!

– Widzisz, co narobiłaś? – powiedziała Marianna. – Teraz on prowadzi. Nigdy ci tego nie wybaczę, no chyba że też mi coś podpowiesz.

Zosia zerknęła na płytki Marianny, potem na planszę.

– Może być UMRAM? – zapytała Marianna. – Wiecie, taka gwarowa forma UMRĘ.

– W życiu – sprzeciwił się Eryk.

– A istnieje takie słowo MUMAR?

– Nie. – Eryk był bezlitosny.

Zosia popatrzyła na Mariannę i zaśpiewała:

– „Budujemy nowy dom, jeszcze jeden nowy dom, tra la la la la la la, Warszawo!”

– Dom? Budynek? Murarz? Nigdzie nie pasuje.

– „Niech się mury pną do góry, kiedy dłonie chętne są, budujemy betonowy nowy dom” – śpiewała Zosia.

Marianna uderzyła się dłonią w czoło i szybko ułożyła MARMUR, a potem dodała jeszcze EK: MARMUREK.

– *Człowiek z marmuru*, jak mogłam od razu nie poznać! Zerknęła na płytki Zosi.

– Za to, że nam podpowiadasz, możemy uznać, że istnieje takie słowo jak AMENTY, liczba mnoga od AMEN, co, Eryk?

– Oczywiście.

– Nie musicie – powiedziała Zosia, z namysłem patrząc na planszę. – Marianna, dzięki za podpowiedź!

I ułożyła IAMENTY, z blankiem na początku.

– Blank za D. Podwójna premia słowna. I jeszcze pionowo MA i AHA z podwójną premią. I pięćdziesiąt punktów za wyłożenie wszystkich płytek. A ponieważ w worku już nic nie ma, gra skończona. Liczcie, ile wam zostało punktów, żebym wam mogła je odjąć, a sobie dopisać.

Marianna jęknęła.

– Panie doktorze, pan jej chyba daje jakieś środki dopingujące. Nie poznaję koleżanki.

– Zosiu, wyprzedziłaś mnie w punktacji – powiedział Eryk. – Zaraz się rozpłaczę, chyba że mi coś zaśpiewasz.

– *Diamonds are a girl's best friends* – zaproponowała Marianna.

– Nie znam słów... Ale może to...

I Zosia zanuciła *Diamonds are forever*, niskim głosem Shirley Bassey. Głos zadrżał jej lekko, gdy doszła do słów:

> I don't need love.
> For what good will love do me?
> Diamonds never lie to me,
> For when love's gone,
> They'll luster on.

A może Mariannie tylko się zdawało. Na wszelki wypadek postanowiła zmienić nastrój.

– Lubię z tobą grać – powiedziała do Zosi. – Ty jesteś jak ten bokser... Zapomniałam, jak on się nazywa... Mańkut? Utykaj! Nie...

– Uważaj, Marianno, bo wiesz, jak to się mówi: boksera każdy może obrazić, ale nie każdy zdąży przeprosić – zaśmiał się Eryk.

– Może Kulej? – podpowiedział doktor Chober.

– O właśnie, Kulej. Słyszałam, jak kiedyś mówił, że nigdy nie pastwił się nad przeciwnikiem. Gdy widział, że już wygrał, nigdy nie lał tylko po to, żeby zadać ból.

— Mimo to zadałaś mi ból, kobieto — Eryk skrzywił się boleśnie, patrząc na Zosię.

— Prawdziwy sportowiec musi umieć przegrywać — surowym tonem powiedziała Marianna. — Ból jest integralną częścią sportu.

— Tak — podchwycił — znam to powiedzenie: Przez sport do kalectwa.

— To mi przypomina twój słynny monolog pod tytułem *Sprawozdawca sportowy*. Może nam go powiesz?

— Tak, tak! — klasnęła w dłonie Zosia. — Tylko zawołajcie nianię i tatę.

Zosia wygodniej usadowiła się na łóżku. Oczy się jej śmiały. Eryk nie dał się prosić.

— Dzień dobry, ze stadionu Cracovii wita państwa Eryk Hassel. Będę dla państwa komentował dzisiejszy mecz. Tak, proszę państwa, na murawę wybiegają obie drużyny. Są Słowacy i są nasi, to znaczy Polacy. Jest i piłka, ten skórzany przedmiot pożądania dwudziestu dwóch mężczyzn. Nasi zawodnicy mają, jak to się brzydko mówi, olbrzymie szanse na zwycięstwo. Słoweńcy opierają swoje szanse na iluzorycznych argumentach, że piłka jest okrągła, a bramki są dwie. Nasi zawodnicy zapowiedzieli przed meczem, że spróbują zrobić niespodziankę i pokazać się z jak najlepszej strony. I już gwizdek sędziego, rusza Henryk Dębowski, tak, znakomita akcja i niecelne trafienie. Teraz Kumorek, tak, jeszcze trzy kopnięcia i Kumorek będzie szczęśliwy. Boguś, Boguś, szybciej! Cóż, nie udało się. Nie słuchał mnie. Teraz piłkę przejęli Słowacy, a do końca meczu została godzina, czyli około sześćdziesięciu minut. Do tej fazy, w której przegrywający przegrywa, mamy więc jeszcze trochę czasu. Teraz Banasik... Niedobrze! Wybił piłkę na tak zwaną pałę. A tam jest już zawodnik słowacki, Petrovski, nie, nie, to Novik, tak, wyrasta jak spod ziemi w najmniej zaskakujących i nieoczekiwanych miejscach! Sędzia patrzy na zegarek... Gwizdek! Cóż mogę powiedzieć, sami państwo widzieli, że była to najsłabsza pierwsza połowa w tym meczu. Mówi się nie bez racji, że różnica między Ligą Mistrzów a polską ligą jest taka jak różnica między Izbą Lordów a izbą wytrzeźwień. Szkoda, wielka szkoda, chyba nie pojedziemy za tydzień do Montpellier, chociaż z drugiej strony zdaje się, że tam jakieś zamachy bombowe zapowiadali. Tak się składa, że gdy odbywają się mistrzostwa świata, zawsze temu towarzyszą jakieś dodatkowe atrakcje. No, ale my tu gadu-gadu, a tymczasem zaczęła się druga i ostatnia połowa. Miejmy nadzieję, że będzie lepiej. Nie można jednak zapominać o starej prawdzie, że nóż na gardle zawsze wiąże zawodnikom nogi. Teraz przed wielką szansą stanął Jacek Topornicki. Jego główka przeleciała nad głowami innych zawodników i... Tak, proszę państwa, gol! Gol! I jeden zero dla naszej drużyny! To jest nasze szczęście, ten nasz Jacuś. Znowu go wszyscy wycałujemy w szatni. Trener Słoweńców bezradnie rozkłada ręce, zakrywając twarz. Znów rozpoczynamy grę, nasi obrońcy walczą teraz w pobliżu bramki, na boisko pada Bogusław Kumorek, cóż, zawodnik musi wybrać: piłka albo zdrowie. Kumorek wybrał tę pierwszą ewentualność. Kumorek schodzi do szatni, a na boisko wbiega nierozgrzany Piecyk. Poradzi sobie mimo wszystko, bo to znakomity zawodnik. Tak, to jego słynne precyzyjne wybicie na oślep... Nowak upadł, chyba podcięty, nie, nie podcięty, wydawało mi się, że podcięty, ale sędzia pokazuje, żeby grać dalej. Proszę zwrócić uwagę, co robi zawodnik, gdy wstaje z murawy. Otrzepuje ręce! Piłkę przejmuje Sun-li, tak, proszę państwa, chyba jedyny Chińczyk w europejskich drużynach piłkarskich. Ach, ten Sun-li! Umie tak po chińsku podkręcić piłkę! I co ciekawe, wcale nie ma skośnych oczu. Może pochodzi z innego regionu? No, nie, proszę państwa, przecieram oczy, jednak tak, oczy mnie nie myliły, gol dla Słowenii! Kto strzelił bramkę? Chyba Novik, bo miał najwyżej uniesione ręce. No cóż, mamy remis. Nie jest dobrze. Sędzia patrzy na zegarek... Patrzy jeszcze raz... Wojtek Makowski jak rakieta startuje do piłki, za późno, w popielniku dla Wojtusia iskiereczka zgasła. Koniec meczu, jeden jeden dla Słowenii. Taki wynik jest sensacją, żeby nie powiedzieć dużą niespodzianką. Ja oddaję głos do studia sport, bo tam zacznie się walka o złoto, i tak jak wszyscy komentatorzy przepraszam za wszystkie błędy, jakie popełniłem, ale taka jest piłka.

Burza oklasków o mało nie zerwała dachu, a najgłośniej klaskała Zosia. Eryk podziękował za owację i chwycił wyciągnięte do niego ręce Zosi. Usiadł na łóżku i coś do niej cicho mówił.

— Panie profesorze, będzie mi brakowało wizyt u pana — powiedział doktor Chober, z ociąganiem wstając z fotela i wreszcie odrywając wzrok od Zosi.

— Tomku, wpadaj, gdy tylko będziesz w pobliżu. Zawsze należałeś do moich ulubionych uczniów.

— Dziękuję, panie profesorze, i proszę się nie zdziwić, gdy skorzystam z zaproszenia. Państwa dom to oaza na pustyni mojego życia. Proszę już nie męczyć chorej — dodał — śmiech to zdrowie, ale co za dużo...

Marianna usłyszała ostatnie słowa i powiedziała:

— My też się już będziemy zbierać. Panie doktorze, może gdzieś pana podwieźć?

— Dziękuję, przyjechałem autem.

Eryk z wyraźną niechęcią zbierał się do wyjścia. Marianna uściskała Zosię.

— Uważaj, dziewczyno, na tego doktorka! Podobasz mu się — szepnęła jej do ucha.

— Coś ty. Wyświadczył ojcu przysługę, opiekując się mną. To są zalety bycia córką nauczyciela, przepraszam, profesora, w takim mieście jak Kraków.

Gdy Zosia brała kąpiel, pani Zuzanna przewietrzyła jej pokój i pościeliła łóżko do snu. Nuciła przy tym, co dawno się jej nie zdarzyło. Kto by pomyślał, że z choroby może wyniknąć coś dobrego! Tymczasem stała się cezurą, odgrodziła stare życie od nowego i skierowała ich myśli na nowe tory. Uświadomiła, co jest ważne. W klasztorze w Penzance siostra Agatha nieraz powtarzała swoim wychowankom, że trzeba umieć pogodzić się ze stratą. Nie trzymać się kurczowo tego, co się ma, a zbyt wielki ciężar zostawić przy drodze. Najpierw człowiekowi jest żal, ogląda się za siebie, ale po chwili czuje, jak lekko mu iść i jak daleko może zajść. Jak zwykle miała rację.

23

Siostra Agatha była Kanadyjką. Do Anglii przyjechała z klasztoru w Kolumbii Brytyjskiej. Miała trzydzieści parę lat, jasną cerę i zielone oczy. Czasami opowiadała dziewczętom o orłach bielikach szybujących nad nadmorskimi klifami, strumieniach pełnych pstrągów, starych indiańskich *squaw* wymieniających wyszywane paciorkami mokasyny na herbatę i tytoń, pocztowych wodnopłatowcach z warkotem lądujących na gładkiej tafli jeziora. Czasem także o swoim wcześniejszym życiu: wielkim świecie Toronto, wspaniałych rezydencjach i ogrodach, w których upłynęła jej młodość. Carla uwielbiała te opowieści. Porzuciła myśl o nowicjacie i w ciemnościach sypialni szeptała do Zuzanny, że gdy wróci do Rzymu, wyjdzie za mąż za księcia, będzie się przechadzać po cienistych ogrodach w pięknych sukniach i jeść wyłącznie lody.

Siostra Agatha uczyła matematyki, czasem prowadziła także lekcje tańca. Miała też wykład dla starszych dziewcząt dotyczący małżeństwa, a z tymi, które wyraziły takie życzenie, rozmawiała o *facts of life*. Zuzanna, córka i wnuczka profesorów medycyny, nie miała pojęcia o tej sferze życia. Carla z podsłuchanych rozmów dwóch starszych sióstr stworzyła sobie jej mglisty obraz, ale nie wiedziała nic pewnego. Siostra Agatha w bardzo prostych słowach opowiedziała im o „przekazywaniu daru życia". Były zafascynowane.

Tydzień później, po uroczystej mszy, siostra przełożona rozdała uczennicom świadectwa. Niektóre od razu wyjeżdżały do domów, inne miały się rozjechać w ciągu kilku dni. Korzystając z niezwykłego w klasztorze zamieszania, Zuzanna i Carla wymknęły się na wrzosowiska. Miały tam swoje ulubione miejsce: płytkie jeziorko, wokół którego rósł gąszcz wyjątkowo dorodnych malin. Dzień był upalny. Zrywając z krzaków dojrzałe jagody, leniwie rozmawiały o tym, co usłyszały od siostry Agathy.

– Kto po ciebie przyjedzie? – zmieniła temat Zuzanna.

– Kuzynka, która mieszka w Anglii i jedzie na lato do Włoch. A po ciebie?

– Ojciec i siostra. Zatrzymamy się jeszcze kilka dni w Londynie.

– My od razu wsiadamy na statek w Plymouth. Szkoda, że nie możesz do mnie pojechać. Przyrzeknij, że następne wakacje spędzisz ze mną we Włoszech. Będziemy się wspaniale bawić.

– Przyrzekam.

Uściskały się i ucałowały, by przypieczętować obietnicę, i wróciły do objadania się malinami.

Na gałązce nad wodą przysiadła błękitna ważka. Zuzanna patrzyła na nią w zachwycie. Potem odwróciła się do Carli.

– Jaka piękna... – zaczęła.

I wtedy to zobaczyła.

Krępy szary kształt zwinięty w spiralę gwałtownie się wyprostował i uderzył w nogę Carli, tuż nad kostką. Carla krzyknęła i odskoczyła. Żmija cofnęła trójkątną głowę i błysnąwszy czarną wstęgą na grzbiecie, bezszelestnie wpełzła w gąszcz malin.

Zuzanna podbiegła do przyjaciółki. Carla upadła na trawę.

– *Serpe*! – zawołała. – *Serpe*!

Zuzanna szarpnęła podwiązkę Carli i zsunęła jej pończochę, w którą wsiąkała kropla żółtawej oleistej cieczy. Na łydce wyraźnie się odznaczały dwa czerwone punkciki – ślady po ukąszeniu. Widziała już kiedyś takie.

Carla szlochała rozpaczliwie, Zuzanna zaś, zimna jak głaz, przypominała sobie, co robił ojciec, ratując kiedyś w Poroninie ukąszonego chłopca.

– Nie ruszaj się – powiedziała stanowczym tonem – bo jad dostanie się do krwi.

Carla znieruchomiała. Tylko łzy płynęły jej po twarzy.

– Uratujesz mnie, prawda? – zapytała błagalnie.

– Oczywiście! Nic ci nie będzie – powiedziała Zuzanna pewnym głosem. – Muszę cię tylko przetransportować do klasztoru.

Carla była od niej o głowę wyższa i ważyła przynajmniej dziesięć kilo więcej. Zaniesienie jej na plecach nie wchodziło w rachubę.

Zuzanna zdjęła swoje pończochy. Jedną naciągnęła na zranioną nogę Carli, drugą mocno zawiązała jej pod kolanem, powyżej ukąszenia.

Rozejrzała się wokoło. Niedaleko leżał stos świeżo ściętych gałęzi. Zuzanna podeszła do niego. Serce biło jej mocno. Tupała głośno, żeby wypłoszyć żmije, jeśli tam właśnie mieszkały. Wyciągnęła jedną rozłożystą gałąź, potem drugą i trzecią. Liście na nich nie zwiędły jeszcze do końca.

Dociągnęła gałęzie do Carli. Starała się splątać je jak najciaśniej, potem owinęła je swoim fartuchem i związała jego wstążkami. Pomogła Carli ułożyć się na tych prowizorycznych noszach.

Z początku szła niepewnie, wolno, co chwilę się oglądała, ale widząc, że Carla mocno trzyma się gałęzi, a nosze spisują się lepiej, niż przypuszczała, ruszyła truchtem. Dziękowała Bogu, że ścieżka jest równa i porośnięta miękką trawą. Starała się omijać pojedyncze kamienie, czasem jednak słyszała jęk przyjaciółki.

W końcu wrzosowisko się skończyło i zobaczyła w dole klasztor.

– Trzymaj się mocno – powiedziała do Carli i puściła się biegiem, głośno krzycząc: – Ratunku! Pomocy!

Na tle klasztornego muru zamajaczyły jakieś sylwetki, z początku nieruchome, potem szybko zmierzające w ich stronę.

Siostra Agatha, która biegła, wysoko unosząc habit, była przy nich pierwsza.

– Co się stało?! – krzyknęła.

– Carlę ukąsiła żmija. Potrzebna surowica, natychmiast – wychrypiała Zuzanna.

Podbiegło kilka zdyszanych uczennic. Siostra Agatha kazała im chwycić nosze, na których leżała Carla, i zanieść ją do klasztoru, a jedną wysłała przodem, by zaalarmowała siostrę infirmerkę. Wyczerpaną Zuzannę wzięła pod rękę.

Gdy weszły do infirmerii, Zuzanna zobaczyła Carlę leżącą z zamkniętym oczami na łóżku. Przez jedną okropną chwilę myślała, że przyjaciółka umarła.

– Śpi – szepnęła siostra infirmerka. – Podałam jej surowicę. Jak to się stało?

– Zbierałyśmy maliny... Carla o mało nie nadepnęła na żmiję... To na pewno była żmija. Szara, gruba, z sercowatą głową i czarnym zygzakiem na grzbiecie.

– Kiedy to się stało?

– Jakieś pół godziny temu. Wyzdrowieje, prawda? Nie byłam pewna, co robić.

– Poradziłaś sobie doskonale. Skąd wiedziałaś, że trzeba założyć opaskę uciskową?

– Widziałam raz, jak to robił mój ojciec. On też jest lekarzem, jak siostra.

Siostra z podziwem popatrzyła na dziewczynkę.

– Wiesz, że prawdopodobnie uratowałaś jej życie?

Zuzanna spuściła oczy. Brzmiało to tak dziwnie.

Gdy następnego ranka przyszła zapytać o zdrowie Carli, zobaczyła w infirmerii szczupłego szpakowatego mężczyznę. Od razu się domyśliła, że to Włoch.

– Panie doktorze – powiedziała siostra infirmerka – przedstawiam panu naszą bohaterkę, pannę Zuzannę Hulewicz.

Zuzanna dygnęła.

– Cieszę się, że panią poznałem, młoda damo. Uratowała pani życie pannie Algarotti da Monte San Savino.

Zuzanna w pierwszej chwili nie zrozumiała, o kim on mówi. „Ach, prawda, tak nazywa się Carla".

– Nie omieszkam przedstawić całej sprawy jej rodzinie i być może włoskiemu dworowi – uśmiechnął się do Zuzanny. – Zasłużyła pani na wielkie pochwały, *signorina*. Gdyby nie pani przytomność umysłu...

Zuzanna była w centrum zainteresowania, co bardziej ją krępowało, niż cieszyło. Na szczęście nie trwało to długo. Następnego dnia przyjechał ojciec z Justyną. Carla czuła się coraz lepiej i przyjaciółki mogły się uściskać i wycałować na pożegnanie.

W końcu ruszyli we troje do Londynu, a potem do Krakowa.

Pod koniec lipca na ich krakowski adres przyszły dwa listy z włoskimi znaczkami. Na kopertach z mięsistego papieru były wytłoczone herby. Jeden list był od rodziców Carli, drugi podpisany przez króla Wiktora Emanuela. Zuzanna z lekkim zażenowaniem przetłumaczyła je rodzinie. W obu wynoszono Zuzannę pod niebiosa, dziękując jej za uratowanie Carli życia. List od rodziców Carli zawierał także zaproszenie do Rzymu, a list od króla – zapewnienie o wieczystej wdzięczności.

Zuzannie nie przyszło wtedy do głowy, że te listy uratują jej kiedyś życie.

24

Punkt szósta rozległ się dzwonek domofonu.

– Idą goście, idą goście... – podśpiewywała Zosia, biegnąc do drzwi. – Tak? – powiedziała do słuchawki.

– *Happy birthday to you...* – usłyszała śpiew w duecie. Zaśmiała się i otworzyła bramę.

– To Marianna i Eryk – zawołała w głąb mieszkania.

– Podoba mi się ich punktualność – powiedziała pani Zuzanna. – Takich gości można zaprosić nawet na suflet i mieć pewność, że się nie zmarnuje.

Zosia wyjrzała na schody.

– Jak miło was widzieć! Wchodźcie, wchodźcie. Marianno, mogę wziąć to pudło?

– To nie pudło, tylko prezent. Dla ścisłości dodam, że prezent numer jeden. To, jak się domyślasz, tort orzechowy z masą prowansalską. I świeczkami

– Jeszcze chwila i zacznę się cieszyć, że kończę trzydzieści lat.

– A co, nie cieszysz się?

– Żartujesz chyba! Czuję się stara i zgrzybiała.

– Do tego ci jeszcze daleko. – Eryk objął ją i pocałował. – Z każdym dniem młodsza i ładniejsza. – Znów ją pocałował.

– Dość tego. – Marianna stanowczym ruchem odsunęła Eryka. Nachyliła się do ucha Zosi i coś jej szeptała.

Zosia też odpowiadała szeptem i co chwilę chichotały.

– Nie wiem, czy takie życzenia są ważne – surowo powiedział Eryk. – Poza tym, dziewczynki, czy nikt was nie nauczył, że w towarzystwie nie ma sekretów?

– Dobre sobie! – parsknęła Marianna. – Mówić „dziewczynki" do trzydziesto- i trzydziestojednoletniej kobiety. Bo ja mam trzydzieści jeden... Od jakiegoś czasu – dodała, widząc ich zdziwione miny.

Zadzwonił domofon.

– Ja otworzę – powiedziała Marianna – a wy dopełniajcie tych formalności. I siadajmy do stołu, bo umieram z głodu. Od rana nic nie jadłam, by sobie u was niczego nie żałować.

Eryk wręczył Zosi bukiet łososiowo-pomarańczowych róż i życzył jej zdrowia i szczęścia.

– Resztę bez trudu zdobędziesz sama.

– To doktor Chober – zdziwionym głosem powiedziała Marianna, odwieszając słuchawkę domofonu. – Ktoś zachorował?

– Nie. Zaprosiłam go, by mu podziękować za opiekę.

– Myślałam, że będziemy tylko my, rodzina. – Marianna wyglądała na nieco rozczarowaną.

– Kochana, jak ładnie to powiedziałaś – zawołała Zosia, objęła ją i ucałowała.

– Ja też tak chcę! – powiedział Eryk. – Ja też należę do rodziny.

Goście pili aperitify w salonie. Pani Zuzanna, wspomagana przez panią Jagodę, robiła ostatnie przygotowania w kuchni. Zosia rozwiązała róże od Eryka i ułożyła je w wazonie.

– Dziecko, zanieś kwiaty i siadamy do stołu.

Goście głośno chwalili bukiet ułożony przez Zosię.

– Prosimy państwa do jadalni.

Na widok stołu znów rozległ się chór komplementów.

– Te niejadalne ozdoby to ja – powiedziała Zosia. – Ta pyszna reszta to dzieło niani.

Rdzawy obrus był ubrany gałązkami głogu i jarzębiny, kolorowymi liśćmi, a nawet kasztanami i żołędziami. Pani Zuzanna przygotowała pomidory z mozzarellą i listkami bazylii oraz jedną ze swoich popisowych przystawek: carpaccio z borowików i maślaków.

Z początku było słuchać tylko smoothjazzową muzykę w tle, brzęk sztućców, chrzęst łamanej bagietki, ciche prośby o podanie masła albo oliwy i westchnienia rozkoszy biesiadników.

Pan Borucki nalewał wino.

– Uwielbiam grzyby – powiedziała Marianna – ale takich pysznych nigdy wcześniej nie jadłam. Jest pani czarodziejką – posłała szeroki uśmiech pani Zuzannie.

– A te pomidory! Delicje! – dodał doktor Chober.

– Zuzanna uczyła się gotować w przyklasztornej szkole w Anglii, kto by pomyślał, prawda? – powiedział pan Borucki.

– Anglia nie cieszy się sławą kraju o znakomitej kuchni... – rzekła pani Zuzanna.

– No, ba! – wykrzyknęła Marianna.

– ... to jednak niesprawiedliwa opinia. Po pierwsze, w każdym kraju są świetni kucharze i kucharki, jak na przykład moja mistrzyni w kuchni, siostra Madeleine. Po drugie, nie wszystkim wszystko smakuje. Angielska koleżanka, która odwiedziła mnie jeszcze przed wojną, powiedziała, że jej najgorszym wspomnieniem z Krakowa jest „white borszcz" i „tatara".

– No, proszę! – zdumiał się doktor.

– I po trzecie, i najważniejsze, w kuchni nie wolno oszukiwać. Jak pomidory, to teraz, gdy najlepsze, o świeżych grzybach nie wspominając. Te pomidory to od Wolskich, a grzyby z Kleparza.

– Poszłam wczoraj na zakupy do sklepu Wolskich – opowiadała Marianna. – Wchodzę i zamiast pani Marii widzę jakąś dziewczynę. Pytam, czy jest rukola. Ona zagląda do szafy chłodniczej i mówi: „Jest tylko cola cherry i cola light".

Pani Jagoda zebrała talerze. Potem podała danie główne: tafelspitz.

– Myślałam o tarcie albo gratin. Dostałam jednak z Różan, od Wolskich, prawdziwą wołowinę i nie mogłam jej zmarnować. Panie doktorze, proszę sobie nałożyć jeszcze kawałek z tego rodzaju, każdy ma inny smak, naprawdę – zachęcała pani Zuzanna.

– Z czego to purée? – zapytała Marianna, biorąc salaterkę z żółtawym musem.

– Z bakłażanów. A to ze szpinaku. Panie Eryku, sosu?

– Bardzo proszę.

– Ja też chcę. Mmm, pyszny – oblizała się Marianna. – Jabłka z chrzanem, prawda?

– Tak.

– Chciałbym, żeby tego spróbowała któraś z pań gotujących u nas w szpitalu. Nigdy bym nie pomyślał, że zwyczajna sztuka mięsa może tak smakować.

Pani Zuzanna się uśmiechnęła.

– Prawdę mówiąc, wahałam się, czy ją zrobić, właśnie ze względu na pana. Bałam się, że skojarzy się panu z bezbarwną kuchnią szpitalną. I miałam rację.

– Skądże, to znakomity pomysł! Wreszcie wiem, jak to może smakować. Jeszcze jeden taki obiad i zmuszę panią do sprzedania mi abonamentu.

– To ja jestem drugi! – zawołał Eryk. – A jeśli się pani nie zgodzi, będę czatował na resztki przy śmietniku.

– Napije się pani wina? – zapytał pan Borucki Mariannę.

– Wina nigdy nie odmawiam. – Upiła łyk. – Mogę zobaczyć etykietę? Bardzo mi smakuje. Austriackie? – zdziwiła się.

– Wieczór cudów i niespodzianek – teatralnym szeptem powiedziała Zosia.

– Najlepsze do tafelspitz. Pijał je Franciszek Józef. Na pewno pani wie, że to jego ulubione danie.

– Nie był zbyt wyrafinowany, co nie znaczy, że to nie było pyszne.

— Deser też będzie austriacki — powiedziała Zosia. — Niania poszła za ciosem.

— Ja za deser chyba... — zaczął doktor.

— Lepiej niech pan nie kończy! Niech zgadnę! Knedle z morelami! — zawołała Marianna.

— Tak — uśmiechnęła się pani Zuzanna.

— Czy w nagrodę za to, że zgadłam, mogę zjeść podwójną porcję?

— Dam pani nawet na wynos.

— Jest pani boska! Zosiu, pewnego dnia ukradnę ci nianię, zawiozę na koniec świata, będę na nią chuchać i dmuchać, i mieć ją tylko dla siebie! — rozmarzyła się Marianna.

— Tylko spróbuj! — pogroziła jej palcem Zosia.

— Dawno nikt się o mnie nie bił, już zapomniałam, jakie to miłe uczucie — powiedziała pani Zuzanna.

— Na pewno miała pani mnóstwo adoratorów.

— Ja i teraz nie narzekam, pani Marianno.

— *Touche*! — zaśmiał się Eryk.

— Należało mi się — przyznała Marianna.

— Napijmy się na zgodę — mrugnęła do niej pani Zuzanna, sięgając po karafkę z szylkretową zawartością.

— Nie wierzę — jęknęła Marianna. — Czy to pani słynny liquore d'alloro?

Pani Zuzanna pokiwała głową.

— Proszę państwa, ten likier trzeba pić z namaszczeniem. To dzieło sztuki — uroczystym tonem oznajmiła Marianna.

— Z czego jest zrobiony? — zapytał doktor Chober.

— Chyba z trawy. Taki zielony... — szepnął Eryk.

— Milcz, profanie — Marianna miała dobry słuch. — Możesz wypić łyczek, by nie zmarnować okazji.

— Ja przecież prowadzę...

— I za to cię lubię. Uwielbiam niepijących mężczyzn! Piłeś kiedyś likier z liści bobkowych?

— Brzmi okropnie.

— Ale jak smakuje! I, panie doktorze — zwróciła się do doktora Chobera — jest świetny na trawienie.

Po kolacji przenieśli się do salonu. Zosia i Marianna zaparzyły kawę, pan Borucki nalewał brandy i jäggermeistra. Rozmowa toczyła się leniwie.

— Dziś był piękny dzień — zauważył Eryk. — Jesienne światło jest jedyne w swoim rodzaju. Lubię ten wypłowiały październikowy błękit nieba.

— Miałem tyle roboty, że nawet nie zauważyłem, jaka jest pogoda — przyznał doktor Chober.

— Ale noce są już zimne. Wczoraj z atlasem nieba w ręce oglądałam gwiazdy. Wypatrzyłam Perseusza i kawałek Byka. A jak widać Byka, to niedługo pojawi się Orion, a to oznacza, że idzie zima — powiedziała Marianna.

— Kiedy ty na to wszystko znajdujesz czas? — zapytała Zosia. — Obserwowanie gwiazd, praca w ogrodzie, gotowanie, czytanie dziesięciu książek na tydzień, że o pracy zawodowej nie wspomnę.

— Zapominasz, że jestem Amerykanką. Przynajmniej formalnie. A to znaczy, że gdybym nie osiągała tego, co sobie zaplanowałam, musiałabym przyznać, że jestem leniwa albo, co gorsza, źle zorganizowana.

Zosia uścisnęła ją, przechodząc z dzbankiem.

— Jeszcze kawy, panie doktorze?

— Bardzo proszę, jest doskonała, jak wszystko u państwa.

— To już głównie zasługa ekspresu — zaśmiała się Zosia. — Dlatego ja jestem dopuszczana do jej robienia.

Gdy wróciła z kuchni z dzbankiem świeżej kawy, miała wrażenie, że pod jej nieobecność w salonie zawiązał się jakiś spisek. Doktor Chober przyciszonym głosem rozmawiał z ojcem i nianią, a Marianna przeniosła się na kanapę obok Eryka i coś szeptała mu do ucha. W ręku trzymała plik kartek. Eryk miał niewyraźną minę.

— Proszę państwa, szanowna solenizantko! — powiedziała Marianna, podnosząc się z kanapy. — Pora na prezent numer dwa. Ostatni występ Eryka w tym domu...

Doktor Chober zaczął klaskać i krzyknął:

— Bis! Bis!

Wszyscy się roześmiali.

— To byłoby za proste dla Marianny... — mruknął Eryk niby pod nosem, ale tak, by wszyscy słyszeli.

— Ostatni występ Eryka spotkał się z tak gorącym przyjęciem — podjęła swą przemowę Marianna — że ośmielony tym, nie bójmy się tego słowa, ogromnym sukcesem, postanowił dziś w ramach specjalnego prezentu dla Zosi, z moją skromną pomocą, zaprezentować inny skecz, mojego pomysłu, pod tytułem *Rodzinada*.

— Ale obciach... — westchnął Eryk. — Jak na koloniach.

Wstał jednak, wziął od Marianny kilka kartek i skłonił się publiczności.

— Dzień dobry. Karol z Burga wita w państwa ulubionym teleturnieju *Rodzinada*. Dzisiejszy teleturniej jest trochę nietypowy, gdyż jak państwo widzą, mamy tylko jednego zawodnika. Pozostałych zjadła trema.

Marianna ryknęła jak lew.

— To właśnie ryk naszej tremy. Proszę się nie obawiać, nie jest już głodna.

Marianna pokazała publiczności kartkę z napisem OKLASKI. Wszyscy zaczęli się śmiać i bić brawo.

— Nietypowy program zaczniemy nietypowo i opowiem śmieszny dowcip.

GROMKIE OKLASKI (BEZ ŚMIECHU)

Mimo nakazu na kartce doktor Chober nie mógł opanować chichotu.

— Ponieważ mamy dziś święto — Eryk uśmiechnął się do Zosi — dowcip będzie religijno-ekumeniczny. Uwaga, opowiadam. Ksiądz i rabin mieli wypadek: zderzenie czołowe. Z samochodów niewiele zostało. Tymczasem z jednego stosu złomu wychodzi rabin, tylko lekko potłuczony. Z drugiego ksiądz, ma parę siniaków. Patrzą na siebie i na samochody z niedowierzaniem. Rabin mówi do księdza: „To nieprawdopodobne, że żyjemy". „To musi być znak", odpowiada ksiądz. Na to rabin: „Tak, to znak, żebyśmy się wreszcie pogodzili", i wyciąga piersiówkę. „Napijmy się, żeby to uczcić", proponuje. Ksiądz pociąga solidny łyk i oddaje piersiówkę rabinowi. Rabin ją zakręca i chowa. „A ty?", pyta ksiądz. „A ja poczekam, aż przyjedzie policja".

GROMKI ŚMIECH, BURZA OKLASKÓW

— Bardzo dziękuję za ten spontaniczny aplauz i przedstawiam państwu naszego dzisiejszego zawodnika. — Eryk przysunął kartkę do oczu. — Pan Marian Milewicz.

— Marianna...

— Och, przepraszam, pan Marianna Milewicz. — Eryk uśmiechnął się szeroko. — Formalnościom stało się zadość, czas nas goni, zatem przystępujemy do pytań.

OKLASKI

— Co ma rogi?

— Pierogi! — krzyknęła Marianna i pokazała kartkę z napisem NIE WOLNO SIĘ ŚMIAĆ.

— Słynny zabytek w Rzymie?

— Krzywa wieża w Pizie.

NIE WOLNO SIĘ ŚMIAĆ

— Rodzaj kiełbasy?

— Szynka!

NIE WOLNO SIĘ ŚMIAĆ

— Zwierzę w paski?

— Biedronka!

NIE WOLNO SIĘ ŚMIAĆ

— Owoc z pestką?

— Truskawka!

NIE WOLNO SIĘ ŚMIAĆ

— Biblijna para?

— Zeus i Hera!

NIE WOLNO SIĘ ŚMIAĆ

— Czarno-żółty owad w paski?

— Żyrafa!

NIE WOLNO SIĘ ŚMIAĆ

— Środek transportu bez kół?

— Pociąg!

NIE WOLNO SIĘ ŚMIAĆ

— Kraj, w którym rosną drzewka oliwne?

— Boliwia.

NIE WOLNO SIĘ ŚMIAĆ

— Coś kwaśnego?

— Kwas solny.

NIE WOLNO SIĘ ŚMIAĆ

— Bajkowy przyjaciel Żwirka?

— Wigurek.

NIE WOLNO SIĘ ŚMIAĆ

— Porusza się bardzo wolno?

— Maślak.

NIE WOLNO SIĘ ŚMIAĆ

— Drzewo na literę jot?

— Jęczmień.

NIE WOLNO SIĘ ŚMIAĆ

— Zwierzę, które ma więcej niż cztery nogi?

— Pies.

NIE WOLNO SIĘ ŚMIAĆ

— Powód, dla którego przy ładnej pogodzie zostajesz w domu?

— Deszcz.

NIE WOLNO SIĘ ŚMIAĆ

— Coś, co pracownicy wyłączają pod koniec dnia pracy?

— Mózgi.

NADAL NIE WOLNO SIĘ ŚMIAĆ

BURZA OKLASKÓW

Widzów nie trzeba było zachęcać.

Marianna trąciła Eryka.

— Możemy zaczniemy występować za pieniądze? Początek mieliśmy dobry.

— Tak, na początku jest najtrudniej. — Eryk zrobił kwaśną minę. — Mówią, że później jest jeszcze gorzej, za to człowiek zaczyna się przyzwyczajać.

Gdy goście nieco odpoczęli po teleturniejowych emocjach, Marianna wniosła tort, Zosia zdmuchnęła świeczki, były oklaski, toasty i nieco fałszywie odśpiewane *Sto lat*. Potem doktor

Chober usiłował wycyganić od pani Zuzanny przepis na liquore d'alloro, a Eryk przyciszonym głosem rozmawiał z panem Boruckim. Marianna zaciągnęła Zosię pod okno.

— Na cały październik zapowiadają piękną pogodę. Może wybierzemy się na wycieczkę tylko we dwie? Pamiętasz naszą wyprawę na Leskowiec? Piwo z becherovką w schronisku? I to upiorne zejście do Jagódek w ulewnym deszczu?

— Pewnie.

— Myślałam o kilku dniach w Pieninach. Byłam tam tylko raz, sto lat temu, na spływie Dunajcem, jeszcze z ciotką. Marzą mi się Trzy Korony. Zrobisz to dla mnie? Bardzo proszę.

— Tylko ja nie mam kondycji...

— Co ty mówisz! W porównaniu ze mną jesteś zawodowym wspinaczem! Szerpą! Wcale nie myślałam o morderczych podejściach. Jakiś wjazd kolejką, wynajęcie tragarzy, nocleg w przytulnym schronisku...

— To co innego — uśmiechnęła się Zosia. — Mogę się zająć trasą, a ty transportem i aprowizacją.

— Cudownie! Umowa stoi! — Napluła na rękę jak na końskim targu.

Doktor Chober, który podszedł, aby się pożegnać, spojrzał na nią spłoszony.

Marianna rzuciła okiem na zegarek.

— Jezus Maria! Dochodzi północ! Eryk, czemu nic nie mówisz! Nigdy więcej nie zostaniemy zaproszeni!

Eryk rozmawiał z panią Zuzanną. Na okrzyk Marianny zaczął się żegnać z gospodarzami.

Na końcu podszedł do Zosi.

— Dziękuję za te cudowne róże — powiedziała. — To Die Welt. Uwielbiam je. Są takie rzadkie, jak je zdobyłeś?

— Tajemnica. Nie wiedziałem, że je lubisz, *mein Schatz*. Wybrałem je ze względu na nazwę. Chciałbym ci rzucić do stóp cały świat, *die ganze Welt*.

Zosia zarumieniła się.

— Zadzwonię jutro. Do widzenia — przytulił ją mocno.

Die Welt

— Jeszcze raz wszystkiego najlepszego! — powiedziała Marianna, ściskając ją na pożegnanie. — I pamiętaj, życie zaczyna się po trzydziestce!

Gdy goście poszli, Zosia włożyła naczynia do zmywarki, a pani Zuzanna zaparzyła herbatę. Pan Borucki nalał po kieliszku liquore d'alloro. Usiedli we troje przy stole w jadalni.

— Jeszcze raz twoje zdrowie, córeczko!

— Dziękuję, tatku. Fantastyczne przyjęcie, nianiusiu, bardzo dziękuję!

— Atmosfera na przyjęciu zależy od ludzi przy stole, a nie od tego, co na stole — powiedziała pani Zuzanna.

— Lepiej jednak, jeśli i stół nie zawodzi — zauważył pan Borucki.

— Marianna zaprosiła mnie na wycieczkę. Myślimy o kilku dniach w Pieninach.

Pan Borucki i pani Zuzanna spojrzeli po sobie.

— Nie podoba się wam ten pomysł? — zdziwiła się Zosia.

Starsi państwo znów porozumieli się wzrokiem.

— To zabawne — powiedział pan Borucki — bo my usłyszeliśmy podobne propozycje od Tomka i Eryka.

— Zapraszają was w Pieniny? — zażartowała Zosia.

— Nie nas, tylko ciebie, i nie w Pieniny, tylko do Zakopanego i do Rzymu.

— Nic z tego nie rozumiem.

— Tomek Chober ma jakiś zjazd lekarzy w Zakopanem. Powiedział nam, że tydzień albo jeszcze lepiej dwa tygodnie rekonwalescencji w górach byłyby dla ciebie bardzo wskazane.

— Całkowicie się z nim zgadzam — dorzuciła pani Zuzanna.

— Mógłby ci załatwić zabiegi w sanatorium, wynajęłoby się jakiś ładny pokój... Lubisz góry. A on byłby pod ręką. To dobry lekarz.

— Nie wątpię — zamyśliła się Zosia. — Ale ja się dobrze czuję. Sanatorium... Brzmi jakoś tak...

— Eryk chciał cię zaprosić na wycieczkę do Rzymu. Rzym... — powiedziała tęsknie pani Zuzanna.

— Kochasz to miasto, nianiu, prawda? Pamiętam, jak mi o nim opowiadałaś. Jak miała na imię twoja włoska przyjaciółka?

— Carla. Kiedy to było...

— Nianiu, już dawno sobie obiecałam, że do Rzymu pojedziemy kiedyś razem, wszyscy troje. A teraz... Sama nie wiem... Dlaczego oni rozmawiali o tym z wami, a nie ze mną? To takie... no...

— Staroświeckie? Ale urocze, nie sądzisz, skarbie?

— Córciu, tak czy inaczej powinnaś posłuchać lekarza.

Zosia w milczeniu piła herbatę. W końcu podjęła decyzję.

— Masz rację, tatusiu. Zalecił dwa tygodnie w górach, prawda? Poproszę Eryka, by zamiast do Rzymu, wziął mnie gdzieś w góry. Pojadę na tydzień z nim i na tydzień z Marianną. A potem poszukam sobie pracy.

25

Granicę przekroczyli w Łysej Polanie. Młody celnik nawet do nich nie podszedł, tylko machnął ręką, żeby przejeżdżali. W poniedziałkowe południe ruch był niewielki. Jedynie na pasie dla ciężarówek stał długi rząd aut.

Przejechali przez ciemny świerkowy bór i nagle za zakrętem zobaczyli góry. Zosia krzyknęła z zachwytu. Pokryte śniegiem szczyty błyszczały w słońcu. W krystalicznie czystym powietrzu wyglądały, jakby były na wyciągnięcie ręki.

Eryk popatrzył na nią z uśmiechem i zatrzymał samochód na małym leśnym parkingu. Wyciągnął kurtki z bagażnika.

— Na odsłoniętym miejscu może wiać. Lepiej się ubierzmy — powiedział.

Chwycił ją za rękę i poszli do urządzonego nieopodal miejsca widokowego. Było tam kilku francuskich turystów: jedni oglądali okolicę przez lornetki, inni kupowali coś na prowizorycznym straganie. Zosia oparła łokcie na barierce i rozglądała się zachwycona.

— I jak? Zadowolona? — usłyszała za plecami głos Eryka.

— Zadowolenie dziesięć — odpowiedziała. Odwróciła się do niego uśmiechnięta, a gdy zobaczyła w jego ręce bukiecik zimowitów, oczy rozbłysły jej jeszcze bardziej i poprawiła się: — Jedenaście.

— A to dopiero początek.

Stali ramię przy ramieniu. Pokazywał jej szczyty i mówił, jak się nazywają. Jej subtelny profil wyraźnie się rysował w jesiennym świetle. Widział niesforny loczek tańczący na gładkim jak u dziecka czole, drobniutkie nitki zmarszczek, a właściwie ich zapowiedź, w kąciku oka, nikły rumieniec na opalonym policzku, okrągłą brodę. Wyglądała tak, że aż ścisnęło go w gardle. Chrząknął i pokazywał kolejne szczyty trochę na oślep. Śledziła ruchy jego ręki, czasem tylko przenosząc wzrok na bukiecik liliowych jesiennych krokusów. Dłoń, w której trzymała kwiatki, zaczęła jej marznąć. Przełożyła zimowity do prawej ręki i energicznie poruszała palcami lewej, by je rozgrzać. Nie przerywając opowiadania, ujął jej zmarzniętą dłoń i wsunął do kieszeni swojej kurtki. Ta niewinna pieszczota sprawiła, że serce mocniej jej zabiło, a w dole brzucha przepłynął słodki prąd.

— Skąd to wszystko wiesz? — zapytała, chcąc rozwiać ten czar.

— Przygotowałem się, żeby zrobić na tobie wrażenie.

— Udało ci się.

— Biegnijmy do auta, bo mi tu zamarzniesz. Wiatr jest lodowaty.

Rzeczywiście było zimno, mimo słońca. Z przyjemnością wsunęła się do ciepłego samochodu.

— Stąd już niedaleko.

— Byłeś tu wcześniej?

— Raz, z siostrą. Wymyśliła sobie kiedyś taką narciarską wyprawę: najpierw czeskie Sudety, potem Tatry na Słowacji, Alpy w Austrii i Szwajcarii, na deser Włochy. Była jeszcze smarkulą i nie mogłem jej puścić samej.

— Gdzie ci się najbardziej podobało?

— Najlepiej mi się jeździło we Włoszech. Poza tym prugna, włoska wódka ze śliwek, którą się pije na stoku, nie ma sobie równych. Agnes też głosowała za Włochami, choć na prugnę była za młoda – zaśmiał się. – Jeśli chodzi o krajobrazy, wybrała Austrię. Mnie natomiast spodobała się Łomnica.

– Dlaczego?

– Sama zobaczysz.

Wjeżdżali już do miasteczka. Łomnica przypominała Zosi polskie podhalańskie wsie, składające się z długiej ulicy prowadzącej przez środek i domów rozrzuconych po bokach. Skręcili w lewo i po chwili wyrósł przed nimi Grand Hotel Praha: otoczony drzewami żółtawy elegancki budynek z bajkowymi wieżyczkami.

– Ma prawie sto lat. A ty lubisz stare domy – powiedział Eryk.

– Jest taki... onieśmielający – wyszeptała Zosia.

– Dla ciebie wszystko co najlepsze – zażartował. – *Die ganze Welt*. A lepszego hotelu tu nie ma.

Nie roześmiała się. Wolałaby coś skromniejszego. Nie lubiła elegancji na pokaz.

– Jeśli ci się nie spodoba, znajdziemy coś innego – uspokoił ją.

Weszli do holu.

– Czy ten żyrandol nie przypomina ci ogromnego tortu z bitą śmietaną i świeczkami? – szepnął jej do ucha.

Spojrzała w górę i zachichotała.

Uprzejmy recepcjonista, mówiący z wiedeńskim akcentem, stał się jeszcze bardziej uprzejmy, kiedy się okazało, jaki apartament zarezerwował Eryk. Długo i szczegółowo opowiadał o udogodnieniach dla gości: basen, sauna, masażystki, fryzjer, kosmetyczka, darmowy internet, codziennie świeża niemiecka prasa.

– Żyć, nie umierać – powiedział po polsku Eryk, co rozśmieszyło Zosię, a Słowaka wytrąciło z transu rutynowego przemówienia.

Apartament Cesarski był godny swojej nazwy. Ze sporego przedpokoju wchodziło się do dużego salonu z pięknym widokiem na góry, a dalej dwoje drzwi prowadziło do dwóch sypialni i przylegających do nich luksusowo wyposażonych łazienek.

– Czy mam przysłać pokojówkę, by rozpakowała państwa rzeczy? – zapytał boy.

– Nie, dziękuję, poradzimy sobie sami – odpowiedział Eryk i zręcznie wsunął mu banknot do ręki. – Proszę nam tylko zarezerwować stolik w restauracji. Za godzinę? – zwrócił się do Zosi.

Pokiwała głową.

– Oczywiście – boy skłonił się. – Bardzo dziękuję. Życzę państwu miłego pobytu.

Gdy zostali sami, Eryk wskazał na okna.

– Popatrz.

Długą chwilę stali oparci o siebie ramionami, podziwiając widok za oknem.

– Może źle zrobiłem, nie zamawiając pokojówki? – zapytał Eryk. – Może wolałabyś się położyć?

– Nie żartuj. Czułabym się niezręcznie, gdyby ktoś rozpakowywał mi rzeczy.

– Tak myślałem. Który pokój wybierasz?

– Ten.

Spodobało się jej duże francuskie łóżko z błękitną pościelą, otoczone spływającą z sufitu ciemnozieloną draperią.

– Wiedziałem. To twoje kolory. Cóż, ja w takim razie będę musiał spać pod karmazynowym suknem. Wygląda to jak łoże z horrorów. Mam nadzieję, że nie dusi w nocy – westchnął ciężko, wziął walizkę i poszedł do drugiej sypialni.

Powiesiła w szafie swoje rzeczy i weszła do łazienki. Wielkie ręczniki były miękkie i nieskazitelnie białe. Ułożyła kosmetyki, obejrzała hotelowe jednorazówki, wypróbowała suszarkę do włosów, umyła ręce. Potem położyła się na łóżku. Wyglądało na wygodne i rzeczywiście takie było. Zamknęła oczy.

– Pensa za twoje myśli, jak mówi Marianna – usłyszała głos Eryka.

– Tak tanio się nie dowiesz – odpowiedziała, otwierając oczy.

– Przepraszam, że tak wtargnąłem, ale drzwi były otwarte.

– Już wstaję.

– Nie wstawaj. Tęskniłem za takim widokiem.

Zaczerwieniła się lekko. Nie zrobiła żadnego zachęcającego gestu, więc stał w drzwiach, patrząc na nią.

– Jestem głodna – powiedziała w końcu i usiadła na łóżku.

– Ja też. – Czyżby usłyszała westchnienie w jego głosie? – Chodźmy na obiad, a potem na spacer.

– Świetny pomysł.

Przekomarzając się i żartując, wsiedli do windy i zjechali na parter. Restauracja była prawie pusta. Tylko przy jednym z wielu stolików, nakrytych sztywno wykrochmalonymi obrusami, siedziały trzy osoby. Lśniły srebra i kryształy. Ceremoniał zamawiania i podawania do stołu był przesadzony, jak to często bywa w takich miejscach. Eryka to śmieszyło, ją denerwowało. Obiecała sobie w duchu, że kolację zjedzą gdzie indziej.

Kelnerzy bezszelestnie odsuwali krzesła, podawali karty, w nabożnym skupieniu przyjmowali zamówienie i przynosili kolejne potrawy.

Eryk z przyjemnością patrzył na prostą linię jej ramion i karku, na sposób, w jaki trzymała sztućce, jak jadła. Przypomniał sobie jedną ze swoich dziewczyn, która najchętniej jadła rękami, mówiła z pełnymi ustami i nie wiedziała, do czego służy płócienna serwetka, bo miała do czynienia wyłącznie z papierowymi. Z początku wydawało mu się to urocze, szybko jednak mu się znudziło, a potem obrzydło.

Zosia z prawdziwą ulgą wyszła z restauracji. Pojechali na górę, wzięli kurtki i ruszyli do miasteczka. Eryk zabrał aparat. Zawsze powtarzał, że czarodziejska godzina zmierzchu jest wymarzonym czasem na robienie zdjęć.

Leniwie spacerowali, wdychając zapach żywicy i sosen. Z malutkiej cukierenki doszła ich cudowna woń świeżo upieczonego ciasta. Postawna kobieta w białym fartuchu i chustce na głowie wynosiła z zaplecza blachę drożdżowego ciasta posypanego plasterkami jabłek, orzechami, rodzynkami i cynamonem. Zosia mimowolnie przełknęła ślinę.

– Ty łasuchu! – z udaną zgrozą zawołał Eryk.

„Dobrze, że nie ma tu Marianny – pomyślała Zosia. – Ona, z wrodzoną szczerością, głośno by powiedziała, że apetyt na słodycze jest z braku seksu".

Usiedli przy mikroskopijnym stoliku. Ciasto było jeszcze ciepłe.

– Dobre, ale daleko mu do tego, które ty kiedyś dla mnie upiekłeś.

– Pamiętasz to jeszcze? – zdziwił się.

Uśmiechnęła się do niego tak, że natychmiast pożałował, że nie ma przy sobie szkicownika. Jak to się działo, że ołówek od razu ożywał w jego ręce, gdy ją rysował?

Sięgnął po aparat.

– Ojej, nie rób mi zdjęć!

– Trochę kompromitujących materiałów nie zaszkodzi – powiedział i cyknął jej kilka fotek.

– Pokaż – zażądała.

Prezentował zdjęcia, nie wypuszczając aparatu z rąk.

– Zdjęcia robię za darmo, kasuję za pieniądze – zapowiedział.

Wykrzywiła się okropnie w odpowiedzi i zaraz tego pożałowała, bo błyskawicznie zrobił jej zdjęcie, nie podnosząc aparatu do oczu.

– Za skasowanie tego będzie specjalna stawka – powiedział, oglądając je.

– Chyba muszę się rozejrzeć za jakąś robotą, może w hotelu na zmywaku kogoś potrzebują – westchnęła. – Inaczej do końca życia się nie wypłacę.

Powoli wypili kawę i ruszyli dalej. Gdy przechodzili na drugą stronę ulicy, przytrzymał ją za ramiona, jakby się bojąc, by nie wpadła pod auto. Już jej nie wypuścił z objęcia. Wskazując jakiś szczególnie ładny ganek czy rzeźbioną okiennicę, pochylał się nad nią i nieznacznie muskał wargami jej włosy.

Zapadał zmrok. Zawrócili w stronę hotelu.

– Może kolację zjemy gdzieś tu? – zaproponowała. – Ta hotelowa restauracja jest okropna.

Znaleźli restauracyjkę z czterema stolikami przykrytymi obrusami w czerwoną kratkę. Menu wisiało na gwoździu za barem.

– Wielkiego wyboru nie ma – powiedział nieufnie Eryk.

– Za to kuchnia na pewno domowa.

– Wygląda jak jakaś stołówka.

– Coś ty. Założę się, że ten facet za barem to właściciel, a jego żona urzęduje w kuchni.

– Dobra. O co?

– Czy ja wiem? Co proponujesz?

– Masaż stóp. Okropnie mnie bolą nogi.

– Taki jesteś pewny wygranej? Żebyś się nie rozczarował.

Zamówili miejscowe wino i smażony panierowany ser.

– Pyszne – ocenili jednogłośnie.

Zosia zagadnęła obsługującego ich mężczyznę. Miała rację, był właścicielem tej restauracji. Wdowcem. W kuchni pracowała jego córka.

– Wygrałaś – powiedział Eryk.

– Niestety nie. Zakład nierozstrzygnięty.

– Szkoda. Bo sam nie wiem, co by było przyjemniejsze: gdybyś ty mnie masowała, czy gdybym ja masował ciebie.

Jakoś jej to nie rozbawiło.

Kiedy wrócili do hotelu, zaproponował drinka w barze. Odmówiła, tłumacząc, że jest zbyt zmęczona. W milczeniu jechali na górę. W salonie stanęła przy oknie, nie wiedząc, jak mu powiedzieć dobranoc, by nie poczuł się odtrącony. Zła na siebie i na niego, żałowała, że zgodziła się na ten wyjazd. To wszystko było takie... niemal wulgarnie oczywiste.

Eryk siedział w fotelu i przeglądał jakąś niemiecką gazetę, którą wziął z recepcji. W końcu złożył ją z szelestem, podszedł do okna i powiedział:

– Nic już nie widać. Połóż się, jutro czeka nas dzień pełen wrażeń. Słodkich snów.

Objął ją ramieniem, pocałował w policzek i poszedł do swojej sypialni.

Nie pozostawało jej nic innego, jak iść do swojej. Długo stała pod gorącym prysznicem, czując, jak rozluźniają się jej napięte mięśnie. Bolały ją nawet szczęki.

Pół nocy przewracała się z boku na bok. Kiedy w końcu zasnęła, śniły jej się koszmary. Obudziła się niewyspana, z obolałym ciałem i pękającą głową. Musiała chyba nieświadomie kilka razy głośno jęknąć, bo usłyszała pukanie i zaniepokojony głos Eryka zza drzwi:

– Źle się czujesz?

– Trochę boli mnie głowa... Nie najlepiej spałam i właściwie nadal jestem zmęczona.

– Napijesz się herbaty?

– Bardzo chętnie.

Słyszała, jak rozmawia przez telefon, potem jak otwiera drzwi na korytarz. W końcu zapukał do jej sypialni.

– Dzień dobry. – Wszedł, niosąc tacę. Nalał herbaty i lekko dotknął jej czoła. – Na szczęście gorączki chyba nie masz... – odetchnął z wyraźną ulgą.

Była blada i miała podkrążone oczy. Namyślał się przez chwilę, starając się nie okazywać niepokoju, choć najchętniej od razu wezwałby lekarza.

– Mam pomysł – powiedział w końcu, odrzucając myśl o zamówieniu wizyty, na którą na pewno i tak by się nie zgodziła. – Obiecaj, że zrobisz to, o co cię poproszę.

– Dobrze, obiecuję.

„Dlaczego ona zawsze patrzy tak ufnie?"

– Istnieje świetny sposób na poprawienie ci samopoczucia. Sauna, basen i masaż. Co ty na to?

– Nie wiem, czy będę miała siłę...

– Mogę cię zanieść. Po prostu przerzucę cię przez ramię, o tak. – Chwycił poduszkę i zademonstrował chwyt.

– Wielkie dzięki, wolę iść sama, niż być niesiona jak worek.

– Nie ruszaj się z łóżka, ja wszystko załatwię.

Pół godziny później zwiózł ją windą na parter i oddał w ręce ubranego na biało personelu. Rozgrzana sauna już czekała. Była jedyną osobą zażywającą tu dziś tych przyjemności. Zdjęła hotelowy szlafrok i kostium kąpielowy i nago wyciągnęła się na przykrytej ręcznikiem drewnianej ławce. Czuła, jak skóra rozgrzewa się coraz głębiej i coraz gęściej pokrywa się potem. Gorące włosy niemal parzyły. Gdy po dwudziestu minutach weszła pod zimny prysznic, czuła się już o niebo lepiej. Jeszcze piętnaście minut na wyższej ławce. Zamknęła oczy i wyobrażała sobie, że leży na gorącym piasku i wdycha suche powietrze pustyni.

Nad wyłożonym błękitną mozaiką basenem wznosił się fantazyjny żebrowany sufit wsparty na czterech złotawych kolumnach. Dwie ściany były oszklone i na wodzie tańczyły słoneczne refleksy. Chuda jak patyk blondynka siedziała na żółtym leżaku i czytała jakieś kolorowe pismo. W wodzie nie było nikogo. Zosia uniosła się na palcach, pochyliła, złożyła ręce nad głową i wskoczyła do basenu. Woda rozstąpiła się miękko, z cichym pluskiem. Ruszyła kraulem. Po czwartym nawrocie odwróciła się na plecy i odpoczywała, lekko wiosłując rękami. Woda była bardzo ciepła.

Na brzegu pojawiała się masażystka. Przed wejściem do sauny prosiła, by Zosia wyszła z wody po kwadransie. „Nie powinno się łączyć sauny z dużym wysiłkiem fizycznym", tłumaczyła. Zosia udała, że jej nie widzi, i przepłynęła żabką jeszcze dwie długości basenu. W końcu z żalem wyszła z wody. Pocieszyły ją dopiero sprawne ręce masażystki. Kiedy ostatnio brała masaż? Kilka lat temu, gdy naciągnęła sobie mięśnie lewej ręki. Tamten masaż wyciskał łzy z oczu, ten był czystą przyjemnością.

Czuła się świetnie, gdy wkraczała do apartamentu. Pogodę ducha mąciła tylko myśl o śniadaniu w sztywnej atmosferze hotelowej restauracji. Trudno, jakoś to zniesie. Energicznie zamknęła drzwi, by się odgrodzić od osaczającej ją pluszowości.

— Widzę, że mój sposób zadziałał. — Eryk czekał na nią w salonie.

— Miałeś świetny pomysł. Czuję się fantastycznie. — Podeszła i lekko pocałowała go w policzek.

Rozpromienił się.

— Mam jeszcze jeden. Równie dobry.

— Wbiłeś się w pychę — zażartowała.

Uśmiechnął się jeszcze szerzej.

— Kiedy się relaksowałaś, objechałem okolicę i stwierdziłem, że w pobliżu istnieją znacznie lepsze miejsca niż ten hotel.

— Naprawdę?! — krzyknęła radośnie. Zaraz potem zrobiło się jej okropnie głupio. — To znaczy jestem ci wdzięczna, że wybrałeś taki wspaniały hotel...

— Nos ci się wydłużył.

— Nieprawda.

— Może i nieprawda, ale lepiej nie ryzykuj, bo szkoda by było takiego ładnego noska. Pakuj się, wyjeżdżamy stąd.

— Ale... skoro zarezerwowałeś na tydzień... — zaczęła się jąkać.

— Rezerwacja to nie wyrok, który trzeba odsiedzieć co do dnia.

Pisnęła radośnie i pobiegła się pakować.

„Nie umiesz kłamać, *mein Schatz*, umiesz się za to cieszyć z byle czego. I to nie koniec twoich zalet, o których nie masz pojęcia".

Zatrzymali się na śniadanie w tej samej cukierni, w której wczoraj jedli ciasto. Kupili maślane rogaliki i maczali je w białej kawie.

Potem przejechali przez miasteczko i skręcili w prawo, w boczną drogę prowadzącą pod górę.

— Mają tu domki do wynajęcia. Naprawdę ładne i wygodne. Jeden szczególnie mi się spodobał. Ale to ty wybierasz.

Pierwszy domek był za blisko drogi, drugi wydał się jej brudny, trzeci był w porządku, ale nie przypuszczała, by mógł zachwycić Eryka. Gdy zobaczyła czwarty, wiedziała, że to ten. Kryta gontem chata z pociemniałych ze starości bali, z niebieskimi okiennicami i niebieskimi futrynami. Malowana w anioły furtka była otwarta. Na belce nad drzwiami też fruwał błękitny anioł ze złotą trąbą.

— Ten!

Uśmiechnął się do niej.

— Mnie też się spodobał. To co, bierzemy go?

– Jeszcze się pytasz?!

– Uprzedzam szanowną panią, że nie ma tu pokojówki i nikt pani rzeczy nie rozpakuje. Nie ma też basenu, ale możemy pojechać do gorących źródeł.

– A *room service*? – zapytała błagalnie.

– Zobaczymy, co da się zrobić. Jadę teraz oddać klucze od pozostałych domów i podpisać umowę. Będę za godzinę. Wtedy wrócimy do tematu *room service*'u.

Wniósł walizki, pomachał jej i odjechał.

W środku dom był nadspodziewanie jasny. Sień dzieliła go na pół. Po prawej były dwie sypialnie ze wspólną łazienką, po lewej duża kuchnia z prawdziwym piecem na węgiel i biała izba. W kuchni oprócz pieca były cztery palniki gazowe. W kredensie znalazła kompletny serwis, z wazą i sosjerką włącznie, mały ekspres do kawy, filiżanki i kubki, garnki, sitka, nawet suszarkę do sałaty. Otworzyła lodówkę. Była w niej tylko butelka wody mineralnej. Napiła się i rozglądając się po kuchni, pożałowała, że nie zrobili zakupów. Gotowanie nie było wprawdzie jej mocną stroną, ale Eryka tak, poza tym dobrze by było mieć kawę czy herbatę, o cieście nie wspominając.

Przy piecu stała pełna węglarka i ułożone w mały stosik drewno na podpałkę. Zakasała rękawy i rozpaliła w piecu. Z początku trochę dymił i musiała wywietrzyć kuchnię. Jednak gdy blacha się rozgrzała, w kuchni zrobiło się przyjemnie domowo.

Zadowolona z siebie ruszyła na dalszy obchód. Biała izba była wyraźnie rzadko używana. Duży stół, sześć twardych krzeseł, ława pod oknem. Za to sypialnie okazały się znacznie przytulniejsze. Na wyszorowanych niemal do białości deskach położono przy łóżkach baranie skóry. Zasłonki w drobne kwiatki i białe muślinowe firanki pasowały do tego miejsca. W obu sypialniach stały przepastne szafy malowane w kwiatki, ptaszki i serca. Ten sam motyw powtarzał się w nogach i głowach łóżek, zestawionych po dwa w każdym pokoju.

Zosia wybrała pokój z zielonym aniołem namalowanym na desce nad wejściem. Zaniosła tam walizkę. Szafa pachniała lawendą.

Woreczki z ziołami leżały na półkach i wisiały na kilku wieszakach. Z przyjemnością wkładała do niej swoje rzeczy. Potem położyła się na łóżku. Nie było może takie miękkie jak to w Grand Hotelu, ale bardzo wygodne. Po masażu miała ochotę na drzemkę. Przypomniała sobie jednak o piecu i zerwała się, by dołożyć do ognia.

Przy tym zajęciu zastał ją Eryk. Stanął w drzwiach kuchni i patrzył na nią. Żar od pieca kładł się ciepłym cieniem na jej policzku.

– Dlaczego zawsze, gdy mógłbym zrobić świetne zdjęcie, nie mam przy sobie aparatu? – jęknął.

Odwróciła głowę.

– Wykupiłeś cały sklep! – zawołała, podchodząc i biorąc z jego rąk kolejne papierowe torby i plastikowe siatki. – To chyba telepatia. Przed chwilą żałowałam, że mamy tylko wodę mineralną. Dom jest cudowny – dodała. – Już się rozpakowałam.

– Ja zrobię to później. Teraz pora na obiad. Umyję tylko ręce i biorę się do roboty. Ty otwórz wino.

Lubiła taki podział pracy. Znalazła kieliszki. Wyglądały na czyste, jednak na wszelki wypadek umyła je i wytarła.

– Rozpakujemy moją zdobycz – powiedział. – W tej siatce są rzeczy na dzisiejszy obiad, resztę można włożyć do lodówki.

– Wystarczy na miesiąc – zauważyła, układając jedzenie na półkach.

– Powiedz słowo, a zostaniemy tu, jak długo zechcesz – odpowiedział i szybko dodał: – Byłbym zapomniał! Przecież wziąłem radio z odtwarzaczem i płyty. Zostały w aucie.

Grzebała w stosie płyt, on wyjmował garnki z kredensu, a potem jakieś pudełka i zawiniątka z wielkiej siatki.

– Są tu jakieś czyste ścierki? – zapytał.

Wyjęła jedną z szuflady w stole i podała mu.

– Co będzie na obiad? – zapytała ciekawie.

– Mamy tu kuchnię domową, proszę pani. Polecam obiad dnia. Knedel z gulaszem, do tego surówki i sałata z sosem winegret. Na deser gorący sernik z sosem waniliowym.

– Biorę wszystko i do tego podwójną porcję sernika – zamówiła. – Tylko jak go odgrzejesz? Nie ma mikrofali ani piekarnika.

– A to? – Otworzył żelazne drzwiczki z boku pieca.

– Szabaśnik.

– Jak?

– Niania tak mówi. Mariannie bardzo się spodobało. Sprawdziła etymologię, to podobno od szabasu.

– Na pewno. W szabas nie wolno gotować, a dzięki szabaśnikowi można było jeść ciepłe. – Wskazał na płyty. – Może Amy Winehouse? Ma taki sensualny głos. Pozytywnie działa na moje kubki smakowe. Aha, kupiłem gorgonzolę, możesz dać mi kawałeczek?

Nastawiając płytę, a potem wyjmując ser z lodówki, patrzyła, jak zręcznie zawiązał ścierkę na garnku z wrzątkiem, ułożył na niej plastry knedla i przykrył je miską. W rondlu odgrzewał się gulasz. Teraz Eryk przekładał surówki do salaterek. Podała mu ser prosto do ust.

– Jem ci z ręki. Pyszny. Wiesz, że w Lombardii, a ściślej mówiąc, w Gorgonzoli, jest wyrabiany od dziewiątego wieku?

– Nie wiedziałam nawet, że istnieje taka miejscowość. A czy ty wiesz, że jest produkowany z mleka krowiego, a ta niebieskawa pleśń to *Penicillium glaucum*?

– *Penicillium glaucum* mówisz? Od razu gorzej smakuje. – Rzucił w nią kawałkiem rzodkiewki.

Jedzenie obiadu w ciepłej kuchni przy kuchennym stole było czymś zupełnie innym niż posiłek w hotelu. Pili wino, grzebali widelcami w salaterkach, na zmianę to sobie podkradając, to podając do ust najsmaczniejsze kąski.

Zosia odsunęła talerzyk po serniku i poklepała się po brzuchu.

– Nie przełknę już ani kęsa. Jestem w niebie. To było pyszne.

Eryk włożył płytę do odtwarzacza. Rozległ się świergot ptaków rozpoczynający *Loving you*. Wracając na swoje miejsce, pocałował ją w kark. Przytrzymała jego głowę, żartobliwie ciągnąc go za włosy. Całował więc jej szyję, uszy, skronie. Głaskał plecy, ramiona, potem przesunął dłonie pod jej pachami i dotknął brodawek jej piersi. Stwardniały pod jego palcami. Zaśmiał się krótko i przyciągnął ją do siebie. Całowali się w ciepłej kuchni. Za oknem powoli dogasał dzień.

Gdy się obudziła, było już ciemno. Eryk spał obok niej, posapując cicho. Leżał na brzuchu, obejmując ją lewą ręką. Długie nogi wystawały mu spod kołdry. Otworzył oczy, kiedy ostrożnie się podniosła.

– Chrapałem?

– Skąd. Nogi ci wyszły spod kołdry i chciałam ci je przykryć.

– Zaraz mi się zagrzeją. – I zimną stopą dotknął jej łydki.

– Sio! – krzyknęła. – Nie znoszę zimnych nóżek ani w łóżku, ani na stole.

– Na stole? Hmm... Tego jeszcze nie próbowaliśmy.

– Czy może być coś gorszego niż słuch wybiórczy? – jęknęła.

– Nie znoszę, gdy kobieta w moim towarzystwie jęczy, jeśli to nie ja jestem przyczyną. Za karę położysz się na brzuchu, o tak. – Odwrócił ją jednym ruchem. Wyciągnął rękę i zapalił nocną lampkę. – Pan doktor obejrzy twoje plecki, zobaczy, czy nie potrzebujesz jeszcze jednego masażu.

Dotyk jego rąk sprawiał, że szybciej biło jej serce.

– Bosko... Jeszcze...

– Dla ciebie wszystko – zamruczał. – Co powiesz na to? A na to?

Następnego dnia wyjechali kolejką gondolową do Skalnego Jeziora i dalej linową na Łomnicę. Potem wybrali się nad Jezioro Szczyrbskie, do pobliskiej Lewoczy i do Kieżmarku. Popołudnia spędzali w parku wodnym, na torze bobslejowym, w kinie, na kręgielni. Zaciągnęła go nawet do muzeum Tatrzańskiego Parku Narodowego, bo chciała obejrzeć przechowywane tam stare zielniki.

Każdy dzień był inny, tylko wieczory i noce nie różniły się od siebie. Zaczynali się całować już w aucie, wracając do domu. Pieściła jego ręce i kark, a raz nawet położyła mu głowę na kolanach (widziała to w amerykańskim filmie) i zaczęła mu rozpinać spodnie. Zaprotestował zduszonym głosem i skręcił w pierwszą boczną drogę. Kochali się w aucie jak nastolatki.

Sobotni wieczór, ostatni ich wakacji, chciał uczcić wystawną kolacją w dobrej restauracji. Próbowała go od tego odwieść.

– Zjedzmy w domu – poprosiła.

„W domu". Spojrzał na nią jakoś dziwnie.

– Jeśli nie masz ochoty na gotowanie, to ja coś zrobię – zaproponowała.

– Herbatę i omlet? Bo na tym chyba się kończy twój repertuar – zażartował.

– A czemu by nie? Może kolacja nie będzie wykwintna, za to potem... – urwała i poczuła, że się czerwieni.

Twarz mu się rozjaśniła.

– Umowa stoi. Ja gotuję, ty zadbasz o deser.

Dzień był wypełniony po brzegi: spacer wokół jeziora, basen, zakupy. Idąc, trzymali się za ręce, na basenie dotykała go niby przypadkiem, a w sklepie wkładała mu do koszyka jedzenie dla kotów.

Przebierając się do kolacji, uśmiechała się do siebie. Zielona bielizna, zielone pończochy i krótka ciemnoczerwona sukienka. Czy Eryk będzie pamiętał, że żartowali na temat takiego stroju w kościele w Różanach? Brakowało jej tylko złotych szpilek.

Weszła do łazienki i przejrzała się w dużym lustrze. Tadam! Jak szaleć, to szaleć. Nałożyła na rzęsy pogrubiający tusz. Ciemnoczerwoną kredkę na usta, dokładnie w kolorze sukienki. Precz z grzecznie spiętymi włosami! Potrząsnęła głową i włosy rozsypały się jej na plecach.

Słyszała, jak Eryk nuci w kuchni. Potem zabrzmiały pierwsze takty *Che farò* z *Orfeusza i Eurydyki* Glucka. Lubił tę operę. Ona znała tylko tę arię. Puściła ją kiedyś Krzysztofowi i przetłumaczyła mu słowa.

Che farò senza Euridice? Dove andrò senza il mio ben? „Cóż pocznę bez Eurydyki? Dokąd pójdę bez mojej ukochanej?"

„Co to za lamenty mięczaka! – powiedział. – Nigdy nie lubiłem mitu o tym mazgaju. Niby tak rozpacza, że stracił Eurydykę, a nie ma odwagi dołączyć do niej w Tartarze. Co z tego, że po śmierci, skoro byliby razem na zawsze".

Zamarła ze szczotką w dłoni. Przez cały tydzień ani razu nie pomyślała o Krzysztofie. Zamknęła oczy, zacisnęła pięści i starała się odpędzić to wspomnienie. „Cóż pocznę bez mojego ukochanego?"

Nie może teraz usiąść do stołu z Erykiem. Położy się i powie, że źle się czuje. To była zresztą prawda, czuła się paskudnie.

Trzymając szczotkę w ręce, weszła do sypialni. Eryk układał na jej poduszce bukiecik zimowitów. Na jej widok znieruchomiał. Patrzył, jakby chciał jej obraz na zawsze zatrzymać pod powiekami. Podszedł bardzo blisko.

– Kocham cię – powiedział i wszystko zniknęło. Był tylko on.

26

— Usiądź przy mnie. — Niania poklepała miejsce na kanapie.

Był wczesny październikowy zmierzch. Na niebie pojawiły się już gwiazdy, świecące jakby wyżej niż w lecie, i wąski sierp młodego księżyca. Zosia zaciągnęła zasłony i odwróciła się twarzą do pokoju. Kanapa, fotele i szafy na książki przywiezione z Różan wyglądały, jakby zawsze stały w tym mieszkaniu. Ciepło mrugała świeczka w kominku zapachowym. Salon był przesycony aromatem pomarańczy. Niania twierdziła, że przywodzi on na myśl słońce, dodaje energii i poprawia nastrój. Zosia wątpiła w to w tej chwili.

— Jesteś jakaś przygaszona. Nie wierzę, że nie cieszysz się z tego wyjazdu z Marianną.

Zosia z westchnieniem usiadła na kanapie.

— Cieszę się, nawet bardzo... Sama nie wiem, co mi jest. Może to jesienna chandra? Może po trzydziestce tak się dzieje? Jest na to jakiś sposób? — spróbowała zażartować.

Niania milczała. Nigdy nieproszona nie udzielała rad, a proszona robiła to niechętnie.

Zosia znów westchnęła.

– Wszystko idzie po naszej myśli. Nawet kolejka na Palenicę jest jeszcze czynna. Kiedy oglądałam mapę Pienin, przypomniały mi się od razu różne wycieczki i piękne miejsca.

– Kiedyś przeszłaś je wzdłuż i wszerz – zauważyła pani Zuzanna.

– Teraz mamy skromniejsze plany. I tylko sześć dni. Marianna chce uniknąć weekendowych korków, stąd ten pomysł z wyjazdem w środę i powrotem w następną.

Znów zapadło milczenie.

– Zarezerwowałyśmy pokój w willi Sofijówka.

– O, to miłe.

– Marianna powiedziała, że nie ma kondycji i nie życzy sobie forsownych marszów.

– Widzę jej minę, kiedy to mówi.

– Ja zresztą też nie nastawiam się na wielkie wyczyny. Zaplanowałam kilka tras, raczej spacery niż górskie wycieczki. Może wypożyczymy rowery i pojedziemy do Czerwonego Klasztoru? Dużo zależy od pogody.

Zosia zamilkła. Pani Zuzanna spokojnie czekała na dalszy ciąg.

– Marianna znalazła w internecie adresy paru dobrych restauracji... A jeśli coś pójdzie nie tak, zawsze będę mogła rzucić się do Dunajca jak Halka.

Zosia położyła głowę na ramieniu niani i zamknęła oczy. Pani Zuzanna pogłaskała ją. Lubiła dotykać włosów Zosi. Carla miała takie włosy.

– Eryk wydawał się wesoły, ale tak szybko się pożegnał... I ten nagły wyjazd do Monachium... – zaczęła.

– Miałam wrażenie, że tata chce zapytać, czy mi się oświadczył.

– Bo chciał. W pierwszej chwili. Potem już nie musiał.

– Czułam, że się domyśliliście. Nie oświadczył mi się. A nawet gdyby to zrobił, ja bym mu odmówiła.

– Jesteś pewna?

– Nie, nie jestem. Zresztą nie ma się nad czym zastanawiać, bo tego nie zrobił. W dodatku teraz uważa mnie za oszustkę.

– Na pewno nie. Ten wyjazd to był jego pomysł. Przede wszystkim chciał ci sprawić przyjemność. A przy okazji może się przekonać, jak to jest, gdy jesteście tylko we dwoje...

– Było pięknie. Naprawdę. W każdej minucie.

– Jestem pewna, że zrobił wszystko, żeby tak było.

– Wiesz, nianiu, on... on jest po prostu dobry. Nie ma w nim wyrachowania, egoizmu. Gdybym z nim została, obojętne czy jako żona, czy... no wiesz, w jakimkolwiek związku, formalnym czy nie, może byłabym szczęśliwa? Jak myślisz?

– Nie wiem. Tylko ty wiesz.

Zosia się zamyśliła.

– Jechaliśmy przez las – powiedziała nagle – i na drogę wyskoczyła wiewiórka. Eryk nie jechał szybko, ale wbiegła prosto pod koła. Naprawdę zrobił wszystko... – Pani Zuzanna poczuła, jak Zosię przebiegł dreszcz. – Przejechał ją. Zatrzymał się na poboczu, wysiadł i podszedł do niej. Wrócił do auta, powiedział mi, że nie żyje i że jest mu bardzo przykro. Otworzył bagażnik, wyjął rękawiczki i łopatkę. Zdjął wiewiórkę z jezdni. Patrzyłam przez tylną szybę i widziałam, że nie była to przyjemna operacja. Zakopał ją pod drzewem.

– Nigdy nie słyszałam, by ktoś zrobił coś takiego.

– To był odruch. Nic na pokaz. On taki jest... Czułam się przy nim bezpiecznie. Tylko... tylko... ja go nie kocham. Nie, źle mówię. Kocham go, ale nie tak jak...

Imię Krzysztofa nie przeszło jej przez gardło.

– Nie spiesz się – łagodnie powiedziała niania. – Daj sobie czas. On to na pewno rozumie.

– Na pewno. Jest cierpliwy i wyrozumiały... jak jakiś święty. Męczennik. To okropne, co powiem, ale chwilami nie mogę tego znieść. On jest chodzącą dobrocią, a ja na jego tle wypadam jeszcze gorzej niż zwykle.

Zosia spuściła głowę.

Pani Zuzanna objęła ją.

– Nianiu, czy istnieje coś takiego jak szczęśliwe małżeństwo z rozsądku?

– Nie mam pojęcia. – I nagle, sama nie wiedząc czemu, dodała: – Był w moim życiu moment, kiedy mogłabym się o tym przekonać. Ale zdecydowałam inaczej.

Zosia podniosła głowę.

– To znaczy nie przyjęłaś oświadczyn, bo nie chciałaś takiego małżeństwa?

– Tak.

– Nianiusiu, proszę, opowiedz mi o tym!

– To nie są historie dla niezamężnych panienek – uśmiechnęła się nieco wymuszenie pani Zuzanna. Teraz szczerze żałowała, że uległa impulsowi i o tym wspomniała.

Turkusowe oczy Zosi patrzyły tak błagalnie, że nie umiała się im oprzeć. Może to dziecko wyciągnie z jej historii jakąś naukę albo pociechę...

– Oświadczył mi się kiedyś mężczyzna, którego lubiłam. Nawet bardzo lubiłam. Godny zaufania, opiekuńczy... Była wojna. Wiedziałam, że z nim będzie mi łatwiej. Poza tym byłam... to znaczy była jeszcze moja babka, no i Staś. Jakoś sobie radziłyśmy, on jednak był zamożny, ustosunkowany... Rozumiesz. Wydaje mi się, że mnie kochał. Najpierw postanowiłam, że nie wyjdę za niego. Potem zaczęłam się wahać. W pewnym momencie chciałam powiedzieć „tak". Nie wyobrażasz sobie, jaka byłam zaskoczona, gdy usłyszałam, że mówię „nie". Prosił, żebym się zastanowiła, ponawiał oświadczyny...

– Ale dlaczego...?

– Sprawa jest banalnie prosta. Przedtem kogoś kochałam i wiedziałam, co to znaczy z całego serca i duszy chcieć z kimś być.

– Co się z nim stało?

– Przebolał rekuzę i ożenił się po wojnie. Był szczęśliwy w małżeństwie. Tak przynajmniej słyszałam. Umarł już dawno temu.

– Nie, nie, pytam o tego pierwszego.

– Ach!... Zginął w czasie wojny.

– Był żołnierzem?

– Tak. I dosyć już tych pytań, moja panienko.

– Ale...

W zamku zachrobotał klucz i do mieszkania wszedł pan Bo-rucki.

– Zosiu, mam dla ciebie nowinę! – zawołał od progu. – W Krakowie ma powstać filia jakiejś niemieckiej firmy. Ogłosili coś, co się nazywa rekrutacją z polecenia. Oferta jest naprawdę świetna i pasuje do ciebie jak ulał. Jedną z osób polecających jest mój były uczeń. Jak myślisz, kogo im poleci?

27

Carla nie wróciła już do szkoły.

Siostra przełożona wyznaczyła Zuzannie nową sypialnię, pojedynczą, z pięknym widokiem na morze. Inne dziewczynki jej za-
zdrościły, Zuzanna jednak oddałaby to wszystko, byle tylko znowu
móc czesać ciemne włosy przyjaciółki, rozmawiać z nią szeptem
długo w nocy, razem z nią biec na wrzosowiska, patrzeć na szcze-
kające foki wylegujące się na plaży, wiedzieć, że gdy podniesie
wzrok znad książki, napotka jej śmiejące się ciemnobrązowe oczy.

Dziewczynki, szczególnie te młodsze, z początku na widok Zuzanny gwałtownie nachylały się do ucha koleżanki i osłaniając
usta dłonią, szeptem przekazywały historię ukąszenia Carli przez
żmiję. Historia stopniowo stała się jednym z mitów szkoły. Zuzanna była w niej przedstawiana niemal jak Herkules: wyciągała
przyjaciółkę z gniazda węży, a potem wiele mil niosła ją na plecach do klasztoru. Krążyła nawet barwna, acz pozbawiona sensu wersja ze śnieżną zawieją, w której błądziły, i stadem ścigają-
cych je wilków.

Co dwa, trzy tygodnie przychodził list od Carli. Zuzanna czytała go
wiele razy. Listy nie mogły jednak zastąpić nieobecnej przyjaciółki.

Tymczasem jesień przeszła w łagodną zimę. Patrząc na poszarzałe palmy kołyszące się nad morzem, Zuzanna myślała o ośnieżonych Plantach, którymi Justyna chodzi na uniwersytet. Kiedyś Carla rozpraszała jej smutki i tęsknotę za domem. Teraz, czując łzy zbierające się pod powiekami, Zuzanna wyobrażała sobie, że już jest czerwiec i idzie z babką Jadwigą przez nagrzany słońcem Las Wolski. Piaszczysta droga jest poznaczona śladami drewnianych kół. Wysokie sosny po prawej rzucają miły cień. Po lewej prostokąty pól i łąk ciągną się aż do kopca Kościuszki. W oddali widać miasto.

Albo nie, niech będzie czerwiec, ale niech pada deszcz. Tak jak wtedy, gdy z babką, rodzicami i Justyną stała na ulicy Świętej Anny, czekając na kondukt z prochami Słowackiego. Miała zaledwie siedem lat, dobrze jednak to pamięta. Historia hebanowej trumienki płynącej statkiem z Francji do Gdańska i Warszawy, a potem transportowanej specjalnym pociągiem do Krakowa, działała na wyobraźnię. Rodzice w mglistą noc poszli do zamienionego w kaplicę Barbakanu, a w dziecinnym pokoju Justyna z przejęciem deklamowała Zuzannie wiersz Tuwima. Jak to szło? „Niewiele tego, niewiele. Czaszka, zeschłe piszczele i obcej ziemi grudka". Tłum ludzi pod czarnymi parasolami. Ułani na białych koniach. Harcerze, studenci, bractwo kurkowe. Kosynierzy w krakowskich strojach, z kosami na sztorc. W końcu ogromny rydwan zaprzężony w sześć białych koni w czerwonych pluszowych czaprakach i z pękami strusich piór przy głowach...

W maju siostra przełożona zebrała dziewczęta z jej klasy i odbyła z nimi poważną rozmowę. Przed nimi był ostatni rok nauki kończący się ważnym egzaminem: General Certificate of Secondary Education. W czasie wakacji mają wypocząć i nabrać sił do wytężonej pracy.

Po zakończeniu roku szkolnego po Zuzannę przyjechali państwo Brooks, znajomi jej ojca. Profesor Brooks kierował szpitalem Saint Mary's w Londynie. Przed laty odbywał z jej ojcem staż w Berlinie i bardzo się polubili. Pani Brooks, która miała trzech synów, traktowała Zuzannę jak ukochaną córkę. Zabrała ją na zakupy do Harrodsa, gdzie mimo protestów dziewczynki kupiła jej kilka sukienek, dwie torebki, zieloną parasolkę i zielone sandałki. Zuzanna za swoje kieszonkowe kupiła drobne upominki dla rodziców, babki Jadwigi i dla Justyny. W dziale jubilerskim zobaczyła miniaturowego turkusowego słonika. Przeliczyła pieniądze i postanowiła go kupić dla Hanki w prezencie ślubnym tylko od siebie.

Pan Brooks w czasie wojny światowej służył w lotnictwie. Teraz, gdy rozwijało się lotnictwo pasażerskie, nie przepuszczał żadnej okazji do odbycia podróży samolotem. Przepowiadał, że za kilka lat będzie można polecieć z Londynu prosto do Warszawy, a może i Krakowa, gdzie lotnisko czyżyńskie wyrosło na drugie co do wielkości po warszawskim Okęciu. Na razie musiał jej wystarczyć lot do Berlina.

W noc poprzedzającą podróż Zuzanna nie zmrużyła oka. Rano taksówką pojechali na lotnisko. Pogoda była piękna, niebo bezchmurne. Z drżeniem wspinała się po stromej drabince. Start przypominał wzbicie się na huśtawce, gdy brakuje tchu i siła odśrodkowa przyciska plecy do oparcia. Samolot trząsł i huczał. Gdy odważyła się otworzyć oczy, widok ziemi z lotu ptaka wynagrodził jej strach i niewygody. Szeroko otwartymi oczami chłonęła wszystkie szczegóły: zieleń Anglii, potem szare wody Kanału, niemiecki brzeg z równiutkimi szachownicami pól, schludnymi wioskami i miastami z domkami jak dla lalek i w końcu lotnisko Tempelhof.

Leżąc w sleepingu wiozącym ją do Krakowa, jeszcze raz przeżywała wszystko od nowa. Była zbyt podekscytowana, by rytmiczne kołysanie pociągu mogło ją uśpić.

Przez następne dni myślała i mówiła tylko o swoim locie. Czuła się tak, jakby wyrosły jej skrzydła. Żałowała, że nie spytała pana Brooksa, czy kobieta może zostać pilotem.

Była tym całkowicie pochłonięta i zupełnie jej nie obeszło, że wyrosła ze swojej turkusowej kreacji i że jako młodsza druhna będzie na ślubie występować w dziecinnej sukience z bufiastymi rękawami i dużą kokardą z tyłu.

W sobotę siódmego lipca w samo południe kroczyła środkiem nawy kościoła Mariackiego, niosąc z pięcioma innymi druhnami koronkowy welon panny młodej. Hanka w białej sukni sprowadzonej z Paryża, w welonie upiętym na koronie z czarnych warkoczy, z bukietem białych róż wyglądała nieziemsko. Gdy wuj doprowadził ją do ołtarza, przy którym czekał już ksiądz i pan młody, druhny stanęły z boku. Zuzanna ciekawie zerknęła na narzeczonego. Ich oczy się spotkały.

Nigdy nie zapomniała tej chwili. Nawet teraz, gdy była już stara, pamiętała dreszcz, który ją przeszył. Nogi się pod nią ugięły i upadłaby, gdyby nie chwyciła się ławki. Przypadkowo pochwycone spojrzenie, którym objął swoją przyszłą żonę, stopiło jej serce. A raczej złamało, bo nie dla niej było przeznaczone.

Jak przez mgłę widziała ceremonię, jak we śnie wyszła z innymi druhnami przed kościół. Nie słyszała zgrzytów i dzwonków przejeżdżającego koło kościoła tramwaju ani okrzyków kwiaciarek stojących w cieniu drzew otaczających Sukiennice. Nie pamiętała, jak przeszła przez Rynek do kamienicy, w której do tej pory mieszkała Hanka. Nie słyszała weselnych mów, nie tknęła żadnej potrawy. Podczas tańców uśmiechała się, starała się odpowiadać na konwencjonalne pytania. Nagle usłyszała głos Justyny:

— To właśnie moja siostrzyczka. Zuziu, pozwól, że ci przedstawię pana Piotra Boruckiego.

Zuzanna podała mu rękę i dygnęła. Drżąc, ośmieliła się podnieść oczy.

Był wysoki. W butonierce miał białą różyczkę. Szeroki ciemny krawat, sztywny kołnierzyk. Wydatne usta, jasne wąsy, wąski, ostry nos i lazurowe oczy. Niesforna blond grzywka spadała mu na czoło.

Orkiestra zagrała walca.

– Czy mogę panią prosić do tańca?

Objął ją lekko i popłynęli po wywoskowanym parkiecie. Gdyby to zależało od Zuzanny, ten walc nigdy by się nie skończył.

– Uczy się pani w szkole w Anglii?

– Tak. Przeszłam do ostatniej klasy. W przyszłym roku zdaję małą maturę.

– Och! – Błysnął zębami w uśmiechu. – A jaki jest pani ulubiony przedmiot?

– Najlepiej idzie mi niemiecki i rysunki. Lubię też pływać, jeździć konno... i latać samolotem.

– To tak jak ja! I zapomniała pani dodać, że pani nauczyciel tańca na pewno zawsze daje pani piątkę. Świetnie pani tańczy.

– Dziękuję.

– A co do tych samolotów...

Odważyła się spojrzeć mu prosto w oczy.

– Leciałam z Londynu do Berlina. Czułam się jak ptak. Jak Ikar.

W jego oczach pojawiło się zainteresowanie. Tymczasem walc się skończył, w najmniej pożądanym momencie. Miała ochotę się rozpłakać.

– Może napije się pani lemoniady?

Pokiwała głową.

– Zapraszam do bufetu. Bardzo jestem ciekaw tego lotu.

Nie wiedziała, od czego zacząć. Jednak gdy przypomniała sobie dotyk metalowej poręczy przy drabince do samolotu, opowieść sama się ułożyła. Słuchał wcale nie przez grzeczność. Po jakimś czasie podeszła do nich Hanka.

– O czym z takim zapałem opowiadasz, Zuziu? – spytała, wsuwając dłoń pod ramię męża.

– O locie z Londynu...

– Ach tak! Wiem od Justyny, że nie potrafisz teraz mówić ani myśleć o niczym innym. Nie bałaś się?

– Trochę... to znaczy bardzo, z początku. Potem o tym zapomniałam.

– Justyna mówiła, że lato spędzisz we Włoszech.

– Jedzie pani z rodzicami podziwiać arcydzieła antycznej kultury?

– Nie, jadę sama. Jestem zaproszona do Rzymu, do mojej szkolnej koleżanki.

– Piotrze, nie wiesz, że Zuzanna uratowała jej życie.

– Naprawdę? Cóż za niezwykła z pani osoba! Czy opowie mi pani również tę historię?

Zanim Zuzanna zdążyła otworzyć usta, Hanka powiedziała:

– Chyba jednak innym razem. Czas na nas, mój drogi.

– Oczywiście. – Skłonił głowę i pocałował Zuzannę w rękę, jakby była dorosła. – Dziękuję za piękną opowieść. Przez chwilę miałem wrażenie, że sam unoszę się w powietrzu.

I zanim oboje odeszli, dodał jeszcze:

– W czasie podróży poślubnej będziemy w Rzymie. Planujemy zamieszkać w hotelu Excelsior przy Via Vittorio Veneto od połowy sierpnia. Czy zechce pani zjeść z nami obiad? Naturalnie pani przyjaciółka też jest zaproszona.

– Dziękuję. Z przyjemnością.

Nie spotkali się w Rzymie. Hanka Mielke, teraz Borucka, napisała do niej z Sycylii. Młodzi małżonkowie byli tak zachwyceni południem, że postanowili przedłużyć pobyt w Neapolu.

Całe Włochy żyły jeszcze mistrzostwami świata w piłce nożnej, które skończyły się przed miesiącem. Miasto ciągle było obklejone plakatami, na których przystojny, krótko ostrzyżony mężczyzna w granatowej koszulce z długim rękawem i białych szortach do połowy uda kopał piłkę. Carla była w czterdziestopięciotysięcznym tłumie na rzymskim stadionie del Partito Nazionale Fascista podczas finałowego meczu Włoch i Czechosłowacji, a teraz z przejęciem opowiadała przyjaciółce, jak stadion zamarł, gdy pod koniec pierwszej połowy František Svoboda skierował piłkę prosto do włoskiej bramki, i o szale radości, który ogarnął publiczność, gdy wyciągnięty jak struna bramkarz Gianpiero Combi cudem ją obronił. I o drugim dramatycznym momencie, gdy po nieprawdopodobnym rajdzie z drugiego końca boiska bramkę dla Czechosłowacji zdobył Antonin Puč.

Każde dziecko recytowało z pamięci składy drużyn, a „Mumo" Orsi i Angelo Schiavio, którzy strzelili bramki w finałowym meczu i sprawili, że Włochy zdobyły mistrzostwo świata, byli bohaterami narodowymi.

Jednak ani sportowe emocje, ani bal z udziałem piłkarzy, ani nawet prywatny przedpremierowy pokaz nakręconego właśnie w Anglii filmu Jana Kiepury *Dla ciebie śpiewam* nie mogły osłodzić rozczarowania, jakie Zuzanna przeżyła, gdy przeczytała wiadomość od Hanki. Podczas najlepszej zabawy nagle czuła jego gorycz.

Przy pożegnaniu z Carlą obie płakały i obiecały sobie, że następne wakacje też spędzą razem. Zuzanna w imieniu rodziców zaprosiła przyjaciółkę do Krakowa.

Ostatni rok w angielskim gimnazjum szybko mijał. Zuzanna całe dnie poświęcała na naukę, zaniedbując nawet ulubione sporty. Każdej nocy śniła o Piotrze. Ani się obejrzała, jak nadszedł grudzień. W tym roku święta mieli spędzić w Londynie, u Brooksów. Matka chciała zobaczyć klasztor i Kornwalię, ojciec zaś i Justyna — polecieć samolotem. Już latem w Krakowie układali plany: najpierw pociągiem do Berlina (babka Jadwiga stanowczo nalegała na kilkudniową przerwę w podróży), potem samolotem do Londynu, stamtąd pożyczonym od Brooksów autem do Penzance, po drodze zwiedzanie Kornwalii, w końcu powrót do Londynu.

Po skończonych lekcjach Zuzanna poszła pomóc siostrze Madeleine przy pieczeniu świątecznych pierniczków. Barwiła lukier na czerwono, gdy do kuchni weszła siostra przełożona. Wszystkie rozmowy ucichły, wszystkie oczy skierowały się na nią. Nieczęsto tu zaglądała. Skinęła na Zuzannę, która, zaskoczona, zdjęła fartuch i poszła za przełożoną do jej gabinetu. Czekały tam już siostra Agatha i siostra infirmerka.

— Usiądź, moje dziecko.

Zuzanna przycupnęła na brzeżku krzesła.

— Moje drogie dziecko — zaczęła przełożona poważnym tonem — przed chwilą zatelefonował do mnie profesor Jonathan Brooks. Znasz go, prawda?

– Tak – wydusiła przez ściśnięte gardło. Złe przeczucia opadły ją jak rój wściekłych os.

– Przekazał mi bardzo złą wiadomość. Tragiczną wiadomość – siostra przełożona urwała, ale zaraz zebrała siły i ciągnęła dalej: – Samolot, którym lecieli twoi rodzice i twoja siostra, rozbił się zaraz po starcie z lotniska Tempelhof. Nikt się nie uratował. Wszyscy zginęli na miejscu.

– A moja babcia... babcia Jadwiga?

Siostra przełożona była wyraźnie zaskoczona.

– Pan Brooks mówił tylko o twoich rodzicach i siostrze. Może nie leciała z nimi.

– Miała lecieć – głos się jej załamał.

– Moje dziecko, pamiętaj, że nasze zgromadzenie, a ten klasztor w szczególności, zawsze będzie twoim domem...

– A moja babcia...?

Siostra Agatha podeszła, nachyliła się i przytuliła ją mocno. Zuzanna poczuła, jak w jej brzuchu rodzi się krzyk. Potężniał w piersiach, a gdy chciała go stłumić w gardle, o mało jej nie udusił. Poczerwieniała, na czole zabłysły jej krople potu. Nagle otworzyła usta i zaczęła wyć jak zwierzę.

28

Na pogrzeb przyszedł tłum ludzi. Piotr Borucki i jakiś bardzo wysoki ciemnowłosy mężczyzna prowadzili utykającą babkę Jadwigę. Na skręconej kostce, która uratowała jej życie, miała gruby opatrunek. Zuzanna szła pod rękę z Hanką. Przez czarną woalkę niewiele widziała. Grudniowy dzień był szary. Nisko wiszące chmury co chwilę obsypywały żałobników drobnym śniegiem.

Trzy urny zostały złożone do rodzinnego grobowca Hulewiczów. Czy na pewno zawierały prochy rodziców i Justyny? Czy to miało jakieś znaczenie?

Pan Podoski w imieniu rodziny podziękował za odprowadzenie zmarłych w ostatnią drogę i zaprosił do siebie na stypę.

Koledzy Justyny ze studiów, lekarze i znajomi rodziców rozmawiali przyciszonymi głosami w małym saloniku. W większym siedziała babka Jadwiga, z nieruchomą twarzą, i Zuzanna, niewierząca, że to, co widzi, dzieje się naprawdę.

Mnóstwo ludzi podchodziło do nich, panowie całowali rękę babki, panie mocno przytulały Zuzannę, szepcząc słowa pociechy i współczucia. W końcu, ku ogromnej uldze Zuzanny, goście zaczęli się żegnać z gospodarzem i wychodzić.

W salonie pozostały one dwie w grubej czerni, pan Podoski, Hanka i jej mąż. Tamci troje coś mówili, o czymś babkę przekonywali, a ona tylko od czasu do czasu bez słowa potrząsała głową. Zuzanna z wielkim trudem się skupiła i zrozumiała, że zapraszają je obie do Różan, teraz, od razu, na święta i na „tak długo, jak panie będą chciały, choćby na zawsze".

„Będę z nim całe święta", pomyślała i zaraz tak się zawstydziła swej nikczemności, że się rozpłakała. Hanka rzuciła się ją pocieszać, a babka powiedziała:

– Sama nie wiem...

Pan Podoski po raz setny ucałował jej ręce.

– Droga, najdroższa pani Jadwigo. Nie ma się nad czym zastanawiać. Przecież my jesteśmy jak rodzina. Jak moglibyśmy siąść do wigilii, wiedząc, że panie... I jeszcze pani noga... Zaraz posyłam pani Marcysię z moją Dosią na Stradom, niech pakują, co tam trzeba na pierwsze dni, potem przywiezie się resztę. I od razu wsiadamy do auta.

Nie dając jej czasu na protesty, wszystko zarządził, szofer pojechał z dwiema służącymi do ich mieszkania, a kolację jedli już razem w Różanach.

Święta minęły białe i śnieżne, ciche ze względu na ich żałobę.

W styczniu babka i Hanka, po rozmowie z Zuzanną, napisały do klasztoru w Penzance, informując, że Zuzanna nie wróci do szkoły, i dziękując za opiekę nad nią. W odpowiedzi siostra przełożona przysłała serdeczny list, do którego dołączyła zaproszenie od panien prezentek z ulicy Świętego Jana w Krakowie. Zuzanna mogła tam skończyć gimnazjum i zdać małą maturę, a potem, jeśliby chciała kontynuować naukę, po dwóch latach liceum przystąpić do egzaminu maturalnego.

Jednocześnie przyszedł list od Carli i jej rodziców. Dotarła do nich wiadomość o tragicznym wypadku – przesyłali kondolencje i zaproszenie do Rzymu.

Na rodzinnej naradzie, podczas której najmniej mówiła Zuzanna, ustalono, że ona i babka Jadwiga zostaną w Różanach przynajmniej do lata. We wrześniu Zuzanna miała rozpocząć naukę u panien prezentek, nie zdecydowano jednak, gdzie będzie mieszkała. Pan Podoski uważał, że babka Jadwiga powinna na stałe przenieść się do Różan, a Zuzanna zamieszkać z nim.

– Ode mnie do szkoły miałabyś pięć minut. Dom bez Hanusi taki pusty... – powtarzał.

Zuzanna podpisała się pod listem do rodziców Carli, do klasztoru w Penzance, do sióstr prezentek. Automatycznie wstawała rano, myła się, czesała i ubierała, automatycznie zjadała śniadanie, potem szła do biblioteki, gdzie niewidzącym wzrokiem patrzyła na rozłożoną na kolanach książkę, albo siadała na szerokim parapecie w salonie i apatycznie gapiła się na ogród.

Pewnego dnia pod koniec stycznia Zuzanna stała nieruchomo przy oknie w jadalni. Aleją zbliżały się do domu małe sanki. Kłębki pary unosiły się z końskich nozdrzy, raźno dźwięczały dzwoneczki przy uprzęży. Sanki zatrzymały się przy schodach, pasażer odrzucił ciemne futro, którym był przykryty aż po szyję, i zeskoczył w śnieg, który akurat w tym miejscu sięgał mu powyżej kolan. Stanął zaskoczony i zaczął wyciągać z zaspy najpierw jedną długą nogę, potem drugą, jak żuraw. Widok był tak zabawny, że Zuzanna parsknęła mimowolnym śmiechem. W tym momencie przybysz pośliznął się, zamachał rękami w powietrzu, jakby chciał polecieć, i klapnął w zaspę. Siedział tak chwilę, rozglądając się w oszołomieniu, aż woźnica zeskoczył z sanek i pobiegł mu na ratunek. Pod śniegiem chyba był lód, bo i on się pośliznął i z impetem usiadł w śniegu. A ponieważ był niski, z zaspy wystawała mu tylko głowa w wielkiej czapie. Rozbawiona Zuzanna wybiegła do sieni, włożyła wysokie buty, chwyciła futerko i wybiegła przed dom.

– Oto i ekspedycja ratunkowa! – zawołał przybysz na jej widok. – Myślałem, że przyjdzie mi zamarznąć w tych śniegach i lodach!

Zuzanna podała mu rękę i pomogła wstać. Potem razem wyciągnęli z zaspy woźnicę. Przybysz chwycił sakwojaż, wcisnął chłopu do ręki jakiś banknot, woźnica ukłonił się w pas, wskoczył na sanki i odjechał. Dźwięk dzwonków stopniowo nikł w oddali.

– Pozwoli pani, że się przedstawię: Jan Pomian-Lackowski. Jeszcze raz dziękuję za ratunek.

– Zuzanna Hulewicz – dygnęła. – Pan do państwa Boruckich?

– Tak. Jestem starym znajomym pana Podoskiego, a poza tym jego lekarzem domowym. Znałem też... znałem też pani ojca. Był wybitnym specjalistą. Bardzo nam go brakuje w klinice.

Zuzanna posmutniała. Całe ożywienie wyparowało. Poznała go: to on prowadził babkę Jadwigę na cmentarzu.

– Przeziębi się pani. Może wejdziemy do domu?

– Przepraszam. Trzymam pana na mrozie – zawstydziła się.

– Gdyby nie pani, siedziałbym dalej w tej zaspie i na pewno by mi było jeszcze zimniej.

W drzwiach pokazała się Hanka, zaczęły się powitania i ogólny rozgardiasz. Szczekały psy, pan Podoski wylewnie witał gościa, Hanka wydawała dyspozycje dotyczące dodatkowego nakrycia. Zuzanna wymknęła się do biblioteki. Wywabił ją stamtąd dopiero dzwonek na obiad.

Jak zwykle raczej udawała, że je, niż jadła. Przełknęła kilka łyżek zupy, potem grzebała widelcem w talerzu, przekładając marchewkę z jednej strony na drugą. Nie wzięła deseru. Po obiedzie powiedziała, że pójdzie się położyć, i znikła w swoim pokoju.

Stanęła przy oknie i patrzyła na przykryty śniegiem ogród. Zapadał wczesny zimowy zmierzch i śnieg wydawał się fioletowy. Do gałęzi starej lipy była przywiązana deska z gościńcem dla ptaków. Stado mieszkających w sadzie sikorek obsiadło gałęzie. Jedna za drugą nurkowały nad deską, niemal w locie porywały ziarno słonecznika i wracały ze zdobyczą na swoją gałąź. Zuzanna wyobraziła sobie, że jest taką sikorką, prawie poczuła w ustach mleczną słodycz słonecznika i przypomniała sobie, jak wygląda świat z lotu ptaka. Wstrząsnął nią dreszcz. To z jej winy zginęli rodzice i Justyna. Gdyby się tak wtedy nie entuzjazmowała albo gdyby nie chodziła do szkoły w Anglii, jeszcze by żyli.

Szlochając, upadła na łóżko. W końcu wyczerpana płaczem zasnęła. Śniło się jej, że ktoś głaszcze ją po głowie. We śnie otworzyła oczy i zobaczyła piękną młodą kobietę, którą w pierwszej chwili wzięła za Hankę. Ale to nie była Hanka. Kobieta miała wiejską bluzkę z grubego płótna, wyszywaną z przodu w kwiaty. Przez ramię przerzuciła gruby warkocz, lśniący jak czarny wąż. Nachyliła się nad Zuzanną i cały czas delikatnie głaszcząc ją po głowie, szepnęła:

– To nie była twoja wina. To nieszczęśliwy zbieg okoliczności. Pamiętaj, to nie była twoja wina. Oni o tym wiedzą i kazali ci powiedzieć, że to nie była twoja wina.

Zuzanna spojrzała jej w oczy. Były jak dwa ciemne jeziora, spokojne i rozświetlone księżycem.

„Ktoś, kto ma takie oczy, nie może kłamać", pomyślała i obudziła się.

Gwałtownie usiadła na łóżku. Wydawało się jej, że w kącie pokoju przesunął się jakiś cień. Wcale się nie przestraszyła. Czuła się dziwnie lekko.

Przy kolacji nie była tak apatyczna jak zwykle. Wieczorem, gdy już leżała w łóżku, przypominała sobie swój sen. Na jawie nie do końca wierzyła w słowa nieznajomej, lecz mimo wszystko było jej znacznie lżej na sercu. I po raz pierwszy od chwili, gdy dowiedziała się o śmierci rodziców i Justyny, nie śniły się jej w nocy trzy groby, które kopała własnymi rękami.

Na drugi dzień Piotr Borucki zaprosił gościa na polowanie. Zapytali Zuzannę, czy nie zechciałaby się do nich przyłączyć. Nie miała wielkiej ochoty, ale obcemu nie wypadało odmówić.

Wyruszyli po śniadaniu. Kilka godzin spędzonych w lesie dobrze Zuzannie zrobiło. Jej towarzysze byli weseli, udawali, że z nią flirtują, prześcigali się w żartach i uprzejmościach. Gdy przechodziła przez oblodzoną kładkę, Piotr podał jej rękę i chociaż oboje mieli grube rękawiczki, poczuła prąd przechodzący od jego ręki aż do jej serca. Wracali, niczego nie upolowawszy, leśną drogą wśród wysokich jodeł cicho śpiących pod białymi czapami śniegu. Droga była wąska i idąc obok siebie, kilkakrotnie otarli się ramionami. Za każdym razem przeszywał ją słodki dreszcz.

Zuzanna powoli wracała do życia. Jej żałoba trwała jeszcze wiele miesięcy, kryzys jednak minął. Wszyscy przypisywali to wizycie doktora Lackowskiego i jego światłym radom, a Hanka gratulowała sobie w duchu tak dyskretnej interwencji medycznej.

Zuzanna nigdy nikomu nie opowiedziała o swoim śnie. Nie tylko dlatego, że w lecie następnego roku przekonała się, że to nie był sen.

Pod koniec sierpnia, mimo protestów Hanki i Piotra, przeniosły się z babką Jadwigą do ich starego mieszkania na Stradomiu. Gabinet ojca i apartament babki zostały wynajęte, co przynosiło im niewielki, ale pewny dochód. Pan Podoski niemal uniósł się gniewem, gdy Zuzanna i jej babka wyraziły wątpliwości, czy pomysł, by płacił za naukę Zuzanny, jest dobry. W szkole Zuzanna trzymała się nieco na uboczu. Dużo się uczyła, gdyż większy nacisk kładziono na zwykłą naukę, mniej było zajęć praktycznych, a jazdy konnej czy hokeja na trawie w ogóle nie było w programie.

Dużo czasu spędzały w Różanach. Przed ich domem bardzo często zatrzymywał się samochód pana Podoskiego. Pakowały walizki, pudła i koszyki, Marcysia siadała obok szofera i po godzinie były na wsi. Boże Narodzenie 1935 roku było wyjątkowe, bo rodzina Boruckich powiększyła się o Stasia. Zuzanna ze zdumieniem patrzyła na małego człowieczka, który od początku był wykończony w każdym szczególe, od ciemnych włosków na głowie do absolutnie doskonałych paluszków u malutkich nóżek.

W maju Zuzanna zdała małą maturę i została zapisana do liceum. Czerwiec spędziła u Carli. Razem z przyjaciółką rzuciła się w wir życia towarzyskiego: wypróbowywały nowe fryzury i nowe tańce, uczyły się flirtować. Jasnowłosa i niebieskooka

Zuzanna była obiektem westchnień wielu kawalerów. Jej serce pozostało jednak chłodne, bo żaden nie miał lazurowych oczu ani uśmiechu Piotra.

Szóstego lipca Zuzanna wróciła do Krakowa. Babka Jadwiga z pomocą Marcysi już spakowała kufry: Boruccy zaprosili je na całe lato do Różan. Rano podjechało pachnące skórą i benzyną auto pana Podoskiego, a wieczorem Zuzanna królowała na balu wydanym z okazji drugiej rocznicy ślubu Hanki i Piotra. Miała szesnaście lat, modną sukienkę przywiezioną z Rzymu i nic sobie nie robiła z zapatrzonych w nią młodzieńców. Jej chłód, rozpalający ich do białości, znikał tylko wtedy, gdy w pobliżu był Piotr. Nawet gdy była odwrócona plecami, szóstym zmysłem czuła, gdy się zbliżał. Nieustannie miała przed oczami jego lekko wypukłe usta, mieniące się błękitem i zielenią oczy, rozjaśnione letnim słońcem włosy.

Tańczyła do białego rana. Kilka razy z Piotrem. Gdy wypuszczał ją z objęć i kto inny prosił ją do tańca, wyobrażała sobie, że nadal wiruje w jego ramionach. Jeden z jej tancerzy poprosił o różę, którą miała wpiętą we włosy. Gdy mu ją dała, ucałował ją i schował do kieszonki na piersiach. Ten gest wydał się jej tak wulgarny, że poczuła mdłości. Następnego tancerza, który odważył się nieśmiało uścisnąć jej dłoń, zmierzyła takim lodowatym spojrzeniem, że biedak nie odtajał do końca balu.

Nad ranem podano barszcz i ostre przekąski. Kilku panów wyszło z Piotrem do ogrodu na papierosa. Orkiestra odpoczywała, zbierając siły do ostatniej tury tańców.

Zuzanna stanęła w drzwiach do ogrodu. Noc była ciepła i sucha. Gwiazdy już bladły na niebie. Patrzyła na Piotra. Kochała go całym sercem, duszą i ciałem, w każdej myśli, w każdym śnie. Czy ktoś tak bardzo kochany mógł nie czuć tego samego? Wydawało się jej to niemożliwe.

Panowie rozmawiali przyciszonymi głosami. Kiedy usłyszeli pierwsze dźwięki orkiestry, rzucili papierosy i skierowali się w stronę domu. Zuzanna weszła do środka. Gdy Piotr ją mijał, zastąpiła mu drogę.

– Zuzanno – powiedział – zawróciłaś w głowie wszystkim kawalerom. Nie wstyd ci, moja piękna?

Serce mocno jej zabiło. Nachyliła się do niego i szepnęła:

– Mam ci coś ważnego do powiedzenia. Przyjdź do biblioteki. – I nie czekając na odpowiedź, odwróciła się na pięcie i odeszła.

Stanęła pod drzwiami biblioteki i rozejrzała się. Ani żywego ducha. Wśliznęła się do środka, zamknęła za sobą drzwi i oparła się o nie plecami. Przycisnęła ręce do mocno bijącego serca. On zaraz tu będzie!

Nagle kątem oka zobaczyła jakiś ruch. Ktoś siedział w fotelu odwróconym do niej tyłem. Widziała kołyszący się czubek czarnego buta. Zrobiło się jej słabo.

Fotel powoli sam się odwrócił, jakby stał na obrotowej scenie. Siedziała na nim kobieta. Ta sama, która kiedyś się jej śniła. W białej bluzce wyszywanej w kwiaty i z czarnym warkoczem przerzuconym przez ramię. Zuzanna w nagłym błysku zrozumiała, że tamto to nie był sen.

Wtedy oczy zjawy były jak dwa spokojne jeziora. Teraz błyszczały gniewem, zwężone i pełne złości.

– Idź stąd – wysyczała, nie otwierając ust. – On należy do innej kobiety i nigdy nie będzie twój!

Zuzanna poczuła, jak włosy stają jej dęba. Zimny pot oblał jej czoło. Zjawa przypominała żmiję gotującą się do ataku. Duch o czarnych, okrutnych oczach kobry.

Drżącą ręką namacała klamkę, otworzyła drzwi i uciekła.

29

— Uff! — stęknęła Marianna, wkładając do bagażnika walizkę Zosi. — Czuję się, jakbym wyruszała w podróż dookoła świata. A udzieliłam sobie tylko siedmiu dni urlopu.

— Dobierzesz siedemdziesiąt trzy i możesz objechać świat.
Wiesz, że ja też nigdy nie musiałam nikogo prosić o urlop?

— Ty nigdy go nie miałaś. Kiedy ostatnio, nie licząc tych paru
dni z Erykiem, byłaś na porządnych, długich wakacjach?

— Długie nie znaczy porządne.

— Nie wymądrzaj się. I uśmiechnij się wreszcie. Nie cieszysz
się z tej wycieczki?

— Cieszę się. Bardzo. Tylko... boję się tej rozmowy kwalifika-
cyjnej. I tej pracy, jeśli oczywiście w ogóle ją dostanę.

Marianna przewróciła oczami.

— Jeśli tak będziesz do tego podchodzić... Nie uczyli cię
w szkole, żeby myśleć pozytywnie? O swoich plusach?

— Nie uczyli.

— Zawsze byłam zdania, że żadne studia nie zastąpią porządnej podstawówki.

Stanęły na czerwonym świetle na Alejach.

– „Mamy punktualnie dwunastą dziesięć i z naszym gościem w studiu porozmawiamy teraz o kondycji polskiej gospodarki, która wydaje się być nieco gorsza niż w poprzednim, dwutysięcznym drugim roku"...

Marianna gwałtownym ruchem wyłączyła radio.

– Niewiarygodne – wysyczała przez zaciśnięte zęby – pięć kardynalnych błędów w jednym zdaniu! To chyba rekord kwalifikujący się do *Księgi Guinnessa*!

Była tak zła, że Zosia nie odważyła się zapytać, jakie to błędy. Sama zauważyła trzy.

– Chyba tylko profesor Miodek spełnia twoje wymagania – powiedziała w końcu nieśmiało, by przerwać martwą ciszę.

– Mylisz się, nie tylko.

– Ulżyło mi trochę. Ale i tak, zanim coś powiem, trzy razy się zastanowię.

– To nigdy nie zaszkodzi, prawda? – łagodniejszym tonem powiedziała Marianna i wsunęła płytę do odtwarzacza.

Samochód wypełniły dźwięki trąbki Tomasza Stańki.

– Wiesz, że Eryk pojechał do Monachium?

– Wiem. – Zosia kiwnęła głową.

– Nie wróci na święta. Może po Nowym Roku.

– Uhm.

– I co?

– Co co?

– Możesz nie mówić.

– Marianna, opowiem ci wszystko... ale nie teraz.

– W porządku, trzymam cię za słowo. – I widząc minę Zosi, dodała: – Żartuję przecież. Choć nie ukrywam, że chciałabym usłyszeć twoją opowieść. Z pikantnymi szczegółami. A wracając do tematu pracy, sprawdziłam szczegóły tej oferty.

– Jak ci się udało?! Nawet ten były uczeń ojca, który mnie polecił, nic nie potrafił powiedzieć. Dziwne, no nie?

Marianna kątem oka spojrzała na Zosię. Uknuła z panem Boruckim i Erykiem misterną intrygę. Ma tydzień, by niepostrzeżenie natchnąć Zosię duchem walki. Niepostrzeżenie! Powinna

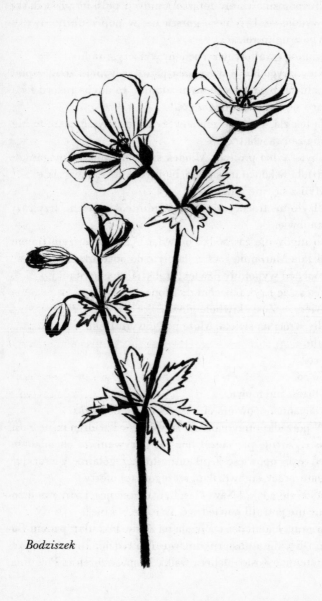

Bodziszek

była zgłębić zasady uczenia przez sen! Poza tym intrygi, szczególnie te misterne, mają to do siebie, że lubią wychodzić na jaw w najmniej spodziewanym momencie.

– To naprawdę dobra praca, pod warunkiem...

– Na pewno nie spełniam połowy warunków.

– Proszę cię. Jeszcze jedna taka uwaga i cię wysadzę. O sobie tylko dobrze! Powtórz! No, powtórz!

– O sobie tylko dobrze.

– Trochę za mało entuzjazmu, ale zaliczam warunkowo. Chciałam powiedzieć: pod warunkiem że zna się zasady pracy w korporacji. A szczególnie jedną. Rękę, której nie możesz kąsać, powinieneś całować. To chińskie przysłowie znakomicie oddaje stosunki w większości firm i jest najprostszym sposobem na przetrwanie w nich.

Zosia milczała.

– Widziałam taki film... – powiedziała po chwili. – Bohaterami byli pracownicy wielkiej firmy. Zachowywali się jak roboty. Jedna z bohaterek, wyprana z ludzkich cech, wypowiedziała taką kwestię... coś w rodzaju, że jest samurajem, którego cesarzem jest firma. Żołnierzem gotowym do wykonania każdego rozkazu.

– To skrajny przykład. Są oczywiście takie korporacje, typu „maszeruj albo giń", ale nigdy bym ci nie pozwoliła tam złożyć aplikacji.

– Nigdy nie myślałam, że będę musiała ją pisać – westchnęła ciężko Zosia. – Dobrze, że mi pomogłaś. Sama nie dałabym rady.

W odpowiedzi Marianna boleśnie ją szturchnęła.

– Dałabyś. Rozleniwiłaś się, bo masz mnie pod ręką. Najważniejszy warunek, perfekcyjny niemiecki, spełniasz...

– Tysiące ludzi mówi po niemiecku, i to lepiej ode mnie – przerwała jej Zosia.

– Przestańże, kobieto! Wiara w siebie na poziomie elementarnym jest warunkiem każdej pracy, nawet w firmie składającej się z wiadra, drabiny i szwagra. Przez kilka lat prowadziłaś własną firmę, prawda? Musiałaś organizować pracę swoją i paru innych osób. Prowadzić dokumentację. Szukać kupców.

– Tak, ale...

– Żadnych ale. Nie możesz wyłącznie mnożyć trudności. Jako osobista asystentka prezesa będziesz musiała je rozwiązywać.

– Okropna nazwa. Brzmi tak... no... dwuznacznie.

– Czyś ty oszalała? To ciężka praca. Znacznie cięższa niż *call girl*, jeśli to masz na myśli. Wspólne jest tylko to, że przynajmniej z początku, będziesz musiała być na każde zawołanie. Być może będziesz musiała mu znaleźć mieszkanie. Jeśli będzie szukał pomocy domowej, ty masz ją znaleźć. Współpracować z sekretariatem. Pilnować kalendarza. Tłumaczyć rozmowy. Zaproponować trasę weekendowego wypadu, jeśli będzie chciał dokądś się wybrać. Po prostu na każdym kroku ułatwiać mu życie, dbać o niego, by mógł spokojnie pracować. Rozwiązywać problemy, najlepiej zanim się pojawią.

Zosia milczała.

– No i co ty na to?

– Ale mnie nie wysadzisz?

– Nie.

– Nie poradzę sobie.

Marianna z całej siły walnęła ją łokciem w bok.

Zosia jęknęła.

– To naprawdę bolało. Będę miała siniaka.

– Napisz do Amnesty International. – Marianna była bezlitosna. – Zacznijmy od początku. Chcesz pracować czy nie?

– Chcę.

– Interesuje cię praca w okienku na poczcie albo przenoszenie ciężkich skrzynek w sklepie? Dodam, że za tysiąc złotych na rękę.

– Nie, ale...

– Jeszcze jedno „ale" i naprawdę cię wysadzę. Wiesz, ile płacą?

– Nie mam pojęcia.

– Spróbuj zgadnąć.

– Trzy tysiące?

– Osiem tysięcy brutto na początek plus bonusy. Oczywiście to wiadomość poufna.

– Naprawdę aż tyle?

– Dodaj prywatną opiekę medyczną, samochód służbowy, nagrody w różnej formie, oczywiście telefon z nielimitowanymi rozmowami i laptop.

Zosia nie odzywała się przez dłuższą chwilę. Patrzyła przed siebie i dopiero teraz zauważyła, jaki piękny jest dzień. Powietrze miało taką przejrzystość, jaką ma tylko późną jesienią. Słońce przeszło już na zachodnią stronę nieba, lecz nadal świeciło jasno. Po ciemnym błękicie płynęły pojedyncze pierzaste chmurki. Złote korony i białe pnie brzóz pięknie się odcinały na szafirowym niebie i ciemnozielonym tle świerków i jodeł. Buki zgubiły część liści i stały na rdzawoczerwonych dywanach. Na skraju lasu kwitły wrzosy.

– To rzeczywiście świetna oferta. Będzie mnóstwo polecanych kandydatów. Nie, nie będę mnożyć trudności – uspokoiła Mariannę, która już otwierała usta, żeby coś powiedzieć, na pewno złośliwego. – Bardzo chcę pracować. Pieniądze też są ważne. Emerytury ojca i niani nie wystarczą na utrzymanie nas trojga, gdy przejemy resztę pieniędzy ze sprzedaży Różan... Ale powiedz mi szczerze, czy mam szanse? Czy ktoś taki jak ja, bez doświadczenia, że nie wspomnę o innych wadach, w dodatku ktoś przyzwyczajony do pracy na powietrzu, zostanie poważnie potraktowany jako kandydat, a potem wytrzyma ileś godzin w pracy, bez słońca i takich widoków? – wskazała ręką na góry rysujące się na horyzoncie.

Marianna spojrzała na nią. Zosia trafiła w sedno. Ona sama tego bała się najbardziej: że Zosia nie wytrzyma tyle czasu w biurze, może nawet bez światła dziennego. Z drugiej strony jeśli miała się snuć po mieszkaniu, to lepiej, żeby chodziła do biura.

– Jak sądzisz, co jest najważniejsze w takiej pracy? – odpowiedziała pytaniem na pytanie.

Zosia namyślała się przez chwilę.

– Czy ja wiem? Chyba żebym poznała i polubiła tego prezesa, bo wtedy łatwo mi będzie się domyślić, czego potrzebuje.

– Ciepło, ciepło. Pomiń lubienie i kontynuuj.

– To według ciebie nie jest ważne?

– Musisz przyjąć założenie, przynajmniej na początku, że w pracy nie ma przyjaciół, tylko znajome twarze.

– Naprawdę tak myślisz?

– Nieważne, co ja myślę. Ważne, żebyś nie zrobiła typowych błędów nowicjusza, który wszystkim ufa i odpowiada szczerze na każde pytanie. Miejsce pracy jest rodzajem teatru: wszyscy wkładają maski i grają określone role. Gdy wracają do domu, mogą być sobą.

– Jeśli jeszcze potrafią.

– Racja – zaśmiała się Marianna. – Znam takich, którym maski przyrosły do twarzy.

– To nie jest śmieszne.

– Jest, gdy już nie należysz do korporacji, a zostało ci tyle zdrowego rozsądku, żeby uświadomić sobie, jak ona działa.

– Co ty właściwie myślisz o korporacjach? Mówisz takie rzeczy, a pracujesz dla nich i chcesz, żebym ja też pracowała.

– Cóż. Jakoś trzeba zarobić na tę whisky – wzruszyła ramionami Marianna. – Korporacje to temat rzeka. Każda jest trochę inna, a jednocześnie są do siebie podobne, bo mają wspólne cele: pieniądze i władzę. To oczywiście moje prywatne zdanie. Ich prezesi mówią wyłącznie o misji i wizji. Na swój użytek dzielę korporacje na trzy typy. Korporacja młoda to zespół świetnych specjalistów lubiących robić to, co robią. Gdy pojawiają się duże pieniądze, kończy się okres pionierski i dobra zabawa, część odchodzi, a reszta rozpoczyna gry korporacyjne. Kto umie w nie grać, utrzyma się na powierzchni. Z reszty wyciśnie się wszystko co się da i mniej lub bardziej kulturalnie wystawi za bramę. I po jakimś czasie mamy korporację w najwyższym stadium rozwoju. Taką, jak w tym filmie, o którym mówiłaś. Korporację zombie. Nie rozwija się już, tylko trwa. Czasem latami.

– Jak to możliwe?

– Nie wiem, ale tak jest. A czemu trwają inne systemy? Wiesz, że hasłem w Związku Radzieckim w okresie planów pięcioletnich było: „Nie umiesz – nauczymy, nie chcesz – zmusimy"?

Homo sovieticus powstał w ten sposób, że zamiast wolności dano możliwość odbierania jej innym. Albo Japonia. Jeśli gwóźdź wystaje, to trzeba go mocno stuknąć w główkę, mówią Japończycy. Świat jest dziwny – urwała. – Nie zagaduj mnie. Wyobraź sobie, że zaczynasz pracę za dziesięć dni, pierwszego listopada...

– Pierwszego listopada jest święto – przerwała jej Zosia.

– Tak, w Polsce. W Stanach na przykład jest to zwykły dzień pracy. Nie wiem, jak w Niemczech. Nieważne. Wczuj się w sytuację. Starając się o tę posadę, będziesz musiała odpowiedzieć na dziesiątki takich pytań.

– No cóż... – zaczęła Zosia po chwili namysłu. – Wcześnie rano pojadę na grób mamy. I na tym zakończę świętowanie – uśmiechnęła się przekornie do Marianny. – Załóżmy, że przylatuje sam i ma wynajęty pokój w hotelu. Dowiaduję się, w którym, dzwonię tam dzień wcześniej i upewniam się, że wszystko jest w porządku. Pierwszego ubieram się elegancko, ale bez przesady. Jadę do hotelu, sprawdzam pokój. To znaczy wchodzę na górę i wszystko oglądam.

– Świetnie. – Marianna z uznaniem pokiwała głową.

– W Balicach jestem pół godziny wcześniej. Mam z sobą kartkę z imieniem i nazwiskiem prezesa. Czekam przy odpowiedniej bramce. Wcześniej zapytałam, jak on wygląda, a najlepiej zobaczyłam jego zdjęcie. Gdy go widzę, podnoszę kartkę i uśmiecham się. Przedstawiam się, czekam, aż wyciągnie rękę, i witam się z nim, cały czas się uśmiechając. Pamiętam, że firma płaci mi tyle, że stać mnie na dobry krem przeciwzmarszczkowy.

– Znakomicie! – zaśmiała się Marianna.

– Myślę, że będzie chciał zostawić walizki w hotelu. Jeśli nie będzie się rwał do wózka z bagażem, łapię za wózek, potem wkładam bagaże do auta. Wariant optymistyczny: to on pcha wózek. Wariant pesymistyczny: jest tak stary, że muszę pchać dwa wózki, jeden z bagażami, drugi z nim.

– Masz wyobraźnię, dziewczyno!

– W hotelu pomagam mu w recepcji i czekam, co dalej. Może zna miasto albo nie życzy sobie towarzystwa. Wtedy pytam, o której jutro będę potrzebna i co mam przygotować. Zapisuję wszystko i z poczuciem dobrze spełnionego obowiązku z ulgą wracam do domu.

– Załóżmy, że w Krakowie jest pierwszy raz w życiu i bardzo pragnie towarzystwa.

– Jestem na to przygotowana. Wcześniej przestudiowałam przewodnik po Krakowie i ułożyłam program dnia w dwóch wariantach. Z rozmowy w samochodzie w drodze z lotniska do hotelu wnioskuję, który wariant jest lepszy: spokojny spacer po Rynku i okolicy, nudny obiad w Wierzynku i powrót do hotelu, czy mniej oficjalna wersja.

– Ciekawa jestem tej drugiej.

– W klasie biznes na pewno dobrze go nakarmili, więc nie jest głodny. Opowiadam mu, jak w Polsce obchodzi się dzień Wszystkich Świętych i proponuję pójście na cmentarz. Jedziemy na Kopiec i spacerkiem schodzimy na cmentarz na Salwatorze. Kupuję mu miodek turecki i opowiadam, że na całym świecie sprzedaje się go tylko w dwóch miastach, to znaczy w Krakowie i w Wiedniu, i tylko pierwszego listopada. Oglądamy cmentarz, potem idziemy na kawę na Kopiec i z tarasu pokazuję mu panoramę miasta i najważniejsze punkty. Jeśli wie, że na Kopcu jest radio, i zachce mu się je zobaczyć, pokazuję mu tabliczkę wiszącą przy wejściu: „Radio jest do słuchania, a nie do zwiedzania".

– Naprawdę jest taka tabliczka?

– Naprawdę. Wracamy do centrum i idziemy na obiad do jakiejś dobrej restauracji, nie mam pojęcia do jakiej. Stamtąd tramwajem jedziemy na Rakowice. Jest już zmierzch i cmentarz wygląda przepięknie. Kupuję znicze i zapalamy je na grobach sławnych ludzi. Przygotowałam wcześniej trasę, więc nie błądzę. Pytam, czy jest zmęczony i gdzie chce zjeść kolację, jeśli jada. Wracamy tramwajem, bo ruch wokół cmentarza jest jak co roku wstrzymany. Zanim się rozstaniemy, pytam o dzień następny, patrz wariant pierwszy. Dodatkowo w tym wariancie pytam, czy lubi jazz, a jeśli tak, zapraszam go na Zaduszki Jazzowe.

Marianna słuchała w skupieniu. Gdy Zosia skończyła, puściła kierownicę i zaczęła głośno klaskać.

– Borucka, siadaj, piątka. W ramach bonusu zapraszam cię na obiad. W schowku jest wydrukowana mapka z dojazdem do karczmy tuż przed Szczawnicą. Znalazłam w internecie entuzjastyczne recenzje. Ponoć mają boskie ruskie pierogi.

Okazało się, że oprócz boskich ruskich pierogów w karczmie mają też panierowany ser, który Zosia polubiła na Słowacji, i naleśniki z konfiturami z borówek. Objedzone jak bąki przyjechały do willi Sofijówka.

– Jak się domyślasz, wybrałam to miejsce także ze względu na nazwę. Przyznaj się, że to twoja pokątna działalność – zażartowała Marianna, wskazując nazwę pensjonatu.

– Chciałabym – odrzekła Zosia, patrząc na stylową willę.

Dom stał w parku, w starej części Szczawnicy. Otaczające go modrzewie zgubiły już większość igieł. Po słonecznym dniu w powietrzu unosił się ich subtelny, niemal wiosenny zapach. Podzieloną na trzy części fasadę okalał na wysokości pierwszego piętra wąski drewniany balkon z piękną ażurową balustradą. Środkowa część fasady, mająca formę wieżyczki, była ozdobiona drewnianą płaskorzeźbą przedstawiającą kwiat słonecznika. Ten sam motyw był powtórzony nad i pod oknami składającymi się z ośmiu małych szybek.

Marianna zaparkowała na wybrukowanym placyku z boku domu. Wyjęły rzeczy z bagażnika i objuczone jak wielbłądy weszły do środka. Hol był wyłożony pasiastymi dywanikami. Nie było recepcji. Szerokie schody prowadziły na górę. Po lewej stronie w dużym lustrze odbijał się niewidoczny z progu kominek, w którym płonął ogień, i otaczające go stare pluszowe fotele.

Usłyszały skrzypienie otwieranych drzwi i na schodach ukazała się drobna ciemnowłosa kobieta mniej więcej w wieku Marianny, ubrana w znakomicie skrojoną popielatą garsonkę, jedwabną perłową bluzkę i szare szpilki. Jej ponadczasowa elegancja pasowała do tego staroświeckiego wnętrza.

– Dzień dobry – powiedziała, schodząc na dół i wyciągając rękę. – Witam w Sofijówce. Klementyna Zawadzka-Colonelli – przedstawiła się.

– Marianna Milejko.

– Zofia Borucka.

Uścisnęły rękę gospodyni.

– Proszę tu zostawić rzeczy. Zygmunt je wniesie. Zarezerwowałam dla pań pokój z widokiem na góry. Jeśli wolałyby panie widok na park, to nie ma problemu, bo w tej chwili nie mamy innych gości.

Zosia westchnęła w duchu. „Mało gości" wiele jej przypominało. Zaskoczyło ją jednak, że pomyślała o przeszłości bez bolesnego skurczu żołądka.

Gospodyni poszła przodem. Na piętrze skręciła w lewo i otworzyła drzwi w małym korytarzyku. Weszły do pokoju. W ścianie na wprost wejścia były trzy duże okna, z których rozciągał się zapierający dech w piersiach widok na porośnięte lasem góry. Ukośne promienie zachodzącego słońca lśniły na liściach w kolorze czystego złota i cynobrowej czerwieni. Dwa fotele ustawiono tak, by można się było napawać widokiem. W małych wnękach pod krótszymi ścianami stały dwa łóżka ze śnieżnobiałą pościelą, odgrodzone od pokoju starymi parawanami haftowanymi w egzotyczne ptaki.

– Tu jest łazienka. – Gospodyni otworzyła drzwi po prawej stronie, niemal zlewające się z drewnianymi ścianami.

Łazienka zaskakująco łączyła nowoczesność ze staroświeckością. Na podłodze z szerokich desek stała antyczna wanna, pełniąca również funkcję kabiny prysznicowej – była obudowana z jednej strony ścianką z satynowanego białego szkła. Z takiego samego szkła zrobiono szafkę na umywalkę. Bidet i sedes dopełniały całości.

– A tu jest garderoba – powiedziała gospodyni i otworzyła małe drzwi w rogu łazienki. – Mam nadzieję, że to połączenie nie wyda się paniom niewygodne.

Usłyszały jakiś rumor na schodach. Młody, może dwudziestoletni chłopak wnosił na górę ich rzeczy.

– Pokazać paniom inny pokój? – zapytała gospodyni.

– Nie, nie – powiedziały jednocześnie.

– Zostaniemy tutaj – dodała Marianna. – Choć ten pokój ma jedną wielką wadę.

– Tak? – W głosie gospodyni zabrzmiała nutka niepokoju.

– Człowiekowi nie chce się z niego ruszać.

Zaśmiały się wszystkie trzy. Tylko chłopak w wytartych dżinsach zachował kamienną twarz.

– Na dole jest salonik z kominkiem i świeżą prasą oraz kuchnia z lodówką, kuchenką gazową, ekspresem do kawy, kawą i herbatą. W lodówce jest szczawniczanka. To wszystko jest wliczone w cenę. Śniadanie podajemy na dole między ósmą a dziesiątą. Czy te godziny paniom odpowiadają?

– Jak najbardziej.

– Gdyby panie życzyły sobie czegoś ekstra, proszę mi od razu powiedzieć. Mam mieszkanie na parterze i zawsze ktoś tam jest do dyspozycji gości. W sąsiednim pensjonacie prowadzą znakomitą kuchnię. Mogę zarezerwować stolik dla pań.

– Bardzo dziękujemy, ale planujemy całodzienne wyprawy w góry – Zosia uśmiechnęła się do gospodyni. – Jutro idziemy do schroniska Pod Durbaszką. Czy można tu gdzieś wypożyczyć rowery? Chciałybyśmy w niedzielę pojechać do Czerwonego Klasztoru.

Gospodyni pytająco spojrzała na Zygmunta.

– Dwa? Na niedzielę? Zrobi się – powiedział.

– Zostawiam więc panie i życzę miłego wypoczynku.

Gdy za gospodynią i Zygmuntem zamknęły się drzwi, obie, wiedzione tym samym impulsem, usiadły na fotelach i zapatrzyły się na widok za oknem. Światło dzienne już gasło. Las zmieniał się w niewyraźne plamy zieleni, żółci i czerwieni, powoli ginące w popielatej mgle i mroku. W końcu Marianna wstała z westchnieniem i zapaliła światło. Spojrzały na leżące na podłodze bagaże.

– Spakujmy się szybko na jutro – zaproponowała Zosia.

– Dobra.

Błyskawicznie uwinęły się z pakowaniem małych plecaków na jednodniową wycieczkę i wstawieniem reszty bagaży do garderoby. Potem wzięły torbę z jedzeniem i zeszły na parter. Schowały rzeczy do lodówki i rozsiadły się w fotelach przy kominku. Zosia rozłożyła mapę.

– Rano zjemy śniadanie o ósmej, później pójdziemy do kolejki na Palenicę i wjedziemy na górę. Stamtąd niebieskim szlakiem dotrzemy do schroniska Pod Durbaszką – pokazywała palcem na mapie. – Tam zjemy obiad. Potem, jeśli będzie ładnie i będziemy miały siłę, wejdziemy na Wysokie Skałki, o tu, i zejdziemy do Jaworek wąwozem Homole. Stamtąd kursują busy do Szczawnicy. A jeżeli będziemy zmęczone, to skręcimy do Homola tu, przed Wysokimi Skałkami.

– Mam nadzieję, że to niezbyt forsowna trasa. – Marianna patrzyła na długą drogę wytyczoną na mapie.

– Podejście na Szafranówkę jest ostre i nieprzyjemne, ale wjedziemy sobie jak królowe kolejką, więc się nie liczy. Wysokie Skałki są strome, lecz widok jest wart wysiłku. Widać z nich całe Pieniny, Babią Górę i Tatry. Poza tym jest tam jedyny zachowany w Pieninach górnoreglowy naturalny las świerkowy. Rośnie też *Clematis alpina*, powojnik alpejski, wprawdzie kwitnie tylko do początków września, ale ma piękne zimozielone liście. Nawiasem mówiąc, trujące. No i *Aconitum variegatum*, tojad dzióbaty, bardzo rzadki...

– Dość, wystarczy! – zawołała Marianna. – Kręci mi się w głowie od nadmiaru informacji. Widzę, że podejście na te Wysokie Skałki mam jak w banku.

– Szkoda, że to nie czerwiec, gdy wszystko kwitnie.

– Skupimy się na panoramie, nie na wpatrywaniu się w trawę – orzekła Marianna. – A te rowery to po co?

– Popatrz tutaj – Zosia wskazała na lewą część mapy. – To Droga Pienińska. Pojedziemy na rowerach wzdłuż Dunajca, tędy, na słowacką stronę, do Czerwonego Klasztoru. Zwiedzimy klasztor i wrócimy tą samą drogą do Szczawnicy.

– Piękny plan.

Zosia złożyła mapę i sięgnęła po przewodnik.

– Usiądź sobie wygodnie – powiedziała – a ja ci poczytam o Szczawnicy.

– Dobrze, tylko najpierw skocz do kuchni po whisky i lód.

Marianna nalewała whisky, a Zosia zaczęła czytać:

– „Szczawnica, miejscowość uzdrowiskowa leżąca w malowniczej dolinie Grajcarka, prawobrzeżnego dopływu Dunajca. Doskonały punkt wypadowy do wędrówek po Pieninach".

– To jesteśmy we właściwym miejscu. Ten dom jest fantastyczny. Chyba tu zostanę. Ty mi przeczytasz, co tracę, i na tym poprzestaniemy. – Marianna przeciągała się jak kot w cieple kominka.

– Niedoczekanie. Słuchaj dalej: „Nazwa miejscowości pochodzi od kwaśnych wód zwanych przez górali szczawami". Wiesz, jak kuracjusze mówią na te wody? Szczególnie siarczane? Śmierdzonka.

– Urocze!

– „Pierwsza wzmianka o osadzie pochodzi z 1413 roku i dotyczy zapisania przez króla Władysława Jagiełłę czterystu florenów Abrahamowi..."

– Bardzo, bardzo ciekawe. Bardzo, bardzo stare miejsce. Można by rzec: prastare – przerwała Marianna. – Czemu przewodniki są takie drętwe? Gdy słyszę takie zdanie, usta same mi się otwierają do ziewania. Nie ma tam czegoś ciekawszego?

Zosia jechała palcem po stronie.

– „Uzdrowisko posiada dwanaście źródeł wód mineralnych. Wody te to szczawy wodorowęglanowe, sodowe, jodkowe i bromkowe, szczególnie wskazane przy schorzeniach dróg oddechowych, nieżytach żołądka, zaparciach, miażdżycy tętnic, osteoporozie..."

– Niedobrze mi. Wiesz co, ty znasz Pieniny. Opowiedz mi coś. Własnymi słowami.

Zosia się zamyśliła.

– Może historię brata Cypriana z Czerwonego Klasztoru?

– Brzmi obiecująco. Mam nadzieję, że będzie równie ciekawa jak historia Czerwonej Oberży.

– Postaram się. Brat Cyprian był uzdrowicielem i zanim wstąpił do klasztoru, a działo się to w osiemnastym wieku, studiował medycynę. W przyklasztornym arboretum uprawiał rośliny lecznicze, zbierał je także w górach. W muzeum w Łomnicy widziałam jego zielnik. Skatalogował w nim kilkaset roślin. Cudo! Cyprian, chodząc po górach, zachwycał się ich pięknem i marzył, by pofrunąć nad nimi jak ptak. W końcu zaczął budować wielkie skrzydło, na którym mógłby się wznieść ponad górami. Nie miał jednak odwagi spróbować. Wtedy Bóg zesłał anioła, który ukazał się Cyprianowi we śnie i namówił go do lotu z Trzech Koron. Cyprian wziął skrzydło na plecy, przeprawił się przez Dunajec i wspiął się na szczyt. Widział stamtąd czerwony dach swego klasztoru. Oburącz mocno chwycił skrzydło, rozpędził się i poleciał. Szybował nad doliną jak ptak, a w końcu bezpiecznie wylądował na dziedzińcu klasztoru. Wybiegli z niego przerażeni mnisi. Uspokoili się dopiero wtedy, gdy opowiedział im o swoim śnie. Od tej pory Cyprian wiele razy latał na swym skrzydle. Zaczęto go nazywać Latającym Mnichem. Nieżyczliwi opowiadają, że w końcu zaniedbał swoje obowiązki klasztornego aptekarza, myślał tylko o lataniu i postanowił przelecieć z Trzech Koron nad Morskie Oko. Jego pycha została ukarana i gdy leciał nad tym jeziorem, Pan Bóg zamienił go w skalny głaz, zwany od tamtej pory Mnichem. Ale ja w to nie wierzę. Rasowy botanik nigdy by nie zrezygnował ze swojej pasji na rzecz jakiegoś tam lotniarstwa.

– Piękna historia! Widzę, że wakacje z tobą będą jednym pasmem przyjemności. Nie możemy jednak, moja droga, zapominać, że wypoczynek jest sprawą poważną. – Marianna sięgnęła do kieszeni, wyjęła jakąś kartkę i zaczęła czytać:

Jakich reguł należy przestrzegać podczas urlopu? Po przyjeździe na miejsce wypoczynku należy możliwie szybko zorganizować się zewnętrznie i wewnętrznie; ustalić ramowy rytm życia urlopowego, które nie może być okresem jakiegoś totalnego rozprzężenia i uwolnienia od wszelkich norm. Muszą istnieć jakieś pory wstawania, posiłków, czas na zajęcia indywidualne i na przebywanie razem. Wypoczynek to również przejaw aktywności, a nie wypadkowa okoliczności zewnętrznych, na które zdamy się z absolutną biernością.

— Co to jest? — wyjąkała Zosia.

— Fragment rozmowy z doktor habilitowaną Teresą Kukołowicz z Polskiego Towarzystwa Higieny Psychicznej, opublikowanej w „Trybunie Ludu" z 1975 roku. Zapowiadam ci, że będę pilnować, byśmy wypoczywały mądrze, bez totalnego rozprzężenia i uwolnienia od wszelkich norm!

30

Zosia obudziła się i spojrzała na zegar w komórce. Wpół do piątej. O tej porze roku w Różanach z rozkoszą przewróciłaby się na drugi bok i natychmiast zasnęła. Nieraz marzyła, by cały rok móc się wysypiać do woli. Pan Bóg nas karze, spełniając nasze marzenia.

Myślała o wczorajszej rozmowie z Marianną, która, jeśli tylko chciała, potrafiła jej wmówić wszystko. Tymczasem co ona wiedziała o pracy w biurze? Nic czy jeszcze mniej?

Jaki miała wybór? Oświadczyć się Erykowi? Wspólny wyjazd do Łomnicy był próbką tego, co mogła mieć na zawsze. Czemu nie umiała go pokochać tak jak Krzysztofa! Na myśl o Krzysztofie poczuła mrowienie w całym ciele. Widziała nad sobą jego twarz. Drobniutkie zmarszczki pojawiające się w kącikach oczu, lekkie zwężenie źrenic... Poczuła jego zapach i dłonie błądzące po jej ciele... Na chwilę zabrakło jej tchu.

— Śpisz? — rozległ się szept Marianny.

Zosia znieruchomiała.

— Która godzina?

Nie było sensu leżeć nieruchomo i udawać martwej. Sięgnęła po komórkę.

– Za dziesięć piąta.

– Środek nocy. Tobie też tak chce się pić po wczorajszym obżarstwie?

– Zrobię herbatę. – Zosia szybko wstała i naciągnęła sweter na piżamę.

– Pójdę z tobą. – Marianna zapaliła nocną lampkę i gramoliła się z łóżka.

– Nie, nie, nie wstawaj. Zaraz ci przyniosę.

Szybko wyszła z pokoju. W korytarzu zatrzymała się i zanim zapaliła światło, poczekała, aż serce przestanie jej walić. Zaczarował ją chyba i nawet utrata domu nie zdjęła z niej tego czaru. Złamał jej serce, ale ciągle w nim tkwił, jak cierń.

W kuchni panował idealny porządek. Wyjęła dwa duże kubki i zrobiła herbatę. Gdy wróciła na górę, w pokoju cicho grało radio. Marianna siedziała w swoim łóżku. Odchyliła kołdrę i poklepała miejsce obok siebie.

– Chodź tu – powiedziała. – Na pewno zmarzłaś.

Zosia wsunęła się pod kołdrę. Gorąca herbata i płynąca z radia muzyka koiły jej smutek. Nie pierwszy raz się przekonywała, że człowiekowi niewiele potrzeba. *I love you, girl, just the way you are*, śpiewał cudownie niskim głosem Barry White.

– Puszczam to sobie w domu, gdy mam ochotę na romantyczne wyznania – powiedziała Marianna. – Piosenki piszą chyba jednak kobiety. Słyszałaś, żeby facet mówił kiedyś coś takiego?

Zosia mruknęła coś niewyraźnie w odpowiedzi.

– Głupia jestem! – uderzyła się w czoło Marianna. – Eryk tak do ciebie mówi, prawda?

Zosia kiwnęła głową.

– I do tego tak myśli. No ale on, jako artysta, ma w sobie dużo pierwiastka kobiecego... Poza tym nikt?

– Nikt. – Zosia wiedziała, że przyjaciółka pyta o Krzysztofa.

– Wiesz, kiedy ostatni raz miałam faceta? – zapytała nagle Marianna.

Zosia poruszyła się niespokojnie.

– Rok i trzy miesiące temu. Nie zapytasz, kto to był?

Zosia odchrząknęła.

– Kto to był? – spytała.

– Nawet nie pamiętam, jak miał na imię. Zdravko, Srećko, a może Dziuro. Fajnie, co?

– Marianna...

– Tylko mnie nie pocieszaj.

– Poznałaś go w Dubrowniku? – zapytała Zosia tonem towarzyskiej pogawędki.

– Zgadłaś. Pracował w recepcji w moim hotelu. Opalony, muskularny, świetnie się prezentował na plaży. Dobrze pływał. Miał motorówkę. I dwadzieścia parę lat. Nic dziwnego, że wydawałam mu się zgrzybiałą staruszką.

– Coś ty!

– Nie bądź naiwna. Trzeba mu przyznać, że bardzo się starał. Patrzył mi w oczy. Zabierał na piękne plaże niedostępne od strony lądu, gdzie można się kapać nago, a potem kochać. Nie żałował ajlawiusów. Pomylił się tylko raz. Trudno go zresztą winić, bo nie mógł wiedzieć, że znam polski i sporo rozumiem z tego, co mówi po chorwacku. A już na pewno takie zwroty jak „stara" i „żal mi jej".

Marianna odstawiła kubek na nocną szafkę.

– Starość jest podstępna. Wydaje ci się, że odwiedza innych, nie ciebie. Tymczasem pewnego dnia ktoś puka, otwierasz drzwi, a to ona, z pomarszczoną szyją i plamiastymi rękami.

– Co ty mówisz? Jaka starość?

– Nie łudź się. Pogadamy za dziesięć lat, gdy mężczyźni przestaną za tobą wodzić wzrokiem. Choć nie... Ty za dziesięć lat będziesz jeszcze atrakcyjna. Na razie używaj życia. Pogadamy, gdy pewne przyjemności będą dostępne już tylko za pieniądze.

– Chyba mu nie płaciłaś? – Zosia zasłoniła usta ręką, przerażona pytaniem, które się jej wyrwało.

– Wreszcie wychodzisz z tej skorupy dobrego wychowania – uśmiechnęła się Marianna. – Nie, tak źle to jeszcze nie jest. Ale miał darmowe angielskie konwersacje, to raz. Płaciłam za wszystkie kolacje, drinki, wycieczki, to dwa. Jednak wiesz, warto było, bo był uważnym, doświadczonym kochankiem. Wibrator nie może się z nim równać. No nie patrz tak na mnie. Chyba znasz to słowo.

Zosia była czerwona jak burak.

– No tak, ty jeszcze go nie potrzebujesz: ani jako urozmaicenia, ani jako substytutu. Wiesz, że w Holandii już w siedemnastym wieku robiono lalki z wosku dla marynarzy?... – Marianna mrugnęła do Zosi. – Oczywiście jest jeszcze jedzenie. Równie ważne i przyjemne jak seks. Czasem nawet przyjemniejsze.

Zosi nie udało się roześmiać. Wydała z siebie zduszony dźwięk, który nawet przy maksimum dobrej woli trudno było uznać za stłumiony chichot.

– Świta – odezwała się w końcu.

– Rzeczywiście – zgodziła się Marianna, patrząc przez okno. – Zdrzemnijmy się jeszcze chwilę, bo nie będziemy mieć sił na twoje Wysokie Skałki.

Strzepnęła poduszkę i podsunęła ją Zosi pod głowę. Przytuliły się do siebie jak łyżeczki i natychmiast zasnęły.

Obudziło je pukanie do drzwi.

– Bardzo przepraszam, że budzę panie nieproszona, ale wspominały panie o wycieczce w góry, a dochodzi dziesiąta – usłyszały głos gospodyni.

Zerwały się na równe nogi. Marianna podbiegła do drzwi i otworzyła je. Na progu stała pani Klementyna Zawadzka-Colonelli w kremowych gabardynowych spodniach i wrzosowym sweterku z angory.

– Dzień dobry – powiedziała Marianna. – Bardzo pani dziękujemy. Nie wiem, jak to możliwe, że zaspałyśmy. Wczoraj własnoręcznie nastawiłam budzik. Śniadanie oczywiście zjemy gdzieś w mieście.

– Nie ma mowy. Będzie gotowe na wpół do jedenastej. Jajka na grzance, omlet czy jajecznica?

– Dla mnie jajka na grzance. A dla ciebie? – zwróciła się do Zosi.

– Dla mnie też.

Gdy pół godziny później zeszły do jadalni, śniadanie już czekało. Na wysokiej paterze, koło rozmaitych płatków zbożowych, leżały suszone morele, rodzynki, figi i orzechy. Obok ustawiono kubeczki z jogurtem i kefirem, dzbanek z mlekiem i drugi z sokiem z czarnej porzeczki. Na podgrzewanym talerzu czekały jajka na przyrumienionych grzankach. Chrupiące bułeczki, miód, dżem i konfitury domowej roboty dopełniały obrazu.

Marianna i Zosia jadły, aż im się uszy trzęsły. A gdy z westchnieniem odsuwały puste talerze, do jadalni weszła gospodyni z dwiema filiżankami kawy.

– Pyszne – powiedziały jednocześnie na jej widok.

– Miło mi – uśmiechnęła się gospodyni. – Proszę mi wybaczyć i nie uznać tego za wtrącanie się, ale nie darowałabym sobie, gdyby planowana wycieczka się nie odbyła. Wspominały panie wczoraj o Durbaszce.

– Wybierałyśmy się tam, ale teraz jest już chyba za późno. Nie zdążyłybyśmy przed zmrokiem – powiedziała Zosia.

– Mam pomysł. Zygmunt mógłby panie zawieźć do Jaworek, pokazać wąwóz Homole, taki rzut oka na rezerwat, i wywieźć panie moją terenówką do schroniska. Droga stamtąd z powrotem do Szczawnicy to miły, najwyżej trzygodzinny spacer. Słońce zachodzi koło wpół do piątej, więc miałyby panie dość czasu. Dzień jest wyjątkowo ładny.

Rzeczywiście, dzień był raczej wrześniowy niż październikowy. Tylko bezlistne gałęzie niektórych drzew wskazywały, że listopad za pasem. Gdy stanęły na oznaczonej niebieskim szlakiem ścieżce ponad schroniskiem, prawie oniemiały z zachwytu. Rozciągała się przed nimi panorama Pienin w jesiennych barwach i ośnieżonych szczytów Tatr. Na niebie nie było ani jednej chmurki. Słońce grzało jak w lecie. Trudno było uwierzyć, że w Suwałkach i w Zakopanem spadł już śnieg.

Droga prowadziła to pachnącym żywicą i suchymi liśćmi lasem, to szeroką granią, z której podziwiały widoki. Minęły opuszczoną już bacówkę i po lewej zobaczyły wysoki trawiasty szczyt. Marianna westchnęła.

– Nie bój się, szlak go omija. Pójdziemy po równym – uspokoiła ją Zosia.

– Popatrz! Latający Mnich!

Na szczycie ukazał się lotniarz z czerwoną lotnią. Wziął rozbieg i po chwili szybował nad doliną, lecąc w stronę Jaworek.

– Tradycja brata Cypriana nie zginęła – cieszyła się Marianna.

Zrobiły sobie krótki odpoczynek. Usiadły na sprężystej trawie, równo wyskubanej przez owce, które jeszcze niedawno się tu pasły. Piły wodę, a łagodny wiatr chłodził im rozgrzane policzki. Marianna położyła się na trawie i zamknęła oczy.

– Mogłabym tu zostać na zawsze. Wybrałaś piękną trasę – powiedziała.

Gdy dotarły do Szafranówki i zobaczyły górną stację wyciągu, zrobiło im się żal, że to koniec wycieczki.

– Jak to dobrze, że jutro też tu będziemy – westchnęła Marianna.

Zmierzchało się, gdy weszły do restauracji, którą poleciła im gospodyni. Usiadły na oszklonej werandzie, by podziwiać grę świateł na niebie i ostatnie promienie rozświetlające liście w Górnym Parku. Zmierzch był cichy. Na drzewach nie drgał nawet listek.

– Dlaczego właściwie liście zmieniają kolory? A potem opadają? – zapytała Marianna, gdy już zamówiły obiad i popijały wytrawną sherry.

– Odpowiadam na pytanie drugie – poważnym tonem odrzekła Zosia. – Przez liście wyparowuje bardzo dużo wody. Zimą, gdy nie pada deszcz, drzewo przez liście oddałoby całą wodę i uschło. Poza tym gromadzący się na nich śnieg połamałby gałęzie. Odpowiedź na pytanie pierwsze jest trudniejsza. Liście zmieniają kolory, bo w miarę ich starzenia się chlorofil, czyli barwnik zielony, jest zastępowany przez żółtopomarańczowy karoten. Do niedawna uważano więc zmianę barw za rezultat starzenia się liści. Ponieważ jednak zaobserwowano, że mszyce chętniej składają jaja na gałęziach drzew, których liście jesienią mają mniej intensywne barwy, niektórzy botanicy sądzą, że te kolory są znakiem dla zjadaczy liści. Bo drzewa, broniąc się przed nimi, przesycają liście garbnikami szkodzącymi mszycom, gąsienicom i chrząszczom. Im intensywniejsze barwy, tym drzewo silniejsze i silniejsza ta broń biologiczna. Im kolory bledsze, tym drzewo słabsze i na wiosnę słabiej się będzie bronić.

— Ależ ty jesteś mądra! — nie kryła podziwu Marianna.

— Co wygrałam w tym teleturnieju?

— Stawiam obiad.

— Podaj mi kartę. Zamówię drugi deser.

31

– Dziś ja stawiam.

– To ja zjem podwójny deser – zażartowała Marianna.

Trzeci raz były w tej samej restauracji. Po wycieczce rowerowej nie miały siły szukać innego miejsca. Zresztą widok z werandy był przepiękny, a jedzenie smaczne.

– Zamów grzybową – radziła Marianna. – Wczoraj była świetna. Co weźmiemy jako aperitif?

– Dla mnie żołądkowa.

– A ja zamówię campari.

Wierciły się na krzesłach, szukając najwygodniejszej pozycji dla obolałych pośladków.

– Wszystko mnie boli, ale warto było. Masz znakomity zmysł organizacyjny. Pamiętałaś o wszystkim, nawet o dzisiejszej zmianie czasu.

Zosia się zaczerwieniła.

– No, no, naucz się przyjmować należne pochwały. Nawet gdy człowieka chwalą na wyrost, lepiej po prostu podziękować, niż składać sprostowania. Szczególnie jeśli zamierzasz iść do pracy.

– Zamierzam. Pod warunkiem że ją dostanę.

— Dostaniesz, dostaniesz. Napisałaś świetną aplikację i CV.

Zosia już miała powiedzieć: „To tylko dzięki tobie". W ostatniej chwili ugryzła się w język i zapytała:

— Dlaczego właściwie nie mówi się po staremu: życiorys i podanie o przyjęcie do pracy?

— Bo każdy zawód ma swój język. Najlepiej tajemny. Specjaliści od zasobów ludzkich nie mogą być gorsi.

— Okropna nazwa. Nie chciałabym być zasobem.

— Nie masz na to wpływu. W wielkiej firmie nim jesteś. Ma to tę zaletę, że w dobrych firmach w ludzi się inwestuje, tak jak w inne zasoby, na przykład nieruchomości.

— Brrr...

— Masz rację, trzeba się jeszcze napić. Na trzeźwo niektóre rzeczy trudno zaakceptować. No i tylko głupie nie piją przy zupie.

Marianna przywołała kelnera.

— Proszę nam przynieść to zamówione wino. — I gdy kelner napełnił im kieliszki, uniosła swój. — Za nową drogę życia!

Kelner przyniósł zupę. Marianna z lubością wciągnęła jej zapach.

— Ten wyjazd to jedno pasmo przyjemności. Chce się powiedzieć: „Chwilo, trwaj, jesteś piękna".

Gdy skończyły obiad, było już ciemno. Na granatowym niebie migotały gwiazdy. Drzewa, nieruchome o zmierzchu, teraz szeleściły w nasilających się podmuchach nocnego wiatru.

W Sofijówce ogień płonął jasno na kominku. Z westchnieniem zapadły w miękkie fotele i patrzyły w płomienie, tradycyjnie sącząc whisky.

— Szarlotka była pyszna — powiedziała Marianna. — Tylko pani Zuzanna robi lepszą.

— I ty. I Eryk.

— Eryk? Wiem, że umie gotować, ale o pieczenie ciast nigdy bym go nie podejrzewała.

Gdzieś w oddali zaszczekał pies, trzasnęły drzwi. Dźwięki były odległe, przytłumione. Zosia wstała i zamknęła okno. Wiatr się wzmagał. Szyby dźwięczały lekko pod jego naporem.

– Jutro zmieni się pogoda – powiedziała.

– Wracając do szarlotki... – Mariannę niełatwo było zbyć. – Masz na myśli jakiś kupny spód posypany jabłkami i zagrzany w mikrofali?

– Nie, mam na myśli tort z całych jabłek.

– Tort? No, no.

– Był brązowy, pachniał cynamonem. W środku były zapieczone całe jabłka z żurawinami i brzoskwiniową konfiturą. Jedliśmy je na ciepło. Pycha.

– Zaintrygowałaś mnie. Wyduszę z niego ten przepis, choćbym go miała torturować.

– Nie musisz. Pamiętam go, czytałam mu po kawałku co najmniej dziesięć razy z książki kucharskiej, a on robił wszystko po kolei. Obrać osiem małych jabłek i ostrożnie je wydrążyć, potem napełnić suszonymi żurawinami lub rodzynkami i konfiturą, a na wierzchu ułożyć wiórki masła. Jedną i jedną czwartą szklanki mąki wymieszać z łyżeczką proszku do pieczenia i dwiema czubatymi łyżeczkami cynamonu. Przygotować cztery jajka. Utrzeć trzy czwarte kostki masła z trzema czwartymi szklanki cukru. Dodawać na przemian po łyżce przygotowanej mąki i po całym jajku, cały czas ucierając. Wyłożyć ciasto do nasmarowanej masłem tortownicy. Jabłka ułożyć na cieście. Piec w temperaturze stu osiemdziesięciu stopni przez mniej więcej godzinę – wyrecytowała Zosia.

– Wiesz, do głowy by mi nie przyszło, że potrafisz zapamiętać jakiś przepis. W dodatku tak dokładnie.

Zosia też była zdumiona. Wstała i dołożyła polano do ognia. W milczeniu wpatrywała się w płomienie.

Przyszła do niego wtedy z koszykiem jabłek świeżo zerwanych w sadzie.

„Teraz rozumiem, dlaczego Adam nie oparł się pokusie. Jesteś jak Ewa do kwadratu, co ja mówię, do dziesiątej potęgi", powiedział na jej widok.

Wziął aparat i zanim zdążyła zaprotestować, zrobił jej kilka zdjęć. Jedno potem powiększył i powiesił w swojej sypialni.

Wyglądała na nim trochę jak Cyganka, której w Photoshopie zmieniono kolor oczu na niewiarygodnie lazurowy, trochę jak Pani Jesień: w kolorowej spódnicy do kostek, zielonej batystowej koszuli z podwiniętymi rękawami, z rozpuszczonymi włosami, w które wpięła gałązkę głogu, z wiklinowym koszykiem żółtych i czerwonych jabłek.

„Co zrobimy z tymi jabłkami? – zapytał. – Może upieczemy tort?"

„Świetny pomysł. Dziś na obiad dostałam tylko trochę zupy. Tata jest w Krakowie, a niania i pani Jagoda smażą powidła ze śliwek, rozumiesz".

Położył na stole książkę kucharską.

„Znajdź przepis na tort z całych jabłek, a ja naleję wina".

Zosia nie miała o sobie zbyt wygórowanego mniemania, uważała się jednak za osobę spostrzegawczą. Tymczasem dopiero tego popołudnia zauważyła, że Eryk w jej obecności zachowuje się tak jak ona, gdy obok był Krzysztof. Nie odrywał od niej wzroku. Gdy na oślep szukał w kredensie kieliszków, zrzucił jeden na podłogę. Na szczęście miękkie deski zamortyzowały upadek. Podszedł bardzo blisko, by przeczytać przepis, i żartobliwie pogłaskał ją po głowie. Pokazując jej w książce zdjęcie tortu, dotknął jej dłoni. Przypomniała sobie, jakie niestworzone rzeczy wyczyniał czasem, by zatrzymać ją jeszcze na pół godziny.

Postawił na stole miseczkę z orzechami laskowymi i dwa kieliszki. Nalał wina.

„Powąchaj", powiedział.

Przytknęła kieliszek do nosa.

„Nie, nie tak". Zakrył jej oczy dłonią. „Teraz".

Ręka lekko mu drżała. Mrugnęła kilka razy, by rzęsami połaskotać mu wnętrze dłoni. Usłyszała, jak wstrzymał oddech. To co miało być zabawą, stało się pieszczotą.

Wino słodko pachniało owocami, było lekkie i świeże, z wyczuwalną nutą miodu i dojrzałych brzoskwiń.

„Jest w nim na dnie goryczka. Czujesz?", zapytał.

Spróbowała jeszcze raz.

Tak, ożywczy grapefruitowy akcent.

– Pyszne – powiedziała. Na głos.

– Rzeczywiście, dobra ta whisky. Napijesz się jeszcze? – spytała Marianna.

– Tak.

– A opowiesz mi o Słowacji?

– Tak.

– Coś podejrzanie zgodna jesteś.

– Muszę to komuś opowiedzieć – lekko się zacinając, powiedziała Zosia. – Komuś takiemu jak ty. Rozmawiałam z nianią, ale to zupełnie co innego... Gryzę się, że jadąc z Erykiem, zrobiłam straszną rzecz. Ale tak cudownie jest być bezwarunkowo uwielbianym...

Marianna dolała whisky.

Zosia pociągnęła duży łyk. Czuła, jak gorący strumień przepływa jej przez gardło i spływając do żołądka, ogrzewa go i rozluźnia całe ciało. Napiła się jeszcze.

– Dla mnie to był naprawdę piękny tydzień. Prawdziwe wakacje, takie jak w dzieciństwie. Rozumiesz: coś poza czasem, jakby nie istniało ani wczoraj, ani jutro. Żadnego łzawego oglądania się za siebie ani lękliwego myślenia o przyszłości. Było tylko dziś. Cały czas czułam się jak królewna. Eryk bardzo się starał. Teraz na pewno tego żałuje.

– Co ty mówisz! – gorąco zaprotestowała Marianna. – Wiesz, co mi powiedział? Że nigdy tego nie zapomni. Ale że uwiedzenie cię, tak, tak właśnie powiedział, uwiedzenie cię mu nie wystarczy.

Było więc gorzej, niż myślała. Przejrzał ją od razu. Chciała się schować w mysiej dziurze.

Milczały przez dłuższą chwilę. Zosia dopiła whisky, a Marianna znów jej nalała.

– To dziwne – powiedziała cicho Zosia – mam przecież wykształcenie biologiczne, no dobrze, rolnicze, i wiem, że ludzie nie różnią się aż tak bardzo od zwierząt. Żyją w małych stadach zwanych rodzinami, walczą o jedzenie i dach nad głową...

Jednocześnie wierzą, że ich przeznaczeniem jest kochać i być kochanym. Tymczasem komu to jest dane?

– Czasem ludzie żyją razem długo i szczęśliwie. Słyszałam o takich przypadkach, choć nigdy żadnego nie widziałam.

– Nie ma chyba nic gorszego niż gdy ktoś, kogo kochasz, proponuje ci przyjaźń. I dodaje: a najlepiej zapomnij o mnie i bądź szczęśliwa.

– Takich znam. Zostali przyjaciółmi i żyli krótko i nieszczęśliwie – zaśmiała się Marianna. – Jestem bezmyślna, wybacz – zreflektowała się. – Krzysztof tak ci powiedział?

Zosia kiwnęła głową, nie patrząc na Mariannę. Oczy błyszczały jej podejrzanie w świetle kominka.

– I jeszcze, że zawsze mogę na niego liczyć. Że zawsze mi pomoże. Był szczery i ja w to wierzę – dodała szybko, widząc minę Marianny. – Powiedziałam mu to.

– Twoja naiwność... – zaczęła bezlitośnie Marianna. Nie skończyła jednak. – Popatrz, jakie to dziwne – dodała łagodniejszym tonem – z każdego tematu zbaczamy na niego. Miałaś opowiadać o Słowacji.

– Słowacja... Słowacja jest piękna.

32

Obudził je szelest deszczu. Za oknem było szaro. Mgła zakryła góry.

– Nie wstawaj. Zejdę na dół po śniadanie. Na co masz ochotę? – zapytała Marianna.

– W ogóle nie jestem głodna.

Zosia wyglądała blado.

– Nie możemy tego zrobić naszej gospodyni. Przygotowała śniadanie, a my oświadczymy jej, że nie jesteśmy głodne? Albo że nagle postanowiłyśmy się odchudzać? Albo że mamy kaca?

Zosia musiała się uśmiechnąć.

– Kawa. I omlet. Z konfiturami truskawkowymi – powiedziała.

– To rozumiem.

Marianna energicznie zawiązała pasek jedwabnego szlafroka, w którym wyglądała jak hollywoodzka gwiazda z lat trzydziestych i bez którego nigdzie się nie ruszała, i zeszła na dół. Po chwili wróciła z tacą.

– Paniusia zamawiała śniadanie do numeru? – zapytała grubym głosem.

– Tak, mój dobry człowieku, postawcie tutaj i weźcie sobie dwa złote z portmonetki.

– Tu nie Indie, moja pani. Za dwa złote kucharz konia nie podkuje.

– Macie rację, dobry człowieku, dwa złote to tylko w barszcz.

– Uderz w stół, a odlecą nogi.

– Cóż wy sobie myślicie? Że pieniądze rosną jak gruszki na wierzbie?

– O, to była ostatnia kropla, która spadła na beczkę prochu! – wrzasnęła Marianna. – Biednemu zawsze prawda w oczy.

– Prawda ma długie nogi i też się potknie.

Marianna gorączkowo szukała w pamięci jakiegoś przysłowia. Nic nie przychodziło jej do głowy.

– Wygrałam! – zawołała Zosia triumfalnie. – Pierwszy raz z tobą wygrałam! Co dostanę?

– Na razie śniadanie. A jak się wypogodzi, zaproszę cię do kawiarni. Na wodę. Za to mineralną. Śmierdzonkę.

W świetnych humorach zjadły śniadanie, potem leniwie rozmawiały, leżąc w jednym łóżku, a koło południa, gdy deszcz przestał padać, postanowiły pójść na spacer.

– Masz parasol? – zapytała Marianna.

– Mam kurtkę nieprzemakalną.

– Zmoczy ci spodnie, jeśli znowu lunie. Pójdę pożyczyć od naszej gospodyni.

Wypiły kawę w kawiarni przy deptaku, potem grzane wino w pubie, w końcu doszły do swojej restauracji.

– Lubię takie wycieczki – powiedziała Marianna. – Człowiek się nie zmęczy, a ile dodatkowych przyjemności!

Ledwie usiadły przy stoliku, znów zaczęło padać. Wilgotne okna powoli zachodziły mgłą. Gdy wyszły z restauracji, lało jak z cebra.

– Mamy szczęście, że wczoraj nas nie złapała taka ulewa. Pedałować tyle kilometrów w deszczu, wyobrażasz sobie?

– Dałybyśmy radę – dzielnie oświadczyła Zosia. – Nie jesteśmy z cukru.

– Tylko z soli, co nas boli.

– W zimnym ciele zimny duch – zaśmiała się Zosia i rozłożyła parasol.

Ruszyły w stronę domu. Marianna myślała intensywnie, ale po brandy, grzanym winie, campari i winie do obiadu nie mogła sobie przypomnieć żadnego przysłowia.

– Pójdziesz z torbami – zauważyła Zosia. – Wiem! To będzie mój sposób na życie. Będę cię bezlitośnie ogrywać w twoje własne gry i żyć na twój koszt.

Marianna trąciła ją łokciem. Zosia, przewidując atak, uskoczyła w bok, prosto do głębokiej kałuży. Zimna woda wlała się jej do butów. Wyskoczyła z kałuży jeszcze szybciej, niż do niej wskoczyła, opuszczając rękę, w której trzymała parasol. Nagły podmuch wiatru odwrócił go na drugą stronę.

– Zostałaś słusznie ukarana – z satysfakcją stwierdziła Marianna. – Jestem w końcu... Zosiu, na miłość boską, co się stało?!

Zosia, która usiłowała odwrócić parasol na właściwą stronę, nagle znieruchomiała, a potem miękkim ruchem złożyła się na pół i upadła na kolana. Klęczała, czołem niemal dotykając mokrego chodnika.

– Zosiu! Słabo ci? Co się stało? Zosiu?! Ratunku!

Na ulicy nie było żywego ducha. Marianna chwyciła Zosię pod pachy i dociągnęła do najbliższej ławki. Na przemian potrząsała ją za ramiona i przytulała, ale Zosia nie reagowała, choć oddychała i miała otwarte oczy. Lała się przez ręce i gdyby Marianna jej nie podtrzymywała, osunęłaby się na ziemię. Marianna z całych sił próbowała opanować atak histerii i się nie rozpłakać. Pogotowie! Sięgnęła po komórkę i w tym momencie usłyszała mlask końskich kopyt na mokrym asfalcie. Jak szalona zaczęła machać ręką i krzyczeć:

– Moja przyjaciółka zasłabła! Proszę mi pomóc!

Dorożkarz zatrzymał konia i zeskoczył z kozła. We dwoje zdołali unieść Zosię. Na chodniku został czarny parasol ze złamanym drutem.

— Budzi się... Zosiu, Zosiu!

— Czy pani mnie słyszy? Proszę otworzyć oczy.

Natarczywe głosy dobiegały z oddali, obce, rozmyte. Dzieląca ją od nich zasłona dawała jej poczucie bezpieczeństwa. Czuła się lekko, jakby się unosiła w ciepłej rzece. Wiedziała, że na drugim brzegu czyha coś budzącego lęk, i nie chciała opuszczać ciepłej wody. Prąd niósł ją na brzeg, z którego dobiegały głosy. Oparła mu się całą siłą woli. Brzeg przestał się przybliżać. Westchnęła z ulgą. Poczuła ukłucie w ramię. Zasłona rozdarła się z chrzęstem, ciepła rzeka wsiąkła w piasek, a ona leżała na suchym dnie, naga i drżąca z przerażenia, bezbronna jak ryba.

— Zosiu, obudź się!

— Czy pani mnie słyszy?

Oczy same się jej otworzyły. Z trzech gardeł wyrwało się westchnienie ulgi.

— Jak się pani czuje? — zapytał mężczyzna ze stetoskopem na szyi.

Lekarz? Ktoś zachorował?

— Zosiu, nareszcie!

Przy łóżku stała Marianna i pani Zawadzka-Colonelli. Obie wpatrywały się w Zosię tak intensywnie, że niemal czuła dotyk ich wzroku na twarzy.

Chciała się podnieść, ale lekarz ją przytrzymał.

— Proszę leżeć spokojnie. Czy coś panią boli?

Potrząsnęła głową.

Zbadał ją, zadał kilka pytań, na które odpowiadała, kiwając lub kręcąc głową.

W końcu wykrztusiła przez suche, chropowate gardło:

— Co się stało?

— Upadła pani i straciła przytomność. Na szczęście wygląda na to, że skończyło się na zranieniu kolan.

Zosia zerknęła w dół i zobaczyła bandaż na kolanach.

– Gdyby jednak pojawiały się jakieś niepokojące objawy, zawroty głowy, nudności, bóle, proszę mnie natychmiast wezwać – powiedział lekarz do stojących przy łóżku kobiet.

– Tak, panie doktorze – pani Zawadzka-Colonelli z przejęciem pokiwała głową, a potem wyszła z pokoju za lekarzem.

Marianna usiadła na łóżku i chwyciła Zosię za rękę.

– Aleś mi napędziła strachu! Pośliznęłaś się w kałuży i upadłaś. Dobrze, że przejeżdżała dorożka. Nasza gospodyni od razu wezwała lekarza. Zosiu, już dobrze? Naprawdę nic cię nie boli? Oprócz kolan oczywiście.

Zosia zesztywniała. W nagłym błysku zrozumiała, skąd się wzięła poprzednia choroba i dzisiejszy wypadek. Jakaś miłosierna ręka zepchnęła pamięć o zdarzeniu przed domem Krzysztofa na samo dno świadomości. Teraz wspomnienie wróciło i zobaczyła siebie, przemoczoną i zziębniętą na pustej ulicy, z wywiniętym parasolem, i Krzysztofa, odwracającego od niej wzrok i ginącego w bramie.

Gospodyni stanęła w uchylonych drzwiach i skinęła na Mariannę, która wyszła na korytarz i szeptem rozmawiała z lekarzem. Pani Zawadzka-Colonelli nie spuszczała oka z Zosi. Od drzwi nie mogła jednak zobaczyć dwóch strużek łez płynących jej po policzkach.

Jeszcze kilka razy w nocy budziło ją własne łkanie. Suchy szloch wstrząsał całym jej ciałem. Słyszała uspokajający szept Marianny i znów zapadała w niespokojny, płytki sen.

Pasek słońca powoli przesuwał się po podłodze. Śledziła go spod półprzymkniętych powiek.

– Nie śpisz.

Głos Marianny dobiegał z oddali, jakby z innej planety. Marianna głaskała ją po głowie. Zaczęła cicho mówić, jakby opowiadała bajkę:

– A wiesz, że moja ciotka handlowała prezerwatywami? Dostawała je od znajomych z Danii. W zgrzebnych latach sześćdziesiątych polskie prezerwatywy były skrzyżowaniem opony z papierem ściernym. W paczkach z ciuchami i czekoladą przychodziły też pisma pornograficzne, środki antykoncepcyjne dla kobiet... Ciotka była ginekologiem. Mieszkaliśmy wszyscy razem w Wadowicach, w starej willi blisko parku. Znasz Wadowice? Niskie domy w pastelowych kolorach, strome ulice obsadzone starannie przystrzyżonymi drzewami... W parku była fontanna. Żółw, żaba, ryba i wąż pluły wodą. Jeździłam na rowerku po alejkach. Nawet jeśli skróciłam sobie drogę przez trawnik, dozorca patrzył na to przez palce. Byłam bratanicą szanowanej lekarki i córką przewodniczącego komitetu powiatowego partii... Mówiłam ci, że moja matka była młodsza od ojca o czterdzieści dwa lata? Po maturze poszła do szkoły pielęgniarskiej. Poznała go na praktykach w szpitalu. Chcesz zobaczyć ich zdjęcie?

Marianna wstała, sięgnęła po torebkę i wyjęła z niej mały album. Potem jakby nigdy nic poprawiła Zosi poduszki, podciągnęła ją lekko i pomogła usiąść na łóżku.

– To moi rodzice – pokazała na zdjęciu. – Moja matka nawet teraz, gdy ma sześćdziesiąt lat, jest piękna. Ja jestem podobna do ciotki. Obcy ludzie zawsze myśleli, że jestem jej córką. Po mojej pięknej matce odziedziczyłam tylko kamienne serduszko. – Odwróciła kartkę w albumie. – To ciotka. Siostra bliźniaczka mojego ojca. Była dużą rudą Żydówką. Oczywiście wtedy tak o niej nie myślałam. Chyba nawet nie wiedziałam, co to znaczy: Żyd. Zresztą ja jako dziecko gojki nie jestem Żydówką według prawa mojżeszowego. Ciotka nie miała własnych dzieci. Wszyscy krewni ojca, prócz niej, zginęli w czasie wojny. W trzydziestym dziewiątym oboje pracowali w szpitalu w Stanisławowie. Wrócili do Polski z Armią Czerwoną. Ojciec po wojnie coraz mniej praktykował, choć miał etat w szpitalu. Oddał się działalności politycznej. Sądząc po tym, że w pięćdziesiątym szóstym miał pierwszy zawał, a umarł po drugim, w sześćdziesiątym ósmym, gdy za pochodzenie wyrzucono go z partii, był przekonanym komunistą – zaśmiała się krótko. – Na tym zdjęciu przed domem mam sześć lat. To ojciec, to ciotka, to ja, a to moja mama. Nie pasuje do nas, prawda? Ostatnie wspólne zdjęcie. Wyjechała do Ameryki zaraz po śmierci taty. Na rok. Nigdy nie wróciła. – Zamilkła. – Stare dzieje. Nie będę cię zanudzać.

Zosia otworzyła usta, ale z jej gardła nie wydobył się żaden dźwięk. Chrząknęła.

– Opowiadaj. Proszę.

Marianna pogłaskała ją po ręce.

– Dobrze. Tylko napij się herbaty.

Podała jej filiżankę.

– Do mojej ciotki przyjeżdżały pacjentki z Krakowa. Zwykle pociągiem. Budynek stacji był zbudowany z czerwonej cegły. Wszędzie kwitły czerwone pelargonie. Od stacji do miasta prowadziła szeroka aleja wysadzana drzewami. Może lipami?... Nie pamiętam. Na końcu były kamienne schody z szeroką poręczą prowadzące prosto na rynek. Do naszego domu szło się w lewo, stromą ulicą w stronę klasztoru. Dom był otoczony żelaznym płotem. Z bocznej uliczki mała furtka prowadziła prosto do gabinetu ciotki. Gęsty szpaler krzewów zasłaniał ścieżkę przed oczami ciekawskich. Pacjentki w końcu nie po to fatygowały się aż z Krakowa, żeby ktoś je tu zobaczył. Kiedyś matka przysłała mi w paczce zabawkę: aparat fotograficzny. Wyglądał jak prawdziwy i gdy nacisnęło się spust migawki, wydawał taki charakterystyczny dźwięk. Biegałam po domu i ogrodzie i bawiłam się w fotografa. Pewnego razu schowałam się w krzakach przy drzwiach do gabinetu i udawałam, że fotografuję pacjentkę, która przez boczną furtkę weszła do ogrodu. Usłyszała trzaśnięcie migawki i o mało nie dostała zawału. Nie rozumiałam wtedy, dlaczego tak się wystraszyła. Dziś myślę, że ciotka robiła skrobanki. Czasem pacjentki zostawały na kilka dni i mieszkały w pokoju z łazienką przy gabinecie. Najlepszy interes ciotka robiła chyba jednak na prezerwatywach. Często mówiła do siebie: „Umarłybyśmy z głodu, gdyby nie te gumki...". Sama nie wiem, czemu to zapamiętałam. – Uśmiechnęła się do Zosi. – Dość gadania, teraz śniadanie.

Zosia pokręciła głową.

– Nie marudź – stanowczym tonem powiedziała Marianna. – Jestem głodna, a nie po to z tobą przyjechałam, by jeść w samotności. Mam to na co dzień.

Wyszła na korytarz, przechyliła się przez poręcz i zawołała:

– Dwa śniadania, proszę!

Zosia czuła, że nic nie przełknie.

– Jedno, dla ciebie – powiedziała słabym głosem.

– Dobrze, jak chcesz. Miałam ci opowiedzieć historię mojej metryki, ale mogę to zrobić tylko przy wspólnym śniadaniu.

Zosia milczała. Jednak gdy gospodyni przyniosła śniadanie, odpowiedziała z bladym uśmiechem na jej „dzień dobry", a potem pozwoliła sobie nałożyć na talerz pół bułki z masłem i jajko na miękko.

Marianna poczekała, aż Zosia zacznie jeść, i wróciła do opowieści.

– Przed pierwszą komunią ksiądz na religii wyczytał nazwiska dzieci, które miały donieść swoje świadectwo chrztu. Po moje musiałyśmy pojechać z ciotką do Krakowa. Wiesz, to były takie czasy, że matka mogła ochrzcić mnie, córkę działacza partyjnego, tylko po kryjomu... No więc wchodzimy do kancelarii, miły starszy ksiądz otwiera wielką księgę i zaczyna szukać. „Marianna Milejko... Milejko... Czy jest pani pewna, że była chrzczona w naszej parafii?" „Tak", odpowiada ciotka. „A pamięta pani dokładną datę chrztu?" „Nie, ale na pewno był to początek czerwca sześćdziesiątego drugiego". „Spójrzmy jeszcze raz", ksiądz jechał palcem w dół strony. „Jacek... nie... Jan... Leszek... Barbara... Jest Marianna, ale Czerwińska... Jan..." „Jak ksiądz powiedział? Czerwińska?" Okazało się, że jestem zapisana pod panieńskim nazwiskiem matki, bo rodzice nie mieli ślubu kościelnego. W oczach Kościoła jestem bękartem.

Marianna dopiła kawę i przypilnowała, by Zosia wypiła swoją.

– Opowiedzieć ci, jak moja matka poznała ojczyma?

Zosia kiwnęła głową.

– Ale pod jednym warunkiem. Przygotuję ci kąpiel i obiecasz mi, że usiądziesz w wannie tak, by nie zmoczyć bandaża na kolanach, potem położymy się na leżakach na balkonie i napijemy się whisky, a wtedy ci opowiem.

Październikowe słońce przygrzewało mocno. Drzewa w parku lśniły wszystkimi odcieniami czerwieni, złota i brązu. Orzechowodymny zapach jesieni mieszał się z wonią świeżo upieczonego ciasta.

– Herbata, ciasto i whisky? – zapytała Marianna, gdy już się napatrzyły na widok z balkonu.

– Herbata i ciasto.

– Jak chcesz. Ja się muszę napić.

Zosia została na leżaku, Marianna pobiegła na dół. Po chwili była z powrotem.

– Zapomniałam ci powiedzieć, że rano dzwonił do ciebie twój ojciec – powiedziała, podając Zosi herbatę. – Odebrałam i powiedziałam, że jeszcze śpisz. I że wszystko jest okej.

– Dobrze zrobiłaś, dziękuję.

Zosia skubała ciasto.

– Nic im nie mów – poprosiła. – Już dobrze się czuję.

Marianna spojrzała na nią uważnie.

– Lepiej wyglądasz. Jak zjesz to ciasto, to już będzie całkiem w porządku.

– Obiecałaś mi *love story*.

– No proszę, humor ci wraca – zaśmiała się Marianna. – Mówiłam ci, że moja matka jest niby-pielęgniarką: po jednym roku szkoły i kilku latach słuchania rozmów dwojga lekarzy. Gdy po śmierci ojca wyjechała do Stanów, dostała pracę w szpitalu. Powierzano jej tak odpowiedzialne zajęcia jak oglądanie z pacjentami telewizji, wożenie ich na zabiegi, a nawet mierzenie temperatury. Traf chciał, że w tym szpitalu leżał mój przyszły ojczym. I matka tak się nim opiekowała, że się jej oświadczył. Szpital to tradycyjny teren jej polowań na męża. Wyobraź sobie, jaki musiał być zakochany, skoro mimo nacisków rodziny nie podsunął jej do podpisania intercyzy. Jest bardzo bogaty, a moja matka nie miała nic, w dodatku jest od niego o trzy lata starsza.

– Kochają się, prawda?

– On nadal za nią szaleje. A ona... Nawet jeśli to było małżeństwo z rozsądku, nikt by się nie domyślił.

– Jest takie francuskie przysłowie, że zawsze jedno całuje, a drugie nadstawia policzek.

– Coś w tym jest. Ojciec też ją uwielbiał. „Ubóstwia ziemię, po której ona stąpa", mówiła nieraz z przekąsem moja ciotka. Pokazał jej, czego powinna żądać od mężczyzn. A ona zapamiętała tę lekcję, nawet jeśli zapomniała, kto był nauczycielem.

– Mówisz tak, bo myślisz, że Eryk chciał mnie tego nauczyć, prawda?

Marianna zawahała się, ale w końcu przytaknęła.

– Ja się nie potknęłam... – zaczęła Zosia.

Spuściła głowę, a potem szybko, nie podnosząc jej, opowiedziała Mariannie, jak czekała przed domem Krzysztofa, chcąc się z nim spotkać niby przypadkiem.

Marianna słuchała, nie przerywając. „Zamordować tego dupka to mało", myślała.

– Czytałam gdzieś, że gdy zdarza się coś, czego się najbardziej boimy, stajemy się wolni – powiedziała Zosia i podniosła głowę. Jej turkusowe źrenice lśniły w bladej twarzy. – To nieprawda. Tyle się stało, a ja ciągle jestem do niego przywiązana jak... jak pies do budy.

Marianna policzyła w myśli do trzech, by opanować kipiącą w niej wściekłość na Krzysztofa, i pozornie spokojnie powiedziała:

– Szczerze mówiąc, ja bym to inaczej określiła. To mi przypomina związek pasożyta z żywicielem.

Zosia spojrzała zdumiona. Marianna rzadko używała biologicznych porównań, do tego tak drastycznych.

– Wiem, nie znam się na biologii. Ale w tym wypadku etymologia jest lepszą wskazówką. Wiesz, od czego pochodzi „pasożyt"?

Zosia potrząsnęła głową.

– Od „pasirzyt". Jeszcze w dziewiętnastym wieku pisało się „pasorzyt", przez „rz". A pasirzyt to ktoś, kto pasie swoją rzyć.

33

— Marianna, słuchaj, przyjęli mnie!

— Gratuluję! Bardzo, bardzo się cieszę!

— A ja jak się cieszę! Dzwonię, żeby cię zaprosić na kolację. Niania gotuje pyszne rzeczy. Będziemy świętować mój sukces. I wszystko ci opowiem.

— Zosiu, bardzo żałuję, ale dziś nie mogę. Nie spodziewałam się, że to pójdzie tak szybko. Za dwie godziny mam telekonferencję z jednym z moich zleceniodawców.

— Szkoda. Ale rozumiem. W takim razie może jutro?

— Wspaniale! Może być o piątej?

— Pewnie.

— Przybędę niezawodnie, jak mawiają hobbici.

— Mam ci tyle do opowiadania! I nie uwierzysz, ale wiesz, kogo tam spotkałam? Thomasa Krossa!

— Jakiego Krossa? Znam go?

— Nie, ale ja go znam! To znaczy, nie znam... To długa historia. Opowiem ci jutro.

Następnego dnia Marianna stanęła w drzwiach z bukietem róż.

– Gratuluję! Wprawdzie byłam pewna, że sobie świetnie poradzisz, ale co innego taka pewność, a co innego wiedzieć, że już podjęli decyzję. Przyjęli cię od razu? Dawno o czymś takim nie słyszałam. Niektóre firmy przez kilka tygodni przypiekają kandydatów na wolnym ogniu niepewności.

Zosia wąchała róże.

– Przepiękne. Gdzie je znalazłaś?

– Jak to gdzie? W twoim ogrodzie. Poszłam okryć twoje róże...

– Naprawdę?! A tak się o nie martwiłam! Dziękuję! Dziękuję! – ściskała Mariannę.

– Nie dziękuj, zanim nie wyznam, co mam na sumieniu. Ukradłam tę donicę z różami, co stała koło schodów. Ledwo ją dowiozłam do siebie na taczkach. Tam by się zmarnowały, a u mnie stoją sobie w oranżerii i jeszcze kwitną. Kiedyś ci je oddam, jak wrócisz do Różan albo znajdziesz sobie inny ogród.

Zosia ukryła twarz w kwiatach.

– Od razu ci powiem, że ukradłam też pojemnik z drzewem poziomkowym – szybko dodała Marianna. – Przymierzałam się do niego na kilka sposobów, ale to olbrzym. W końcu położyłam taczki na boku i chwyciłam pojemnik, żeby go jakoś wsunąć na te taczki. Wtedy drzewko przewróciło się na mnie i przygniotło mnie do ziemi jak seryjny gwałciciel. Ten stróż, co to niby ma wszystkiego pilnować, jest chyba głuchy i ślepy. Czasem biorę do kieszeni dwa kieliszki i jakąś wódeczkę i idę do naszej furtki. Macham na niego i strzelamy sobie kilka głębszych. Może to mu się rzuca na oczy? A skoro już o tym mowa, to napiłabym się czegoś. Najlepiej wody, bo przyjechałam autem.

– Musisz dzisiaj wracać? Nie mogłabyś zostać na noc? Jestem sama, bo niania i ojciec nocują dziś u przyjaciół. Brydżyk ze śniadaniem, rozumiesz.

– A co masz do picia?

– Whisky z gąską. – Zosia wyjęła butelkę z lodówki.

– To pardwa szkocka. I ty masz wykształcenie rolnicze?

– Tata zawsze mówi „gąska".

– Famous Grouse. Może być. Zostaję. Wiesz, że wiele pardw zawdzięcza życie tej whisky?

Zosia popatrzyła na nią zaskoczona.

– Dwunastego sierpnia, w dzień początku polowań na pardwy w Szkocji, Famous Grouse leje się strumieniami. Rozumiesz, jak to wpływa na celność strzałów – wyjaśniła Marianna. Wrzuciła lód do szklanek i nalała whisky.

– Twoje zdrowie – powiedziała. – I powodzenia na nowej drodze życia.

– Dzięki.

Idąc za Zosią do salonu, Marianna przyjrzała się jej uważnie.

– Świetna fryzura. Sama się tak uczesałaś?

– Coś ty. Wczoraj rano byłam u fryzjera. Plótł mi ten francuski warkocz ponad pół godziny. Żal mi go było rozczesać.

– I słusznie. Pięknie wyglądasz. A teraz opowiadaj. – Marianna rozsiadła się na kanapie.

– Było nas dużo, bo aż sześć – zaczęła Zosia.

– Gdyby ogłoszenie ukazało się w gazecie albo w internecie, kandydatów byłoby co najmniej sześćdziesięciu.

– Były same kobiety. Dwie młodsze ode mnie, chyba zaraz po studiach, dwie tak koło czterdziestki i jedna koło pięćdziesiątki.

– Jak się ubrałaś?

– Wyglądałyśmy jak z domu dziecka, wszystkie w żakietach i spódnicach. Ja miałam ten mój popielaty kostium, do tego białą jedwabną koszulę, popielate rajstopy i te szare szpilki, które mi na wiosnę przywiozłaś z Włoch. I perły niani. A wiesz, że jedna z tych młodszych ode mnie kobiet miała rozpuszczone włosy? Prawie widziałam, jak pozostałe skreślają ją z listy. Szybko się jednak okazało, że ich radość była przedwczesna. W ogóle wszystkie byłyśmy wyszkolone w robieniu pierwszego wrażenia: przyszłyśmy niemal jednocześnie, to znaczy za dziesięć jedenasta, żadnej nie zadzwoniła komórka, żadna nie miała wiszących kolczyków ani sztucznej biżuterii...

– Zaczęłaś o tej z rozpuszczonymi włosami.

– Bardzo ładna dziewczyna, tak ze dwadzieścia pięć, siedem lat, długie blond włosy... Ale znalazła się znakomicie. Gdy czekałyśmy w sekretariacie i ukradkiem patrzyłyśmy na siebie, wstała i wyszła, a po minucie wróciła z włosami spiętymi klamrą. Naprawdę ją podziwiałam. Ledwo usiadła jakby nigdy nic, z gabinetu wyszła młoda kobieta i zaprosiła nas do środka.

– Wszystkie razem?

– Nie. Trzy do jednego pokoju i trzy do drugiego. W środku czekał długi stół, dwie kobiety i jeden mężczyzna, kawa, herbata i czekoladki.

– Ciekawy obrazek. – Marianna dolała whisky.

– Zachęcający, prawda? Pogawędka przy herbatce to miła rzecz, pod warunkiem że znasz rozmówców, że nie mówią po niemiecku, szybko i różnymi dialektami, i że nie jest to rozmowa kwalifikacyjna.

– Ale sobie poradziłaś. Po prostu byłaś najlepsza.

– Nie wiem, czy najlepsza. Ta najstarsza kandydatka świetnie mówiła. Mnie trochę kłopotu sprawiła konwersacja ze Szwajcarem... Bo wiesz, ten mężczyzna używał berndeutsch. Ale jakoś go rozumiałam. Miałam szczęście, bo zapytał o literaturę ogrodniczą. Starym studenckim sposobem skierowałam rozmowę na temat, o którym wiem najwięcej, to znaczy na książki o uprawie róż, a w tej kwestii porozumiałabym się nawet z Chińczykiem. Z kobietami było łatwiej. Jedna na pewno była z Monachium, a druga mówiła nieokreślonym, bardzo poprawnym niemieckim, choć z francuskim akcentem. Wydawało mi się, że rozmawiamy z dziesięć minut, a tymczasem trwało to godzinę. Potem było piętnaście minut przerwy, więc wszystkie pobiegłyśmy do toalety. Śmiesznie to musiało wyglądać. No a potem trzem podziękowali i zostałyśmy we trzy. Ta pani koło pięćdziesiątki, ta dziewczyna, która spięła włosy, i ja. Nie wiem, jak przebiegały ich rozmowy, bo je obie zaproszono do innego pokoju. A teraz uważaj! Idę, gdzie mi każą, oddycham, jak mnie nauczyłaś, wchodzę i co widzę? Thomasa Krossa i mniej więcej czterdziestoletnią kobietę. To znaczy jeszcze wtedy nie wiedziałam, jak on się nazywa, wiedziałam tylko, że go znam.

– Nic nie rozumiem. Chyba za mało wypiłam – powiedziała Marianna i pociągnęła spory łyk.

– W czerwcu przyjechała do Różan Paulina Kishnick z kilkuosobową niemiecką grupą. Był w niej właśnie Thomas Kross. Bardzo miły, dowcipny, ale... no, taki, jak ty mówisz, nienachalnie przystojny.

– Łysy, gruby, wzrostu siedzącego psa?

– Nie, nie aż tak. Poza tym gdy się z nim rozmawia, zapomina się, że jest brzydki. Ma piękne piwne oczy. W każdym razie łatwo go zapamiętać. A gdy się przedstawił, wszystko sobie przypomniałam. On też mnie poznał.

– To akurat mnie nie dziwi.

– W pierwszej chwili się ucieszyłam. Zaraz jednak zdałam sobie sprawę, że zapyta o Różany. I zapytał.

– Co mu powiedziałaś?

– Prawdę. Bez wdawania się w szczegóły. Że ojciec sprzedał dwór i wróciliśmy do Krakowa. Na szczęście nie drążył tematu.

– Wszystkie następne pytania były łatwiejsze od tego?

– Żebyś wiedziała. Pytania były takie, jak mówiłaś. O studia, pracę, hobby, moje zalety i wady... A potem był ten praktyczny sprawdzian... Wiesz, dali mi stos papierów do uporządkowania, musiałam napisać kilka maili, notatkę, oficjalny list po polsku i po niemiecku. W sumie zadanie nie było trudne, choć musiałam się spieszyć. Możesz się śmiać, ale jestem pewna, że przeważyło to, że wcześniej poznałam Thomasa Krossa.

– Pewnie masz rację. Nie jest jednak ważne, że ty go znałaś, tylko że on poznał ciebie. To znaczy, widział cię w akcji: jak organizujesz pracę, jak traktujesz gości. Nie byłaś kotem w worku.

– No i teraz najlepsze. Zgadnij, kto będzie moim szefem.

Marianna spojrzała na Zosię. Dawno nie widziała jej tak ożywionej.

– Chyba nie *Herr* Kross?

— Właśnie on!

— To dobrze, skoro jest sympatyczny. A co z umową?

— Podpisuję pojutrze. Mam przyjść o drugiej. Dostałam skierowanie na badania lekarskie, a w poniedziałek zaczynam pracę.

— Mam nadzieję, że ustaliłaś warunki?

— Sami mi wszystko powiedzieli. Pensja osiem tysięcy brutto, umowa na okres próbny na trzy miesiące, karta do prywatnej przychodni, samochód służbowy, komórka, laptop. Poza tym mają godzinną przerwę obiadową i catering na koszt firmy. I bony na taksówki.

— Sprytne! W ten sposób będziesz w pracy dziewięć godzin. A jak się zasiedzisz dłużej, nie będziesz musiała sama wracać po nocy, tylko wezwiesz taksówkę na koszt firmy.

Zosia była tak podniecona, że nie zauważyła lekko ironicznego tonu przyjaciółki.

— Tak, pracujemy od dziewiątej do pierwszej, godzina przerwy na obiad, a potem od drugiej do szóstej.

— To mi przypomina, że jestem głodna.

— Mogę zrobić spaghetti.

— Ty? Wolałabym zjeść własne sznurówki — zaśmiała się Marianna.

— Żartowałam. Mam zupę grzybową i kaczkę.

— Kto gotował?

— Niania. Jesteś okropna. Myślisz, że ja bym pomyliła borowiki ze sromotnikami zielonymi?

— Nie tego się boję.

Zosia szturchnęła ją i wybuchnęła śmiechem.

— Dawno się tak dobrze nie czułam. Jestem pewna, że jutro rano będę miała ochotę wstać, a nie nakryć się kołdrą na głowę i skulona w łóżku przeczekać dzień — powiedziała.

— Wiedziałam, że nie jest dobrze, ale czemu nie powiedziałaś, że jest aż tak źle?

— Przyjaciele nie są po to, by ich obarczać swoimi problemami.

— No a po co?

– Żeby się razem śmiać i pić whisky. Nalej mi.

– Proszę bardzo. Jak wiadomo, tylko głupie nie piją przy zupie. To co z tą zupą?

– Już grzeję.

Zosia, nucąc, poszła do kuchni. Marianna ruszyła za nią. Miło było patrzeć na ożywioną przyjaciółkę. Zosia wyjęła z lodówki garnek z zupą i półmisek z kaczką, szybko nakryła w jadalni, postawiła róże na stole. Marianna, oparta o framugę drzwi, sączyła whisky.

– Wiesz już, co tam będziesz robić? – zapytała.

– W ogólnym zarysie. Dyrektor personalna, która mi powiedziała, że jestem przyjęta, poinformowała mnie, że mam być połączeniem asystentki, sekretarki i tłumaczki.

– Niemka?

– Nie, nie, Polka. Bardzo miła.

– Pytała cię o coś?

– A wiesz, że tak. Zapytała, czy znam Thomasa Krossa.

– Mam nadzieję, że nic jej nie powiedziałaś!

– Dlaczego? Nie rozwodziłam się specjalnie, powiedziałam, że z ojcem prowadziłam coś w rodzaju pensjonatu, w którym on kiedyś nocował. I tyle.

– Co ona na to?

– Nic.

– Miejmy nadzieję, że na tym się skończy. Ale proszę cię, najpierw się uważnie rozejrzyj, a dopiero potem mów coś o sobie. Nie popełniaj typowego błędu nowicjuszy, którzy myślą, że skoro spędzają w pracy tyle czasu, to to jest ich drugi dom.

– Tak, pamiętam o tym, ale przecież musiałam coś powiedzieć.

– Trzeba było zaprzeczyć.

– Jak to? Zaczynać od kręcenia? A jeśli on by coś powiedział? Wyszłabym na kłamczuchę.

– Przecież tak naprawdę go nie znasz i tak trzeba było powiedzieć. Zrozum. To nie była typowa rekrutacja. Mówiłam ci. Istnieją dwa rynki pracy: jawny i ukryty. Widziałaś w gazetach ogłoszenia o poszukiwaniu ministrów albo dyrektorów wielkich firm czy ich doradców? Nie! Bo te stanowiska są obsadzane z klucza partyjnego, według widzimisię właściciela albo z polecenia różnych osób.

– Tak? Wiesz, zastanawiam się, czy naprawdę polecił mnie uczeń ojca, który na oczy mnie nie widział?

Marianna milczała. Whisky za bardzo rozwiązała jej język. Miała zamiar powiedzieć Zosi prawdę, ale dopiero gdy ta już zacznie pracować.

– Nie.

– Więc kto?

– Eryk.

– Tak myślałam. Siadaj, bo ci wystygnie.

Jadły w milczeniu.

– Pyszne – powiedziała w końcu Marianna, choć nie czuła smaku.

– Powtórzę niani, na pewno się ucieszy – odrzekła Zosia tonem panienki z dobrego domu.

Marianna sięgnęła po szklankę.

– Zośka, mogłam skłamać i wymienić nazwisko jednej ze stu osób, z którymi współpracuję. Tego dnia, gdy wróciliście ze Słowacji, Eryk wprosił się do mnie na herbatę. Wiesz, że rzadko mnie odwiedza. Mówił tylko o tobie. Nie, nie – powiedziała na widok miny Zosi – prawie nic nie mówił o waszym wyjeździe. Powiedział tylko, że niestety jest za stary, by wierzyć, że można kochać za dwoje. I że teraz jesteś tak nieszczęśliwa, że boi się o ciebie. Zapytał, co może zrobić, jak ja to widzę. Od razu przyszła mi na myśl praca. Bo mnie pomogła. – Marianna ugryzła się w język i dodała szybko: – Zresztą sama mówiłaś, że chcesz pracować.

Zosia kiwnęła głową.

– Szukałam w internecie, rozesłałam maile do znajomych, ale nie było nic, co by do ciebie pasowało. Wtedy zadzwonił Eryk. On też szukał i okazało się, że monachijskie wydawnictwo, należące do koncernu, w którym jego rodzina ma udziały, otworzyło filię w Krakowie i potrzebują asystentki dla niemieckiego dyrektora. Przeprowadziłam dyskretny wywiad i dowiedziałam się, że ten dyrektor cieszy się sympatią i szacunkiem pracowników. Możesz nie wierzyć, ale to właśnie przeważyło, wcale nie ta wysoka pensja. Nigdy bym nie dopuściła do tego, byś pracowała u chama, erotomana albo głupka. A co dopiero Eryk.

– A więc zdecydowaliście za moimi plecami. Manipulowaliście mną!

– Co ty mówisz?! To ty podjęłaś decyzję. To ty byłaś najlepsza i to ciebie wybrali. My tylko stworzyliśmy ci okazję. Mogłaś z niej nie skorzystać albo przepaść podczas rekrutacji.

Zosia milczała. Potem wyciągnęła rękę i uścisnęła ramię przyjaciółki.

– Niewdzięcznica ze mnie. Przepraszam, że tak powiedziałam. Czuję się nie w porządku wobec Eryka. Mówiłam ci, że jestem zła na siebie, że zgodziłam się na ten wyjazd.

– Myślałam, że już ci przeszło. Nie mogłabyś się bardziej postarać i pamiętać tylko o tym, jak było miło?

– Oj, było – westchnęła Zosia. – Cudownie jest być bezwarunkowo uwielbianym. Pamiętam, jak mi mówiłaś, że miłość to najlepszy afrodyzjak. Masz rację. Ale jest druga strona medalu: uzależnienie. Do niczego człowiek nie przyzwyczaja się tak szybko jak do pochwał i podziwu. Eryk jest wspaniały. Jest mądry i dlatego mi się nie oświadczył. Bo może ja bym go przyjęła, a potem unieszczęśliwiła. Jego na pewno, a siebie chyba też.

– Jakbym go słyszała. Czy to nie ironia losu, że dwoje ludzi tak sobie bliskich, tak podobnie myślących, nie może być razem? Niech diabli wezmą tego twojego Krzysztofa!

Ale Zosia nie chciała mówić o Krzysztofie.

– Jak myślisz, kto polecił pozostałe kandydatki? – zapytała szybko.

– Na pewno pracownicy firmy. To często stosowany sposób. Firma nie wydaje pieniędzy na poszukiwania, ma podanych na tacy wyselekcjonowanych kandydatów, w dodatku przez ludzi, którzy wiedzą, kto się sprawdzi w danym miejscu, i czują się odpowiedzialni za tych, których polecą, więc będą im pomagać, instruować ich i tak dalej. Same plusy. Niestety, to gorzej dla ciebie.

– Jaki to ma związek ze mną?

– Bardzo prosty. Zatrudnili ciebie, pozostałych odrzucili. Krewni, znajomi i przyjaciele twoich kolegów z nowej pracy nie załapali się na świetne stanowisko, na które ostrzyli sobie ząbki.

– Przecież zawsze tak jest, gdy jest wielu kandydatów na jedno miejsce.

– Pewnie. Tylko racjonalne myślenie niektórym się wtedy wyłącza. A jeśli jeszcze się dowiedzą, że jesteś dobrą znajomą dyrektora...

– Jaką znajomą? Nie mówiąc już o dobrej.

– Skąd możesz wiedzieć, co zrobi ta dyrektor personalna? Może zatrzyma tę informację dla siebie, może podzieli się nią z innymi, a wcześniej trochę ją ubarwi?

– Nie pomyślałam o tym. Teraz będę cię słuchać we wszystkim.

– Grzeczna dziewczynka. Chodź, zrobię ci wykład pod tytułem „Mój pierwszy dzień w pracy". Tylko mi nie zaśnij. I weź flaszkę.

Usiadły na kanapie i Marianna, żywo gestykulując, w ponurych barwach malowała stosunki międzyludzkie panujące w wielkich firmach.

– Widzę, że lepiej mieć do czynienia ze stadem głodnych wilków – zażartowała Zosia.

– Nie jest aż tak źle. Ale ty widzisz w ludziach tylko dobre strony, więc te złe trzeba ci pokazać palcem. Rezerwa na początku nie zaszkodzi. Z czasem się zorientujesz, kto ci dobrze życzy, a kto najchętniej by ci przegryzł gardło. Obserwuj i ucz się. Potem będziesz mogła sama coś zrobić, zmienić, zaproponować. Bo podstawowy błąd w pracy to niewidoczność. Trzeba machać sukienką.

– Uwielbiam cię. – Zosia uścisnęła przyjaciółkę. – Co ja bym bez ciebie zrobiła?

– Na pewno skończyłabyś marnie, kopiąc rowy – zaśmiała się Marianna. – Proszę, teraz ty zrób coś dla mnie.

– Wszystko, czego zapragniesz.

– Nastaw inną płytę. Nie znoszę tego płaczliwego dziewczątka o małym głosiku.

– Dostałam tę płytę od Pauliny. I uważam, że Melua ładnie śpiewa.

– Tak? A już myślałam, że włączyłaś to, bo nic innego nie masz.

Marianna zaczęła grzebać w płytach, a Zosia zbierała się na odwagę. W końcu powiedziała:

– Podczas rozmowy z Erykiem, no wiesz... – zająknęła się, ale brnęła dalej: – Powiedziałaś, że od razu przyszła ci na myśl praca. Bo tobie pomogła.

Marianna milczała. Zosia już miała zrezygnować, ale zdobyła się na wysiłek i dodała:

– Nigdy nie mówisz o sobie... Tylko wtedy, w Szczawnicy... A poza tym zawsze: „Kiedyś ci o tym opowiem".

– I myślisz, że to „kiedyś" nadeszło?

Zosia niepewnie kiwnęła głową. Żałowała już, że o to zapytała. Nikt nie ma prawa zmuszać innych do zwierzeń.

– Wiesz, że mnisi pędzili whisky już w siódmym wieku? – Marianna włączyła płytę Pink Floyd i wróciła na kanapę. – To ciekawe, że łacińska *aqua vitae*, woda życia, przeniknęła do tak wielu języków. Ludzie wiedzą, co dobre. Napijesz się jeszcze?

– Tak.

– O czym to ja mówiłam? Aha, *aqua vitae*. Po polsku okowita. Po gaelicku *uisge beatha*, w skrócie *uiskie*. Przedłużająca życie, łagodząca kolkę, zapobiegająca paraliżowi i czarnej ospie. I rozwiązująca języki.

Rozległ się wstęp do *Wish you were here*.

– Miałam kiedyś taki dzwonek w komórce – powiedziała Marianna – ale musiałam zmienić, bo słuchałam, zamiast odebrać telefon.

How I wish, how I wish you were here.
We're just two lost souls swimming in a fish bowl, year after year,
Running over the same old ground.
What have we found? The same old fears.

— „Tak bardzo żałuję, że cię tu nie ma. Jesteśmy jak dwie za-
gubione dusze latami pływające w akwarium, od ściany do ściany. Co znaleźliśmy? Ten sam co zawsze strach" — cicho powiedziała Marianna.

Zosia milczała.

— Pamiętasz, jak ci mówiłam, że na święta lecę do Stanów?
Otóż nie lecę. Zadzwonił mój ojczym i uprzejmie mnie zawiado-
mił, że Boże Narodzenie spędzą w Szwajcarii, nazwa miejscowości wyleciała mi z głowy, ale to na pewno bardzo modny i bardzo drogi kurort. Jadą z grupą znajomych w ich wieku i dlatego
mnie nie zapraszają, bo źle bym się czuła w ich towarzystwie.
Ale ja przecież na pewno mam mnóstwo przyjaciół, może ze-
chcę ich gdzieś zaprosić, on właśnie zrobił przelew na moje konto, mogę zaprosić, kogo chcę, on pokryje koszty, jeśli to za mało,
chętnie da więcej. Pięć tysięcy. Dolarów oczywiście. Niezła cena
za kupienie sobie spokoju na święta.

— Marianna, przecież wiesz, że byłabym bardzo szczęśliwa,
gdybyś święta spędziła z nami. Niania i tata też...

Marianna spojrzała na nią ostro.

— Bóg się rodzi, karp truchleje, każdy nerw ma skaleczony.
Krew mu krzepnie, wzrok ciemnieje, gdy nóż widzi obnażony —
zaśpiewała na melodię kolędy. — Nie cierpię świąt.

— Możemy zrobić wigilię wegetariańską...

Marianna podniosła rękę i delikatnie zasłoniła jej usta. Potem pogłaskała ją po policzku i powiedziała:

— Jest taki pisarz rumuński Constantin Noica. Napisał, że ludzie dzielą się jak konie: na pociągowe, to dziewięćdziesiąt dziewięć procent ludzkości, cyrkowe, zaliczył tu sławnych artystów,
sportowców itede, oraz wyścigowe. Nie pamiętam, kto należy

do tej ostatniej kategorii. Ja sama dzielę ludzi na tych, którzy byli w dzieciństwie uwielbiani, kochani i niekochani. Pierwszym bardzo trudno jest się odnaleźć w realnym świecie, ci ostatni, jeśli chcą przetrwać, muszą wszystko wytrzymać, nikt się nad nimi nie zlituje. A do tych kochanych, których jest niewielu, ty należysz. Każdy by chciał być dla kogoś najważniejszy na świecie. Czy wiesz, że jesteś najważniejsza co najmniej dla dwóch osób? Pierwszy raz widzę coś takiego. Tak, Zosiu... Niania traktuje cię jak dziecko, a ojciec jest czasem protekcjonalny, ale wskoczyliby za tobą w ogień. Mąż mojej matki jest dla mnie uprzedzająco grzeczny i na pewno bez chwili wahania by komuś zapłacił, by mnie wyciągnął z ognia. Widzisz różnicę?

– A twoja mama?

– Cóż... Sama powiedziałaś, że cudownie jest być bezwarunkowo uwielbianym i że do niczego człowiek nie przyzwyczaja się tak szybko jak do podziwu. To jej przypadek. Raj na ziemi. Tylko szkoda, że mnie wygnali z tego raju.

– Może...

– Nie tłumacz ich. Te wszystkie szkoły z internatem w sumie wyszły mi na dobre. Jestem pierwszorzędnie wykształcona. A to, że nie umiem być w związku? Kto dziś umie? Zresztą co to dzisiaj za związki, gdzie płomienne uczucia, namiętności, miłość do grobowej deski? Małżeństwo zmieniło się w spółkę z bardzo ograniczoną odpowiedzialnością, związek dwóch osób świadczących sobie wzajemnie usługi.

Zosia przysunęła się do Marianny i mocno ją objęła. Siedziały tak, aż płyta się skończyła.

– Chyba za dużo wypiłam – powiedziała Marianna.

– Dziękuję, że mi to wszystko powiedziałaś. Napijemy się kawy?

– Kawy i nie tylko. Żartowałam, mówiąc „za dużo". Upijmy się dziś, proszę.

– Nie bardzo jest czym. Whisky wypiłyśmy. W spiżarce są nalewki ojca, ale jeśli je wymieszamy, to możemy rana nie doczekać.

– Co ty mówisz? W końcu jesteśmy w centrum dużego europejskiego miasta. Nie może być tak, że pójdziemy spać trzeźwe i głodne.

– Racja, to niedopuszczalne – przytaknęła Zosia. – Jest jeszcze trochę kaczki. Mogę zrobić kanapki. A może pójdziemy coś zjeść?

– Nie chce mi się nigdzie chodzić. Chcę mieć wszystko podstawione pod nos. Zamówimy coś dobrego. Oczywiście ja zapraszam. Co byś zjadła?

– Czy ja wiem? Może pizzę? Mam gdzieś ulotki z numerem telefonu.

– Pizzę? W taki dzień? Gdy zaczynasz się wspinać po szczeblach kariery?

– Nie mam wielkiej wprawy w zamawianiu...

– Za to ja mam. Proponuję steki z zielonym pieprzem, do tego Casa dos Gaios Grande Escolha. Piłam ostatnio, jest boskie. Portugalska winorośl, podobno uprawiana organicznie, a na pewno z miłością do win. Na deser szarlotka na gorąco i lody, a potem gorgonzola i skoro już pijemy portugalskie wina, to Porto Morgadio. Uwielbiam porto, a to jest pyszne. Co ty na to?

– Czekam, aż wyjmiesz z torebki rozkładany stolik i powiesz: „Stoliczku, nakryj się!".

– Będzie znacznie ciekawiej. Zrób kawę, a ja zamawiam.

Zosia przez szum ekspresu słyszała z kuchni, jak Marianna przez komórkę rozmawia z jakąś restauracją, dokładnie instruując rozmówcę, jakie mają być steki, co ma być do steków, jak zapakować szarlotkę, by nie wystygła, a jak lody, by się nie rozmroziły. Przyniosła kawę do salonu.

– Teraz wino. Dyspozytor z mojego radia taxi chyba mnie nienawidzi, choć staram się jak mogę umilić mu nudne dyżury. Zadzwonię z domowego i włączę głośnomówiący.

Mówiąc to, Marianna wybrała numer.

– Radio Taxi Pegaz, słucham.

– Dzień dobry. Jestem państwa stałą klientką, numer 2456.

Westchnienie, które rozległo się w słuchawce, sprawiło Mariannie niekłamaną przyjemność.

– Słyszę, że mnie pan poznaje. Bardzo proszę, by któryś z panów kierowców podjechał do sklepu z winami, najlepiej do Win z Pięciu Stron Świata, na rogu...

– Tak, wiem, o który sklep pani chodzi.

– Proszę, by kupił dwie butelki wina. Casa dos Gaios Grande Escolha i Porto Morgadio Late Bottled Vintage. Nie wiem, jakie mają roczniki, niech wybierze ten droższy. I jeszcze...

– Chwileczkę. Muszę zapisać. Proszę przeliterować.

– Casa pisze się jak kasa, tylko przez ce, dos tak jak się mówi, gaios, jak ten aktor, tylko przez i, grande normalnie, escolha: e jak Ewa, es jak Stanisław, ce jak całuski, o jak orgazm, el jak laska, ha jak wie pan co, a jak ach! ach!

– Przez dwa a na końcu?

– Nie, przez jedno.

– A to drugie wino? Może ma polską nazwę.

– Nie ma. Widzę, że wierzy pan w hasło „Dobre, bo polskie"?

– Pani sobie żartuje, a ja muszę to przekazać kierowcy, bo jakby pani kupił coś innego, to co by pani powiedziała?

– Zrobiłabym mu karczemną awanturę, oczywiście.

– No właśnie. Proszę przeliterować to drugie.

– Porto to łatwe, morgadio: em jak mamuśka, o jak ojczym, er jak ratunku, gie jak gówniane życie, a jak ach!, oczywiście tylko raz, de jak do dupy, i jak nie wiem co, o jak ooooooooo!!! A teraz ułatwię panu życie. Zamiast trzech ostatnich wyrazów proszę napisać skrót LBV, el jak...

– Nie musi pani literować, zrozumiałem.

– Znakomicie.

– Wie pani, ile to mniej więcej będzie kosztować?

– Jakieś trzysta złotych. Ale to nie koniec. Jeszcze ser... Nie będę się już nad panem znęcać. Gorgonzola. Pisze się przez z. Taki z niebieskoszarą pleśnią. Na pewno jest w delikatesach na Rynku i we francuskich sieciówkach. Kawałek, tak ze trzydzieści deka. Kilo kosztuje koło siedemdziesięciu złotych. Tańszego, dobrego, bo polskiego, proszę nie brać.

– Zapisałem. Jeszcze coś?

– To wszystko.

– Przywieźć na pani adres? Różany...

– Nie, nie. Jestem w Krakowie, u znajomych, Lea dwanaście, mieszkanie dziewięć. Jest domofon. Bardzo proszę, by kierowca przyniósł paczkę na górę. Oficyna, pierwsze piętro. Wchodzi się z podwórza.

– Dziękuję za zamówienie, zakupy będą u pani do pół godziny.

Dyspozytor rozłączył się z ulgą. „Mam nadzieję, że nie jest tak pijana, by zapomnieć, co zamawiała", pomyślał i zaczął zlecać zakupy, mozolnie literując obce nazwy.

34

Grudniowy wieczór był zimny. Po niebie szybko sunęły pękate czarne chmury. Nie było gwiazd ani księżyca. W kanionie Karmelickiej wiatr szarpał połami płaszczy nielicznych przechodniów. Zosia szczelniej owinęła szalik wokół szyi i mocniej naciągnęła czapkę na uszy. Jeszcze raz spojrzała na okna biura. W gabinecie jej szefa paliło się światło. Nalegał, by wychodziła o szóstej, sam jednak zawsze zostawał dłużej. Zastanawiała się, czy on w ogóle ma jakieś życie prywatne. Dwa razy, gdy wyjeżdżali na delegacje, podjeżdżała na Poselską, gdzie mieszkał, ale zawsze czekał gotowy na dole i nie miała okazji rzucić okiem na mieszkanie. Z rozmów w biurowej kuchni wiedziała, że mieszka sam. Pamiętała, że w Różanach zajmował pokój dwuosobowy, ale w żaden sposób nie mogła sobie przypomnieć jego towarzyszki.

Szła szybko, żałując, że nie wzięła samochodu. Znalezienie miejsca na parkingu w tej okolicy graniczyło z cudem, firma miała jednak wynajęte miejsca parkingowe na wielkim podwórzu dwie kamienice dalej. Mimo to Zosia zwykle przychodziła do pracy i wracała na piechotę. Te niecałe dwa przystanki tramwajowe rano traktowała jak gimnastykę poranną, wieczorem zaś miło było się przejść po całym dniu tkwienia za biurkiem. Zaabsorbowana pracą i zbliżającymi się świętami nie miała czasu myśleć, jak wytrzyma tyle godzin w biurze, gdy przyjdzie wiosna.

„Szybciej, do domu!" Od jakiegoś czasu myślała „dom" o krakowskim mieszkaniu. Sama się dziwiła, że tak prędko się przyzwyczaiła. Różany śniły się jej prawie co noc, ale nie budziła się już z płaczem. „Co się dziwisz – zauważyła trzeźwo jak zawsze Marianna. – W końcu w tym mieście spędziłaś połowę swego życia".

Wyjęła klucze i otworzyła bramę. Gdy szła przez podwórko, w niezasłoniętym oknie salonu zobaczyła cień. Otworzyła bramę oficyny. Na schodach usłyszała, jak otwierają się drzwi. W progu czekała niania.

– Już się martwiłam. Tak dziś zimno na polu. Wchodźże, dziecko, szybciej. Mamy gościa. – I już zdejmowała z niej płaszcz i szalik.

„Krzysztof?!", pomyślała Zosia od razu i całe zmęczenie gdzieś wyparowało.

Z pokoju wyjrzała Marianna. Rozczarowanie musiało być widoczne na twarzy Zosi, bo przyjaciółka powiedziała:

– Widzę, że wcale się nie ucieszyłaś.

– Marianna, coś ty, bardzo się cieszę. – Zosia uściskała ją i ucałowała. – Chciałam dziś do ciebie zadzwonić – powiedziała cicho, tak żeby niania nie słyszała.

– Kłopoty w pracy?

– Skąd wiesz?

– Z szefem czy ze współpracownikami?

– Ze współpracownikami, tylko nie wiem z kim.

– Jak to?

– Chodź na kolację, potem pogadamy.

Zosia mało co jadła, niewiele mówiła, towarzystwo jednak nie zwracało na to uwagi. Pan Borucki wypytywał Mariannę o jej matkę, niania – o różańskich sąsiadów. Po ósmej, gdy zaczął się jakiś film, niania i pan Borucki przenieśli się do salonu, a młode kobiety zostały w jadalni. Zosia w zamyśleniu piła herbatę.

— Opowiedz wszystko dokładnie — odezwała się Marianna.

Zosia westchnęła i odstawiła filiżankę.

— Pamiętasz, jak na mnie nakrzyczałaś, że powiedziałam dyrektor personalnej, że znam Thomasa Krossa?

— Od razu „nakrzyczałaś"... Nie wiedziałam, że jesteś taka przewrażliwiona.

— Miałaś wtedy rację. Jak zwykle.

— Nie musisz się podlizywać. I tak ci udzielę rady, bezpłatnie i bez proszenia.

— Dużo się przez ten miesiąc nauczyłam. Głównie w kuchni.

Marianna pokiwała głową.

— Rzucam grzecznościowe formułki — ciągnęła Zosia — czasem opowiem jakiś niewinny dowcip i poza tym tylko słucham. Nie uwierzysz, co ludzie opowiadają przy obiedzie albo robiąc sobie kawę.

— Uwierzę.

— Kiedyś... nie myśl, że podsłuchiwałam, po prostu zatrzymałam się przy drzwiach, żeby poprawić bluzkę... usłyszałam, że jestem kochanką szefa, a wcześniej byłam jego *call girl* i spotykaliśmy się regularnie w luksusowym hotelu pod Krakowem, dokąd on specjalnie przyjeżdżał z Niemiec.

— Długo poprawiałaś tę bluzkę, jeśli tyle usłyszałaś — zażartowała Marianna. — Ale się nie dziwię, bo każdy by nadstawił uszu, słysząc swoje nazwisko. I co zrobiłaś?

— Nic. To znaczy stanęłam w toalecie i przez szparę w drzwiach patrzyłam, kto wyjdzie z kuchni.

— No to nie całkiem nic. Bardzo dobrze. Kto to był?

— Pani z controllingu i dwie młode dziewczyny, które pracują w promocji.

— Któraś z tych młodych ma chrapkę na twoje miejsce?

— Nie wiem.

— Spróbuj się zorientować. I jeśli tak, to uważaj na nią.

— No właśnie, jest coś, o czym chcę ci powiedzieć.

– Ooo! Więc to nie chodzi o plotki?

– Plotki szybko się skończą. Są tak absurdalne... Pan Kross nie zwraca uwagi na kobiety, traktuje wszystkie bardzo grzecznie, ale jednakowo.

– Jest gejem?

– Nie wiem. Chyba nie. To zresztą nieważne. Chodzi mi o to, że ktoś chce się mnie pozbyć.

– W jakim sensie?

– Chce doprowadzić do tego, żeby mnie wyrzucili.

– Jak to?

Zosia podniosła do ust filiżankę.

– Pusta – zauważyła Marianna.

– Chodźmy do kuchni. Napijesz się wina? Albo whisky? Ojciec dostał od znajomego. Tę z gąską.

– Z pardwą. Niestety nie mogę. Muszę wracać do siebie. Robota czeka. Ale herbaty chętnie się jeszcze napiję. Masz tę z cynamonem? I opowiadaj. – Zajęła miejsce przy kuchennym stole.

Zosia wyjęła puszkę z herbatą, wyparzyła wrzątkiem porcelanowy czajniczek, wsypała listki herbaty, zalała je wodą i podczas tych rytualnych czynności nakreśliła sytuację w biurze.

– Mój pokój ma dwa wejścia: z korytarza koło recepcji i z pokoju szefa. Jego gabinet też ma drzwi na korytarz, no i oczywiście te do mnie. Przy drzwiach do mojego pokoju jest mała kanciapa z drukarkami, faksem, kserokopiarką, szafą z materiałami biurowymi. Stale ktoś się tam kręci. Ja mam swoją drukarkę i faks, więc chodzę tam tylko kserować. Zostawiam wtedy drzwi do mojego pokoju otwarte, żeby słyszeć telefon. Kiedyś gdy wróciłam, słuchawka była odłożona na biurko. Myślałam, że telefon dzwonił, nie usłyszałam i szef odebrał, ale zanim przyszłam, rozmówca się rozłączył. Zapukałam do szefa, nie było go w pokoju. Szybko bym o tym zapomniała, ale to samo zdarzyło się jeszcze parę razy. A najgorsze, że kiedyś nasz dyrektor finansowy niby żartem powiedział, że ile razy do mnie dzwoni, numer jest zajęty. Myślałam, że coś jest zepsute, ale technik od telefonów nic nie znalazł. Wydaje mi się, że jak mnie nie ma, ktoś wchodzi i odkłada słuchawkę, żeby numer był stale zajęty.

Marianna słuchała bardzo uważnie.

– Dlaczego tak myślisz? – zapytała.

– Bo dziś zdarzyło się coś okropnego – prawie jęknęła Zosia. – Pan Kross dał mi krótki list do przetłumaczenia na polski. Szybko się z tym uwinęłam, to było tylko parę zdań, wydrukowałam, żeby zanieść szefowi do podpisu, i wtedy zadzwonił telefon. Pan Kross był u dyrektora finansowego i potrzebowali mnie do przetłumaczenia włoskich faktur. Po kwadransie razem wróciliśmy, wzięłam list z drukarki i dałam mu do podpisu. Zanim włożyłam list do koperty, przeczytałam go jeszcze raz, sama nie wiem czemu. Marianna, wyobraź sobie, że słowo „hałas" w podtytule książki, której ten list dotyczył, było napisane przez „ch".

– To „hałas" nadal się pisze przez samo ha? A może to był jakiś inny hałas, taki bardziej przez „ch"?

– Bardzo śmieszne, ale wyobraź sobie minę tego autora i to, co by powiedział!

– Gdzie tu tragedia? Zrobiłaś błąd, poprawiłaś i po sprawie. Będziesz bardziej uważać na ortografię, i tyle.

– Ja na pewno napisałam przez samo „h".

– Nie rozumiem.

– Nie znam jeszcze tytułów wszystkich książek, które są w przygotowaniu albo w planach, i muszę je sprawdzać. Sprawdziłam dwa razy. Na pewno napisałam „Hałas świata i muzyka sfer".

– Nie kupiłabym książki pod takim tytułem. A wracając do tematu, nadal nie rozumiem.

– Ktoś wszedł do mojego pokoju, zobaczył na ekranie otwarty tekst listu, poprawił dobrą pisownię na złą, wydrukował z błędem, zabrał mój list, a ten drugi zostawił w drukarce.

– Skąd wiesz?

– Najpierw pomyślałam, że się pomyliłam. Potem sobie przypomniałam, że Word nie podkreślił wężykiem żadnego słowa w liście, nawet nazwiska autora, który się nazywa Wojciech Ważny. Gdybym napisała „chałas", musiałby podkreślić, bo takiego słowa nie ma w słowniku. Myślałam i myślałam, i w końcu sprawdziłam, kiedy dokument został zapisany. O czternastej pięć. Byłam wtedy w gabinecie dyrektora finansowego. Gdy tam wchodziłam, usłyszałam w radiu, które było włączone w recepcji, że jest druga. Wtedy mój list był już od pięciu minut wydrukowany.

— I co? Powiedziałaś szefowi?

— Że ktoś zrobił coś takiego? Nie. Co mu miałam powiedzieć? Poprawiłam, wydrukowałam list, poszłam do niego i poprosiłam, żeby podpisał jeszcze raz.

— Powiedziałaś dlaczego?

— Tak. I że nawet w pierwszej klasie mi się coś takiego nie przytrafiło. Że nie wiem, jak to się stało.

— Co powiedział?

— Że dawno minęły czasy, gdy mdlał na widok błędu ortograficznego. I że takie błędy najłatwiej kobietom wybacza. Ponieważ jednak jestem nie tylko kobietą, ale i jego asystentką, prosi, bym uważała.

— Podoba mi się ten twój szef.

— Ja też go bardzo polubiłam. Nie patrz tak na mnie, to wypowiedź bez podtekstów. Powiedz lepiej, co mam teraz zrobić.

— No cóż, masz trzy możliwości. Dasz się wykurzyć i zaczniesz szukać innej pracy. Zostaniesz i pozwolisz temu komuś podkopywać twoją pozycję, aż w końcu przy dziesiątej zaaranżowanej przez tego kogoś wpadce sami cię zwolnią.

— To nie wchodzi w grę — zgrzytnęła zębami Zosia.

— Podoba mi się twoja krwiożerczość. W takim razie walcz.

Marianna myślała dłuższą chwilę.

— Mam pewien pomysł — powiedziała w końcu. — Zrobimy tak...

35

Kilka dni później, gdy pan Borucki i pani Zuzanna wyszli na przedświątecznego śledzika do znajomych, usiadły przy laptopie Marianny, uważnie wpatrując się w ekran.

— Patrz teraz! — zawołała Marianna.

Półotwarte drzwi widoczne na ekranie szerzej się uchyliły. Pojawiła się w nich jakaś kobieta.

— Poznajesz ją?

— To... to Dorota Chelińska! Nasza recepcjonistka! — wykrzyknęła zdumiona Zosia. — Bardzo mnie lubi. To nie ona.

— Tak? To patrz dalej.

Kobieta szybko podeszła do biurka i odłożyła słuchawkę. Drgnęła, słysząc nagłe „pik-pik". Przyszedł mail. Pochyliła się nad klawiaturą. Chwyciła myszkę.

— Teraz sprawdza twoją pocztę.

Oczy kobiety biegały tam i z powrotem.

— Czyta list.

Klik-klik.

— A teraz go kasuje.

Klik-klik.

– I jeszcze usuwa z kosza. Zna się na rzeczy. Uważaj teraz.

Na ekranie ukazała się dłoń. Strzelenie palcami i ekran zrobił się biały.

– No i tyle. To już koniec.

– Co się stało? Kamera się zacięła?

– Skąd! Ten miś jest niezawodny. Przetestowany przez tysiące matek dyskretnie sprawdzających zachowanie niań swoich dzieci.

– No to nie rozumiem.

– Gdy wróciłaś do pokoju, miś siedział na biurku, tak jak go zostawiłaś?

Zosia zastanowiła się przez chwilę.

– Nie. Leżał na plecach.

– Właśnie. Ta kobieta, która ponoć tak cię lubi, dała mu prztyczka w nos i biedak mógł potem filmować tylko biały sufit.

Zosia siedziała w milczeniu.

– Ale dlaczego? Przecież ona nie starała się o to stanowisko. Pracowała tam wcześniej niż ja.

– Zdobyłaś nazwiska odrzuconych kandydatek?

– Tak. Dlatego myślałam o dyrektor personalnej. Podobno jej przyjaciółka była wśród nich. Żadna jednak nie nazywała się Chelińska.

– Może ma nazwisko po mężu? A może to jakaś krewna o innym nazwisku? Przyjaciółka? Albo pani Chelińska działa w zmowie z dyrektor personalną?

– Tylko jak to sprawdzić?

– Nic nam to nie da, nawet jeśli się dowiesz. Najważniejsze, że wiemy, kto podkłada ci świnię.

Zosia uderzyła pięścią w oparcie fotela.

– Racja. Jestem na nią wściekła. Powinnam z nią porozmawiać i poradzić, by odeszła z pracy. Albo pójść z tym nagraniem do szefa. Albo też zrobić jej coś takiego.

Marianna spojrzała na nią spod oka.

– Pamiętasz, jak opowiadałam ci o eksperymencie ze strażnikami i więźniami?

– Nie, nie pamiętam. I co to ma do rzeczy?

– Grupę studentów przypadkowo podzielono na „strażników" i „więźniów" – beznamiętnym tonem zaczęła Marianna. – Po kilku dniach musiano przerwać eksperyment, bo część „strażników" zaczęła się znęcać nad „więźniami". To dowodzi, jak łatwo „rola" i „ja" stają się jednym. Najpierw ludzie zaczynają się zachowywać tak, jak wymaga tego ich rola, potem już zgadzają się z tym, co robią w tej nowej roli. W komentarzach do tego eksperymentu często pojawia się takie zdanie: „Złe czyny nie tylko pokazują, kim jesteśmy. One także nas tworzą".

Zosia się zaczerwieniła.

– To ona źle zrobiła – powiedziała trochę mniej wojowniczym tonem.

– Oko za oko? Pamiętaj, że nie ma wygranych wojen.

– To już nie wiem, co powinnam zrobić. Najgorsze, że myślałam, że mnie lubi...

– Nie jesteś studolarówką, nie wszystkim się podobasz. Im wcześniej to zrozumiesz, tym lepiej.

Zosia zaśmiała się, ale niezbyt szczerze.

– Masz nad nią przewagę, bo ona nie wie, że ty wiesz. Wykorzystaj to – poradziła Marianna.

– Jak?

– Daj jej do zrozumienia, że przejrzałaś jej grę i masz w ręku twarde dowody. Nie polubi cię za to oczywiście, ale myślę, że spasuje. A co do innych, zrób to, co ci mówiłam: przy najbliższej okazji poproś każdego o jakąś drobną przysługę. Pamiętaj, że lubimy tych, którym próbowaliśmy pomóc, a źle myślimy o tych, których skrzywdziliśmy.

– Co ja bym bez ciebie zrobiła...

– Zginęłabyś marnie. Rachunek prześlę pocztą. Teraz muszę się zbierać. Drogowców zima jak zwykle zaskoczyła i nie wiem, kiedy przebiję się na moją wieś. Z myślą o takich sytuacjach kupiłam to za duże, wypasione auto i może powinnam się cieszyć, że mam okazję sprawdzić je w akcji.

– Może zostaniesz na noc?

— Kusząca propozycja, *madame*, niestety, nie skorzystam. — Marianna chwyciła dłoń Zosi i udawała, że ją całuje. — Różnica czasu między moimi pracodawcami a tym biednym wschodnioeuropejskim krajem zmusza mnie do nocnej pracy.

— Niania to przewidziała i zapakowała ci kolację.

— Podziękuj ode mnie pani Zuzannie. Czy i twój ojciec coś dołączył? Mam na myśli coś zielonego, ale nie sałatę ani nie dolary.

— Skąd wiedziałaś?

— Wykształcenie psychologiczne na coś się przydaje. Tak samo jak szklana kula. Och, uwielbiam absynt twojego ojca — powiedziała Marianna, z lubością głaszcząc butelkę.

Gdy już stała w kurtce w przedpokoju, Zosia zapytała ją cicho:

— Naprawdę ludzie nie lubią tych, których skrzywdzili?

Marianna przerwała poprawianie czapki przed lustrem.

— Tak twierdzi psychologia. Co nie znaczy, że to prawda absolutna. Dowiodło tego jednak wiele eksperymentów, o których ci nie opowiem, bo bym się tu zgrzała, a nie chce mi się już rozbierać. Myślisz o Krzysztofie, prawda? — dodała.

— Tak. To znaczy nie. On mnie przecież nie skrzywdził.

— Wiem, że nadchodzi czas przebaczania, łamania się opłatkiem i całowania pod jemiołą — powiedziała Marianna zgryźliwym tonem. — To jednak nie znaczy, że masz być ślepa. Kobieto, nie dostajesz nic w zamian.

Zosia mruknęła coś niewyraźnie i serdecznie ją uściskała na pożegnanie. Dopiero w połowie drogi do Różan Marianna uświadomiła sobie, że przyjaciółka powiedziała: „Niczego się nie spodziewam".

36

Styczeń był dość ciepły i śnieżny. Zosia, idąc co rano do pracy przez park Krakowski, nie mogła oderwać oczu od ośnieżonych drzew. Czasem pozwalała sobie nawet na myślenie o tym, jak teraz wygląda ogród w Różanach. Marianna donosiła jej, że nic się tam nie zmienia. Kilku potencjalnych inwestorów przyjechało, obejrzało wszystko i nie pojawiło się więcej. Jeden zatrzymał się dłużej, odprawił obecnego właściciela i sam chodził po pokojach. Potem nagle wyskoczył z domu jak z procy, gubiąc czapkę, wskoczył do auta i odjechał. Marianna przysięgała na wszystkie świętości, że na własne oczy widziała czapkę na podjeździe. Po wsi podobno krążyły opowieści, że we dworze straszy. Zosia uśmiechnęła się do siebie. Marianna ma wyobraźnię!

Na święta przeniosła się do nich. Leżały wieczorem w jednym łóżku, objadając się smakołykami, i opowiadały sobie historie o duchach, strzygach, utopcach i upiorach. Jak przyjemnie było się bać w towarzystwie!

Zawdzięczała Mariannie nie tylko udane święta. Sprawa z Dorotą Chelińską jedynie dzięki niej znalazła rozwiązanie. Skończyły się listy z błędami i skargi na stale zajęty telefon. Dorota naturalnie nie została jej przyjaciółką. Zosia jednak wiedziała, że ma wroga, i się pilnowała. A Dorota jak na razie nie podejmowała żadnych nowych nieprzyjaznych działań.

Teraz, idąc do pracy, Zosia nie myślała już, że w końcu ktoś się zorientuje, że nie nadaje się na swoje stanowisko i wyrzucą ją z hukiem.

Pan Kross był z niej zadowolony. Dostała premię, a na przedświątecznym przyjęciu, które firma zorganizowała w modnym pubie, poprosił ją do tańca i przez moment wydawało się jej nawet, że mu się podoba.

– Pamiętaj, że nie jesteś studolarówką i nie wszystkim się podobasz – powtórzyła półgłosem złotą myśl Marianny i zaśmiała się sama do siebie.

Przechodzący mężczyzna spojrzał na nią zdziwiony, a gdy rozbawiona uśmiechnęła się do niego, zdziwienie w jego oczach zmieniło się w cielęcy zachwyt.

To rozbawiło ją jeszcze bardziej. Śmiejąc się na głos, przebiegła przez pasy, żeby zdążyć na zielonym świetle, i o mało się nie zderzyła z mężczyzną, który wyszedł zza rogu.

– Bardzo pana przepraszam... – zaczęła i wtedy go poznała –
... panie dyrektorze.

Thomas Kross jeszcze nigdy nie widział jej tak ożywionej. Oczy jej błyszczały, policzki miała zarumienione. Czerwona czapka zsunęła się na bok, a lśniąca czarna grzywka zakryła pół twarzy. Miała czerwone rękawiczki jak mała dziewczynka. Zastanawiał się, czy są przyszyte do tasiemki przewleczonej przez rękawy jej szaroniebieskiego płaszcza. Uśmiechnął się na tę myśl i nagle zapragnął zrobić coś, co planował już od jakiegoś czasu.

– Dzień dobry pani – wyciągnął dłoń. – Dobrze, że panią spotykam. Oszczędzi mi to drogi do biura.

Ściskając mu rękę, spojrzała zaciekawiona.

– Pani jest rodowitą krakowianką, prawda?

– Tak.

– Znakomicie. Wieczorem zadzwonił do mnie jeden z dyrektorów naszego nowojorskiego oddziału. Przylatuje do Europy i chciałby zobaczyć krakowską filię firmy. Między nami mówiąc, myślę, że jest bardziej zainteresowany miastem niż nami. Był tu już kiedyś i o ile wiem, obejrzał większość zabytków. Pani, jako rodowita krakowianka, na pewno mi podpowie, co mógłbym mu pokazać.

– Kiedy przylatuje? – zapytała, myśląc gorączkowo, że łatwo się było popisywać przed Marianną, która słabo znała miasto.

– W sobotę rano. Tylko na weekend. Nie, proszę się nie niepokoić – dodał szybko. – To nie znaczy, że pani w ten weekend pracuje. Sam się nim zajmę. Tylko nie bardzo wiem, gdzie go zabrać. Chciałbym, żeby to były miejsca, których nie ma w przewodnikach, takie, o których wiedzą tylko miejscowi. Rozumie pani, w połowie zbudowany Sheraton mu nie zaimponuje ani nawet, mam nadzieję, że pani nie urażę, pustawe komnaty wawelskie.

Zosia pokiwała głową.

– Nie stójmy tak. Zapraszam panią na śniadanie. Proszę tylko wskazać miejsce. Najlepiej takie, które spodoba się także naszemu gościowi.

Kraków nie jest miejscem przyjaznym dla rannych ptaszków. Kolacja tak, ale gdzie zjeść śniadanie?

– Rozumiem, że nie chodzi panu o jakąś hotelową restaurację... – zaczęła, starając się zyskać na czasie.

– Nie chodzi – uśmiechnął się, jakby widział gonitwę myśli w jej głowie.

Olśniło ją.

– W takim razie proponuję Pierwszy Lokal na Stolarskiej po Lewej Stronie, Idąc od Małego Rynku.

– To opis czy nazwa? – Oczy mu się śmiały.

– I jedno, i drugie.

Pozwalając sobie na niesłychaną zuchwałość, wskazała przystanek tramwajowy.

– Pojedziemy ósemką – powiedziała.

Okazało się, że pan Kross, który był w Krakowie od prawie trzech miesięcy, jeszcze nie jechał tramwajem.

Błysk w jego oku powiedział jej, że jest szczęśliwy jak uczeń na wagarach.

Wszystko, co zaproponowała, przyjmował z entuzjazmem. Zachwycił się żytnim chlebem z pasztetem i chrzanem na Stolarskiej i kawą w Rio, gdzie pokazała mu kilku miejscowych Sławnych Ludzi. Poszli posłuchać hejnału, potem zaprowadziła go do kościoła Franciszkanów i pokazała mu witraże i kwiaty Wyspiańskiego, a w krużgankach opowiedziała historię o królowej Jadwidze podobno spotykającej się tu potajemnie z niemieckim narzeczonym. Poranna mgła dawno się rozwiała i okryte szadzią drzewa na Plantach wyglądały bajkowo. Stanęli u wylotu ulicy Piłsudskiego i podziwiali jeden z najpiękniejszych widoków na kopiec Kościuszki.

– Lubi pan pączki? – zapytała.

– Z Dunkin' Donuts? Nie bardzo.

– Skąd! Myślę o polskich pączkach.

– Chyba nigdy nie jadłem.

Wpadła na pewien pomysł.

– Proszę jeszcze przez chwilę napawać się widokiem Kopca, ja muszę gdzieś zadzwonić – powiedziała z tajemniczym uśmiechem.

Udając, że podziwia widok, obserwował ją kątem oka. Zdjęła rękawiczki, wyjęła z torebki telefon, wybrała numer, ktoś odebrał, chyba ktoś bliski, bo twarz jej się rozjaśniła. Uśmiechnęła się. Posłała w powietrzu całus rozmówcy. Nie zachwyciło go to.

Gdy do niego podeszła, wpatrywał się w Kopiec tak intensywnie, jak czekający na cud chory w sadzawkę Betesda.

– Wiedziałam, że się panu spodoba – powiedziała z satysfakcją. – Ja uwielbiam ten widok.

Przez chwilę stali w milczeniu.

– Nie pamiętam, czy w Różanach poznał pan mojego ojca i nianię.

– Nie.

– Jak pan wie, przeprowadziliśmy się do Krakowa... – urwała i nerwowo mięła rękawiczki.

Milcząc, czekał na dalszy ciąg. Nie musiała wiedzieć, że zebrał informacje i znał tę historię lepiej, niż mogła się spodziewać.

– Cudzoziemcy przyjeżdżający w interesach nie mają okazji bywać w zwykłych polskich domach. Czy pan widział mieszkanie jakiegoś krakusa?

– Jeszcze nie.

– Zatem jeśli ma pan czas, zapraszam do nas na obiad.

– Bardzo dziękuję. Z ogromną przyjemnością. – Ujął jej dłoń i pocałował.

Widząc, że jest zaskoczona, a nawet nieco zażenowana, powiedział:

– Jest takie krakowskie powiedzenie – zastanowił się – ronczki... – zaczął z namysłem po polsku.

– Rączki całuję, padam do nóżek – powiedziała Zosia ze śmiechem i przetłumaczyła to na niemiecki. – Dopiero moja przyjaciółka, która nie jest stąd, uświadomiła mi, że w Krakowie używa się mnóstwa zdrobnień.

– Małe miasto, to i zdrobnienia na miejscu – zażartował jej szef.

– Cóż – zrobiła surową minę – właściwie powinnam się obrazić w imieniu wszystkich krakusów.

– Niech pani tego nie robi. Błagam o wybaczenie i... rączki całuję – dokończył po polsku.

Zosia zerknęła na zegarek.

– Czy chciałby pan zobaczyć starą ruchomą szopkę? Jest czynna do dwunastej, więc jeszcze byśmy zdążyli.

Zaprowadziła go do kościoła Kapucynów. Przed leżącym w żłóbku Jezuskiem, Maryją w białym welonie i młodym, przystojnym Józefem przesuwali się przy wtórze kolęd pasterze, pielgrzymi, żebracy, kosynierzy, królowie.

Zosia objaśniała szeptem, kogo przedstawiają figury: Bolesława Chrobrego, Jana Sobieskiego, Tadeusza Kościuszkę, kardynała Wyszyńskiego. Papieża poznał sam. Anioł stojący po lewej pociągnął za sznur i rozległ się dźwięk dzwonu. Szumiała woda w małym wodospadzie. Tatry przechodziły w krakowskie mury z Bramą Floriańską, a w tle majaczyła Jerozolima.

– Przychodziłam tu z ojcem i nianią, gdy byłam mała. Dlatego mnie nie dziwi smok wawelski w stajence – szepnęła.

Kupili pączki u Michałka na Krupniczej i Plantami wrócili na ulicę Piłsudskiego. Szli, rozmawiając i patrząc na błyszczący w słońcu, pokryty śniegiem Kopiec.

– Mam nadzieję, że pączki będą panu smakować – powiedziała Zosia. – Wygrały większość rankingów.

– Ranking pączków? – zdziwił się. – Kto go prowadzi? Cukiernicy?

– Dziennikarze z krakowskiego dodatku do „Gazety Wyborczej". Oceniają pączki przed tłustym czwartkiem i potem to opisują.

– To chyba nudne?

– Skąd! Przyznam się, że czytam gazety od przypadku do przypadku, ale jeszcze nigdy nie przegapiłam tych relacji.

Widząc jego zdziwioną minę, dodała:

– Najzabawniejsze są oczywiście negatywne opinie, w stylu „to nie pączek, to bułka: tłusta, płaska, jakby na niej przysiadł zawodnik sumo".

Roześmiał się głośno, więc ciągnęła dalej:

– Albo na przykład: „ciasto tak gliniaste, że bez problemu można z niego wykonać szachy więzienne", albo: „pączek z różą o smaku poziomkowym, niewykluczone, że wydobytą z zapasów strategicznych Ludowego Wojska Polskiego", albo: „duży bladawiec, idealny do zadawania ran tłuczonych", albo: „dystrybutor przeterminowanego oleju do smażenia zrobił z tą cukiernią *deal* roku". O pączkach piszą tak, jakby startowały w zawodach, na przykład: „szkoda, że ciało tego zawodnika potraktowano okrutną szprycą, wpychając mu nadzienie do brzucha niczym sportowcowi sterydy". Pamiętam też ulubioną recenzję mojego ojca: „wygląda niczym wymęczony but, którym Chruszczow walił w mównicę na forum ONZ".

Pan Kross tak się śmiał, że przechodnie się oglądali. Na pewno myśleli: „Jacy hałaśliwi ci Niemcy".

Dzięki niej pierwszy raz przeszedł przez Błonia, od których mieszkał przecież o krok, i przez park Jordana. Pomyślał, że rano była trochę spięta, ale teraz wprost promieniowała radością życia. Szczególnie w parku było to widoczne, zachowywała się, jakby był jej naturalnym środowiskiem. Może jak każda córka Matki Ziemi odzyskiwała siły, dotykając jej? W biurze jej oczy pod czarną grzywką nigdy tak nie błyszczały.

Kiedy Thomas Kross wracał taksówką do siebie, uśmiechał się na wspomnienie roześmianych oczu Zosi. Intuicja go nie myliła. Ta cicha dziewczyna miała fantazję. Pyszne śniadanie w przesiąkniętej papierosowym dymem spelunce, za którą grosza by nie dał, kościoły, w których ogląda się szopki ze smokiem i namalowane na ścianach kwiatki, naprawdę smaczne ciastka kupione w zapyziałej cukierence. I ta jej rodzina... *Gräfin* Sophie...

Historyjka o amerykańskim gościu może nie była zbyt wyrafinowana, ale się opłaciła. Stosował takie wybiegi, by poznać bliskich współpracowników od prywatnej strony. Czasami dowiadywał się w ten sposób takich rzeczy...

Obiad był znakomity. Musi im posłać kwiaty z podziękowaniem. Może w rewanżu zaprosić ją na obiad... Na kolację... Stop.

37

— Od kogo te kwiaty? — zapytała Zosia, ledwie przekroczyła próg mieszkania.

Bukiet niemal się wylewał z kosza zajmującego pół komody w salonie.

— Od twojego szefa. Z podziękowaniem za wczorajszy obiad. Ładnie się zachował.

— On jest bardzo uprzejmy. I nie mógł się nie zachwycić twoją pieczenią z kluseczkami, nianiu.

— Widziałam dobrze, czym się zachwycał — pogroziła jej palcem pani Zuzanna.

— Czym? — zapytała Zosia niewinnym tonem.

— Ty już dobrze wiesz. Bardzo miły, choć nie nazwałabym go przystojnym. Moja przyjaciółka mawiała o takich „uroczy brzydal".

— Uroczy tak, brzydal nie — zaprotestowała Zosia.

Pani Zuzanna spojrzała na nią z ukosa i zmieniła temat.

— Jadłaś obiad w pracy czy coś ci odgrzać?

— Niestety, nie co dzień trafiają się takie wagary jak wczoraj. Jadłam lasagne. Dobre, ale daleko im do twoich, nianiusiu.

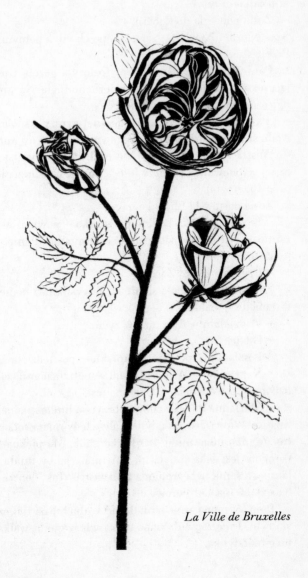

La Ville de Bruxelles

– Nie musisz się przymilać. Zrób nam herbaty. – Mrugnęła do niej. – Upiekłam brownie według przepisu Marianny. Wyszło całkiem niezłe.

Zosia pobiegła do kuchni.

– Niezłe?! Niezłe?! – zawołała po chwili z pełnymi ustami. – Przepyszne!

Pani Zuzanna z uśmiechem rozłożyła gazetę i przeglądała ją, czekając na herbatę. Nagle znieruchomiała. Na stronie przed ogłoszeniami czerniał duży nekrolog:

„Pani Judycie Załuskiej serdeczne wyrazy współczucia z powodu śmierci Córki składa Wydawnictwo Czarny Kot".

Weszła Zosia z herbatą i ciastem. Pani Zuzanna poczekała, aż jej wychowanka skończy jeść, a potem podsunęła jej gazetę.

– Przeczytaj.

Zosia odstawiła filiżankę.

– Biedna kobieta, biedne to dziecko – powiedziała pani Zuzanna. – Wieczne odpoczywanie racz mu dać, Panie.

Zosia milczała.

– Czy ty ją znasz, Zosiu?

Zosia bardzo chciała skłamać. Z wysiłku aż poczerwieniała. W końcu się poddała.

– Widziałam ją dwa razy w życiu.

– Gdzie?

– Poszłam na spotkanie autorskie – powiedziała cicho.

– Naprawdę? – W głosie niani współczucie mieszało się z podziwem i ciekawością. – Jaka ona jest?

– Marianna mówi o takich „brzytwa intelektualna". Błyskotliwa, dowcipna. Jest blondynką, ale wtedy miała rude włosy. Jest trochę niższa ode mnie. Bardzo zgrabna. Ma piękną jasną cerę. W ogóle jest taka jasna... promienna... jakby miała w środku lampę, a sama była zrobiona z alabastru. Tak, dobrze mi się powiedziało, ma alabastrowe ciało.

Pani Zuzanna uśmiechnęła się w duchu na ten częstochowski rym. I nie zapytała, skąd Zosia wie, że jej rywalka jest z natury blondynką.

– Rozmawiałaś z nią?

– Nie, no skąd. Usiadłam z tyłu, za jakimś barczystym fa-cetem. Nie żebym myślała, że mnie pozna, bo nigdy mnie nie widziała, ale na wypadek gdyby tam był... no, gdyby nie przy-szła sama.

Pani Zuzanna doskonale wiedziała, co Zosia ma na myśli. Jak zachowałby się Krzysztof, gdyby z jednej strony stanęła przy nim ta alabastrowa piękność, a z drugiej ciemnowłosa, smagła Zosia? Czy tamta kobieta w ogóle wiedziała o jej istnieniu? Jeśli była taką brzytwą intelektualną, to nie mogła nie wiedzieć.

– Czytałaś jakąś jej książkę? Co ona pisze?

– Kryminały. Ale nie takie jak Agatha Christie. To znaczy oczywiście jest jakieś przestępstwo, ktoś ginie, policja prowadzi śledztwo, ale... jak by to powiedzieć... niektóre zagadki nie zosta-ją wyjaśnione. Nie jest tak jak u Christie, że w ostatnim rozdzia-le detektyw gromadzi podejrzanych, opowiada dokładnie, jak to się stało i kto to zrobił... Zawsze zostaje cień tajemnicy. Recen-zenci bardzo chwalą jej książki, czytelnicy też.

– Ale tobie się nie podobają?

Zosia milczała.

– Nie, bo to ona napisała – powiedziała w końcu.

W milczeniu piły herbatę.

– Nie możemy udawać, że to nas nie dotyczy. Twój ojciec na pewno zadzwoni do Krzysztofa z kondolencjami. Bo oni cały czas są razem, prawda?

– Chyba tak. Tak.

Judyta Załuska była dla Zosi jak bolący ząb, którego stale się dotyka językiem. Nie mogła się powstrzymać od czytania o niej w internecie i w plotkarskich gazetach. Nie było tego dużo, pi-sarka wyraźnie chroniła swoją prywatność, czasem jednak, na przykład gdy się rozwodziła, gazety o tym trąbiły.

Niania jakby usłyszała jej myśli.

– Ona jest rozwiedziona, prawda? – zapytała.

– Tak.

– Ile ma lat?

– Prawie czterdzieści.

Pani Zuzanna spojrzała na nią spod oka.

– Nie chcesz o niej mówić?

– Nie, nie... Chodzi o to, że to wszystko przeze mnie!

– Dziecko, o czym ty mówisz?!

Zosia spuściła głowę. Gdy ją podniosła, w jej oczach błyszczała determinacja.

– To było niedługo po tym, jak przeprowadziliśmy się do Różan. Po szkole umówiłam się z Krzysztofem, byliśmy u niego... – Zosia zająknęła się. – A potem, gdy jego rodzice mieli wrócić z pracy, poszliśmy powłóczyć się po mieście. Na placu Marii Magdaleny stał tłumek odświętnie ubranych ludzi, z kwiatami w rękach. Wyraźnie czekali na wyjście z kościoła młodej pary. Nagle wszyscy się ożywili, bo w drzwiach stanęli nowożeńcy. „Popatrz, to przecież Marek Załuski", powiedział do mnie Krzysztof, wskazując pana młodego. Znasz go?, zdziwiłam się. „Wszyscy go znają, to słynny kierowca rajdowy". Słyszałam o nim pierwszy raz w życiu. I wtedy, głupia, chciałam się popisać. Ale na pewno nie wiesz, kim jest panna młoda, powiedziałam lekkim tonem. Spojrzał na nią i wiesz, nianiu, jakby skamieniał, tak że puścił moją rękę. Czy... czy to mógł być znak?

Pani Zuzanna wstała bez słowa i usiadła na krześle obok swej wychowanki. Przytuliła ją.

– Po co mu ją pokazałam? Cóż za idiotka ze mnie! Była zjawiskowa. Jak gwiazda filmowa. Miała rozpuszczone włosy i obcisłą koronkową suknię, w której wyglądała jak Marilyn Monroe. Nie, źle mówię. Ona jest taka... arystokratyczna. Królewska. Wyglądała jak... jak Greta Garbo.

– Skąd ją znałaś? – zapytała pani Zuzanna.

– Wcale jej nie znałam. Tak naprawdę nawet nie byłam pewna, czy to ona.

– To znaczy kto?

– Judyta Mayer. Przed księgarnią koło kościoła był plakat: „Najlepsza książka kryminalna roku *Dobranoc, kochanie*, debiut

Judyty Mayer". I jej zdjęcie z książką w ręce. Zachciało mi się popisywać – powiedziała gorzko.

Pani Zuzanna pogłaskała ją po głowie.

– Gdyby ktoś wiedział, że się przewróci, toby usiadł – powiedziała sentencjonalnie.

– Nianiu, czy on mógł się zakochać, od pierwszego wejrzenia, w kimś takim jak ona? Starszym, nieosiągalnym, jakby z innego świata?

– Nie wiem. Ale miłość od pierwszego wejrzenia istnieje. – Pani Zuzanna na chwilę odpłynęła w przeszłość. Oczy Piotra. Potrząsnęła głową, chcąc odgonić wspomnienie. – Włosi nazywają ją „piorunem". Przed piorunem nie ma ucieczki. Trafia i już.

– Tak właśnie czasem o tym myślę.

– Jak oni się poznali?

– Nie mam pojęcia. Krzysztof wie, że ja o niej wiem, ale nigdy o niej nie mówi. Ja nie mam... nie miałam odwagi go zapytać.

– A dlaczego się rozwiodła? Przez Krzysztofa?

– Nie. Gdy się dowiedziałam, że oni są razem, znalazłam artykuły o tym rozwodzie w starych numerach plotkarskich gazet. Jej mąż miał romans z jakąś Belgijką czy Holenderką, a tak naprawdę to podobno odszedł z powodu dziecka. Wiesz, ta dziewczynka miała jakąś wrodzoną chorobę... genetyczną...

– Nie każdy mężczyzna nadaje się na ojca – powiedziała pani Zuzanna w zamyśleniu.

– Zachował się paskudnie. Tyle tylko, że zostawił jej dom i ponoć płaci ogromne alimenty.

– Zawsze to jakaś pociecha, nie sądzisz? Łatwiej taki krzyż dźwigać zamożnej kobiecie.

– W ogóle nie potrafię sobie wyobrazić, jak to jest być w ciąży i urodzić dziecko. Do tego chore. A ty, nianiu?

Pani Zuzanna w milczeniu głaskała ją po głowie. Ona nie musiała sobie tego wyobrażać. Po prostu to wiedziała.

38

Sierpień trzydziestego dziewiątego roku Zuzanna spędzała w Różanach. Opiekowała się Hanką, która na wiosnę poroniła i nie mogła dojść do siebie. Po zdaniu matury Zuzanna poszła na kursy pielęgniarskie. Szło jej tak dobrze, że odważyła się zapisać na uniwersytet, na wydział lekarski. Pan Podoski w testamencie zostawił jej pieniądze na dalsze kształcenie. Z oddaniem pielęgnowała chorą, bawiła się z czteroletnim Stasiem i jak ognia unikała spotkań sam na sam z Piotrem. Kochała go smętnym, pozbawionym nadziei rodzajem miłości. Nadal śnił się jej prawie co noc, jednakże wspomnienie oczu widmowej kobiety, która kazała zostawić go w spokoju, nigdy jej nie opuszczało.

Krążyły wieści o zbliżającej się wojnie, życie na wsi toczyło się jednak zwykłym trybem. Lato było suche i bezwietrzne. Żniwa skończyły się wcześniej niż zwykle. Pod koniec sierpnia babka Jadwiga postanowiła wracać do Krakowa.

– Jedź ze mną, dziecko – mówiła. – Ogłoszeń o mobilizacji nie rozlepia się ot tak, dla zabawy. Twoja matka miała tyle lat co ty, gdy wybuchła wojna światowa. Rodzina musi być wtedy razem. Ci, którzy się rozłączyli, często już nigdy się nie spotkali.

W naszym domu będziemy bezpieczne. A tu... Gdy Piotra zmobilizują, zostaniemy trzy kobiety z małym dzieckiem i służbą. Wyobraź sobie jakichś maruderów... albo lepiej sobie nie wyobrażaj.

— Babciu, nie mogę zostawić Hanki i Stasia. Jeśli jej mąż będzie musiał wyjechać, wezmę ich do Krakowa. Mogą mieszkać z nami, a jeśli nie, to Hanka ma przecież mieszkanie po panu Podoskim.

— Cóż, jesteś dorosła, zrobisz, jak zechcesz, ja w każdym razie wyjeżdżam. Obiecaj mi, że gdyby nie daj Bóg coś się stało, zaraz wrócisz do domu.

— Tak, babuniu, obiecuję.

Pierwszego września Zuzanna obudziła się później niż zwykle. Gdy weszła do jadalni, zobaczyła, że Piotr ze spuszczoną głową siedzi przed talerzem z nieruszonym, zimnym już śniadaniem. Nie wstał, podniósł tylko bladą, zmęczoną twarz i powiedział jedno słowo:

— Wojna.

Nie zrozumiała w pierwszej chwili.

— Dziś w nocy niemieckie wojsko przekroczyło nasze granice. Od świtu bombardują Warszawę. Słyszałem komunikaty w radiu.

— Co to znaczy...? Co z nami będzie?

— Być może znów będziemy pod niemiecką okupacją, jak w czasach zaborów i wojny światowej. Ja muszę dołączyć do pułku. Zarządziłem pakowanie rzeczy. Jedziecie do Krakowa.

— Jak to: do pułku? Nie dostałeś żadnego wezwania... Nie możesz nas tak zostawić...

„Nie odchodź! Niech walczą inni, ale nie ty! Każdy inny, ale nie ty!"

— Jestem oficerem rezerwy. Z ciężkim sercem zostawiam Haneczkę i Stasia... i ciebie. Ale nie mogę inaczej. Zuziu... — głos mu się zmienił, wstał ciężko, podszedł do niej i wziął ją za rękę.

Przez jedną szaloną chwilę myślała, że powie: „Kocham cię". Nogi się pod nią ugięły i wolną ręką musiała chwycić się oparcia krzesła. W równym stopniu bała się tego, że to usłyszy, jak tego, że Piotr tych słów nie wypowie.

– Jesteś silna i mądra. Proszę cię, opiekuj się nimi. Są wszystkim, co mam.

Pocałował ją w rękę.

Samochód kilkakrotnie jeździł do Krakowa i z powrotem, przewożąc do miasta co cenniejsze rzeczy. Piotr kazał też zapakować na dwie furmanki część zapasów z różańskich spiżarni. Jedną furmankę wysłał na Stradom, do babki Jadwigi. Sam usiadł na koźle drugiej i pojechał do krakowskiego mieszkania Hanki. Prawdziwym celem, jak się okazało, było zebranie wiadomości o pułku. Nie dowiedział się niczego pewnego, nie było dla niego żadnych rozkazów. Wojsko podobno gromadziło się między Wisłą a Sanem.

Gdy trzeciego września radio podało, że Francja i Anglia przystąpiły do wojny, zaczęły tańczyć z Hanką. Już po wojnie!

Dwa dni później, leżąc na sianie i patrząc przez dziurawy dach szopy na rozgwieżdżone niebo, myślała, że to, co się dzieje, dotyczy kogoś innego, że jej się śni. Jutro zostaną same. Piotr odwiezie je do Brogów, majątku, który Hanka odziedziczyła po wuju, a sam dołączy do któregoś oddziału. Dawno już stracił nadzieję na odnalezienie swojego pułku. Odwróciła głowę i spojrzała na śpiącego obok Stasia. Miał umorusaną buzię i źdźbła siana wplątane w czarne loki. Z ławeczki przed szopą dobiegł ją szept. Piotr żegnał się z żoną. Zacisnęła powieki, przytuliła się do miarowo posapującego dziecka i sama nie wiedząc kiedy, zasnęła.

Obudził ją chlupot wody. Staś spał na plecach, z rozrzuconymi rączkami. W szopie panował jeszcze nocny chłód. Ostrożnie wysunęła się spod koca, otuliła nim dziecko i wyszła przed szopę. Piotr nalewał wodę z wiadra do kamiennego koryta.

– Dzień dobry – uśmiechnął się do niej. – Znalazłem w polu studnię. Będziemy mogli się umyć.

Podstawiła dłoń pod strumień wody i zaraz ją cofnęła z wrzaskiem.

– Au! Zimna!

– Zimna woda zdrowia doda! Przykro mi, że nie mogę ci zaproponować wanny z ciepłą wodą i pachnącymi solami. Na to musisz poczekać do wieczora. Koło południa powinniśmy dotrzeć do Sanu. Musimy jednak liczyć się z tym, że mosty będą oblężone. Nie są też bezpieczne.

Tylko rozmawiając z nią, wspominał czasem o grożących im niebezpieczeństwach. Poza tym robił wszystko, by zapomnieli o wojnie, odwracał ich uwagę od mijanych okropności, opowiadał Stasiowi zabawne historyjki, a nocowanie w lichej szopie przedstawił jako wspaniałą przygodę.

— Na szczęście znam tę okolicę — ciągnął. — Niedaleko jest mała przeprawa promowa. Stamtąd do Brogów będziemy mieć niespełna pięćdziesiąt kilometrów.

— Pamiętasz, jak tam jest pięknie? — powiedziała Hanka, wychodząc zza szopy z neseserem w ręce. — Spędziłam w tym domu tyle cudownych chwil. Justyna też lubiła Brogi.

— Dość pogawędek, moje panie, pójdę przygotować coś do jedzenia, a wy możecie się tu pluskać. Nie będę podglądać, choć od czasów biblijnych wiadomo, że Zuzanna w kąpieli jest wielką pokusą.

Z początku syczały, ochlapując się zimną wodą, potem zanurzały się coraz śmielej. Włożyły czyste ubrania, przyniesione z samochodu przez Hankę, a gdy Zuzanna rozczesywała warkocze, Hanka obudziła Stasia i nie bacząc na jego protesty, rozebrała go do naga, postawiła w korycie i wytarła mokrą myjką. Wilgotne włoski sterczały mu na wszystkie strony, gdy zawinęła go w ręcznik i posadziła w słońcu na ławce.

— Mamusiu, czy dziś będziemy spać w łóżku?

— Tak, syneczku, wieczorem zjemy pyszną kolację, umyjemy się w ciepłej wodzie w prawdziwej łazience i będziemy spać w czystej wykrochmalonej pościeli.

— Jestem głodny.

Hanka pogłaskała go palcem po nosku.

— To dobrze, słonko, bo zaraz będzie śniadanie.

Zjedli resztki zapasów. Nie przypuszczali, że droga zajmie im tyle czasu. Gdy wyjeżdżali z Krakowa, trudno było poznać, że wybuchła wojna. W mieście toczyło się normalne życie, wszystkie sklepy były otwarte. Babka gorąco namawiała Zuzannę do pozostania w mieście. Dziewczyna nie chciała jednak opuszczać Hanki i Stasia. Chciała też być jak najdłużej z Piotrem.

Z początku miała wrażenie, że jadą do Brogów na wakacje. Pogoda była piękna, mijane wsie wyglądały jak zwykle. Tylko poboczami szli ludzie z tobołkami, a gdy wysoko na niebie pojawiały się samoloty, miejscowi wychodzili przed domy i patrzyli w górę. Noc spędzili w hotelu w Rzeszowie. Wyruszyli w dalszą drogę z samego rana i zaraz za rogatkami wciągnęła ich ludzka rzeka płynąca na wschód. Wysoko na wozach, na górach rzeczy, siedziały kobiety z dziećmi. Mężczyźni szli obok wozów. Środkiem przemykali popielaci od kurzu rowerzyści. Sklepy w mijanych miasteczkach były pozamykane albo świeciły pustkami. Czasem przy drodze stała chłopka i rozdawała wodę z wiader lub kromki świeżo upieczonego chleba.

Droga była coraz bardziej zatłoczona i samochód jechał w żółwim tempie. Na dużym skrzyżowaniu stali kilka godzin w upale, bo drogę zamknęło wojsko. Najpierw przeszły nią kolumny zakurzonych żołnierzy, potem, gdy myśleli, że będą mogli ruszyć dalej, pojawiły się sanitarki, konne wozy przykryte płótnem ze znakami Czerwonego Krzyża i nawet autobusy zamienione na ambulanse.

Z daleka dobiegł odgłos przypominający trzaskanie drzwiami. Zuzanna pytająco spojrzała na Piotra.

– Ogień artyleryjski – szepnął jej do ucha i zaczął się droczyć ze Stasiem, by odwrócić uwagę Hanki i dziecka od dalekich odgłosów i przygnębiającego widoku rannych żołnierzy.

W końcu ruszyli. Nie ujechali daleko, gdy z północy nadleciało kilka samolotów. Zniżyły lot nad drogą. Rozległ się ogłuszający huk, grzechot karabinów, krzyki ludzi, kwik koni, ryk oszalałej ze strachu krowy. Siedzieli w aucie jak skamieniali. Na szczęście samoloty nie zawróciły i poleciały dalej, na południe.

Przy pierwszej okazji Piotr skręcił z głównej szosy i jechali wyboistymi, ale mniej zatłoczonymi bocznymi drogami. Jednak nawet one nie były bezpieczne. Kilka razy, słysząc nadlatujące samoloty, chowali się w rowie albo pod drzewami. Raz z daleka dobiegł ich głuchy huk detonacji.

W Jarosławiu udało im się nabrać benzyny, ale nie znaleźli noclegu. Hotel, pensjonaty, gospody i nawet prywatne domy były przepełnione – ludzie walczyli o każdy kąt do spania. Ruszyli dalej i późnym wieczorem trafili na szopę z sianem, w której spędzili dzisiejszą noc.

Teraz, odświeżeni kąpielą, żartowali, pakując rzeczy do auta. Hanka usiadła z przodu obok Piotra. Po jakiejś godzinie, zjeżdżając ze wzgórza, zobaczyli srebrną wstążkę Sanu. Na rzece czerniała kreska mostu. Roiło się wokół niego od aut, wozów, wózków, ludzi i zwierząt.

– Spodziewałem się takiego tłoku – powiedział Piotr. – Przejedziemy bokiem, przez las. Jakieś piętnaście kilometrów w dół rzeki jest prom, o którym ci mówiłem – dodał, odwracając się do Zuzanny.

– Myślisz, że będzie czynny? – z niepokojem zapytała Hanka. – Czasem, gdy jechałam tędy z wujem, musieliśmy zawracać do mostu, bo prom nie przypłynął.

– Niedługo się przekonamy. Nie nadkładamy dużo drogi.

Wjechali w jasny, mieszany las. Po obu stronach piaszczystej drogi kwitły wrzosy. Czerwieniły się już jarzębiny. Zuzanna dostrzegła leszczynowy zagajnik i rudą wiewiórkę wysoko na gałęzi. Kolczaste krzaki jeżyn uginały się od dojrzałych owoców. Samochód kołysał się miękko na poznaczonej śladami drewnianych kół drodze.

Za lasem zobaczyli szeroki pas niskich łąk. Trawa była wykoszona. Droga łagodnie opadała w dół, ku przeprawie. Jak okiem sięgnąć, nie było żywego ducha. Po drugiej stronie szeroko rozlanej, leniwej rzeki czerniał duży prom ze sterczącym wiosłem. Stojący na brzegu domek wyglądał na opuszczony.

– Jesteśmy już prawie w domu! – klasnęła w ręce Hanka. Spojrzała na zegarek. – Jedenasta. Mamy godzinę. Prom przybija tu w południe.

Piotr pomógł jej wysiąść z auta.

— W Brogach będziecie bezpieczni — powiedział.

Uśmiech zniknął z twarzy Hanki.

— Chyba dziś nie... nie od razu...

Milczał, patrząc na rzekę.

Zuzanna wzięła Stasia za rączkę.

— Stasiu, pójdziemy puszczać kaczki?

Chłopczyk poważnie spojrzał na matkę, potem na ojca, w końcu pokiwał głową.

Hanka sięgnęła na siedzenie auta.

— Mam tu jeszcze dwa jabłka. Możecie je zjeść na przykład tam — pokazała na pas strzelistych topoli przy zakręcie w górze rzeki. — W cieniu będzie wam przyjemnie.

Ucałowała synka, potem zdjęła z szyi łańcuszek z zegarkiem. Obok zegarka wisiał turkusowy słonik — prezent ślubny od Zuzanny.

— Weź — powiedziała i powiesiła go Zuzannie na szyi. — Gdybyś straciła z oczu przeprawę, będziesz wiedziała, kiedy wrócić.

Zuzanna podawała Stasiowi płaskie kamyki i uczyła go puszczać kaczki. Kiedy już oddalili się od przeprawy, obejrzała się przez ramię. Hanka gestykulowała gwałtownie, Piotr stał ze smutnie zwieszoną głową.

Gdy doszła ze Stasiem do zakrętu rzeki, zdjęła mu sandałki i podkolanówki i pozwoliła brodzić w płytkiej wodzie. Śmiał się głośno, gdy srebrne rybki uciekały mu spod nóg.

Zuzanna znalazła pod topolami suche miejsce, z którego było widać przeprawę. Staś położył się na brzuszku i chrupał jabłko, machając w powietrzu bosymi nóżkami.

Topole i łopiany pachniały w południowym słońcu. Na łące grało kilka świerszczy. W oddali dwie sylwetki, kobiety i mężczyzny, przywarły do siebie i tak trwały. Zuzanna usłyszała dalekie wołanie za rzeką, potem głośny stukot. Prom drgnął. Czarne wiosło z chlupotem zanurzyło się w wodzie. Dwaj ludzie długimi tykami kierowali prom do drugiego brzegu. Wstała i przeciągnęła się.

Samoloty nadleciały z zachodu. Usłyszała stłumiony warkot i w tym samym momencie wychynęły zza lasu. Leciały nisko.

Zobaczyła, jak najpierw kępy trawy, a potem kamyki tryskają na boki. Hanka podskoczyła i upadła jak szmaciana lalka. Piotr przypadł obok niej.

Zuzanna porwała sandałki, chwyciła Stasia za rękę i pociągnęła za sobą. Rozpłakał się i przykucnął, gdy nastąpił na ostry kamień. Posadziła go gwałtownie na ziemi. Ręce tak się jej trzęsły, że nie mogła mu zapiąć sandałków.

I wtedy samoloty wróciły. Staś z całej siły objął ją za szyję. Choć wszystko się w niej rwało do biegu, przytuliła dziecko do piersi i zawróciła pod topole. Skulona przywarła do pnia, nie wypuszczając chłopca z ramion i modląc się, by lotnicy ich nie zauważyli.

Grzechocząca seria pocisków przecinała rzekę. Mężczyźni na promie wpadli do wody. Nie potrafiła ocenić, czy wskoczyli sami, czy skosiła ich seria. Prom odwrócił się bokiem i rzeka poniosła go w dół. Patrzyła, jak znika za zakrętem.

Nagle ziemia się zatrzęsła. Wrzask Stasia utonął w głośnym huku. Zuzanna mocno zacisnęła powieki. Gdy otworzyła oczy, niebo było puste. Rzeka szemrała, błyszcząc w słońcu. Mogłoby się wydawać, że nic się nie stało, tylko świerszcze zamilkły, a w powietrzu zamiast zapachu topoli unosił się smród dymu, benzyny i rozgrzanego metalu. Wstała z trudem. Łkający Staś wczepił się w nią rękami i nogami. Objęła go i spojrzała na nadrzeczne łąki. Tam, gdzie jeszcze przed chwilą stał samochód, ziała dymiąca jama.

Nie wiedziała, jak długo tak stała. W końcu nogi same się pod nią ugięły. Usiadła oparta o pień i głaszcząc Stasia, tak długo szeptała mu uspokajające słowa, aż chłopczyk najpierw przestał łkać, a potem zasnął. Uwolniła się z jego uścisku, zdjęła bluzkę i przykryła go. Potem, świecąc bielizną i nagimi ramionami, popędziła w dół rzeki.

39

Noc spędzili w stogu siana na łące pod lasem. Zuzanna nie potrafiła oddalić się od tego miejsca. Nie umiała też podjąć decyzji, co robić dalej. Nakarmiła Stasia ostatnim jabłkiem i jeżynami, a gdy zasnął, przewracała się z boku na bok w kłującym stogu i myślała, czy próbować dostać się do Brogów, czy wracać do Krakowa. Do Brogów miała pięćdziesiąt kilometrów i jeszcze piętnaście do mostu. Do Krakowa mniej więcej dwieście. W Brogach była raz, dawno temu. W Krakowie czekała na nią babcia Jadwiga.

Obudziła się o świcie z gotową decyzją. Wstała, roztarła lodowate ramiona i przez spowite rzadką mgłą łąki poszła na brzeg, z daleka omijając leje po bombach. Marzyła, by się umyć, ale rzeka, w której być może pływały zwłoki dwóch mężczyzn z promu, wydała się jej zatruta. Wróciła na skraj lasu. Po drodze zbierała rosę z traw i zwilżyła twarz i ręce.

Staś jeszcze spał, zawinięty w jej bluzkę. Zerwała liść łopianu i nazbierała do niego jeżyn. Wróciła do stogu i delikatnie obudziła chłopca. Gdy jadł jeżyny, włożyła pomiętą bluzkę, rozplotła warkocze, przeczesała włosy palcami i znów je zaplotła. Wilgotnymi listkami umyła chłopcu umorusaną fioletowym sokiem buzię i rączki.

– Stasiu, lubisz moją babcię, prawda?

Pokiwał głową. Od chwili, gdy zginęli jego rodzice, powiedział może z dziesięć słów.

– Ona czeka na nas w Krakowie. Musimy się tam dostać. Jesteś już duży. Pójdziemy sobie powoli i w końcu dojdziemy. Może ktoś nas podwiezie?

Staś przełknął ślinę.

– Mamusia też tam będzie? – spytał.

Szybko kiwnęła głową i odwróciła wzrok.

Zatrzymali się w leszczynowym zagajniku. Zuzanna nazrywała orzechów. Znalazła dwa płaskie kamienie i rozbijała skorupki. Najedli się, resztą Zuzanna wypchała obie kieszenie w spódnicy.

Staś maszerował dzielnie, ale jego małe nóżki szybko się zmęczyły i szedł coraz wolniej. W końcu Zuzanna wzięła go na ręce. Ufnie objął ją rączkami za szyję, przytulił buzię do jej ramienia. Z początku wydawał się lekki, po godzinie zaczął jej ciążyć jak kamień. Potykała się na piaszczystej drodze. Piasek wsypywał się jej do butów. Pot szczypiącymi strumyczkami płynął jej po twarzy, brzuchu i plecach.

Las się skończył. Droga wiła się teraz przez puste pola. Czasem tylko zieleniły się na nich świeżo posadzone karpiele albo ziemia lśniła ciemniejszym brązem tam, gdzie niedawno wykopano ziemniaki.

Zuzanna uparcie szła przed siebie, rzadko odpoczywając pod polną gruszą. Było już po drugiej, gdy doszli do małej wsi składającej się z kilku drewnianych domów. Powitało ich ujadanie wiejskich kundli, szarpiących się na krótkich łańcuchach.

Wybrała porządnie wyglądającą chałupę, z posprzątanym podwórkiem, czystymi oknami i pasem georginii kwitnących pod płotem. Postawiła Stasia na ziemi, strzepnęła spódnicę i zapukała do drzwi.

Otworzyła jej młoda kobieta z niemowlęciem w chustce przy piersi. Zuzanna ucieszyła się na ten widok. Młoda matka nie będzie nieczuła na niedolę Stasia.

– Dzień dobry.

– Niech będzie pochwalony.

– Na wieki wieków...

Co dalej, po tym niefortunnym początku? Zuzanna była na siebie wściekła. Mocniej ścisnęła rączkę Stasia. Nie ma co wdawać się w szczegóły.

– Uciekłam z synkiem z Krakowa. Straciliśmy wszystko, gdy samoloty zbombardowały drogę. Jesteśmy zmęczeni i głodni. Czy mogłaby nam pani dać coś do jedzenia?

Kobieta przyglądała się jej przez chwilę. Zuzannie zrobiło się gorąco. Nawet jeśli kobieta da jej dwadzieścia lat, to przecież musiałaby zajść w ciążę jako piętnastolatka, żeby mieć czteroletniego synka!

– Niech wejdą – powiedziała kobieta i szerzej otworzyła drzwi. Zaprowadziła ich do dużej kuchni. Bielony piec zajmował większą jej część. Nie było stołu. Kobieta nalała kwaśnego mleka do dwóch wyszczerbionych fajansowych garnuszków i postawiła na skrzyni pod oknem. Gestem wskazała stojące pod ścianą łóżko. Przycupnęli na jego brzegu i łapczywie pili zimne mleko.

Gospodyni tymczasem zamieszała w kilku garnkach stojących na piecu i nałożyła na głęboki talerz chochlę kaszy, dwa duże ziemniaki i chochlę kapusty. Omasciła skwarkami. Z szufladki wiszącej pod półką z talerzami wyjęła dwie drewniane łyżki.

Postawiła talerz na skrzyni.

– Na zdrowie.

– Bardzo pani dziękuję. Dziś jedliśmy tylko jeżyny i orzechy laskowe.

Zuzanna karmiła Stasia, grzecznie otwierającego buzię, i sama jadła z apetytem, który ją zaskoczył. Dopiero teraz poczuła, jaka była głodna.

Kobieta dolała im mleka.

Zuzanna zebrała się na odwagę i zapytała:

– Czy moglibyśmy tu wynająć konia i wóz? I woźnicę, który by nas zawiózł do Krakowa. Tam bym zapłaciła.

Zauważyła, że kobieta patrzy na jej zegarek. Nie mogła jej jednak oddać czegoś, co było pamiątką dla Stasia. Zdjęła z palca platynowy pierścionek z szafirem, który dostała od babci po zdaniu matury.

– Na razie mogłabym dać to.

Kobieta spojrzała na pierścionek. Oczy się jej uśmiechnęły, ale zaraz odwróciła wzrok.

– We wsi jest jeden koń. Potrzebny w polu. Nikt nie pojedzie tyli świat.

– A czy moglibyśmy zostać na noc, odpocząć, wyprać ubrania?

Kobieta wyraźnie się zaniepokoiła.

– Oni nie lubią obcych.

A więc nie była tu gospodynią. Może młodszą z synowych, która na własną rękę wpuściła do domu obcych przybyszów. Zuzanna zapragnęła jej coś dać. Wstała, podziękowała za gościnę i podała jej pierścionek.

Kobieta odmownie potrząsnęła głową. Popatrzyła na Stasia, odwinęła z lnianej ścierki bochen chleba, ukroiła kilka grubych kromek i zawinęła je w białą szmatkę.

Żywili się tym chlebem i orzechami przez następny dzień. Zuzanna miała nadzieję, że w końcu trafią na dwór albo w którejś wsi uda się jej kogoś namówić, by zawiózł ich do Krakowa. Tymczasem droga prowadziła głównie lasami i tylko po słońcu Zuzanna orientowała się, że idą na zachód.

W południe trzeciego dnia doszli do niedużej rzeki. Zuzanna ułamała gruby kij i niosąc Stasia na plecach, sprawdzała dno. Łąki po drugiej stronie musiały służyć jako pastwisko. W kępie drzew stał mały szałas. Zapewne pasterze chronili się w nim przed deszczem. W środku było kilka naręczy świeżego siana, a przed progiem resztki ogniska. Gdy ona zaglądała do środka, Staś wziął patyk i zaczął rozgarniać popiół. Umorusał się przy tym jak nieboskie stworzenie. Jęknęła na jego widok.

– Stasiu, już i tak wyglądamy okropnie... – urwała, gdy z popiołu wyłoniła się brązowa bulwa.

Złapała drugi patyk i wspólnymi siłami wygarnęli z zimnego popiołu trzy zapomniane ziemniaki.

Wykąpali się w rzece, Zuzanna przeprała ich rzeczy i powiesiła je w słońcu na gałęziach, a potem – Staś jak go Pan Bóg stworzył, a ona w samej koszuli – usiedli na pniu przed szałasem i zjedli ziemniaki.

Noc była ciepła. Z dala dobiegały huki i grzmoty. Zuzanna nie wiedziała, czy to daleka burza, czy wybuchy pocisków. Musiała coś wymyślić. Jeśli pogoda się zmieni i zaczną się słoty, Staś nie wytrzyma dalszej drogi. Przemknęło jej przez głowę, by go gdzieś zostawić, a potem wrócić po niego z Krakowa wynajętym autem. Ta myśl wracała coraz częściej, gdy następnego dnia niosła go przez łąki. Wyrzucała sobie, że nie zostawiła na rano choć jednego ziemniaka. Na łąkach nie było nic do jedzenia, nawet szczawiu.

W końcu nie miała siły, żeby iść dalej. Położyli się pod polną gruszą. Zuzanna patrzyła na niebo i nagle wysoko na gałęzi zobaczyła kilka gruszek. Na próżno jednak rzucała patykiem. Rosły za wysoko, by mogła je strącić. Wyczerpana upadła na trawę. Zamknęła oczy. Mogłaby zostać tu na zawsze.

Obudził ją Staś, ciągnąc ją za rękę.

– Słyszysz? – zapytał, pokazując przed siebie.

Nadstawiła uszu. Już otwierała usta, by powiedzieć, że coś mu się przywidziało, gdy usłyszała odległy warkot samochodu. Chwyciła Stasia za rękę i pobiegli przez łąkę. Za pasem wierzb teren się podnosił. Trawa była tu wyższa i biegli znacznie wolniej. Zasapani stanęli na szczycie wzgórza. Przed nimi znów rozciągały się łąki, dalej szpaler drzew i ginąca w lesie szosa, którą ciągnął sznur ludzi. Zuzanna ze zdumieniem zauważyła, że ludzie idą na zachód. Widocznie wszyscy chcieli wrócić do domu, tak jak ona.

– Odpocznijmy chwilkę – powiedziała, dysząc, i usiadła w trawie.

Musiała się zastanowić. Takie drogi atakowały samoloty. Ale byli tam ludzie, na pewno było też jedzenie. Przypomniała sobie chłopki częstujące chlebem. Zaburczało jej w brzuchu.

– Pójdziemy do tej drogi – popatrzyła na Stasia – na pewno ktoś nam da coś do jedzenia. Może podjedziemy kawałek...

Ciemne oczy chłopca robiły się coraz większe. Nie patrzył na nią, tylko na coś za jej plecami. Odwróciła głowę.

Z lasu wyjechało kilka dziwnych pojazdów. Ni to aut, ni czołgów. Kierowały się na wschód. Tłum stopniowo zamierał. Nagle w niebo uderzył wrzask i ludzie jak żuki rozbiegli się na wszystkie strony. Zuzanna przewróciła Stasia na trawę i przykryła własnym ciałem. Suchy grzechot wystrzałów dawno się skończył, umilkł warkot ciężkich aut, a ona leżała z twarzą w trawie, mrucząc w kółko:

– Ciiicho... dziecinko... ciiicho... to nic...

Słońce paliło ją w plecy. Powoli usiadła. Szosa była pusta. Po bokach leżały porzucone tobołki, przewrócony do góry kołami wóz, ale ludzie zniknęli. Pancerne auta też.

Nachyliła się nad zwiniętym w kłębek Stasiem.

– Poczekaj tu na mnie, pójdę poszukać czegoś do jedzenia.

Pisnął cienko i kurczowo złapał ją za rękę.

– Stasiu, zaraz wrócę.

Pokręcił głową i chwycił ją mocniej.

– Dobrze, pójdziemy razem.

Gdy tylko weszli na drogę, znalazła wiklinowy koszyk i rozsypane jabłka. Większość była zgnieciona na miazgę, ale kilka ocalało. Pozbierała je, przewiesiła koszyk przez ramię i mocno chwyciła Stasia za rączkę.

– Patrz pod nóżki, nie rozglądaj się – nakazała.

To, co z daleka wyglądało jak porzucone tobołki, z bliska okazało się zwłokami. Czuła się jak hiena, kiedy podeszła do rozbebeszonej walizki. Na wierzchu leżały albumy. Kilka zdjęć wypadło i na Zuzannę patrzyły oczy być może właścicieli tych rzeczy. Znalazła sweter i grubą wełnianą chustę. W małym pudełku było kilka pierścionków. Mogłaby je wymienić na jedzenie, ale nie zdobyła się na to, by je wziąć. Kawałek dalej znalazła prawdziwy skarb: głęboki dziecięcy wózek. Wyjęła porcelanę, którą był wypełniony, zostawiła tylko kraciasty koc. Wcisnęła Stasia do wózka, kazała mu zamknąć oczy i ruszyła dalej. Zanim dotarła do lasu, w koszyku oprócz jabłek miała dwa bochenki chleba, kilka pomidorów, napoczętą gomółkę białego sera i trzy butelki oranżady. Do wózka wcisnęła jeszcze jeden sweter, duży męski parasol i fiński nóż w skórzanej pochwie. W kieszeni spódnicy miała dwa pudełka zapałek. Chętnie wzięłaby ubranie na zmianę, ale bała się, że nie udźwignie wszystkiego. Nie chciała też za długo zostawać na szosie.

Pchając wózek, niemal biegła przez mroczny jodłowy las. Drzewa skończyły się za zakrętem jak nożem uciął. Szosa skręcała na północ, a na zachód odchodziła wąska wyboista droga. Zuzanna skręciła w nią bez namysłu. Trudniej było tu pchać wózek, więc zaczęła go ciągnąć.

Po jakimś czasie doszła do rzeczki. Była przez nią przerzucona szeroka deska bez poręczy. Uginała się i chwiała pod ciężarem wózka i Zuzanny. Na nadrzecznej łące ktoś zbudował daszek na czterech palach, osłaniający kopę siana.

– Zostaniemy tu na noc – powiedziała Zuzanna, odwracając się do Stasia.

Siedział w wózku jak kamienny posążek, z rączkami zaciśniętymi na jego bokach i tak jak mu kazała, z zamkniętymi oczami.

W nocy, leżąc na sianie w ciepłym swetrze i z pełnym brzuchem, zastanawiała się, ile mogli ujść do tej pory. Pięćdziesiąt kilometrów? Nie miała pojęcia. Jedno wiedziała na pewno: nie pokona drogi do Krakowa z małym dzieckiem bez pomocy. Nie ma się co spodziewać, że w którejś wsi znajdzie kogoś, kto w ten niebezpieczny czas będzie ryzykował życie, by zarobić parę złotych, odwożąc ją do miasta. Mogła liczyć tylko na kogoś, kto tak jak ona wraca do Krakowa i zechce ją z sobą zabrać. To oznaczało, że musi wrócić na główną drogę.

Rano, po królewskim śniadaniu złożonym z chleba, pomidorów i sera, wsadziła Stasia do wózka, obłożyła go ich skarbami, a resztę jedzenia zawiązała w chustkę, którą zarzuciła sobie na plecy.

Jej modlitwy zostały wysłuchane i po dwóch godzinach ciągnięcia wózka po polnych ścieżkach doszła do szerokiej bitej drogi obsadzonej drzewami. Miała nadzieję, że będą one osłoną na wypadek nalotu. Szła raźnym krokiem, pchając wózek przed sobą i zagadując czasem Stasia, który odpowiadał monosylabami. Droga była pusta. Zuzanna co jakiś czas oglądała się przez ramię i zapowiedziała Stasiowi, że ma alarmować, gdy tylko coś zauważy.

– Koń – powiedział nagle.

Zuzanna natychmiast skręciła z drogi. Nie mieli gdzie się schować, więc stanęła za grubym pniem drzewa.

Drogą powoli nadjeżdżał pusty wóz drabiniasty.

– Prrr...

Wóz zatrzymał się przy drzewie, za którym się schowała.

– Może panią podwieźć? – usłyszała.

Ostrożnie wyjrzała zza pnia.

– Niech się pani nie boi. Podwiozę do miasteczka. To kawał drogi.

Na wozie siedział młody, może trzydziestoletni mężczyzna. Miał wysoko podgolone włosy, tylko z przodu, na oczy z wyraźnym zezem spadał mu czarny czub.

Bez trudu podniósł wózek, wepchnął do niego chustę Zuzanny i przywiązał go do drabinek kawałkiem sznurka. Pomógł Zuzannie usadowić się na worku wypchanym słomą. Podał jej Stasia, usiadł obok, cmoknął na konia i ruszyli. Zuzanna była sztywna i ostrożna, jednak gdy na horyzoncie ukazały się pierwsze domy, ożywiła się.

– Jestem panu bardzo wdzięczna. Jak się nazywa to miasteczko?

– Tyczyn.

Nic jej ta nazwa nie mówiła.

– Daleko stąd do Krakowa?

– Daleko. Do Rzeszowa blisko. Niecałe dziesięć kilometrów.

Popatrzyła na niego z nadzieją.

– Mógłby nas pan tam zawieźć? Nie mam niestety pieniędzy...

– Jak to? – zdziwił się. – Taka pani, od razu widać, że pani, dziecko też pańskie – trącił kciukiem Stasia – i pieniędzy nie ma?

– Straciliśmy wszystko podczas nalotu, rozumie pan... – zaczęła się jąkać Zuzanna, wyczuwając, że nastawienie mężczyzny zmieniło się radykalnie.

– A w wózku co wiezie? – zapytał obcesowo.

– Sweter, parasol... Sam pan może sprawdzić.

Starała się mówić pewnym głosem, nie pokazywać, jak bardzo się boi. Błogosławiła moment, gdy zawiesiła wysadzany brylantami zegarek Hanki na szyi Stasia i schowała mu go pod koszulką. Spuściła rękę, by nie widział pierścionka, i odwróciła go szafirem do wnętrza dłoni. Może wąska platynowa obrączka go nie skusi.

Mężczyzna zawinął lejce wokół drabinki wozu i nagle chwycił ją za bluzkę na piersiach. Prysnęły guziki, szorstka ręka zaczęła jej gmerać pod koszulą.

W pierwszej chwili myślała, że chce ją zgwałcić, dopiero po chwili zrozumiała, że szuka pieniędzy.

Wjechali już między pierwsze domy i otwierała usta, by wołać pomocy, gdy mężczyzna, niczego nie znalazłszy, cofnął rękę i chwycił lejce.

– Wiśta wio! – zawołał.

Koń przyspieszył i skręcił w boczną dróżkę.

Zuzanna, nie namyślając się ani chwili, złapała Stasia jedną ręką, drugą zebrała spódnicę i zeskoczyła na drogę. Wóz z turkotem zniknął za ścianą krzewów. Upadła na kolano, ale chłopca nie upuściła, podniosła się i pobiegła drogą przed siebie. Usłyszała z tyłu warkot samochodu. Niemcy! Oszalała ze strachu biegła przed siebie jak zając oślepiony światłami auta.

Samochód wyprzedził ją i stanął. Ktoś z niego wysiadł. Wpadła prosto w wyciągnięte ramiona. Zrobiło się jej czarno przed oczami.

Gdy odzyskała przytomność, leżała na pledzie przy drodze, w cieniu samochodu. Z jednej strony pochylał się nad nią Staś, z drugiej... Znała tego mężczyznę.

– Panie doktorze! Skąd pan się tu wziął?

– Poznała mnie pani! Jak się pani czuje?

– Nie wiem... Kolano mnie boli.

– Tak, porządnie je pani rozbiła. Nie, nie, proszę leżeć spokojnie. Ja się wszystkim zajmę.

Doktor Jan Pomian-Lackowski spędzał ostatni tydzień sierpnia u ciężko chorego pacjenta w majątku koło Dynowa. Tam zastał go wybuch wojny. Rodzina ubłagała lekarza, by nie wyjeżdżał. Do dworu przybywali ranni z całej okolicy. Dopiero przed dwoma dniami opiekę nad nimi przejął wojskowy lekarz i doktor Lackowski postanowił wracać do Krakowa.

– Naprawdę jedzie pan do Krakowa? Czy mógłby nas pan z sobą wziąć?

– Pani Zuzanno, w Krakowie są już Niemcy. W Brogach byłoby wam lepiej... Drogi są niebezpieczne. Nie wiem, jak długo mi to zajmie i czy dojadę...

– Błagam pana – szepnęła Zuzanna.

Jadąc bocznymi drogami, ominęli zajęty przez Niemców Rzeszów i zatrzymali się na noc w domu znajomych doktora, pod Ropczycami. Staś nie puszczał spódnicy Zuzanny, Zuzanna nie odstępowała na krok doktora Lackowskiego.

Po wczesnej kolacji gospodarze życzyli gościom dobrej nocy i zostawili ich samych. Zuzanna ułożyła Stasia do snu, zostawiła otwarte drzwi do jego sypialni i wróciła do salonu. Doktor Lackowski grzał wino na kominku. Podał jej czarkę. Wypiła, nalał jej drugą. Powoli opowiedziała mu całą historię. Słuchał zdumiony. Jego podziw dla Zuzanny rósł z każdą chwilą.

Gdy odprowadził ją do jej pokoju i nie pozwoliła mu odejść, został z nią do rana.

40

W listopadzie Zuzanna pomyślała, że chyba jest w ciąży. Na początku grudnia, gdy miała już pewność, usiadła pewnego wieczoru na podnóżku przy fotelu babki i oparła głowę na jej kolanach.

– Babuniu, jestem w ciąży.

– Wiem.

Zuzanna nie mogła nie zaśmiać się w duchu. Babcia była niesamowita.

– Pytanie, co teraz zamierzasz, moje dziecko.

– Przemyślałam wszystko. Wiem, co chcę zrobić, ale będę potrzebowała twojej pomocy.

Zuzanna podniosła głowę i spojrzała na babkę. Gdy wróciła do Krakowa i opowiedziała babci Jadwidze historię swojej tułaczki, babka nie kryła podziwu. Wyczytała też między wierszami więcej, niż Zuzanna chciała zdradzić.

– Nie wyjdę za Jasia.

Babka powoli pokiwała głową.

– Jedno głupstwo wystarczy. Po co do ciąży dodawać przymusowe małżeństwo – powiedziała.

Zuzanna się roześmiała, choć nie było jej wesoło.

– Podziwiam go, bardzo go lubię.

– Tylko na myśl o nim krew ci nie tańczy. – Babka jak zwykle trafiła w sedno. – Skoro wychowujemy Stasia, poradzimy sobie z drugim dzieckiem. Kochana moja, ja jestem po twojej stronie. Z Jasiem jednak, a szczególnie z jego rodziną, tak łatwo nie pójdzie.

Były to prorocze słowa.

Pani Amelia Pomian-Lackowska do końca życia nie wybaczyła Zuzannie, że nie przyjęła oświadczyn jej syna. Doktor Lackowski mniej o tym myślał, bardziej martwił się o swoje dziecko i o Zuzannę.

– Moja droga, jak sobie poradzisz? Nawet w normalnych czasach byłoby to trudne, a co dopiero w takich. Spróbujmy przynajmniej. Jeśli się okaże, czego nie przypuszczam, że to pomyłka, zwrócę ci wolność, obiecuję.

Zuzanna zawahała się. Miał rację. Byłoby jej lżej. I na pewno dotrzymałby obietnicy.

Wyczuł jej wahanie i zaczął nalegać. Otworzyła usta, by powiedzieć „tak", ale one same ułożyły się w „nie". Widocznie ciało wiedziało lepiej niż rozum.

Średnio raz na tydzień ponawiał oświadczyny, jednak Zuzanna była nieugięta. Pogodziła się z tym, że jej dziecko nie będzie mieć oczu Piotra, lecz na żadne inne ustępstwa nie zamierzała iść.

Doktor Lackowski próbował uciec się do podstępu i zaproponował, że kupi gabinet i mieszkanie babki, które od śmierci doktora Hulewicza były wynajmowane.

– Lepiej zadowolić się jajkiem raz na miesiąc, niż zabić kurę i raz w życiu zrobić sobie ucztę – odpowiedziała mu babka.

Po ucieczce Hanki i Piotra, gdy pod Krakowem stanęli Niemcy, przewiozła na Stradom najcenniejsze meble, obrazy i pamiątki z ich mieszkania w Rynku. Teraz mieszkał tam Niemiec, tak samo jak we dworze w Różanach.

Babka sprowadziła murarza i kazała mu zamurować nieużywane od dawna drzwi między swoim dawnym mieszkaniem a mieszkaniem córki i zięcia. W malusieńkim korytarzyku powstał schowek, zamaskowany ogromną szafą, której plecy się otwierały, i tam ukryła najcenniejsze rzeczy. Gdy w połowie grudnia władze okupacyjne obwieściły, że za posiadanie radioodbiornika grozi kara więzienia lub nawet śmierci, babka położyła swoje ukochane radio na kawałku sukna i po parkiecie przeciągnęła do skrytki.

– Niedoczekanie, żebym im je oddała – powiedziała do Zuzanny. – Przecież wojna wkrótce się skończy.

Potem przyniosła z piwnicy dwie cegły, stos gazet i duże kartonowe pudło. Widząc zdziwione spojrzenie Zuzanny, powiedziała:

– Jest wojna, moje dziecko, i do głosu dojdą najniższe instynkty. Sama tego doświadczyłaś. Nie mam zamiaru wodzić na pokuszenie naszych sąsiadów. To porządni ludzie, ale może któryś ma do nas żal albo nam zazdrości, albo połakomi się na nagrodę za wskazanie tych, którzy nie oddali odbiorników... Lepiej niech wszyscy widzą, że odnosimy nasze radio tak jak inni.

Zuzanna codziennie chodziła do klasztoru sióstr prezentek, gdzie oficjalnie uczyła dziewczęta gospodarstwa domowego, a w tajemnicy – angielskiego. Mogła przychodzić ze Stasiem. Siostry zaopatrywały ją też w żywność.

Wieczorami zakradała się do skrytki i na klęczkach, bo miejsca było mało, z uchem przy radiu słuchała wiadomości BBC. Pewnego dnia, rozmawiając z siostrą przełożoną, zacytowała kilka zdań z przemówienia generała Sikorskiego. Gdy się zorientowała, co mówi, urwała i szybko zmieniła temat. Zakonnica udała, że niczego nie zauważyła, po tygodniu jednak poprosiła ją do siebie w czasie dużej przerwy.

– Jak pani wie, nie mieszamy się do polityki. Modlimy się o zakończenie tej wojny, nie możemy jednak zamykać oczu na dążenia do tego samego celu na sposób świecki. – Przełożona uśmiechnęła się. – Jutro zamiast ostatniej lekcji zostanie odprawiona msza za poległych. Obecność nauczycielek nie jest obowiązkowa. Czy zamiast wracać wcześniej do domu, zechciałaby pani pójść do zakładu krawieckiego na Długiej i zanieść tam materiał na mundurki dla kilku wychowanek?

– Naturalnie, siostro – odrzekła nieco zdziwiona tą prośbą Zuzanna.

– Znam dobrze jego właściciela. Pan Kazimierz Stobnicki od lat dla nas szyje... Mam do niego pełne zaufanie. – Przełożona ściszyła głos. – Zapytał mnie niedawno, czy mogłabym mu polecić kogoś dobrze znającego angielski. Rozumie pani, prawda?

Zuzanna kiwnęła głową.

– Najchętniej poleciłabym panią. Czy mogę to zrobić?

– Tak, siostro.

– Dziękuję. – Przełożona wstała, wyszła zza biurka i uścisnęła Zuzannę.

Od tej pory w każdą środę po skończeniu lekcji Zuzanna szła na Długą, wchodziła na zaplecze i streszczała ostatnie wiadomości z Londynu. Potem poproszono ją, by słuchała także stacji nadających po niemiecku i po włosku. Kazimierz Stobnicki robił wszystko, by zatrudnione w firmie szwaczki uważały ją za jego kochankę. „Jeszcze trochę i trzeba będzie zmienić miejsce – myślała czasem. – Na razie brzuszek mam nieduży, ale wiosną..."

Był dwudziesty ósmy lutego 1940 roku. Poprzedniego wieczoru Staś marudził przy kolacji. Rano obudził się rozpalony. Kaszlał i skarżył się, że wszystko go boli – głowa, gardło i plecy. Wezwany telefonicznie doktor Lackowski stwierdził zapalenie gardła. Chciał zatrzymać w domu także Zuzannę, mówiąc, że coraz więcej ludzi choruje i że powinna na siebie uważać, ale uparła się, że musi iść do pracy. Była środa, nie mogła opuścić spotkania na Długiej. Ubierała się w pośpiechu. Jej stare licealne futerko zrobiło się za ciasne i zaczęła nosić karakuły matki. Zima była wyjątkowo mroźna i ani myślała ustąpić miejsca przedwiośniu.

Po skończonych lekcjach szła Pijarską w śnieżnej zadymce. Postawiła kołnierz futra, futrzany toczek naciągnęła na uszy tak głęboko, jak się dało. Szła szybko, ze spuszczoną głową. Gdy dochodziła do Plant, poślizgnęła się na oblodzonym chodniku i o mało nie upadła. Stanęła i odpoczywała przez chwilę. Ludzie wyłaniali się z tumanów śniegu i znikali w nich jak duchy. Przechodzący mężczyzna podniósł na nią wzrok i zaraz go odwrócił. „Każdy ma coś do ukrycia", pomyślała. Czy kiedyś znów będzie spacerować z podniesioną głową? Babcia powtarzała, że każda wojna kiedyś się kończy. Że wie to z doświadczenia. I że w dzisiejszych czasach nikt nie ma sił na wojnę trzydziestoletnią, nie mówiąc o stuletniej.

Westchnęła. Postanowiła, że dziś poprosi Stobnickiego o zmianę miejsca spotkań. Co się stanie, gdy ktoś doniesie jego żonie, że mąż ma kochankę, która na dodatek jest w ciąży?

Skręciła do bramy, przecięła podwórze i weszła do zakładu.

– Dzień dobry – powiedziała.

W środku było nadzwyczaj cicho. Przy bocznym stole dwóch mężczyzn oglądało próbki materiałów. Nie wstając, skinęli jej głowami. W pracowni tylko jedna szwaczka pochylała się nad terkoczącą maszyną. Doktor Lackowski miał rację: jakaś epidemia. Kobieta uniosła głowę, obrzuciła Zuzannę spłoszonym spojrzeniem i wróciła do szycia.

Zuzanna zapukała do pokoju szefa. Powtarzała sobie w myśli, że przyszła tu ostatni raz. Wzrok tej kobiety... Na pewno coś zauważyła.

Usłyszała „proszę" i otworzyła drzwi. Ledwo weszła, ktoś szarpnął ją za rękę i niemal rzucił na krzesło. Krzyknęła z bólu i ze strachu.

– *Ruhe!* – wrzasnął mężczyzna w skórzanym płaszczu.

Przerażona, ukradkiem rozejrzała się po pokoju. Dwóch rosłych mężczyzn przy drzwiach, jeden siedzący obok skulonego przy stole Stobnickiego, dwóch stojących nad nią.

O szóstej, gdy zamykano zakład, przeprowadzili ich oboje przez podwórze i zawieźli na Montelupich. Aresztowano tylko ją i Stobnickiego: na szczęście tego popołudnia żaden klient nie przyszedł do pracowni.

Dwie bardzo młode strażniczki zaprowadziły ją do pojedynczej lodowatej celi i kazały się jej rozebrać do naga. W niewybredny sposób drwiły z jej wystającego brzucha i obrzmiałych piersi. Zuzanna szczerze żałowała, że zna niemiecki. Po drobiazgowej rewizji przeszły po jej leżącym na brudnej podłodze ubraniu i zatrzasnęły za sobą drzwi. Zuzanna ubierała się, drżąc z zimna i upokorzenia. Była przerażona, głodna, chciało się jej pić.

Położyła się na twardej pryczy. Jęknęła z bólu, gdy oparła głowę na ręce: w pracowni jeden z mężczyzn kilka razy uderzył ją miarką krawiecką po ramionach. Dziecko, które o tej porze zaczynało się wiercić w jej brzuchu, teraz prawie się nie poruszało. Przykryła się futrem i płakała cicho. W końcu zmęczona płaczem zasnęła.

Przez cały następny dzień ją przesłuchiwano. Uporczywie twierdziła, że była kochanką Stobnickiego. Zauważyła, że jej znakomity niemiecki, eleganckie ubranie, a także to, że niczego obciążającego przy niej nie znaleziono, zrobiło wrażenie na niektórych przesłuchujących. Nie na wszystkich jednak.

Młody, bardzo przystojny mężczyzna, który po południu wszedł do pokoju przesłuchań, zadał jej uprzejmym tonem kilka pytań, a gdy po raz setny powtórzyła, że nie ma pojęcia, czemu ją aresztowano, z uśmiechem podszedł do niej i z całej siły uderzył ją w twarz. Spadła ze stołka. Odruchowo osłoniła głowę rękami, a brzuch kolanami. Wymierzył jej kilka kopniaków w plecy. Krzyknęła z bólu i straciła przytomność.

Babka Jadwiga w swym najlepszym futrze i w kapeluszu sprowadzonym przed wojną z Paryża wyglądała jak udzielna księżna. Wartownik obejrzał przepustkę, którą zdobyła dla niej przełożona sióstr prezentek, i wskazał jej drogę na pierwsze piętro. Wypaliła kilka papierosów, zanim otworzyły się drzwi do gabinetu.

Wystarczyło kilka słów, by się zorientowała, że ma przed sobą berlińczyka. Pan Bóg był miłosierny.

Tak jak się spodziewała, „von" w jej nazwisku zrobiło odpowiednie wrażenie.

Tak, jej ojciec był Niemcem. Tak, urodziła się w Berlinie. Tak, rozważa myśl o podpisaniu volkslisty. Radziła się nawet w tej sprawie swojej przyjaciółki, damy dworu królowej Heleny. Zresztą jej wnuczka też została przedstawiona na włoskim dworze. Uratowała kiedyś życie krewnej króla Wiktora Emanuela, pannie Algarotti da Monte San Savino, i zaskarbiła sobie jego wieczystą wdzięczność. Oto listy, które to poświadczają.

Wyciągnęła z torebki list od rodziców Carli i drugi, ozdobiony królewską pieczęcią i podpisany przez Jego Królewską Mość Wiktora Emanuela III, z łaski Bożej króla Włoch i Albanii, cesarza Etiopii, króla Sardynii, Cypru, Jerozolimy i Armenii, księcia Sabaudii, księcia Carignano, Piemontu, Oneglii, Poirino, Turynu, księcia i stałego wikariusza Świętego Cesarstwa Rzymskiego we Włoszech...

— Jeszcze dziś napiszę do króla, donosząc mu o aresztowaniu mojej wnuczki, której jedynym grzechem jest romans z żonatym mężczyzną. Za to przecież nie idzie się do więzienia. Powiem panu w zaufaniu, że dwór włoski jest w tych sprawach raczej tolerancyjny...

Zuzanna otworzyła oczy. Leżała w łóżku osłoniętym białym parawanem. Nic jej nie bolało. W ogóle nie czuła, by miała ciało. Spróbowała podnieść rękę. Uniosła ją kilka centymetrów nad posłanie, a potem ręka sama opadła. Ważyła chyba ze sto kilo.

Za parawanem przesunął się cień. Wyszła zza niego zakonnica w kornecie.

— Obudziłaś się, dziecko, chwała Bogu! — powiedziała.

– Siostro... – głos z trudem przechodził przez gardło Zuzanny. – Gdzie ja jestem?

– W szpitalu. – Nachyliła się nad nią i szeptem dodała: – Wypuścili cię. Jesteś wolna.

Zuzanna westchnęła z ulgą i zamknęła oczy.

Gdy znów je otworzyła, zobaczyła siedzącą na krześle przy łóżku babkę Jadwigę.

– Babciu...

– Kochanie moje!

– Babciu...

– Nic nie mów, jesteś jeszcze bardzo słaba. Ci barbarzyńcy... – Niecierpliwym gestem wytarła oczy. – Jaś opiekuje się tobą po prostu nadzwyczajnie. Kazał mi się zawołać, gdy się obudzisz. Leż spokojnie, zaraz wracam.

Rekonwalescencja Zuzanny trwała długo. Jeszcze dłużej goiło się jej serce, złamane, gdy jej powiedziano, że jej synek urodził się przedwcześnie i przeżył zaledwie parę minut. Zakonnice ochrzciły go z wody. Nie było przy tym doktora Lackowskiego i same wybrały mu imię: Piotr.

Piotruś został pochowany w rodzinnym grobowcu Pomian-Lackowskich. Zuzanna zgodziła się, by na tablicy dopisano go do długiej listy przodków. Chodziła czasem na Rakowice i siedząc przy grobie, liczyła swoich zmarłych. Niedługo potem lista się wydłużyła: w czterdziestym trzecim roku umarła babka Jadwiga.

41

— Dobry wieczór.

— Zosia?! Poczekaj, ja oddzwonię.

Eryk się rozłączył. Miał jakiś dziwny głos.

Jej komórka zadzwoniła po kilku sekundach.

— Tak się cieszę, że zadzwoniłaś, *mein Schatz*.

Tylko niania i Eryk mówili do niej „skarbie".

— Może ci przeszkadzam? — zapytała z wahaniem w głosie.

— Skądże. Co u ciebie?

— Dzwonię, bo będę służbowo w Monachium i może moglibyśmy się spotkać.

— Kiedy przyjeżdżasz?

— Jutro.

— Na długo?

— Na trzy dni.

— Och, fatalnie, nie zdążę.

— Nie rozumiem...

— Jestem w Indiach — zaśmiał się.

— Jak to: w Indiach? Mówiłeś, że jedziesz do Londynu, ale dopiero za dwa tygodnie.

– Bo jadę.

– A te Indie?

– Zachciało mi się plaży i lata, więc nie namyślając się wiele, kupiłem bilet i jestem tu.

– To znaczy gdzie dokładnie?

– W Varkali.

– Nigdy nie słyszałam o takim miejscu. Gdzie to jest?

– Prawie na samym czubku indyjskiego trójkąta, po zachodniej stronie.

– I co tam jest?

– Ocean – zaśmiał się. – Piękny klifowy brzeg. Piaszczysta plaża. Słońce. Światło jest tu cudowne. Gekony, storczyki, palmy i naturalnie święte krowy. Mają wszystko. Tylko ciebie nie ma.

– Bardzo tam gorąco? – Udała, że nie dosłyszała ostatniej kwestii.

– Teraz trochę chłodniej. W ciągu dnia koszula od razu zmienia się w mokrą ścierkę.

– O Boże, która u ciebie godzina?

– Dochodzi druga.

– W nocy?!

– Uhm.

– Obudziłam cię. – Była naprawdę przerażona.

– Nie, jeszcze nie spałem – skłamał.

– Bardzo cię przepraszam i chyba musimy kończyć, bo zapłacisz majątek. I moja firma też. To służbowa komórka.

– To dlatego wyświetlił mi się nieznany numer! A co do kosztów, to ty płacisz tyle co za połączenie lokalne. Nie puszczę cię tak łatwo. Poza tym w Indiach wszystko jest tanie. To mi coś przypomina. Wolisz perły czy szafiry? A może rubiny?

– Znajduje się je na plaży? Jak bursztyny nad Bałtykiem?

– Skąd wiesz?

– Żartuj sobie, żartuj.

– Ja nie żartuję. Biżuteria jest tu tania jak barszcz.

– To kup sobie pędzle wysadzane drogimi kamieniami.

– Świetny pomysł! A wracając do twojego wyjazdu... Jedziesz sama?

– Niestety tak.

– Niestety?

– Miałam jechać z szefem, okazało się jednak, że do Krakowa przyjeżdża ktoś ważny i musi zostać. Zdecydował, że pojadę sama.

– Jaki on jest?

– Mój szef? Długo by opowiadać.

– A tak w trzech słowach.

Zastanowiła się.

– Dobrze wychowany profesjonalista.

– Uff! Ulżyło mi.

– Dlaczego? – zachichotała.

– Bo nie powiedziałaś: „przystojny młody człowiek" albo „czarujący starszy pan".

– Bliżej mu do tego drugiego.

– Rozumiem, że jest stary.

– Nie, czarujący.

– Och, ty! Pogroziłem ci palcem, jeśli chcesz wiedzieć. Nie możesz przesunąć tego wyjazdu? O dwa dni. Zdążyłbym przylecieć.

– Wiesz, że to nie zależy ode mnie. To moja praca. Nie ja decyduję.

– Czemu nie zadzwoniłaś wcześniej? Nie daruję sobie, że zachciało mi się włóczyć po świecie akurat wtedy, kiedy ty będziesz w Monachium.

Milczała.

– Halo, jesteś tam?

– Jestem. Tylko nie wiem, co powiedzieć.

– Najlepiej prawdę.

– Nie chciałam... nie chciałam cię nagabywać.

– No, nie! Mówiłem ci sto razy i powtarzam sto pierwszy, że masz mnie nagabywać, jak to nazywasz, gdy tylko przyjdzie ci ochota. Mogę ci to dać na piśmie. Wiesz, to dobry pomysł. Wpadnę do Krakowa i podpiszemy umowę.

— Na okres próbny czy na czas nieokreślony? — zapytała tonem profesjonalistki.

— Na próbny oczywiście, na jakieś sto lat, a potem już na czas nieokreślony.

— Zgoda! — zaśmiała się. — Zapominasz, że dzięki tobie znam Monachium jak własną kieszeń. Pewnie, że wolałabym je oglądać po raz pierwszy z tobą, ale myślę, że poradzę sobie sama.

— Ani mi się waż!

— Nie rozumiem.

— Prosto z tych rozmów czy wystawy... Po co ty tam właściwie jedziesz?

— Dobre pytanie. Jadę jako asystentka dyrektora zobaczyć macierzystą firmę, poznać ludzi, procedury itepe.

— Brzmi okropnie. No i bardzo dobrze. Pamiętaj, że nie jedziesz tam dla przyjemności. Prosto z tej macierzystej firmy masz wracać do hotelu i iść spać. No, możesz sobie coś obejrzeć w telewizji.

— Jesteś dla mnie za dobry.

— Wiem.

— A zabytki i inne uroki miasta, o których mi opowiadałeś?

— To następnym razem. Gdy ja tam będę.

— Tak jest, szefie.

— To rozumiem.

— Eryk... Mam wyrzuty sumienia, bo zapłacisz za tę rozmowę masę pieniędzy.

„Zapłaciłbym sto razy więcej, żebyś codziennie ze mną rozmawiała. Najlepiej o drugiej w nocy. I nie przez telefon", pomyślał, ale powiedział tylko:

— Stać mnie. Nie wspominałem ci?

— Coś mi majaczy, ale jak przez mgłę. To jeszcze powiedz, co tam robisz.

— Dużo pływam, bo rekiny są tu małe, najwyżej czterometrowe, i płochliwe.

— Żartujesz?!

— Skądże.

– Już się przestraszyłam. A serio?

– Robię masę zdjęć. Patrzę, wącham, słucham. No i pływam, jak ci już mówiłem.

„I stale myślę o tobie, moja Afrodyto Kallipygos".

– Rysujesz?

– Ach, byłbym zapomniał, rzeczywiście rysuję. I czytam.

– Co? Przewodniki? Coś o Indiach?

– O, praktyczna kobieto! Nie zgadłaś. Wiersze Elizabeth Bishop.

– Nigdy o niej nie słyszałam – przyznała ze wstydem.

– Pozwól więc, że zacytuję ci kawałek jednego:

W sztuce tracenia nie jest trudno dojść do wprawy;
tak wiele rzeczy budzi w nas zaraz przeczucie
straty, że kiedy się je traci – nie ma sprawy.
Trać co dzień coś nowego. Przyjmuj bez obawy
straconą szansę, upływ chwil, zgubione klucze.
W sztuce tracenia nie jest trudno dojść do wprawy.
Trać rozleglej, trać szybciej, ćwicz – wejdzie ci w nawyk
utrata miejsc, nazw, schronień, dokąd chciałeś uciec
lub chociażby się wybrać. Praktykuj te sprawy.
Nawet gdy stracę ciebie (ten gest, śmiech chropawy,
który kocham), nie będzie w tym kłamstwa.
Tak, w sztuce tracenia nie jest wcale trudno dojść do wprawy[*].

Zosia milczała.

– Pytałaś, co robię. Ćwiczę zgodnie z jej zaleceniami. Słabo mi idzie.

---

[*] Elizabeth Bishop, *33 wiersze*, przeł. Stanisław Barańczak, Kraków 1995.

42

Ku zaskoczeniu Zosi, na lotnisku w Balicach czekał na nią dyrektor Kross.

– Proszę się nie obawiać – powiedział, widząc jej zdumioną minę – nie zamierzam pani porywać do biura. Dzwonili już do mnie z Monachium. Nie mogli się pani nachwalić. Pomyślałem, że nie będę czekać do poniedziałku na pani raport, tylko od razu wypytam, jak tam było. Zapraszam panią na obiad. Mam nadzieję, że nie jest pani z nikim umówiona?

– Nie, panie dyrektorze, tylko jadłam w samolocie...

– Co pani jadła?

– Bułkę z serem.

– Bułka z serem, nawet kozim, to nie obiad.

– Chyba że jest chrupiąca – zażartowała.

Dobrze się czuła w towarzystwie Thomasa Krossa. Był wspaniałym szefem: cenił jej pracę i mówił jej o tym. Poza tym lubił jej sposób bycia i jej poczucie humoru, tak że nie musiała udawać kogoś, kim nie była.

– Mam dług wdzięczności za spacer po Krakowie, że nie wspomnę o wizycie w pani gościnnym domu. Jestem też bardzo zadowolony z pani reprezentacji nas w centrali firmy.

– Dziękuję, panie dyrektorze. Z przyjemnością zjem z panem obiad.

– Znakomicie – ucieszył się. – Zabieram panią do mojej ulubionej restauracji. Taksówka czeka. Kierowca nie zna niemieckiego, więc możemy rozmawiać swobodnie. Opowie mi pani, jak było w Monachium.

Gdy kierowca wkładał jej walizkę do bagażnika, uśmiechnęła się przepraszająco do szefa i wyjęła komórkę. Zadzwoniła do domu.

– Nie wiem, o której wrócę – uprzedziła. – Ale nie martwcie się, jestem pod dobrą opieką.

– Baw się dobrze – powiedziała niania. – I uważaj na siebie.

Pojechali na Kazimierz, który Zosia znała słabo. Za czasów jej szkoły i studiów zapuszczali się tam nieliczni. Jak mawiał jej kolega z roku, można było stamtąd wyjść bez portfela albo z nożem w plecach.

Restauracja mieściła się w ruderowej kamienicy, w której wyremontowano parter. Portier wziął ich płaszcze i zniknął z nimi w jakichś drzwiach. Za tymi sami drzwiami znikła jej walizka, wniesiona do holu przez taksówkarza. Nie było widać szatni, nie było numerków.

Weszli do niewielkiej sali z barem. W amfiladzie było widać jeszcze dwie. Natychmiast zjawił się kelner i poprowadził ich do stolika w ostatniej sali, pod oknem. Thomas Kross był tu chyba stałym, a na pewno cenionym gościem.

Kelner odsunął jej krzesło, Zosia usiadła i ogarnęła wzrokiem restaurację. Piękne stare meble, wykrochmalone białe obrusy, błyszczący parkiet, miękkie światło. Bukiet żółtych tulipanów pysznił się na parapecie. Przez okno było widać podwórko-ogród otoczone wysokim ceglanym murem. Kilka zadbanych starych drzew, pas krzewów. W zapadającym zmroku majaczyły kępy żółtych krokusów wyglądających z zeszłorocznej trawy pokrytej resztkami śniegu.

– Latem mają tam uroczy ogródek – powiedział Thomas Kross, widząc, że patrzy przez okno. – Już dziś zapraszam panią na letni podwieczorek.

– Dziękuję – uśmiechnęła się na samą myśl o tym, jak w takim otoczeniu smakuje świeże ciasto. Nie jadła pod gołym niebem od opuszczenia Różan.

– Od tej chwili ani słowa o pracy. Wiem, co chciałem wiedzieć, resztę napisze pani w raporcie w poniedziałek. Zgoda?

– Zgoda – uśmiechnęła się promiennie.

– Ogrody to pani specjalność, prawda? Pamiętam tamto rosarium... Jak się nazywała ta miejscowość?

– Różany.

– Bardzo odpowiednia nazwa! – Widząc cień na jej twarzy, natychmiast zmienił temat. – Lubi pani kuchnię żydowską?

– Nie wiem. Nigdy jej nie próbowałam.

– Naprawdę? W takim razie pozwoli pani, że będę jej przewodnikiem.

Gdy konferował z kelnerem, Zosia dyskretnie rozglądała się po restauracji. Na przeciwległej ścianie wisiał obraz. Skrzydlata lokomotywa unosząca się nad wsią i jeziorem. Spodobał się jej. Erykowi na pewno też by się podobał. Może kiedyś go tu przyprowadzi.

Większość stolików była zajęta. Pod obrazem siedziała rodzina: ładna kobieta koło czterdziestki, szpakowaty mężczyzna i troje dzieci w wieku od mniej więcej dziesięciu do osiemnastu lat. Sąsiedni stolik zajmował samotny mężczyzna. Uniósł pustą szklankę i odwrócił głowę, by przywołać kelnera. Krzysztof?!

Zrobiło się jej słabo.

Wieczór był stracony. Nie potrafiła się skupić na rozmowie ze swoim szefem, nie czuła smaku potraw. Liczyła drinki, które zamawiał Krzysztof. Kelner przyniósł mu jakieś danie. Krzysztof rozgrzebał jarzyny widelcem i nawet ich nie kosztując, odsunął talerz.

– Może jednak napije się pani wina?

– Nie, nie dziękuję – odparła roztargnionym tonem.

Twarz Krzysztofa wykrzywiła się dziwnie w świetle stojącej na jego stoliku lampki. Zosia ze zgrozą zauważyła, że wygląda, jakby płakał, bezgłośnie i bez łez.

– Bardzo przepraszam, panie dyrektorze, nie jestem dobrą towarzyszką przy obiedzie.

– Jest pani zmęczona? Może odwieźć panią do domu?

– To piękne miejsce i jestem panu wdzięczna, że mnie pan tu zabrał. – Chciała dodać: obiad był pyszny, ale przecież widział, jak nieuważnie jadła, i zrezygnowała z kłamstwa. – Tam siedzi mój znajomy – wskazała gestem głowy – stary przyjaciel mojej rodziny. Chyba za dużo wypił i rozumie pan, panie dyrektorze, że nie mogę go tak zostawić.

Popatrzył w stronę, którą mu wskazała, i kiwnął głową.

– Pomogę pani.

– Nie, nie, bardzo dziękuję, poradzę sobie.

– Ma pani rację. Im mniej świadków męskiej słabości, tym lepiej.

Spojrzała na niego z wdzięcznością.

– Pozwoli pani jednak, że tu zostanę, na wypadek gdyby mnie pani potrzebowała.

– Panie dyrektorze, jest pan nadzwyczajnym człowiekiem. Dziękuję.

Wstał i wyciągnął do niej dłoń. Uścisnęła ją mocno.

Powoli podeszła do stolika Krzysztofa. Podniósł głowę, dopiero gdy stanęła tuż przy nim.

– O, Zosia – powiedział. – Skąd się tu wzięłaś?

– Jadłam obiad i zauważyłam cię.

– Może się napijesz?

– Nie, dziękuję. Jadę do domu. Może pojedziemy razem? To w tę samą stronę.

– Pewnie, będzie taniej – zaśmiał się zgryźliwie. – W końcu to Kraków, miasto ludzi nielubiących przepłacać.

Gdyby nie świadomość, że szef ją obserwuje, chyba by dała sobie spokój.

– Służę pani. – Krzysztof wstał.

Bała się, że będzie się zataczał, tymczasem pewnym krokiem ruszył do wyjścia. Nigdy by nie uwierzyła, że wcześniej tyle wypił, gdyby tego nie widziała na własne oczy.

Krzysztof skierował się do baru, poprosił o rachunek i zanim go dostał, wyciągnął z portfela kilka dwustuzłotowych banknotów i położył je na ladzie. Odwrócił się, kiwnął na portiera, który od razu pobiegł na zaplecze.

Spojrzała na kelnera. Wyglądał na bardzo zadowolonego z napiwku. Portier już niósł dwa płaszcze i jej walizkę. Krzysztof podał mu banknot. Pięćdziesięciozłotowy. Wzruszyła ramionami. W końcu to nie jej pieniądze.

Portier wyniósł walizkę na parking przed restauracją.

„Już zamówił taksówkę? To się nazywa obsługa", pomyślała.

„Pyk, pyk", usłyszała dźwięk otwieranego pilotem auta. Czarny mercedes mrugnął światłami. Portier włożył walizkę do bagażnika, zamknął go, powiedział „dobranoc państwu" i zniknął.

– Pani pozwoli. – Krzysztof teatralnym gestem wskazał jej miejsce pasażera.

– Zwariowałeś chyba! – warknęła. – Chcesz prowadzić w takim stanie?!

– A, to bardzo przepraszam. Czy szanowna pani życzy sobie, by jej zamówić taksówkę?

Powinna go zostawić, wrócić taksówką do domu, a on niech robi, co chce. Nie, nie powinna.

– Krzysiu, pozwolisz, że ja cię odwiozę? – Może łagodnością coś wskóra.

– Prośba pięknej kobiety jest dla mnie rozkazem.

Wręczył jej kluczyki i opadł na miejsce pasażera. Automatycznym ruchem zapiął pas.

– Osiąga setkę w jedenaście sekund. I ma najwyższą ocenę w teście zderzeniowym: pięć gwiazdek, więc nie musisz się bać – zachichotał.

Ręce się jej trzęsły. Uspokoiła się dopiero, gdy wyjechała na Krakowską. Płynnie ruszyła spod świateł. Samochód zakołysał się miękko na torach tramwajowych.

– Dobrze sobie radzisz jak na kobietę – zauważył. – Tylko jedź ostrożnie. Kupiłem go dwa tygodnie temu i nie chciałbym, żebyś mi go porysowała.

Odwróciła do niego głowę, mając ciętą odpowiedź na końcu języka, gdy usłyszała przeraźliwy pisk i zgrzyt. W lusterku zobaczyła, że środkiem jezdni sunie za nią niebieski wagon tramwajowy. Przez moment myślała, że śni. Odruchowo dodała gazu i mocniej ścisnęła kierownicę. W lusterku widziała, jak wagon, który na zakręcie wypadł z szyn, sunie po jezdni, wpada na chodnik i uderza w ścianę domu. Rozległ się huk i suchy szelest osypujących się szyb. Oderwany kawałek blachy uderzył w dach mercedesa. Zosia, nie bacząc na zakaz zatrzymywania się, wjechała na chodnik. Za nią zaparkowało kilka innych aut.

Motorniczy zatrzymał tramwaj, obiegł go kłusem, wołając coś do telefonu, potem podbiegł do nich.

– Nic się państwu nie stało?

Zosia pokręciła głową. Nie mogła wydobyć głosu.

Spojrzała na Krzysztofa. Siedział spokojnie, patrząc w przestrzeń. W nagłym przebłysku zrozumiała, że było mu obojętne, co się z nim stanie. Czy przeżyje, czy zginie.

Policjant spisał jej zeznania. Tramwaj na szczęście jechał do zajezdni i był pusty. Także na chodniku nikogo nie było.

Dochodziła jedenasta, gdy mogli ruszyć dalej.

– Jeśli chcesz, wezwę taksówkę – zaproponował Krzysztof.

– Nie, nie, odwiozę cię.

W aucie milczeli. Dopiero gdy z Czarnowiejskiej skręciła w Chopina, zapytał:

– Czy w podziękowaniu za uratowanie mi życia mogę cię zaprosić na kawę?

– Pewnie. – Bardzo się starała, by zabrzmiało to niedbale.

– Spotkaliśmy się kiedyś przypadkiem koło mojego domu, pamiętasz? – powiedział, otwierając bramę. – Przepraszam, że cię wtedy nie zaprosiłem, byłem wykończony po kilku godzinach jazdy w fatalnej pogodzie i spieszyłem się do firmy. Ty zresztą też wyglądałaś, jakbyś marzyła tylko o powrocie do domu i wysuszeniu się, a nie o jakichś wizytach.

– Zgadłeś.

„Jakie to szczęście, że pioruny już dawno przestały razić kłamców!", westchnęła w duchu.

– Nie widziałaś tego mieszkania. Tu jest kuchnia, dalej kanciapa do pracy, sypialnia, tu pokój dzienny, a tu łazienka, jeśli chcesz przypudrować nos.

– Chcę.

Usiadła na zamkniętej desce sedesu i starała się uspokoić wewnętrzne drżenie. Spuściła wodę. Potem stanęła przed lustrem. Wypieki powoli ustępowały. Powachlowała twarz.

W łazience panowała kliniczna czystość. Jedna szczoteczka do zębów. Po kolei otwierała szafki. Żadnych damskich kosmetyków.

Wróciła do kuchni. Krzysztof właśnie stawiał na stole dwie filiżanki kawy.

– Ładnie tu masz – powiedziała.

Płyta elektryczna wyglądała, jakby nigdy nie była używana. Blaty lśniły, podłoga była nieskazitelnie czysta.

– Lubisz takie kuchnie? Zawsze myślałem, że wolisz antyki.

– Masz rację, jednak w takiej nowocześnie urządzonej na pewno fajnie się gotuje.

– Niewiele o tym wiem – uśmiechnął się. – Nie będę udawał, że codziennie robię tu obiad z czterech dań.

– A nie robisz?

– Mamy umowę z firmą cateringową i najczęściej jem w pracy.

– To tak jak ja.

– O! Co na to pani Zuzanna? I gdzie właściwie pracujesz?

– W niemieckiej korporacji. Kilka miesięcy temu otworzyli oddział w Krakowie. Mają kilka profili działalności. Nasz oddział zajmuje się wydawnictwami dla Europy Wschodniej: od ulotek i folderów do książek.

– A co ty robisz w ramach wysługiwania się Niemcom?

Skrzywiła się.

– Przepraszam – powiedział. – Chciałem zapytać, czym się tam zajmujesz.

– Jestem asystentką dyrektora naczelnego.

– No, no!

– Jeśli chcesz wiedzieć, jestem bardzo zadowolona z tej pracy.

– Wybacz. Wytrzeźwiałem wprawdzie po tej kraksie, ale chyba nie do końca. Tobie też się jeszcze trzęsą ręce. Gdyby nie ty... może bym i wsiadł do auta. Jeżdżę wprawdzie inną drogą, zwykle do ronda Grunwaldzkiego, ale kto wie, co się mogło stać. Jeszcze raz bardzo ci dziękuję.

– Nie ma za co.

– Jest, jest! I dobrze o tym wiesz.

Zamilkli.

– Czy mi się wydawało, czy miałaś walizkę? – zapytał nagle.

– Tak, została w bagażniku.

– Chyba nie chodzisz z walizką do pracy?

– Tylko czasami. Wracam z delegacji.

– Skąd?

– Z Monachium. Tam jest główna siedziba firmy.

Bała się, że zapyta o Eryka, ale nie skojarzył z nim tego miasta.

– To na pewno jesteś wykończona. Odprowadzę cię do domu albo lepiej, choć to dwa kroki, zamówię taksówkę i odwiozę cię.

Powrót do domu był ostatnią rzeczą, o jakiej marzyła.

– Ten kawałek metalu zniszczył ci dach. Gdybym pojechała twoją trasą, do ronda...

– Nie żartuj. Lekkie zarysowanie. To zresztą firmowe auto.

– Świetnie się je prowadzi.

– Tak. Wcześniej mieliśmy ople, teraz możemy sobie pozwolić na mercedesy. Kamil też takim jeździ.

– Gratuluję. Cieszę się, że tak dobrze wam idzie.

– Dzięki Kamilowi zrobiliśmy ostatnio naprawdę dobry interes. Zostaliśmy wyłącznymi przedstawicielami na Europę Środkową i Wschodnią amerykańskiej firmy produkującej cały asortyment świetnych rzeczy dla niemowląt... Kamil ma małe dziecko i wie, czego brakuje na rynku, co jest za drogie, co jest na topie i tak dalej. Ja się wahałem, bo potrzebna była spora inwestycja, wyobraź sobie jednak, że nie tylko już nam się zwróciła, ale zaczynamy zarabiać. Po niecałym roku! Kamil miał rację: na dzieciach nikt nie oszczędza.

„A więc na to były mu potrzebne pieniądze", pomyślała.

Jakby słysząc jej myśli, zmienił temat.

– Chcesz zobaczyć resztę mieszkania? – zapytał.

– Uhm.

W salonie wisiało duże zdjęcie Judyty i cała seria zdjęć małej dziewczynki. Zosia domyśliła się, że to jej niedawno zmarła córka. Krzysztof też spojrzał na fotografie i powiedział:

– Nie, nie możemy być tacy trzeźwi w piątkowy wieczór. Może napijemy się whisky? Chyba że wolisz wino. Tylko nie wiem, czy mam...

– Whisky.

Wypiłaby kwas, gdyby dzięki temu mogła tu jeszcze zostać.

Poszedł do kuchni i za chwilę wrócił z dwiema szklankami wypełnionymi lodem i z butelką. Nalał.

– Twoje zdrowie, Zosiu!

– Byłeś w Stanach? No wiesz, podpisać umowę.

– Tak, byliśmy obaj z Kamilem. Zrobiliśmy sobie przy okazji wakacje i przejechaliśmy całe Stany, od Nowego Jorku do Los Angeles. – Krzysztof dosiadł ulubionego konika i zaczął opowiadać o podróży.

Zosia mogłaby go słuchać do rana.

– Lubisz Sade? – zapytał. – Słucham jej ostatnio stale.

Włączył płytę, zanim zdążyła odpowiedzieć. Dolał im whisky.

– Teraz pertraktujemy z firmą izraelską. Mają świetne lecznicze kosmetyki z Morza Martwego. Byli tu w zeszłym tygodniu. W czwartek zaprosili nas na obiad, w piątek my ich. Umówiliśmy się z Kamilem, że zamawiamy postne dania, żeby pokazać, że my, katolicy, też mamy swoje zasady. Więc ja zamawiam rybę, Kamil jakieś wegetariańskie zielone paskudztwo. Nasi kontrahenci patrzą po sobie i jeden mówi: „Nie muszą się panowie krępować, my nie jesteśmy ortodoksyjni", i obaj zamawiają kotlet schabowy!

Zosia zaczęła się śmiać, szybko jednak umilkła, gdy spojrzała na Krzysztofa.

Ciemnym, lekko chropawym głosem Sade śpiewała o rozstaniu. Słuchali w milczeniu.

— Ona jest prawdziwym zasmucaczem — powiedziała Zosia. — Słuchasz jej i robisz się smutny.

— Nie — odrzekł. — Słucham jej, bo jest mi smutno.

— Wiem. Ta mała dziewczynka, córka Judyty... Tak mi przykro...

— Była taka słodka — powiedział w zamyśleniu. — Ufna... Od początku było wiadomo... Jednak gdy się stało, nie mogłem uwierzyć.

Nalał sobie whisky i wypił niemal duszkiem.

— Tobie mogę powiedzieć — zaczął po długiej chwili milczenia wypełnionej tęsknym głosem Sade. — Dziś zobaczyłem w internecie, że Judyta wystawiła dom na sprzedaż. Ona, wiesz, wyjechała do rodziców do Warszawy, mówiła, że to na zawsze, ale myślałem...

— Kochasz ją? — Serce waliło jej jak oszalałe.

Popatrzył jej w oczy.

— Ale ciebie też — powiedział.

43

— To boli?

— Nie.

Zosia mimowolnie napięła mięśnie w oczekiwaniu na dotyk chłodnego wziernika. Tymczasem narzędzia były ciepłe. Świeżo sterylizowane? A może je podgrzali? Przy tej cenie za wizytę właściwie nie powinno to zaskakiwać. W poczekalni z nudów przeczytała cennik usług przychodni, w której jej firma miała wykupiony abonament. Nie było tu tanio, o nie.

Uważniej przyjrzała się lekarzowi. Był bardzo przystojny. Jak to powiedziała Marianna, gdy jej kiedyś opowiadała o wizycie u ginekologa? „Dawno nie miałam między nogami takiego przystojnego faceta". Z trudem powstrzymała śmiech.

— To boli?

— Nie, nie, przypomniało mi się coś zabawnego.

Lekarz spojrzał na nią. Z wyrzutem? Z niedowierzaniem?

— Zrobimy jeszcze USG.

Naciągnął prezerwatywę na końcówkę sondy. W milczeniu patrzył na ekran. Nie odrywając od niego wzroku, zapytał:

— Ostatnią miesiączkę miała pani pierwszego marca?

– Tak.

– Nic pani nie dolega.

Uśmiechnęła się z ulgą.

– Jest pani w ciąży. To mniej więcej szósty tydzień.

Zamarła.

– Może się pani ubrać.

Usiadł przy biurku i wpisywał coś do karty.

Zsunęła się z fotela. Papierowy podkład przykleił się jej do pośladków. Weszła za parawan i włożyła majtki, spódnicę i buty.

– Wszystko przebiega prawidłowo. Powinna pani jednak zrobić kilka badań. Wypiszę pani skierowanie. – Wreszcie podniósł na nią wzrok. – Nie spodziewała się pani tego?

Pokręciła głową.

– Cóż... Antykoncepcja czasem zawodzi... Chociaż w wypadku plastrów... Hm, rozumiem, że stosowała je pani cały czas?

– Nie. To znaczy, stosowałam, ale myślałam... to znaczy, to był przypadek... wtedy już go nie miałam... ale to był jeden jedyny raz... – plątała się, coraz bardziej na siebie wściekła. – Panie doktorze, czy to pewne? Czytałam w internecie...

– W internecie! – Gdyby ironia miała materialny wyraz, wygryzłaby dziurę w jego lśniącym biurku.

Milczał dłuższą chwilę.

– Zna pani prawo obowiązujące u nas w tym względzie?

Dopiero po chwili zrozumiała, co miał na myśli. Kiwnęła głową.

– Jestem kompletnie zaskoczona. Nie mam pojęcia, co robić – powiedziała szczerze.

– Nie ma zbyt wiele czasu do namysłu. Ale oczywiście powinna się pani zastanowić. To pierwsza ciąża, prawda? – Popatrzył do jej karty. – I ma pani prawie trzydzieści jeden lat.

– Skończę w październiku.

– No właśnie – zawiesił głos. – Rozumie pani, że to mocne przesłanki za utrzymaniem tej ciąży. Gdyby jednak... Proszę sobie zapisać numer mojej komórki. Tak na wszelki wypadek.

Dobrze, że nie musiała wracać do pracy. Wsiadła do samochodu i siedziała w środku, nie uruchamiając silnika. Miała pustkę w głowie. Nie mogła teraz wrócić do domu. Niani wystarczyłoby jedno spojrzenie.

Jadąc przez miasto, starała się coś wymyślić. Zagapiła się i nie skręciła z Alej w prawo, do domu. „Nawet dobrze", pomyślała i pojechała dalej. Wjechała w Reymonta, zaparkowała blisko wejścia do parku Jordana. Spacerowała alejkami. W parku było pustawo. Może rozpoczynający się właśnie długi majowy weekend sprawił, że miasto się wyludniło. Usiadła na ławce i patrzyła na kwitnące jabłonie. Serce skurczyło się jej na myśl, że nie może zobaczyć, jak kwitnie papierówka w różańskim sadzie. Odsunęła od siebie jej obraz i starała się oczyścić umysł i zobaczyć tylko jedno: dziecko. I siebie jako matkę. Samotną matkę.

Dwie godziny później, gdy wsiadała do samochodu, miała wszystko poukładane w głowie. Zatrzymała się na chwilę przy placu targowym i przy sklepie monopolowym.

W domu czekała na nią kartka: „Jesteśmy u Jurków, wrócimy koło 7". Świetnie. To, co miała do zrobienia, wolała zrobić bez świadków.

Dziesięć po siódmej zachrobotał klucz w zamku. Pani Zuzanna i pan Borucki weszli do ciemnego przedpokoju.

– Zosi jeszcze nie ma? – zdziwił się pan Borucki. – Pracuje dziś dłużej?

– Przeciwnie, miała wyjść o pierwszej. Umówiła się z kimś w mieście na obiad.

– Z tym Krossem?

– Nie wiem, chyba nie.

– Może szkoda. To bardzo miły człowiek.

– Widzę, że masz słabość do Niemców. Najpierw Eryk, teraz ten Kross.

– Moja droga, tylko Wanda nie chciała Niemca. Te czasy dawno minęły.

– Ciekawe, czy jeszcze ktoś opowiada dzieciom tę legendę. Chyba nic z niej nie rozumieją.

– Założę się, że jest w spisie lektur obowiązkowych.

– Czyżby odzywała się w tobie żyłka hazardowa przodków? Twój pradziadek przegrał parę wsi w Monte Carlo.

– Naprawdę? Nigdy mi o tym nie opowiadałaś!

Stanęli w progu jadalni i zaniemówili.

Stół był nakryty białym obrusem. W wysmukłym wazonie pyszniła się biała róża otoczona trzema czerwonymi. Na srebrnej tacy stała butelka szampana owinięta białą serwetką i trzy wysmukłe kieliszki. W salaterce czerwieniły się truskawki. Stół był oświetlony rzędem niskich, grubych świec.

Rozsunęły się drzwi między jadalnią a kuchnią i stanęła w nich Zosia. W białych lnianych spodniach i karminowej bluzce, z rozpuszczonymi włosami, w które wpięła białą różę, wyglądała zachwycająco.

– Słyszałam, jak rozmawiacie w przedpokoju. Dobrze się bawiliście?

Pokiwali głowami.

– Chciałam wam coś powiedzieć.

Pani Zuzanna jeszcze raz ogarnęła wzrokiem stół, spojrzała na Zosię i milcząc, mocno ją ucałowała. Miała łzy w oczach.

– Co się dzieje? Nic z tego nie rozumiem! – zawołał pan Borucki.

Podeszły do niego obie. Pani Zuzanna obejmowała Zosię ramieniem. Zosia przytuliła się do ojca.

– Tatusiu, spodziewam się dziecka. Zostaniesz dziadkiem. Oboje zostaniecie dziadkami. Nianiusiu, będziesz najcudowniejszą babcią na świecie.

Pani Zuzanna uśmiechała się przez łzy. Pan Borucki ciężko opadł na krzesło.

– Dziecko?

– Tato, napijmy się szampana, a potem porozmawiamy, dobrze?

Pan Borucki wziął się w garść i otworzył butelkę.

— Moja kochana Zosiu, moja kochana Zuzanno — uniósł kieliszek — wypijmy zdrowie przyszłej matki, przyszłych dziadków i małego Boruckiego albo Boruckiej... albo jak tam się będzie nazywało — dodał szybko.

Wypili.

— A jak właściwie będzie się nazywało? — Pan Borucki postanowił złapać byka za rogi.

— Nie domyślasz się? — zapytała pani Zuzanna, zanim Zosia zdążyła otworzyć usta. — Popatrz na Zosię, popatrz na stół! Jak to było w elementarzu? „Poznaj, Stachu, po zapachu!"

Pan Borucki przenosił wzrok z Zosi na stół i z powrotem. W końcu chwycił ją w ramiona.

— Że też od razu nie poznałem! Moja srebrna różyczko w polu czerwonym! A te trzy czerwone róże to naturalnie herb Doliwa. A zatem zdrowie małego Doliwy albo małej Doliwianki!

44

Telefon w mieszkaniu Krzysztofa nie odpowiadał. Zadzwoniła kilka razy w sobotę, potem w niedzielę, wreszcie w świąteczny trzeciomajowy poniedziałek. Nikt nie podnosił słuchawki. We wtorek miała mnóstwo pracy, jak zwykle po przedłużonym weekendzie. W czasie lunchu wymknęła się z kuchni. Weszła do pustej sali konferencyjnej, zamknęła za sobą drzwi i wybrała numer służbowy Krzysztofa.

– Dzień dobry, firma Doliwa i Kurpisz, przy telefonie Joanna Szczęśniak, czym mogę służyć?

Zrobiło się jej gorąco. Tym razem jednak nie musiała udawać pani z radia.

– Dzień dobry, mówi Zofia Borucka. Czy mogłabym rozmawiać z Krzysztofem Doliwą?

– Czy była pani umówiona z panem prezesem?

– Nie. Jestem jego znajomą.

– Rozumiem. Niestety pan prezes jest nieobecny.

Musiała chwilkę pomyśleć, zanim zrozumiała, co sekretarka do niej mówi.

— Kiedy mogę zadzwonić, tak żeby go zastać i mu nie przeszkadzać? Rozumie pani, dzwonię w ważnej prywatnej sprawie.

Sekretarka zawahała się. W końcu powiedziała:

— Pan prezes będzie w firmie pojutrze. Czy mam mu przekazać, że pani dzwoniła?

— Nie, nie, dziękuję i do widzenia.

Po nocy spędzonej u Krzysztofa widziała się z nim tylko raz. Następnego dnia zadzwonił na Lea, żeby na trzeźwo podziękować jej za odwiezienie do domu. Udało się jej tak pokierować rozmową, że zaprosił ją na kawę.

Umówili się w następną sobotę w południe w Camelocie. Przyszła pierwsza, kwadrans przed czasem. Koniec marca był ciepły i usiadła przy stoliku na zewnątrz, w zaułku Niewiernego Tomasza.

Po drodze kupiła na ulicy kilka tulipanów. Były takie piękne, że nie mogła się oprzeć. Z początku myślała, że kupiła je dla siebie. Dopiero po dłuższej chwili zrozumiała, że chce coś dać Krzysztofowi. Siedziała w słońcu, myślała o Krzysztofie, czekała na Krzysztofa. Czy jest na świecie kobieta szczęśliwsza od niej?

Zobaczyła go z daleka. Szedł od placu Szczepańskiego. Wiatr rozwiewał mu poły płaszcza i jasne włosy. Zerwała się od stolika i wybiegła mu naprzeciw.

— Dzień dobry — objął ją i pocałował w policzek. — Spóźniłem się?

— Nie, skądże, to ja przyszłam za wcześnie. Usiadłam tutaj, ale jeśli chcesz, to możemy się przenieść do środka.

— Nie, tu jest dobrze.

— A to dla ciebie — podała mu tulipany. — *Tulipa tarda*, poznajesz?

— Ja dla ciebie nic nie mam — spłoszył się.

— To nieważne, coś ty.

— Powinienem był pomyśleć o kwiatach. Bardzo cię przepraszam. — W głosie miał nutki złości, nie skruchy.

Zaczęły jej drżeć ręce. Strąciła na ziemię papierową podkładkę, schyliła się, by ją podnieść, i uderzyła głową o stolik. Zabolało.

– Nic sobie nie zrobiłaś? – zapytał bez cienia troski w głosie. – Na co masz ochotę?

– Na ciebie. – Bardzo chciała, by zabrzmiało to figlarnie. Ukradkiem rozejrzał się, czy ktoś nie słyszał.

– To urocze – powiedział sucho – ale myślałem o czymś z karty.

Para przy sąsiednim stoliku piła grzane wino z bakaliami.

– Popatrz, jak apetycznie wygląda – pokazała na wysokie, grube szklanki.

– Alkohol o tej porze? – uniósł brwi. – Poza tym przyjechałem autem.

– Żartowałam – wycofała się szybko. – Napiłabym się herbaty.

– Z sokiem malinowym? Mają prawdziwy.

– Poproszę.

– A do herbaty? Może strudel? Jadłem tu kiedyś. Naprawdę niezły.

– Dobrze.

Kiwnął na kelnerkę i złożył zamówienie.

– Mówiłaś wtedy u mnie, że byłaś w Monachium. Jak ci się podobało?

– Bardzo. Firma mieści się w pięknej secesyjnej kamienicy. Wyobraź sobie, że konserwator zabytków nie zgodził się na przeróbki konieczne, by zainstalować windę, i zbudowali ją na zewnątrz budynku, wsiada się z podwórza...

– Miałem na myśli miasto – przerwał jej.

Eryk tyle jej opowiadał o swym rodzinnym mieście, że znała tam niemal każdą uliczkę, ba, każdy zapach. O Monachium mogłaby mówić godzinami, nie widząc go nigdy na oczy. Nie lubiła jednak kłamać.

– Byłam tam zaledwie trzy dni i większą część czasu spędziłam w pracy, to znaczy w firmie.

– Ale po pracy...?

– Wracałam do hotelu, chwilę oglądałam telewizję i kładłam się spać.

– Żartujesz.

„Gdybym była błyskotliwa, na pewno by mi przyszła do głowy jakaś dowcipna odpowiedź... Szkoda, że nie jestem".

Kelnerka przyniosła herbatę i strudel.

– Czy mogliby państwo od razu zapłacić? – spytała. – Kończę zmianę i muszę się rozliczyć.

– Naturalnie.

Krzysztof uregulował rachunek. Z ulgą, jak się jej zdawało. Zjedzą, wypiją i będą mogli od razu wstać i iść. Każde w swoją stronę.

Upuściła na ziemię łyżeczkę. Trąciła dzbanuszek i wylała resztkę soku malinowego. Potem siedziała sztywno, by uniknąć następnych nieszczęść. Pomyślała, że powinna iść do toalety i siedzieć tam dopóty, dopóki on nie odejdzie.

W pewnym momencie Krzysztof sięgnął do kieszeni. Komórkę musiał mieć ustawioną na wibrację, bo nie słyszała dzwonka telefonu.

– Tak... Nie, nie przeszkadzasz... Dobrze... Oczywiście. Nie ma sprawy... Cześć.

Schował telefon. Uśmiechnął się do Zosi.

– Niestety, muszę jechać do firmy. Dziś miał tam być Kamil, ale jego dziecko dostało kolki i musi z nim jechać do lekarza. – Wstał. – Przepraszam, że cię nie odwiozę, jadę prosto do biura.

– Oczywiście. Wrócę spacerkiem, tak ładnie... Nie zapomnij tulipanów.

Wziął kwiaty takim ruchem, że niemal widziała, jak za rogiem wrzuca je do kosza na śmieci.

– Do widzenia. – Cmoknął ją w policzek.

– Może się jeszcze kiedyś umówimy?

– Świetny pomysł. Zadzwonię.

Nie zadzwonił.

45

— Marianna, jestem w ciąży.

Cisza.

— Marianna? Halo.

— Będę za dwadzieścia minut. Przyjdź do baru na rogu.

— Do którego?

— No przecież nie mlecznego. Tego koło kina.

Marianna się rozłączyła.

— Jeśli w co trzecim fotoradarze była kamera, to właśnie straciłam prawo jazdy — powiedziała, podchodząc w barze do Zosi. Objęła ją mocno. — Wiesz, że się cieszę? Mogę pomacać? — Położyła rękę na jej brzuchu.

— Wariatko, jeszcze nic nie widać.

— Jak się czujesz? Bo wyglądasz świetnie. Ten biust, ta cera, ten błysk w oku.

— Dzięki. Fizycznie dobrze.

— Rozumiem. Powiedziałaś w domu?

— Tak.

— No i co?

— Najpierw się zmartwili, potem ucieszyli, teraz znów się martwią.

– A Krzysztof?

– Skąd wiesz?

– No przecież nie Eryk korespondencyjnie ani nie kosmici.

– Nie ma go. Wyjechał. Wraca jutro.

– Ma chyba komórkę.

– Ma, ale... prawdę mówiąc, nie znam numeru. Poza tym jeszcze poprosi o azyl...

– Zośka, ty się zmieniłaś nie tylko fizycznie. Po raz pierwszy żartujesz w krytycznej sytuacji.

– To mamy kryzys?

– Brawo! – zaśmiała się Marianna. – Czego się napijesz? Mleka? A może bawarki? Bo ja whisky.

– Przecież przyjechałaś samochodem.

– Na szczęście miałam nosa i nie obiecałam mu, że dziś wracamy razem. Mogę wrócić taksówką.

– Poza tym alkohol szkodzi.

– Naprawdę? Dobrze wiedzieć. Proszę podwójną whisky – zawołała w stronę baru – i duże mleko dla tej pani.

Zosia zachichotała.

– Dziewczyno, nie poznaję cię – powiedziała Marianna. – I zachwyca mnie to. Bałam się, że będzie potrzebny jakiś cykl seansów terapeutycznych, a co najmniej paczka chusteczek, a tu taka niespodzianka.

– Tak, to była niespodzianka. Szok, szczerze mówiąc. Ale rozważyłam wszystko i pomyślałam, że jeśli nie mogę mieć Krzysztofa, to będę mieć jego dziecko.

– Teraz cię poznaję – westchnęła Marianna. – I trochę mniej mi się to podoba. Singielka to brzmi dumnie, a indywidualizm jest w modzie... Jednak dziecko to nie gadżet, zasuszony kwiatek czy inna pamiątka. To obowiązek na całe życie. To człowiek, z którym już zawsze będziesz związana.

– Kochana, ja to wszystko wiem. Tak jak wiem, że masz... no... zastrzeżenia do Krzysztofa...

Marianna parsknęła.

– Jednak czy ci się to podoba czy nie – ciągnęła Zosia – bardzo bym chciała z nim być. Chciałabym, żeby się ucieszył, żeby wariował ze szczęścia... Ale jeśli tak nie będzie, to poradzę sobie sama. W końcu mamy dwudziesty pierwszy wiek i żyjemy w cywilizowanym kraju.

— Naprawdę? Masz chyba świadomość, że tak zwanym dzieckiem nienarodzonym interesują się wszyscy. Gdy się urodzi, będzie tylko na twojej głowie.

— Niania...

— Masz na myśli panią Zuzannę? Ile ona ma lat?

— Niedługo skończy osiemdziesiąt cztery. — Zosia oblała się lekkim rumieńcem.

— Nigdy bym nie powiedziała... Ale może wystarczy, że wyniańczyła ciebie?

— I mojego ojca.

— Tym bardziej należy się jej odpoczynek.

— Są żłobki — bez większego przekonania powiedziała Zosia.

— Naturalnie, jeśli weźmiesz państwo na litość, to jako samotna matka może dostaniesz miejsce dla dziecka gdzieś na drugim końcu miasta... Jak myślisz, co dzieci robią w żłobku?

Zosia milczała.

— Chyba nie sądzisz, że się świetnie bawią? Nie, taka naiwna to nawet ty nie jesteś. Rozpaczliwie tęsknią za matką i za domem.

— Wiesz, że muszę pracować — powiedziała Zosia. Płacz miała na końcu nosa.

Marianna spojrzała na nią uważnie i zaczęła z innej beczki.

— Ile kobiet w twojej firmie wróciło ostatnio z urlopu wychowawczego albo macierzyńskiego?

— Chyba żadna... W każdym razie o żadnej nie słyszałam.

— A jaką politykę prowadzi twoja firma w stosunku do kobiet, które nie myśląc o pracy, ot tak sobie zachodzą w ciążę?

— Przepisy prawa pracy...

— Zośka, nie żartuj. Wiesz czy nie?

— Nie...

Podeszła do nich kelnerka. Postawiła whisky przed Marianną.

— Mleko ma być ciepłe czy zimne? — zapytała.

— Może być zimne — odrzekła Zosia, spojrzała na przyjaciółkę i obie wybuchnęły śmiechem. — Nie wspierasz mnie, wiesz? — dodała, gdy się trochę uspokoiły.

— Czego się spodziewałaś? Że zaakceptuję to, co sobie wymyśliłaś? Już widzę, jak unosisz się honorem i radzisz sobie sama. To znaczy oddajesz dziecko do jakiegoś ponurego miejsca pod opiekę, a ściślej mówiąc, w łapy jakichś obcych ludzi, odbierasz je po pracy, czyli wieczorem...

— Proszę cię, przestań. — Zosia już się nie śmiała. — Powiedz, o co ci chodzi?

— O to, że to dziecko ma ojca. Zamożnego ojca, który może zapłacić za opiekunkę, lekcje rytmiki, pieluchy i co tam jeszcze będzie potrzebne.

— Nie sądzisz chyba...

— A właśnie że sądzę!

Zosia milczała dłuższą chwilę. W końcu powiedziała:

— Na pewno pomyśli, że zrobiłam to specjalnie, by go złapać.

Marianna podniosła się i podeszła do stolika, od którego ktoś przed chwilą wstał.

— Co widzisz? — zapytała, pokazując przyjaciółce filiżankę, którą stamtąd wzięła.

— Zwariowałaś? — syknęła Zosia.

— Co widzisz? — powtórzyła Marianna.

— Jak to co? Spodek, filiżankę i łyżeczkę.

— Spodek i filiżankę, tak. Ale to nie jest łyżeczka — powiedziała Marianna, wyjmując z filiżanki widelczyk do ciasta.

Zosia popatrzyła na nią nierozumiejącym wzrokiem.

— Pokazuje się tę sztuczkę studentom psychologii — ciągnęła Marianna. — Prawie każdy odpowiada tak jak ty. Skoro filiżanka, to i łyżeczka, choć widać tylko trzonek. Robimy takie arbitralne założenia, kompletnie nie zdając sobie z tego sprawy, do tego w znacznie bardziej skomplikowanych sytuacjach.

— To co mam zrobić? Radośnie mu oznajmić, że będę miała dziecko, uwiesić mu się na szyi i nie puszczać, aż powie „tak" przed ołtarzem?

– Jest to jakiś pomysł. Zmieniłabym tylko „będę miała dziecko" na „będziemy mieli". W końcu to nie jest... no, jak to się nazywa? Samo...?

– Samozapłodnienie. To zdarza się tylko tasiemcom.

– Fuj.

– No to samopylność. Najlepiej klejstogamia.

– Zaraz zwymiotuję. Muszę się napić. Chcesz jeszcze mleka?

– Nie, ale herbaty tak.

Marianna, nie czekając na kelnerkę, podeszła do baru i złożyła zamówienie.

– Pamiętasz tę niedzielę w Różanach w zeszłym roku, gdy przyjechał Krzysztof? – zapytała, gdy wróciła do stolika.

– Pewnie. Ostatni dzień przed burzą, która zmiotła mój świat – uśmiechnęła się gorzko Zosia.

– Wyglądałaś wtedy na szczęśliwą.

– Byłam szczęśliwa.

– Eryk i Krzysztof oczu od ciebie oderwać nie mogli. A wiesz dlaczego?

– Bo wtedy byłam jeszcze młoda i ładna?

– Bo byłaś sobą.

Kelnerka przyniosła herbatę i whisky. Popijały w milczeniu. Pierwsza odezwała się Marianna:

– Jak to powiedział Perykles? Najpierw myśleć, potem działać. Tania i krótkotrwała jest odwaga wynikająca z ignorancji.

– Dzięki.

– A mogłam zostać w domu i oglądać teraz serial – westchnęła ciężko Marianna. – Skoro jednak już tu jestem, powiem ci coś, ale najpierw odpowiedz mi na jedno pytanie. Jak bardzo kochasz Krzysztofa?

– Nie rozumiem.

– Pytam, co byś dla niego poświęciła. Pracę? Różany? Ojca? Siebie?

– Siebie na pewno. Kocham go bardziej niż siebie, jeśli już chcesz wiedzieć.

– I tu jest pies pogrzebany. Dziewczyno, czy ty słyszysz, co mówisz?

– Nie rozumiem.

– Błagam cię, myśl! – jęknęła Marianna. – Wtedy w Róża-nach osiągnęłaś ideał. Równowagę. Akceptowałaś siebie i byłaś sobą. Kochałaś Krzysztofa, nie chcąc nic w nim zmienić. Mimo że, nawiasem mówiąc, to palant, zadufany w sobie i mocno prze-konany o słuszności swoich racji. A teraz? O sobie myślisz coraz gorzej, a jego stawiasz na coraz wyższym piedestale. Normalne bałwochwalstwo.

– Nie lubisz go i tyle. Nie mieści ci się w głowie, że facet może mieć jakieś zalety – niemal warknęła Zosia.

– Ależ może, wystarczy nie ustawiać poprzeczki zbyt wysoko.

Zosia, zaskoczona, roześmiała się niepewnie.

– Przepraszam – powiedziała w końcu. – Chyba tracę rozum, gdy on wchodzi w grę.

– Szkoda. Wiele tracisz razem z tym rozumem. Pomyśl o Ery-ku... No dobrze, nie myśl – zgodziła się Marianna, widząc minę Zosi. – Patrzyłaś ostatnio na siebie w lustrze? Widziałaś, że je-steś jeszcze bardziej pociągająca, choć i wcześniej niczego ci nie brakowało? Popatrz dyskretnie na tych dwóch facetów pod ok-nem. Gapią się na ciebie cały czas. A zatem zewnętrze możemy odkreślić. Jest okej. Więcej niż okej. Jeśli popracujesz nad sobą i jeszcze do tego odrobinę przemeblujesz swoje wnętrze, żaden ci się nie oprze. Będzie klęczał u twoich stóp i błagał, byś uczy-niła mu ten zaszczyt i została jego żoną.

Zosia spojrzała jej prosto w oczy.

– Oddałabym diabłu duszę, żeby z nim być – powiedziała śmiertelnie poważnym tonem.

– No, no, nie popadajmy w przesadę. Bycie z sobą to taka cięż-ka praca... Poza tym obejdzie się bez cyrografów i podpisów krwią. Choć nie, bez podpisów nie. Założę się, że twój romantyczny ka-waler zaciągnie cię do notariusza i podsunie do podpisu intercy-zę, w myśl zasady: co twoje, to moje, a co moje...

– Krzysztof nie jest taki – przerwała jej Zosia.

Marianna pociągnęła whisky.

– Tak dobrze znasz mężczyzn? – zapytała nagle głośno. – A wiesz, co to jest kuciapka?

Zosia rozejrzała się spłoszona. Kilka osób ciekawie zerkało na ich stolik.

– Wiem – szepnęła.

– Jak myślisz, z czym mężczyźnie może się kojarzyć kuciapka?

– Chyba tylko z jednym.

– Nie doceniasz wyobraźni mężczyzn, moja droga. Ani ich zmysłu praktycznego. – Marianna wzięła głęboki oddech i zaśpiewała lekko przyciszonym głosem:

Po orawskiej stronie kąpał się dziad z babką,
utonęła babka do góry kuciapką.
Nie tyle żal babki, ile tej kuciapki,
byłoby dla dziadka futerko do czapki.

Oklaski, które się rozległy, gdy Marianna skończyła śpiewać, zaskoczyły je obie. Zosia, zawstydzona, że zwróciły na siebie ogólną uwagę, spuściła głowę. Tymczasem Marianna wstała jakby nigdy nic i ukłoniła się z uśmiechem.

Mężczyzna, który siedział przy sąsiednim stoliku i z ogromnym zapałem bił brawo, wstał i lekko utykając, podszedł do nich.

– Fantastyczny występ – powiedział niskim, miłym głosem, pokazując w uśmiechu piękne zęby. – Byłbym szczęśliwy, gdyby pani jeszcze coś zaśpiewała. Często tu przychodzę, ale tak dobrze nigdy się nie bawiłem.

– Muszę popracować nad repertuarem. Na razie mam w nim tylko tę piosenkę – sucho odrzekła Marianna.

Była pewna, że facet słyszał całą jej rozmowę z Zosią i że to ona tak go ubawiła.

Mężczyzna jakby czytał w jej myślach.

– Wiem, to nieładnie podsłuchiwać. Nie mogłem się jednak oprzeć. Inteligentny i błyskotliwy rozmówca to dzisiaj rzadkość.

– Cóż... Wszystko zależy od kryteriów oceny, jakie się zastosuje.

– Tak, wystarczy nie ustawiać poprzeczki zbyt wysoko – zaśmiał się głośno. – Nie będę paniom przeszkadzał. Jak mówiłem,

Zawilec wieńcowy

często tu przychodzę. Teraz będę przychodził codziennie, w nadziei, że jeszcze panie spotkam. – Mówił w liczbie mnogiej, ale patrzył tylko na Mariannę. – Do widzenia.

Zdjął płaszcz z wieszaka i ukłonił im się jeszcze raz od drzwi. Przez długą chwilę siedziały w milczeniu.

– Wpadłaś mu w oko – zauważyła w końcu Zosia

– Myślałaś, że tylko ty się możesz podobać? Dla ułatwienia dodam, że odpowiedź brzmi: „nie tylko". Większość facetów uważa, że jestem za gruba, było jednak kilku takich...

Urwała, bo do ich stolika podszedł chłopak w podkoszulku z nazwą kwiaciarni, która sąsiadowała z barem, i wręczył jej bukiet kolorowych anemonów. Zdumiona otworzyła przypięty do kwiatów bilecik:

„Przepraszam, że podsłuchiwałem, i proszę nie ustawiać poprzeczki zbyt wysoko".

– Szybki jest – powiedziała – i zna się na interpunkcji. Niewiele osób odważyłoby się postawić przecinek przed „i".

– *Anemone coronaria*, zawilec wieńcowy... – zaczęła Zosia.

– Przestań! Na pewno powiesz coś, co mi je obrzydzi.

Mariannie tak błyszczały oczy, że Zosia rzekła bez żadnych wstępów:

– Zaczęłaś mówić, że było kilku takich, którzy świata za tobą nie widzieli...

– Nie musisz się łasić, żeby naciągnąć mnie na zwierzenia. Ten bukiet nastraja mnie przyjaźnie do całego świata. Zakończenie tego zdania brzmi inaczej: „było jednak kilku takich, którzy nie lubili sypiać z wieszakami i wybierali mnie". Za jednego o mało nie wyszłam za mąż.

– Opowiedz mi o tym, błagam!

– Innym razem. Powiem ci tylko tyle, że rozstaliśmy się, bo miałam dość ciągłych kłótni na tle religijnym.

– Był ortodoksyjnym żydem? Muzułmaninem? Może hindusem?

– Uważał, że jest bogiem.

46

— Dzień dobry, firma Doliwa i Kurpisz, przy telefonie Joanna Szczęśniak, czym mogę służyć?

— Dzień dobry. Czy mogłabym rozmawiać z Krzysztofem Doliwą? Mówi Zofia Borucka.

Sekunda ciszy. Sekretarka chyba ją sobie przypomniała i o nic już nie spytała.

— Proszę chwileczkę poczekać, sprawdzę, czy pan prezes może odebrać telefon.

W słuchawce rozległy się dźwięki muzyki. Habanera z *Carmen*.

— Cześć, Zosiu — usłyszała nagle głos Krzysztofa. — Miło, że dzwonisz.

— Dzień dobry. Mam nadzieję, że ci nie przeszkadzam?

— Mam tu wprawdzie lekkie urwanie głowy, jak zwykle po urlopie, ale chwila przerwy dobrze mi zrobi.

— Ach, to urlop... Dzwoniłam kilka dni temu i sekretarka powiedziała, że cię nie ma.

— Byłem w Izraelu.

– Teraz?... Tata mi mówił, że gdy zadzwoniłeś z życzeniami, mówiłeś, że Wielkanoc spędzisz w Jerozolimie. Może coś źle zrozumiał.

– Nie, nie, rzeczywiście poleciałem w Wielką Sobotę. Wykorzystałem to, że nasi partnerzy, bo tak ich teraz mogę nazywać, zaprosili nas na spotkanie biznesowe, i zrobiłem sobie wakacje. Należał mi się wypoczynek, poza tym święta u moich rodziców, ze śniadaniem płynnie przechodzącym w obiad... Kamil przyleciał po świętach, a gdy już wszystko przyklepaliśmy i podpisaliśmy, dołączyła do nas jego żona z synkiem. Izrael o tej porze roku to bajka. I wiesz – powiedział tajemniczo – przywiozłem ci coś.

Zosia uśmiechnęła się w duchu. Ciężkie chwile, które przeżyła w Camelocie, jednak się opłaciły.

– Naprawdę? Co takiego?

– Niespodzianka – zaśmiał się. – Może się umówimy i wtedy zobaczysz?

– Świetnie się składa, bo dzwonię, żeby zapytać, czy masz trochę czasu w sobotę. Zapowiadają piękną pogodę i chciałam cię zaprosić na majówkę.

Milczał chwilę. Strach ścisnął jej żołądek.

– Wiesz, że to nawet dobry pomysł. Dokąd chcesz pojechać?

– Tym razem to ja ci zrobię niespodziankę.

Zaśmiał się, a jej serce stopniało.

– W takim razie przyjadę po ciebie o jedenastej. Może być?

– Cudownie – powiedziała rozmarzonym głosem, ale zaraz przywołała się do porządku. – Przygotuję wszystko, więc po prostu tylko przyjedź.

– Okej.

– I nie zapomnij o tej niespodziance dla mnie.

– Nie zapomnę – znów się zaśmiał. – Do widzenia.

Pojechali do Lasku Wolskiego. Zostawili samochód na parkingu, a potem wspinali się na wzgórze. Krzysztof zostawał nieco z tyłu. Nie dlatego, że niósł ciężki kosz piknikowy i koc, ale by patrzeć na Zosię.

Była ubrana w krótką sukienkę, niebieską w drobny wzorek z białych kwiatków z żółtymi środkami. Chyba stokrotek. Luźną białą koszulę, którą w aucie miała włożoną na sukienkę, teraz przerzuciła przez plecy. Rozpuszczone włosy związała żółtą chustką. Przeniósł wzrok niżej. Łagodne kołysanie bioder miało hipnotyzującą moc. Gołe nogi w niebieskich sandałach na płaskim obcasie.

Wyciągnęła rękę i ułamała jakąś kwitnącą gałązkę. Potem jeszcze jedną. Gdy doszli do szczytu wzgórza, miała ich cały bukiet.

Las stawał się coraz gęściejszy, ścieżka węższa. Nagle wyszli na polanę. U stóp mieli szarą Wisłę i miasto.

– Nasza polana! – zawołał Krzysztof. – Jak tu trafiłaś po tylu latach?

Rzucił koszyk i koc, chwycił ją w ramiona i zakręcił w kółko. Ich usta znalazły się tak blisko siebie, że nie mógł tego nie wykorzystać. Przez cienką sukienkę czuł jej ciepło. Miała taką gładką skórę.

Puścił ją na chwilę tylko po to, by rozłożyć koc pod osłoną krzaków.

Odkryli tę polanę przed laty. Z początku przyjeżdżali tu wtedy, kiedy udało mu się pożyczyć auto od ojca albo od któregoś z kumpli. Potem już jego własnym. Raz byli tu nawet w zimie. Uśmiechnął się na to wspomnienie i leniwie pogłaskał Zosię po nagim udzie.

– Skądś je chyba znam – powiedział, sięgając po jej majtki, które leżały w trawie.

Pachniały Zosią i jej perfumami.

– Przywiozłeś mi je z Nowego Jorku.

– Pamiętam. Sto lat temu, a wyglądają jak nowe.

– Bo wkładam je tylko na specjalne okazje.

– O! To dziś jest specjalna okazja?

– Tak. Dziś czuję, jak fantastycznie jest żyć.

Oparł głowę na ręce i patrzył na nią. Czarne włosy rozrzucone na kocu, rozjaśniona uśmiechem twarz, smukła szyja, piersi, które chyba się nieco zaokrągliły od czasu, gdy ostatnio je widział, płaski brzuch, jej własna odmiana *Brazilian strip*: wydepilowane bikini i szeroki pasek jedwabistych czarnych loczków, wspaniałe nogi i wąskie stopy zakończone różowymi jak u dziecka paznokciami.

Znał co do dnia jej datę urodzenia. Pół roku temu skończyła trzydzieści lat. Mimo to była w niej sprężysta wiotkość charakterystyczna dla wczesnej młodości: dla wiosennej trawy, gałązki leszczyny ze złożonym wachlarzem listka, źrebiąt wysoko niosących głowy ozdobione miękką jeszcze grzywą.

– Jesteś piękna... Piękna jak... jak nie wiem co.

Uśmiechnęła się, nie otwierając oczu. Nie chciało jej się nic mówić, nic robić. Mogła tak leżeć, słuchając brzęku owadów i śpiewu ptaków, czując ciepło słońca na skórze i palce Krzysztofa od czasu do czasu muskające jej ciało. Świat przestał dla niej istnieć, czas się zatrzymał. A nawet jeśli płynął, nie miało to znaczenia. Bycie z nim nie mogło być stratą czasu.

Poczuła, że Krzysztof delikatnie położył jej na brzuchu jakąś paczuszkę. Otworzyła oczy.

– Co to jest?

– Sama zobacz.

Usiadła po turecku. Włosy rozsypały się jej na ramionach. Rozwiązała złotą wstążkę i rozwinęła niebieski papier. W środku, w woreczku ze złotej siatki, był naszyjnik z lazurowych paciorków.

– Jaki śliczny!

– Jest w kolorze twoich oczu.

Zosia przyłożyła paciorki do dekoltu.

– Jak wyglądam?

– Fantastycznie – powiedział szczerze.

– Możesz mi go zapiąć?

Odgarnął jej włosy, pocałował w kark i zapiął na szyi srebrny zameczek.

– I jak?

Patrzył na jej piersi z małymi ciemnoróżowymi brodawkami. Zauważyła to.

– Pytam o naszyjnik – przywołała go do porządku.

– Nic, co masz na sobie, nie dorówna tobie.

– No proszę – zaśmiała się – poeta się z ciebie robi! To na pewno wiosna tak działa. Dziękuję, prześliczny prezent – pocałowała go.

Gdzieś w oddali zaszczekał pies. Nikt ich tu nigdy nie zaskoczył, ale Krzysztof by nie zniósł, gdyby ktoś miał patrzeć na nagą Zosię.

– Będzie ci pasował do sukienki – powiedział, podając jej ubranie.

Przeciągnął palcami po jej plecach. Wydały mu się bardziej jedwabiste niż jej jedwabna sukienka.

– Kupiłeś go w Izraelu? – zapytała, wkładając sukienkę przez głowę.

Westchnął lekko i też zaczął się ubierać.

– W Hebronie. To miasto słynie ze szkła. Tradycja jego wyrabiania wywodzi się podobno od Rzymian. Niektórzy mówią, że od Wenecjan, w każdym razie jest bardzo stara. Wyobraź sobie, że nadal wszystko robi się ręcznie. Pracują przy tym całe rodziny, przekazując sobie tajemnice produkcji z pokolenia na pokolenie. Mają takie powiedzenie: „Gry na oudzie możesz się nauczyć w każdym wieku, ale jeśli nie zajmiesz się szklarstwem jako dziecko, nigdy nie będziesz mistrzem".

– Ładne. A co to jest oud?

– Taki arabski instrument, podobny do lutni.

– Robią tylko naszyjniki?

– Nie, także dzbanki, kieliszki, w ogóle całe zastawy stołowe, masę rzeczy. Z biżuterii jeszcze bransoletki, kolczyki, pierścionki. Każda panna młoda ma w wyprawie szkło z Hebronu.

Zosia, zapinająca właśnie sukienkę, zamarła z rękami uniesionymi do góry.

– Nie możesz sobie poradzić z tymi guziczkami? – zapytał. – Odwróć się, to ci zapnę.

Potem rozłożył obrus i zajął się wypakowywaniem koszyka. Zosia tymczasem wzięła gałązki, które nazbierała po drodze, i uplotła z nich dwa wianki. Jeden włożyła na głowę Krzysztofowi, drugi sobie. Usiedli na kocu i ucztowali jak greccy bogowie: młodzi, piękni, w wieńcach na głowach.

– Mmm, pyszne te pierożki – mruczał Krzysztof.

– A spróbuj tego. – Zosia podała mu prosto do ust maleńką babeczkę z szynką i serem.

– Delicje.

Karmili się nawzajem sałatką z melona i ogórka, młodą marchewką, pieczonym kurczęciem. Na koniec Zosia zostawiła dwie małe buteleczki szampana i truskawki.

– Za co wypijemy? – zapytał.

– Za nas.

Siedzieli oparci o pień drzewa i popijali szampana prosto z butelek.

Nagle Krzysztof zaczął się śmiać.

– Przypomniało mi się coś. Pamiętasz, jak Marianna opowiadała o szkoleniach z negocjacji?

– Nie.

– Może mówiła to tylko mnie... Opowiadała, jak kiedyś razem z różnymi specjalistami prowadziła dla biznesmenów szkolenie dotyczące sztuki negocjacji. Wykłady i ćwiczenia trwały kilka dni, wszystko bardzo serio, zajęcia praktyczne, odgrywanie scenek, testy itede. Niektóre zajęcia były bardziej lubiane, inne mniej... Ale ulubionym ćwiczeniem wszystkich grup, bez wyjątku, było coś, co Marianna nazywała sztuczką z wiecznym piórem. To ten moment, gdy warunki umowy są w zasadzie ustalone i można ją podpisać. Jedna strona jeszcze się waha, druga naciska. Wahający się wyjmuje wieczne pióro, odkręca je powoli, napięcie sięga zenitu i gdy już się wydaje, że podpisze, zakręca pióro. Efekt jest piorunujący.

– Wyobrażam sobie.

– No to wyobraź sobie, że Kamil i ja wynegocjowaliśmy w Tel Awiwie naprawdę dobrą umowę, korzystną dla obu stron, jednak nam bardziej na niej zależało. I gdy już mieliśmy ją podpisywać, negocjator drugiej strony zaprezentował nam właśnie sztuczkę z wiecznym piórem. Nie wytrzymałem i roześmiałem się, a potem opowiedziałem tę historię, którą usłyszałem od Marianny.

– I co? – spytała zaciekawiona Zosia.

– Od razu podpisali.

Zaśmiali się oboje.

Krzysztof przeciągnął się i zerknął na zegarek.

– Pięknie! Już trzecia! – zawołał. – To co, zbieramy się? – Ujął jej ręce w swoje. – Dziękuję. To był wspaniały dzień.

– Krzysiu – przytrzymała jego ręce – chciałam ci coś powiedzieć.

W jego oczach mignął niepokój. Miała dziwny głos.

– Jeśli chcesz wymienić paciorki na talerze, to nie ma sprawy – próbował zażartować, ale zaraz umilkł.

– Kocham cię. Zawsze cię kochałam. Chcę, żebyś o tym pamiętał. – Odetchnęła głęboko i popatrzyła mu prosto w oczy. – Wtedy w marcu, u ciebie... Jednym słowem, jestem w ciąży.

Znieruchomiał, wpatrując się w nią bez słowa. Sięgnął do wianka, który miał na głowie, zdjął go i rzucił na trawę. Potem wstał i zaczął chodzić po polanie. Ona siedziała na kocu, wodząc za nim wzrokiem. W końcu nie wytrzymała i chciała się podnieść. Przyskoczył do niej, delikatnie ujął ją pod ramię i pomógł jej.

– Musisz teraz na siebie uważać – powiedział.

Położył jej ręce na ramionach. Uniosła głowę. Przez chwilę patrzyli sobie w oczy.

– Zosiu, wiesz, że zawsze możesz na mnie liczyć... – urwał. – Pewnie myślisz teraz o Różanach i o tym, że wtedy nie mogłaś...

– Nie – pokręciła głową. – Ty jesteś dla mnie ważniejszy.

Zaskoczyło go to.

– Proszę... Nie bądź dla mnie taka wyrozumiała – powiedział. W milczeniu stali naprzeciwko siebie.

– Może to zabrzmi okropnie, ale chcę, żebyś wiedziała, że pokryję wszystkie koszty. Lekarza, szpitala, wyprawki, nie wiem co tam jeszcze. Nie musisz pracować, jeśli nie chcesz. Jeżeli mi pozwolisz, uznam to dziecko i dam mu swoje nazwisko.

Miał rację, w jej uszach brzmiało to okropnie. Gdyby po rozmowie z Marianną nie przemyślała sobie tego, odwróciłaby się teraz na pięcie i zostawiła go tutaj, choćby miała wracać do domu na piechotę. Przygotowana na jego słowa powiedziała tylko:

– Dziękuję.

– Zosiu, ja dobrze wiem, co chciałabyś usłyszeć... To znaczy, co powinienem powiedzieć... Ale zrozum, to dla mnie szok. Nie mogę tak z marszu...

Znów zaczął przemierzać polanę, a ona stała i czuła się tak, jakby była sama na świecie. Schyliła się i automatycznie zaczęła pakować koszyk. Natychmiast był przy niej, pomógł jej usiąść pod drzewem i sam wszystko posprzątał. Poczuła się jak stara kobieta, której ktoś z uśmiechem wyższości ustępuje miejsca w tramwaju.

Wytrzepał i złożył koc, potem ukląkł przy niej.

– Zosiu, jesteś mi bardzo droga...

Serce się jej ścisnęło.

– ... ale wiem, że kiedy rodzi się dziecko, wszystko się zmienia. Nie jestem na to gotowy. Lubię swoje życie i nie chcę go stracić.

– Dziecko urodzi się tak czy inaczej – powiedziała słabym głosem.

Spuścił głowę. Potem znów spojrzał jej w oczy.

– Proszę cię, daj mi trochę czasu.

Pokiwała głową. Bała się, że jeśli otworzy usta, wyrwie się z nich łkanie.

47

Po powrocie do domu Zosia długo opowiadała, jak pięknie jest w Lasku Wolskim, a potem w kilku słowach streściła rozmowę z Krzysztofem. Starsi państwo popatrzyli po sobie.

– Kiedyś mężczyzna w takiej sytuacji nie miał wyboru – powiedział pan Borucki

– Dziś jednak ma – rzekła pani Zuzanna. – Poza tym pobieranie się tylko dlatego, że dziecko jest w drodze, jest według mnie głupie. Niezależnie od czasów.

– Dla mnie to nie byłoby tylko dlatego – szepnęła Zosia.

Pani Zuzanna miała dobry słuch. Przytuliła swoją wychowankę.

– Wiem, skarbie – powiedziała cicho.

– Masz rację. – Pan Borucki nie dosłyszał ich szeptów i zwracał się do pani Zuzanny. – Kiedyś musiałbym go obić szpicrutą, dziś na szczęście nie muszę.

– Jeszcze byś się zgrzał, Stasiu – mrugnęła do niego pani Zuzanna.

– Ojciec i nazwisko to rzecz najważniejsza. Zosiu, mam nadzieję, że pozwolisz mu oficjalnie uznać dziecko.

– Tak, tatusiu.

– Świetnie. Zastanawiam się jednak, czy powinniśmy przyjąć jego pomoc. Mam na myśli pieniądze.

– Ja też się nad tym zastanawiałam. Przecież to nie tylko ja będę miała dziecko. Krzysztof też. I jeśli jedynie tak zechce w tym uczestniczyć, to ja się zgodzę.

Milczeli przez chwilę.

– Masz rację, córeczko – powiedział w końcu pan Borucki. – Jeśli chce mieć prawo do decydowania o jego przyszłości, powinien zadbać o każdy jego dzień, już od teraz.

– Nie możemy zapominać, że jeszcze nie podjął decyzji – odezwała się pani Zuzanna. – Może po namyśle uzna, że warto mieć nie tylko dziecko, ale i żonę.

Zosia pomyślała, że wystarczyłoby jej, żeby razem zamieszkali. Nie potrzebowała welonu ani urzędowego papierka. Chciała tylko Krzysztofa.

– Sądzisz, że powinienem z nim porozmawiać? – Pan Borucki spojrzał na panią Zuzannę. – Czasem lekki nacisk czyni cuda... Może tak byłoby lepiej, niż czekać, co sam zdecyduje.

– Nie sądzę. Chcemy dobrze, więc odrobina terroru, żeby komuś otworzyć oczy, wydaje się usprawiedliwiona... Przerabialiśmy to w poprzednim systemie, prawda?

Pan Borucki objął panią Zuzannę i lekko ją uścisnął.

– A zatem poczekamy – powiedział. – Byłaś bardzo dzielna, córeczko – zwrócił się do Zosi. – Ta rozmowa musiała cię wiele kosztować. Jestem z ciebie dumny.

Zosia wyciągnęła ręce i pogłaskała ich oboje po ramionach.

– Położę się na chwilę. Chyba za długo siedziałam na słońcu.

– Odpocznij, skarbie. Wieczorem zajrzy do nas Marianna. Zaprosiłam ją, a ściślej mówiąc, elegancko wprosiła się na kolację.

– Skoro mowa o wpraszaniu – wtrącił pan Borucki – to jeśli nie macie nic przeciwko temu, przyprowadzę jutro na obiad Tomka Chobera. Będzie o jedenastej na mszy u Świętej Katarzyny, a potem na pewno zaprosi mnie na kawę do Noworola. Wiem, że byłby zachwycony, gdybym ja go zaprosił na obiad.

— Pan doktor często u nas bywa — niania mrugnęła do Zosi.

— Uzależnił się od twojej kuchni, nianiusiu.

— Nieraz sobie myślę, że żołądek jest ważniejszy od serca.

— Coś w tym jest — powiedział pan Borucki. — W końcu w trudnych chwilach boli częściej niż serce.

— Szczególnie tych, co serca nie mają. Nie myślę tu oczywiście o tobie, Stasiu. — I zwracając się do Zosi, powiedziała: — Idź się położyć. Na pewno do nocy będziecie gadać z Marianną.

— Chyba nie. Gdy nie ma kierowcy, wraca wcześniej do domu.

— Gdybym był złośliwy... — zaczął pan Borucki.

— Na szczęście nigdy nie byłeś — uśmiechnęła się do niego pani Zuzanna. — No właśnie, co tam u Eryka? Jego z kolei dawno u nas nie było.

— Był w Indiach, potem miał wystawę w Londynie.

— Tak, wiem, mówił mi, gdy dzwonił przed świętami. A teraz co u niego słychać?

Zosia zawstydziła się. Zaniedbała swego przyjaciela.

— Ostatnio dzwonił z Monachium, ale akurat byłam bardzo zajęta i nie mogłam rozmawiać... Potem miałam oddzwonić, tylko nie miałam głowy... Zadzwonię do niego jutro.

Marianna przyjechała z wielkim bukietem konwalii.

— Ukradłam je z twojego ogrodu. Moje jeszcze nie kwitną.

Zosia z zachwytem patrzyła na kwiaty. Dawno zrezygnowała z przypominania przyjaciółce, że ogród nie należy już do niej. Czy zresztą sama tak o nim nie myślała?

— Jak się czujesz?

— Cóż, oceniam swój stan jako stabilny.

Marianna się roześmiała

— Powiedz mi jeszcze, co powiedział.

— Nie to, co chciałam usłyszeć.

„A to skurwysyn! Czy pomyślał, że dziecko wychowywane bez któregoś z rodziców nigdy nie jest do końca normalne? Wystarczy popatrzeć na mnie". Marianna zacisnęła pięści. Ale powiedziała lekkim tonem:

— Ciśnie mi się na usta brzydkie słowo. Jednak nie będę przeklinać przy kobiecie w ciąży. Zjemy, a potem opowiesz mi wszystko ze szczegółami, których oszczędziłaś starszym państwu.

— Może zostaniesz na noc?

— Wiesz, że chętnie bym została, ale mam masę roboty. Szkoda, że nie ma mnie kto wozić, nawet wina się nie napiję. O whisky nie wspominając.

— Niania zapytała mnie dziś, co u Eryka.

— Dzwonił do mnie wczoraj na Skype'a. Podobno mają mu dać jakąś nagrodę czy stypendium... W Nowej Zelandii? W każdym razie gdzieś na końcu świata. Prawdę mówiąc, nie słuchałam zbyt uważnie, bo gadając, czytałam na drugim, służbowym laptopie pilne maile. Wiesz, ile jest zamieszania z tymi kluczami i rozszyfrowywaniem. Zresztą i tak zadzwonił tylko po to, by mnie podpytać, co u ciebie.

— Powiedziałaś mu?

— Nie. Kusiło mnie, nie przeczę, pomyślałam jednak, że choć nie prosiłaś o dyskrecję, to jest to wiadomość z gatunku tych, które powinno się przekazywać osobiście.

Zosia westchnęła.

— Może powinnam dać ogłoszenie w gazecie?

— Niedługo nic nie będziesz musiała mówić, wszystko będzie widać.

— Och ty!

— Zosiu, nie bij Marianny, wiesz, że musisz teraz na siebie uważać — powiedziała z udaną surowością pani Zuzanna, zaglądając do salonu. — Chodźcie, dziewczynki, kolacja gotowa.

— Dziewczynki! — Marianna przewróciła oczami.

Po kolacji Zosia opowiedziała wszystko przyjaciółce. Prawie wszystko.

Marianna zamyśliła się.

– Co teraz zrobisz? – zapytała w końcu.

– Poczekam.

– To chyba najlepszy pomysł.

– Tata chciał rozmawiać z Krzysztofem, ale niania mu to wyperswadowała.

– Mądra kobieta.

– Uhm.

– Zaczynam rozumieć, dlaczego tak dobrze mu idzie w interesach.

– Dlaczego?

– Nie traci głowy w kryzysowej sytuacji, błyskawicznie podejmuje decyzje, myśli przede wszystkim o sobie, ale też nie idzie po trupach.

– Był uczciwy. Nie chciał mnie zranić.

– Ale zranił.

Zamilkły.

– Powiedz, czy to jakaś obsesja? To, że nie mogę uwierzyć, że mnie nie kocha? – zapytała Zosia.

– Dlaczego myślisz, że cię nie kocha?

– Gdyby mnie kochał, chciałby ze mną być.

– Ależ on z tobą jest! Tyle że na swoich warunkach.

– Nie rozumiem.

– Co dokładnie ci powiedział? Że lubi swój tryb życia?

– Tak, i że chciałby tak żyć dalej.

– To nie znaczy, że cię nie kocha. Po prostu ma inne priorytety. Jego firma kwitnie, lubi podróże i, spójrzmy prawdzie w oczy, kobiety. Jest młody, bardzo przystojny, zdrowy, do tego wolny i zamożny. Dlaczego miałby chcieć to zmienić?

– Czyli w jego życiu nie ma dla mnie miejsca.

– Co przez to rozumiesz?

– To chyba oczywiste. Nie chce ze mną mieszkać, być ze mną na co dzień. Ożenić się ze mną.

– Zastanawiałaś się kiedyś, czemu ludzie korzystają z usług prostytutek?

– Co to ma do rzeczy?

– Ma.

– Czy ja wiem? Większość twierdzi, że chce tylko z kimś porozmawiać.

– A mniejszość?

– Nic nie mówi, ale o cóż może chodzić? O seks.

– Właśnie. Seks z prostytutką to seks w czystej postaci: wybierasz sobie partnera o dokładnie takim wyglądzie, jaki lubisz, i możesz mu wydawać polecenia. Liczy się tylko twoja przyjemność, a do tego rano budzisz się u siebie, sama, żaden facet o nieświeżym oddechu nie chrapie w twoim łóżku.

– Nie rozumiem, do czego zmierzasz.

– Jaką kobietą jest Judyta?

– Oni już nie są razem.

– To nie jest odpowiedź na moje pytanie.

Zosia westchnęła. Marianna była czasem trudna.

– Bardzo ładna, dojrzała. Wyjątkowo inteligentna, dowcipna... Nie wiem, co jeszcze.

– Niezależna, ceniąca swą wolność, zakreślająca wyraźne granice – uzupełniła Marianna. – Ona była w modelu pod tytułem „rodzina" i przekonała się, że to się nie sprawdza. Wypróbowała więc model „związek dwojga wolnych ludzi" i najwyraźniej jej się spodobał. A Krzysztofowi na pewno. Byli w związku, choć nie mieli wspólnego mieszkania. Mieli wspólne coś ważniejszego: hierarchię wartości.

Zosia zmarszczyła czoło. Długo milczała. W końcu powiedziała:

– Kompletnie zamieszałaś mi w głowie. O to ci chodziło?

– Psychologia twierdzi, że gra na ludzkich uczuciach to podstawa udanego przesłuchania – uśmiechnęła się Marianna.

– Co powinnam teraz zrobić?

– Nie wiem. To wiesz tylko ty.

48

— Zosiu, właśnie o tobie myślałem. — Radość w głosie Eryka sprawiła jej prawdziwą przyjemność.

— Nie przeszkadzam? Możemy chwilkę porozmawiać?

— Dlaczego tylko chwilkę?

— Bo muszę się wcześniej położyć — zaśmiała się. — Jutro poniedziałek, dzień, w którym, jak mówi Marianna, każdy chciałby być szewcem.

— Ty też byś chciała?

— Nie, nie, ja lubię swoją pracę.

— Lepiej powiedz prawdę.

— A co mi zrobisz, jak będę się wykręcać?

— Na pewno coś wymyślę. Coś potwornego.

— To już powiem. Bardziej lubiłam w zimie. Wczoraj Marianna przywiozła mi konwalie z Różan i... i...

— Zatęskniłaś.

— Nawet nie wiesz jak. Ile bym dała, by móc cały dzień pielić na kolanach najbardziej uporczywe chwasty! Jak mogłam tego nie lubić i narzekać!

— Biedactwo — powiedział miękko.

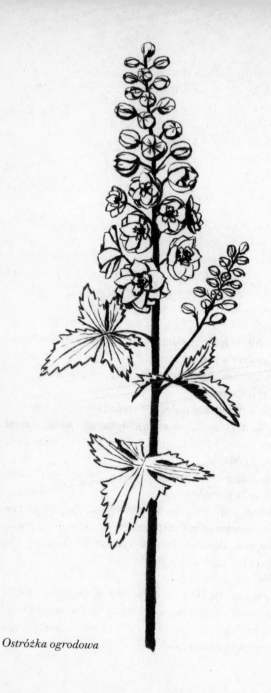

Ostróżka ogrodowa

– Jak tak będziesz do mnie mówić, to będzie jeszcze gorzej. Mogę się rozczulać raz w tygodniu, w niedzielę, od siódmej do siódmej piętnaście.

– U mnie jest ósma.

– Właśnie. Czas rozczulania minął.

– Gdybyś mi tylko pozwoliła...

– Nie pozwalam.

– Wiesz, że przez *veto*, a ściślej mówiąc, *liberum veto*, upadło państwo?

– Wiem, bo dziś po obiedzie odbyła się u nas burzliwa dyskusja na temat zalet i przywar stanu szlacheckiego.

– O! Zaczynasz prowadzić swój salon? Obiady niedzielne?

– To tylko przygrywka. Dyskutowała niania z tatą i doktorem Choberem. Ja się skromnie przysłuchiwałam.

– Zaprosiłaś pana doktora na obiad?

– Nie ja. Tata.

– Często u was bywa?

– Często.

– Słyszałaś to?

– Co to było?

– Zazgrzytałem zębami.

– Naprawdę? Jak miło! To jeszcze dodam, że niania dostała tulipany Crispa. Wiesz, takie ze strzępiastymi brzegami. Piękny bukiet.

– Jeśli tobie też dał kwiaty, to wyślę do niego sekundantów.

– Już nie żyjesz. Dał.

– Krakowski centuś podlizuje się pani Zuzannie, by go karmiła, a tobie na pewno kupił takiego chudziutkiego tulipana ciasno zawiniętego w celofan jak śledź w gazetę.

– Nie zgadłeś.

– Gadaj mi tu zaraz, co ci dał.

– Ostróżki.

– A co to za licho?

– *Delphinium cultorum*. Ostróżka ogrodowa. Nazwa pochodzi od budowy kwiatu. Po prostu górny listek okwiatu tworzy długą, odrastającą poprzecznie ostrogę, w której są schowane dwa listki miodnikowe.

– Tak powiedział, gdy ci je wręczał? Romantyk.

– Powiedział, że wybrał kwiaty w kolorze moich oczu. I że choć nigdy nie udało mu się zobaczyć żadnej nimfy wodnej, to na pewno mają takie oczy jak ja.

– Gorze, zdrajcy!

– Ty też interesujesz się kulturą sarmacką? Te skojarzenia...

– Może to telepatia? Tak długo sobie wyobrażałem, że jestem u ciebie, aż usłyszałem, o czym rozmawiacie.

– Nie strasz mnie. Już widzę te twoje długie uszy sięgające z Monachium do Krakowa.

– Ściślej mówiąc, z Berlina do Krakowa.

– Jesteś w Berlinie?

– Cóż za domyślność!

– A co sobie wyobrażałeś? Że masz do czynienia ze słodką idiotką?

– Słodką: tak. Idiotką: nie.

– Nie podlizuj się.

– Czy to freudowskie skojarzenie? Słodycz, lizanie, lizaki...

– Po to pojechałeś do Berlina? Żeby sobie kupić lizaka?

– Raczej by go dostać. Japończycy przyznali mi półroczne stypendium. Nie wezmę pieniędzy, bo innym są bardziej potrzebne, a ja jestem szlachetny, ale gdybyś zobaczyła ten program... Załatwię formalności i fruuu do Tokio.

– Kiedy wyjeżdżasz?

– Pod koniec maja. Wracam pierwszego grudnia. Ani dnia później. Byłaś kiedyś w Japonii?

– Nie.

– A chciałabyś pojechać?

– Każdy by chciał.

– To jedź ze mną. Mówię serio.

– Nie mogę.

– Czy gdybym przyjechał do Krakowa, trzymając w jednej ręce piękny bukiet tulipanów, a w drugiej tych, no, odnóżek, i gdybym cię błagał na kolanach, to byś się zgodziła?

— Wariat!

— Na twoim punkcie na pewno. To chociaż mi obiecaj, że wyjedziesz gdzieś ze mną na parę dni, gdy wrócę.

— Poznasz jakąś śliczną Japonkę i zostaniesz tam na zawsze.

— Ja? A o czym ja bym z nią rozmawiał? Po angielsku w dodatku.

— To bardzo zdolny naród. Ani byś się obejrzał, a już by mówiła po polsku. Albo po niemiecku.

— Poza tym nie lubię sushi.

— Nie mówi się głośno takich rzeczy.

— No widzisz, która Japonka zwróciłaby mi na to uwagę? I to takim surowy tonem.

— Za to by cię uwielbiała. Wodziłaby za tobą oczami i spełniała każde twoje życzenie.

— Nie strasz mnie. Umarłbym z nudów po tygodniu. Zosiu, ja chyba jednak nie chcę jechać do tej Japonii.

— Oj, chcesz, chcesz.

— Wolałbym do Łomnicy.

— Nie mów tak.

— Pamiętam każdy dzień, każdą godzinę, każdą minutę.

— Ja też.

— To jedź ze mną. Proszę.

— Uwierz mi, że to niemożliwe. Z mnóstwa powodów, wielu niezależnych ode mnie.

— Obiecaj, że jeśli coś się zmieni, jeśli poczujesz taką potrzebę, co ja mówię, kaprys, zachciankę, to mi powiesz. I przyjedziesz do mnie.

— Nic się nie zmieni.

— Tego nie możesz wiedzieć. Obiecaj mi, proszę.

— Obiecuję.

— Nie ma godziny, żebym o tobie nie myślał. I świadomość, że gdzieś jesteś, choćby daleko, napełnia mnie radością. Nie zapominaj o mnie. Pamiętaj, że jeśli tylko zechcesz, rzucę ci pod nogi cały świat. *Die ganze Welt.*

49

Co takiego jest w starych angielskich klubach albo tajnych stowarzyszeniach, że rozpalają wyobraźnię i przyciągają jak magnes? Poczucie, że jest się wybrańcem, kimś wyjątkowym? Że jest się tam, gdzie zwykli śmiertelnicy nie mają wstępu? Że doświadcza się rzeczy niedanych innym?

Mały bar U Dżordża nie wyglądał jak klub dla angielskich dżentelmenów, już raczej jak siedziba tajnego stowarzyszenia. Kilka wytartych foteli, trzy stoliki pod ścianą, wysokie stołki przy lśniącym barze, zastawione butelkami półki. Mrok rozjaśniony tylko kilkoma lampami. Światło dzienne nigdy tu nie docierało.

Żeby dostać się do środka, trzeba było, po pierwsze, minąć wejście do dużego baru, dla niewtajemniczonych, z szyldem BAR U DŻORDŻA, nacisnąć domofon przy następnej bramie, która otwierała się na słowa „Ja do pana Dżordża", przejść ponurym korytarzem na podwórze, skręcić w prawo i zapukać do pierwszych drzwi. Po drugie, trzeba było być wprowadzonym. Krzysztof z początku przychodził tu z Kamilem. Za którymś razem Dżordż postawił przed nim szklaneczkę whisky. „Na koszt firmy", mruknął. „No, stary, zostałeś zaakceptowany", powiedział Kamil. Po trzecie, trzeba było być facetem. Bar był tylko dla mężczyzn.

Gdy Krzysztof przyszedł tu pierwszy raz, w barze rozbrzmiewały dramatyczne słowa arii Vivaldiego *Arma, caedes, vindictae, furores*. Wojna, rzeź, zemsta, wściekłość. Wtedy oczywiście nie wiedział, o czym śpiewa chór. Tak samo jak nie rozumiał, dlaczego na ścianie wisi reprodukcja obrazu, na którym piękna dziewczyna z wyrazem obrzydzenia na twarzy mieczem obcina głowę brodatemu facetowi, a krew leje się strumieniem.

Dziś za barem stał Dżordż. Nikt nie wiedział, jak naprawdę ma na imię. Może rzeczywiście George. Z głośników, jak kiedyś, rozbrzmiewała *Judyta triumfująca* Vivaldiego. Dżordż był miłośnikiem opery.

Krzysztof czekał na czarowne dźwięki chalumeau, poprzedzające arię *Veni, veni me sequere fida*. Wydawało mu się nieprawdopodobne, że kiedyś nie wiedział, jak ją interpretuje Sara Mingardo, jak Ann Hallenberg, Barbara Di Castri, Magdalena Kožená, a jak jego ulubiona Manuela Custer. Że nie wiedział, w jaki sposób prześwitują przez bluzkę piersi Judyty na obrazie Caravaggia *Judyta odcinająca głowę Holofernesowi*. Że nie znał Judyty.

Spojrzał na Dżordża, który bez słowa podał mu kolejną whisky. W tym barze szanowało się klientów i nie marnowało słów.

Odwrócił głowę i popatrzył na jedyny wiszący na ścianie obraz. Holofernes, wódz Asyryjczyków, drogo zapłacił za to, że oblegał Betulię. Gdy wydawało się, że zwycięstwo ma w kieszeni, bo mieszkańcy chcieli poddać miasto, piękna Judyta poszła do obozu wroga i zapowiedziała Holofernesowi triumf. Uradowany wódz wydał ucztę, upił się i gdy nieprzytomny zwalił się na ziemię, Judyta obcięła mu głowę.

Kiedyś zapytał Dżordża, dlaczego wybrał ten obraz.

„Żeby pamiętać, że albo picie, albo baby. Nie można tego łączyć".

– Zostało mi już tylko picie – półgłosem powiedział Krzysztof.

Był jak ten Holofernes. Zwycięstwo było na wyciągnięcie ręki. Udało mu się coś, co wydawało się niemożliwe – zdobycie serca Judyty i Gabrysi. Potem stracił wszystko.

Judyta była zaskoczona, gdy Gabrysia zaakceptowała go od pierwszego dnia. Zwykle bała się obcych. Tymczasem na jego widok cieszyła się jak psiak, popiskiwała i kurczowo chwytała go za rękę, by nie odchodził ani na krok. Niebieskie oczy rozjaśniały się, usteczka w okrągłej, okolonej złotymi pierścionkami włosów buzi przybierały kształt dużego O.

Zalała go czarna fala rozpaczy. Ze zdumieniem spostrzegł, że łka jak dziecko. Rana była znacznie świeższa, niż mu się wydawało. I głębsza.

Dżordż, odwróciwszy się plecami, polerował szklaną półkę. Trzej mężczyźni siedzący przy barze patrzyli na swoje szklanki. Nikt nie zwracał na niego uwagi. Zresztą nie takie rzeczy tu widziano.

Stracił Gabrysię. Stracił Judytę. Czy nie dość się starał? Czy nie był najwierniejszym bywalcem jej wieczorów autorskich? Czy nie przeczytał jej pierwszej książki osiemnaście razy? *Dobranoc, kochanie* znał na pamięć. W każdym zdaniu szukał wskazówki, jak do niej dotrzeć.

Dobrze pamiętał chwilę, gdy go olśniło. Był początek września. Zosia zaprosiła go do Różan. Gdy tylko jej ojciec i niania zajęli się swoimi sprawami, chwyciła go za rękę i pociągnęła w stronę lasu. Jej uścisk stawał się coraz gorętszy. Spocona dłoń lgnęła do jego ręki. Zaczęła go niecierpliwie całować, gdy tylko zasłoniły ich pierwsze drzewa. Leżąc wśród sosen, pomyślał nagle, że kochanie się w lesie jest przereklamowaną przyjemnością. Jakaś szyszka boleśnie wbijała mu się pod łopatkę, ostrężnice chwytały nogi w kolczasty uścisk.

Siedział potem w ogrodzie. Pili herbatę, a ona pod stołem trzymała go za rękę. Nitka babiego lata przykleiła mu się do twarzy. Uwolnił rękę z uścisku Zosi, otarł twarz i nagle przypomniało mu się zdanie, które w powieści Judyty było odpowiednikiem żądania „krokodyla daj mi, luby": „Napisz dla mnie wiersz. Nie musi być dobry, ale twój własny".

„Napiłbym się jeszcze", powiedział i zanim skończył zdanie, Zosia już pozbierała filiżanki i biegła z nimi do domu.

Na stole leżały szkolne zeszyty Zosi. Wyrwał z jednego kartkę w kratkę, wziął długopis. Rozejrzał się, pomyślał chwilę. W końcu zaczął pisać.

sobota na wsi

szare gruszki w zielonej trawie
żółta smuga maślaków pod rudziejącymi modrzewiami
zapomniana przez boga i ludzi poziomka
nasturcje przed domem po kasprowiczowsku płonące
przeskakujący z drzewa na drzewo rudy płomień wiewiórki
paryski błękit zawieszony na wiejskim niebie
skrzekliwy gęgot przelatujących kaczek
zielony zapach tataraku i łopianowa woń łopianów
srebrne nitki myśli o tobie oplątujące mnie jak babie lato

Nigdy wcześniej i nigdy potem nie napisał wiersza.

Przepisał go w domu, włożył do koperty i po następnym wieczorze autorskim, gdy Judyta podpisywała książki, podszedł do niej i nieśmiało wręczył jej kopertę. „Napisałem dla pani wiersz. Nie jest dobry, ale mój własny".

Wiele razy wspominała to ze śmiechem. Śmiali się we troje, razem z Gabrysią.

Dziecko... Czy tego chciał, czy nie, dziecko zmieniało wszystko.

Zachwiał się na barowym stołku. Najwyższy czas przenieść się na fotel.

Znów popatrzył w wywrócone oczy Holofernesa. Ucięła, ucięła, ucięła głowę mu... Ucięła, ucięła, ucięła głowę mu... Z czego to jest?

Przypomniał sobie. Gałczyński, który od podstawówki go prześladował. Judyta przeczytała mu kiedyś sztuczkę Teatrzyku Zielona Gęś. Jakim cudem to zapamiętał?

HOLOFERNES (Z BRAKUJĄCĄ GŁOWĄ):
Ciekawe, jak ja teraz będę żył. Chyba żebym się przyzwyczaił.

CHÓR (PODAJE W WĄTPLIWOŚĆ OŚWIADCZENIE HOLOFERNESA):
Azaliż, azaliż,
azaliż, podły psie,
przyzwyczaisz, przyzwyczaisz,
ach, przyzwyczaisz się?

Krzysztof wybuchnął śmiechem.
– No chyba żebym się przyzwyczaił!

Obudził się z krzykiem. Serce łomotało mu w obolałej klatce piersiowej. Czy tak wygląda zawał?

Wstał z trudem, poszedł do łazienki. Umył spoconą twarz. Spojrzał w lustro. Skórę miał szarą, oczy przekrwione. Kamil zapytał go wczoraj, czy dobrze się czuje.

Zrobił sobie herbatę i siedział przy kuchennym stole, bezmyślnie gapiąc się w okno. Na zewnątrz szarzało. Ptaki śpiewały. Niebo było bezchmurne. Będzie piękny majowy dzień.

Nigdy nie wierzył w duchy. Nawet teraz, choć drugi raz z rzędu miał ten sam sen, nie mógł uwierzyć. Jednocześnie miał niezachwianą pewność, że przyśni mu się jeszcze raz i że on z tego snu już się nie obudzi. Nie wiedział, dlaczego tak jest, ale musiał się pogodzić z faktami. Z faktami! Parsknął w myślach.

Oczywiście znał opowieść o duchu z Różan. Jednak, po pierwsze, był w swoim mieszkaniu, w Krakowie, w centrum miasta, po drugie, nie wierzył w takie rzeczy. Czy niewiara mogła jednak powstrzymać ducha?

Co mógł zrobić? Pójść do dominikanów i porozmawiać z jakimś egzorcystą? Brać speedy i w ogóle nie spać? Zapomnieć o tym?

Po kolei na serio rozważył wszystkie pomysły. Czy egzorcysta może wygnać złego ducha, który pojawia się we śnie? Nie wiedział. Poza tym miał mało czasu. Speedy były raczej unikiem, i to na krótką metę, niż rozwiązaniem, więc od razu je skreślił. Zapomnieć? Zapomnieć o czymś takim?

Zimna ręka pełznąca po brzuchu i klatce piersiowej jak kobra. Trupi zaduch wypełniający nozdrza.

Wie, że nie może się poruszyć, bo wtedy wąż go ukąsi. To wąż czy ręka? We śnie otwiera oczy i widzi nachylającą się nad nim twarz. Nieruchomą twarz młodej kobiety o czarnych kamiennych oczach kobry. Oblewa go zimny pot. Czuje, jak podnoszą mu się włosy na głowie. Serce najpierw zwalnia, a potem rusza w szaleńczy galop panicznego strachu.

Ręka się zatrzymuje. Kobieta coś mówi, choć nie otwiera ust. „Przyjdę jeszcze raz. Ostatni".

Nie, to nie jest obietnica uwolnienia od koszmaru. To zapowiedź śmierci.

Wtedy nieruchoma ręka ożywa. Zagłębia się w jego piersi i z całej siły ściska serce. Krzysztof krzyczy z bólu.

Znów poczuł na czole zimny pot. Zaklął.

Może pójść do lekarza? Tylko do jakiego? Do kardiologa czy do psychiatry?

Automatycznie opłukał kubek pod kranem i włożył go do zmywarki.

Przebrał się w strój do biegania i pobiegł do parku.

Gdy wrócił po godzinie, umył zęby, ogolił się i wziął prysznic. W szlafroku wszedł do kuchni, zrobił sobie kawę i sok z grapefruitów. Wrzucił brioszkę do mikrofalówki i potem jadł ją przy oknie, mocząc w kawie. Podpatrzył to kiedyś w Paryżu i bardzo mu się spodobało.

Gdy schodził na dół, do samochodu, miał już w głowie cały plan.

Jadąc do firmy, zadzwonił do Kamila i poprosił, by jeśli może, przyszedł trochę wcześniej.

— Dobrze się czujesz? Ostatnio wyglądasz okropnie.

— Już jest okej. Wszystko ci opowiem.

— Dobra, zaraz będę.

Postanowił, że nie powie Kamilowi o śnie. Nie chciał się ośmieszać. A może trochę się bał. Gdyby powiedział to głośno, przyznałby, że zdarzyło się naprawdę. Zresztą ciąża Zosi była wystarczająco poruszającą nowiną. A dziecko wystarczającym powodem, by zrobić to, co zaplanował.

Znał Kamila od lat. Nie musiał dużo mówić. Przedyskutowali wszystkie za i przeciw.

Krzysztof wykonał kilka telefonów, wyszedł z firmy i już tego dnia nie wrócił.

Gdy wieczorem otworzył drzwi swego mieszkania, był ledwie żywy ze zmęczenia. Mimo to nie mógł zasnąć. Przewracał się z boku na bok, zapalał światło i próbował czytać, gasił światło. Usnął dopiero nad ranem, sam nie wiedząc kiedy. Gdy się obudził, był jasny dzień. Uśmiechnął się sam do siebie. Nie przyszła.

50

Gdy Krzysztof zadzwonił po niemal dwóch tygodniach milczenia, Zosia słyszała wesołe nutki w jego głosie. A więc podjął decyzję. To nie może być nic złego, jeśli budzi w nim taką radość. Odpowiadała na jego pytania o to, jak się czuje, ale myślała tylko o jednym.

– Zosiu, czy mogłabyś mi poświęcić trochę czasu w sobotę? Uprzedzam, że mówiąc „trochę czasu", mam na myśli pół dnia.

– Oczywiście. Możesz mi powiedzieć, o co chodzi?

– To się nie nadaje do omawiania przez telefon. Przyjadę o pierwszej. Zapraszam cię na obiad. Mogłabyś czekać na dole?

– Pewnie.

– To świetnie, do zobaczenia w sobotę.

– Do zobaczenia.

– Aha, Zosiu, proszę cię, weź z sobą dowód osobisty. Pa.

Dowód osobisty? Chyba się przesłyszała. Po chwili jednak zrozumiała. Intercyza. Marianna miała rację.

Krzysztof był punktualny jak zawsze. Wysiadł z samochodu, objął ją ramieniem i pocałował w czoło. W czoło!

Troskliwie pomógł jej się usadowić w aucie. Nigdy wcześniej tego nie robił.

Ruszył ostrożnie, minął kino Mikro i gdy myślała, że skręci w prawo, kierując się w Aleje, pojechał prosto i stanął na Pomorskiej. Czyżby chciał ją zaprosić na obiad do byłej stołówki milicyjnej?

Z uśmiechem odwróciła głowę, by go o to zapytać, i zobaczyła na kamienicy błyszczącą złotą tablicę. Notariusz. Uśmiech zgasł jak zdmuchnięta świeczka.

Co by zrobił, gdyby odmówiła pójścia tam? W końcu ta sytuacja ją obrażała. Już otwierała usta, by mu to powiedzieć, gdy przypomniała sobie eksperyment Marianny z filiżanką i łyżeczką, która okazała się widelczykiem. Jeszcze jej nie obraził. Jeszcze zdąży powiedzieć, co o tym myśli. Nie powstrzyma jej żaden stary notariusz.

Weszli na pierwsze piętro. W środku nie było żadnych interesantów. Sekretarka poprosiła ją o dowód osobisty, potem zapytała, czego się napiją. Zosia poprosiła o wodę. Piła ją małymi łykami. Nie patrzyła na Krzysztofa.

Otworzyły się drzwi i elegancka kobieta koło pięćdziesiątki poprosiła ich do środka. A więc notariusz była kobietą.

– Zanim podpiszą państwo ten akt, wyjaśnię kilka punktów. Oczywiście jeśli w czasie jego odczytywania coś będzie niezrozumiałe, proszę od razu pytać.

Krzysztof kiwnął głową, Zosia ani drgnęła.

– Jest to akt darowizny nieruchomości będącej własnością pana Krzysztofa Doliwy na rzecz pani Zofii Boruckiej. Pan Doliwa darowuje pani Boruckiej nieruchomość położoną w miejscowości Różany, składającą się z działki i domu zbudowanego na tej działce. Opis nieruchomości jest zawarty w akcie. Wskazano w nim także numery ksiąg wieczystych prowadzonych dla nieruchomości. Nieruchomość jest wolna od ciężarów i długów oraz roszczeń osób trzecich i nie jest przedmiotem postępowania sądowego, administracyjnego ani zabezpieczeń, w tym banko-wych. Czy to wszystko jest jasne?

Oszołomiona Zosia odwróciła się do Krzysztofa. Uśmiechał się.

– A teraz warunki, na jakich czyniona jest darowizna. Je-śli zgodzi się pani przyjąć darowiznę, nieruchomość będzie pani wyłączną własnością do ukończenia dwudziestego pią-tego roku życia przez dziecko pani i pana Krzysztofa Doliwy. Pani prawa będą ograniczone tylko w ten sposób, że nie wolno będzie pani sprzedać tej nieruchomości bez zgody darczyńcy, a w razie jego śmierci przez ustanowionego w jego testamencie pełnomocnika.

Zosia drgnęła. Krzysztof wyciągnął rękę i ujął jej dłoń. Uścis-nął i już nie wypuścił.

– Po ukończeniu przez państwa dziecko dwudziestego piąte-go roku życia nieruchomość przejdzie na jego wyłączną własność, z tym że zachowa pani prawo do dożywotniego zamieszkiwania w rzeczonej nieruchomości. Jeśli dziecko umrze przed ukończe-niem dwudziestego piątego roku życia... – Notariusz popatrzyła na Zosię. – Musimy przewidzieć wszystko – powiedziała.

Krzysztof znów lekko ścisnął dłoń Zosi.

– Rozumiem, oczywiście – westchnęła.

– A zatem jeśli dziecko umrze przed ukończeniem dwudzie-stego piątego roku życia, nieruchomość pozostanie pani wyłącz-ną własnością i będzie pani nią mogła dowolnie dysponować. Czy mają państwo jakieś pytania?

– Nie – powiedzieli jednocześnie.

– Czy mogę przystąpić do odczytywania aktu?

– Tak – odrzekł Krzysztof.

Zosia tylko kiwnęła głową.

Notariusz czytała monotonnym głosem. Oszołomiona Zosia nic z tego nie rozumiała. Potem automatycznie podpisała, gdzie jej kazano, przyjęła gratulacje od pani notariusz i w końcu wy-szli z kancelarii.

U stóp schodów rzuciła się Krzysztofowi na szyję.

– Dziękuję, dziękuję, dziękuję!

– Spokojnie – zaśmiał się – udusisz mnie, wariatko. – Spoważ-
niał. – Zosiu, wiesz, że ja nie przeprowadzę się do Różan.

– Wiem.

– Nie chcę ci składać pustych obietnic. Ale... – urwał. – Kocham cię – szepnął jej do ucha. Potem głośno powiedział: – Ale
niech wszystko zostanie po staremu. Na razie – dodał i sam był
tym zdziwiony. – Przyjadę zawsze, gdy mnie zaprosisz.

Oczy lśniły jej jak paciorki z Hebronu, które miała na szyi.

– Twój pokój będzie na ciebie czekał – obiecała. „I ja też",
pomyślała, ale całą siłą woli powstrzymała się przed powiedzeniem tego głośno.

Przytuliła się do niego i całowali się na schodach jak kiedyś
w liceum.

– Zapraszam cię jutro do siebie na kolację – powiedział w końcu Krzysztof. – Omówimy wszystko, dobrze?

Spojrzała na niego błyszczącymi miłością oczami.

– Jestem głodny jak wilk. To co, jedziemy na obiad?

– Jedziemy.

Pojechali do tej samej restauracji na Kazimierzu, w której
spotkali się w marcu, gdy Krzysztof upijał się z żalu po stracie
Judyty i Gabrysi.

Zosia śmiała się i gadała przez całą drogę. Szczęście i podnie-
cenie po prostu ją rozsadzały.

Gdy wchodzili do restauracji, przypomniała sobie o niani i ojcu.

– Muszę zadzwonić do domu – powiedziała.

– Spokojnie. Usiądziemy przy stoliku, napijesz się czegoś dobrego i zadzwonisz.

Przeszli przez pierwszą salę. Drzwi do ogrodu były otwarte. Krzysztof tam właśnie się skierował. Zosia westchnęła. Ten
dzień był doskonały.

W kącie ogrodu, pod kasztanowcem, czekał nakryty stół. Zosia nie wierzyła własnym oczom. Siedzieli przy nim niania, ojciec i Marianna.

Marianna zerwała się na ich widok, chwyciła ze stołu bukiet
różowych piwonii i fioletowego bzu i podbiegła do Zosi.

– Tak się cieszę! A moja wiara w cuda znacznie wzrosła!

Zosia pozwoliła się uściskać, potem odsunęła Mariannę na długość ramion i zapytała surowym głosem:

– Skąd masz te kwiaty? Ukradłaś z mojego ogrodu?

– To ostatni raz – powiedziała Marianna. – Mogę ci to uroczyście obiecać. – A potem dodała: – Lepiej nie. Bo jeśli mi to weszło w krew? Ale będę nad sobą pracować.

Zosia ucałowała nianię i ojca i podała im granatową okładkę z aktem notarialnym.

– Przeczytajcie i powiedzcie mi, że nie śnię – poprosiła z uśmiechem. A potem zmieniła ton: – Widzę, że wszyscy braliście udział w spisku.

– Ależ skąd, skarbie – zaprzeczyła pani Zuzanna. – Marianna przyjechała do nas zaraz po twoim wyjściu i przywiozła nas tu niemal siłą. Dopiero po drodze wszystko nam opowiedziała.

Pan Borucki wstał i na stronie rozmawiał z Krzysztofem. Zosia patrzyła na nich roziskrzonym wzrokiem.

Przyszedł kelner z plikiem kart, drugi z wazonem na kwiaty. Zosia kilkoma ruchami ułożyła bukiet. Małą gałązkę bzu wpięła sobie we włosy. Krzysztof nie odrywał od niej oczu. Pani Zuzannie, która widziała, jak na nią patrzy, zrobiło się ciepło na sercu.

– A z tobą jeszcze porozmawiam – powiedziała Zosia do Marianny. – Knułaś za moimi plecami.

– Ja?! Skądże! Krzysztof zatelefonował do mnie wczoraj w środku nocy. Bał się pewnie, że choćbym przysięgała na wszystkie świętości, to i tak od razu do ciebie zadzwonię. A nie dzwoni się o północy do kobiety w błogosławionym stanie. Do rana ochłonęłam, choć mimo obietnicy kilka razy już prawie wybrałam twój numer.

Nadszedł kelner z tacą drinków. Marianna z westchnieniem sięgnęła po szklankę z whisky.

– Jesteś dziś moim kierowcą – poinformowała Zosię.

– O czym ty mówisz?

– Ups! Chyba coś wygadałam. Kiedyś zdarzało mi się to tylko po alkoholu, nigdy przed. Pora umierać.

– Lepiej powiedz wszystko. Wiesz, że jeśli czegoś odmówisz kobiecie w ciąży, to ci coś cennego myszy zjedzą.

– O! Chyba znalazłam wyjaśnienie historii Popiela!

– Nie zmieniaj tematu.

Marianna nachyliła się do ucha Zosi.

– Po obiedzie jedziemy do Różan – szepnęła. – Potem Krzysztof was odwiezie na Lea. Pomyślałam, że my dwie możemy jechać moim autem. Nie będę tu musiała jutro po nie przyjeżdżać. Jak chcesz, możesz u mnie nocować. Posunę się. – Przyjrzała się Zosi. – Na szczęście jeszcze nie jesteś taka gruba, żebyśmy się nie zmieściły w jednym łóżku.

Do Zosi podszedł kelner. Niósł bukiet róż.

– No proszę, jeszcze róże. Krzysztof pójdzie z torbami – powiedziała Marianna.

Zosia wzięła kwiaty i już miała podejść do Krzysztofa, gdy poznała ten gatunek. Die Welt.

– Dzwoniłaś do Eryka?

Marianna zawahała się, zaskoczona.

– Nie – odrzekła. – On zadzwonił na Skype'a. Niedługo po telefonie Krzysztofa.

– Wypaplałaś mu wszystko.

– Tak... Przyznaję się. Byłam taka podniecona, że musiałam komuś powiedzieć. Inaczej chyba bym pękła. Eryk spadł mi jak z nieba. Gdyby nie to, że jest w Japonii, też by tu dziś był. Ja bym go zaprosiła.

Zosia otworzyła bilecik przypięty do kwiatów.

„*Die ganze Welt*. Wystarczy jedno słowo. Nic się nie zmieniło. Eryk"

Uśmiechnęła się. Tak, świat należał do niej.

**Sięgnij także po *Wiosnę w Różanach* –
kontynuację *Drogi do Różan***

To opowieść o radości płynącej z lektury starych pamiętników.
O sile kobiecej przyjaźni, która pozwala przetrwać najtrudniejsze chwile.
O radości z pieczenia porzeczkowego ciasta, bo zwykłe rzeczy robione
z uczuciem przestają być zwyczajne.

I o miłości, bo przecież bez niej nie da się żyć.

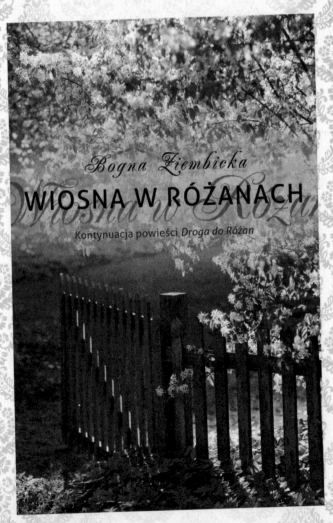

Wydawnictwo Otwarte sp. z o.o.,
ul. Kościuszki 37, 30-105 Kraków. Wydanie I, 2012, dodruk.
Druk: Abedik, Poznań